AF208579

Dieter Ebels
Der Eichtannhof – Zwischen Schicksal und Intrigen
Eine Schwarzwaldgeschichte
2025

Der
Eichtannhof

Zwischen Schicksal und Intrigen

Eine Schwarzwaldgeschichte

© 2025 Dieter Ebels
Verlag: BoD · Books on Demand GmbH, In de Tarpen 42,
22848 Norderstedt, bod@bod.de
Druck: Libri Plureos GmbH, Friedensallee 273,
22763 Hamburg
ISBN: 978-3-8482-6023-2

Böse Gedanken

Bettina Moorfaller stand am Fenster ihrer Freiburger Wohnung und schaute hinaus. Von hier oben aus dem zweiten Stockwerk hatte sie einen Blick auf das Getümmel, welches rund um dem berühmten Münstermarkt herrschte. Zahlreiche Händler boten hier an ihren Verkaufsständen alles an, was die Besucher begehrten.

Als Bettina und ihr Mann Bernhard vor einem Jahr hier eingezogen waren, war sie noch stolz darauf, eine renovierte Altbauwohnung in der begehrten Innenstadt ergattert zu haben. All ihren Freundinnen hatte sie erzählt, dass sich schließlich nicht jeder, angesichts der stolzen Mietpreise in der Altstadt, dort eine Wohnung leisten könne.

Mittlerweile ging ihr aber der tagtägliche Rummel vor ihrem Haus gegen den Strich. In anderen Städten fand ein- oder zweimal in der Woche ein Wochenmarkt statt. Der Münstermarkt vor ihrer Haustür kannte aber nur einen Ruhetag, und das war der Sonntag. Ansonsten öffnete er jeden Morgen um halb Acht.

Bettina dachte daran, dass sie etwas Besseres verdient hatte, als diesen täglichen Trubel hier ertragen zu müssen. Sie träumte davon, in einer noblen, ruhigen Wohngegend in einen schicken Einfamilienhaus zu leben, und es gab in ihren Augen sogar die Möglichkeit, wie dieser Traum wahr werden könnte.

Sie war fest dazu entschlossen, diese Möglichkeit beim Schopf zu fassen, doch die Sache hatte einen Haken. Um ihren Traum verwirklichen zu können, musste ihr Schwager Thomas sterben.

Thomas Moorfalter, der Bruder ihres Mannes Bernhard, war Bauer und Eigentümer des Eichtannhofes. Dieses stattiche Gehöft befand sich im Hochschwarzwald in der Nähe des Städtchens Simonswald. Das Anwesen lag in einem Seitental an einem Südhang in einer Höhe von fast 500 Metern. Von dort oben aus konnte man nicht nur die Aussicht über das darunter liegende Tal genießen, sondern auch einen herrlichen Fernblick auf die Schwarzwälder Höhenzüge.

Thomas, der ältere der beiden Moorfaller-Brüder, hatte den Hof übernommen, als sein Vater, der Altbauer, sich zur Ruhe gesetzt hatte. Weil es so Sitte war, dass der älteste Sohn den Hof mit allem drum und dran übernehmen sollte, hatte Bettinas Mann Bernhard, der damals noch Junggeselle war und sowieso kein Bauer werden wollte, auch keine Einwände gehabt. Auch, wenn Bernhard auf dem Hof aufgewachsen und mit der bäuerlichen Arbeit vertraut war, hatte er stets andere berufliche Ziele verfolgt. Er wollte immer Architekt werden, doch da seine schulischen Leistungen für diesen Beruf nicht ausgereicht hatten, war er schließlich Bauzeichner geworden und arbeitete jetzt in einem großen Architekturbüro. Er hatte sich dort hochgearbeitet und verdiente mittlerweile als Bautechniker gutes Geld, doch das war in den Augen seiner Frau nicht genug, um ihre Ansprüche zu erfüllen.

Bettina wandte sich vom Fenster ab.

Sie ging ins Bad und betrachtete sich im Spiegel.

Du siehst verdammt gut aus für dein Alter, dachte sie und betrachtete ihre extravagante Frisur.

Mit ihrem Pagenschnitt und den rot gefärbten Haaren stach sie überall sofort ins Auge. Das Alter von 45 Jahren sah man ihr wirklich nicht an. Sie wirkte wesentlich jünger.

Ein Blick auf ihre Fingernägel ließ ein zufriedenes Lächeln auf ihren Lippen erkennen.

Ich bin voll im Trend. Auffallen ist alles.

Sie hatte sich gestern im Kosmetikstudio ganz besondere Fingernägel aufkleben lassen, blutrote Kristall-Katzen-augen-Nägel.

Blutrot, ging es ihr durch den Kopf und das erinnerte sie daran, dass ihr Schwager sterben musste, damit sie endlich das Leben leben konnte, das sie verdient hatte.

Darauf, dass Thomas eine Frau und zwei Kinder hatte, konnte sie keine Rücksicht nehmen.

Sie kannte den notariell festgelegten Vertrag, den ihr Schwager Thomas und ihr Mann Bernhard damals unterzeichnet hatten, ganz genau. Thomas hatte den Hof bekommen und Bernie, wie sie ihren Mann immer nannte, hatte auf alles verzichtet. In diesem Vertrag war auch die Leibgedingregelung enthalten. Leibgeding bedeutete, dass Thomas verpflichtet war, den Altbauer und die Bäuerin, also seine Eltern, bis zu ihrem Lebensende komplett zu versorgen. Die beiden wohnten ebenfalls auf dem Eichtannhof im sogenannten Leibgedinghaus. Das alles war in dem Vertrag festgelegt. Darin war aber auch geregelt, dass im Falle des Todes vom jetzigen Bauern, also von Thomas, der gesamte Besitz an seinen Bruder ginge. Laut des Vertrags wäre Bernhard als zweiter Sohn

Alleinerbe. Da Bernies Vater sich aus gesundheitlichen Gründen sehr früh als Altbauer hatte zurückziehen müssen, war dieser Vertrag zustande gekommen, als seine beiden Söhne noch Junggesellen waren und keine eigenen Familien hatten.

Bettina hatte eine Kopie des Vertrages zur Überprüfung einem Anwalt vorgelegt. Demnach war ihr Mann Bernie zweifelsfrei der Alleinerbe seines Bruders. Der Anwalt hatte gesagt, dass bei einem solchen Vertrag weder für Thomas´ Frau noch für seine Kinder die Chance bestehen würde, diesen Vertrag anzufechten, solange Thomas das nicht in einem Sondervertrag regeln würde. Da man sich in der Familie vertraute, wäre Thomas auch niemals auf die Idee gekommen, so einen Sondervertrag abzuschließen.

Das bedeutete, dass im Falle von Thomas´ Tod ihrem Mann Bernie nicht nur der Eichtannhof gehören würde, sondern auch ein fünf Hektar großes Waldgrundstück und die zum Hof gehörenden zehn Hektar Wiesen- und Weideflächen.

Bei den Gedanken an so ein großes Erbe atmete Bettina Moosfaller tief durch.

Nun dachte sie an ihren Mann Bernhard. Nicht nur, dass er sie liebte. Er vergötterte sie regelrecht und versuchte, ihr jeden Wunsch zu erfüllen.

Doch leider konnte er ihr nur kleine Wünsche erfüllen. Für ihre richtig großen Wünsche reichten ihre Finanzen nicht aus.

Ihr war auch bewusst, dass Bernie seinen Bruder Thomas liebte. Genau wie Thomas für ihn, würde auch er immer für seinen Bruder da sein.

Die Gedanken sind frei, dachte Bettina. *Gut, dass Bernie nichts von meinem Vorhaben weiß.*

Sie war sich der Tatsache sicher, dass auch für ihren Mann eine Welt zusammenbrechen würde, wenn sein Bruder Thomas sterben würde, aber auch das war ihr egal.

Bettina wusste noch nicht genau, wie sie Thomas töten würde. Gedanklich war sie schon einige Möglichkeiten durchgegangen. Sie könnte etwas nachhelfen und seinen Tod wie einen Unfall aussehen lassen. Auf dem Bauernhof gab es viele Möglichkeiten. Thomas könnte vom Heuboden stürzen und auf den nach oben stehenden Forken eines Pfluges landen. Er könnte in einen Silo stürzen oder, weil er unvorsichtig war, vom eigenen Traktor gegen eine Wand gequetscht werden. Bettina hatte dem Bauern schon oft auf dem Hof bei der Arbeit geholfen und wusste, wie einfach es sein würde, einen solchen Unfall zu in-szenieren. Sie könnte es sich aber auch einfacher machen und ihm irgendein Gift ins Getränk mischen.

Bettina war sich noch etwas unschlüssig, was den geplanten Tod von Thomas anging, denn sie wusste nicht genau, wie sie ihn töten wollte. Fest stand aber, dass Thomas sterben würde.

Von einer Freundin, deren Mann bei einer Immobilienfirma arbeitete, hatte sie erfahren, dass die Grundstückspreise hier in Freiburg bei durchschnittlich 950 Euro pro Quadratmeter lagen. Von dieser Freundin war sie ebenfalls davon unterrichtet worden, dass es eine große Hotelkette gab, deren Inhaber in beliebten Urlaubsgebieten luxuriöse Erholungsoasen erschaffen wollten. Dazu wurden große Baugrundstücke in exponierter Lage gesucht. Die Lage des Eichtannhofes würde sich für eine solche Hotelanlage regelrecht aufdrängen. Nicht nur, dass der Hof in einer begehrten Urlaubsregion im Hochschwarzwald lag, die traumhaft schöne Aussicht vom Hof tat ihr Übriges dazu.

Bettina hatte sich mit den Investoren in Verbindung gesetzt und gesagt, dass sie eventuell ein passendes Grundstück anbieten könnte. Sie wollte wissen, wie viel sie für ein solches Grundstück bezahlen würden. Ihr war gesagt worden, dass man ohne Besichtigung des Objekts dazu nichts sagen könne. Da hatte sie gemeint, dass so etwas momentan nicht möglich sei. Als sie den Investoren aber dann die außergewöhnliche Lage des Grundstückes beschrieben hatte, waren diese hellhörig geworden. Man hatte ihr erklärt, dass für die geplante Luxushotelanlage ein Areal von 20 000 Quadratmetern benötigt würde und dass sie, sollte die Lage tatsächlich dermaßen exponiert sein, bis zu 200 Euro pro Quadratmeter zahlen würden. Daraufhin hatte Bettina gesagt, dass zunächst noch etwas abzuklären sei und sie sich wieder bei ihnen melden würde.

Da sie von den hohen Grundstückspreisen in Freiburg wusste, war sie von dem Angebot des Investors zunächst enttäuscht. Dann aber hatte sie nachgerechnet, wie viel Geld dieses Angebot einbringen würde und geschluckt, als sie das Ergebnis sah; vier Millionen Euro!

Das war nur die Summe für das Grundstück, auf dem die Gebäude des Gehöfts standen und das flache Areal, welches den Hof direkt umgab. Dann waren da noch die zehn Hektar Wiesen- und Weideflächen und das fünf Hektar großer Waldgrundstück, welche zum Eichtannhof gehörten. Aus Gesprächen mit ihrem Mann wusste Bettina, dass die Bauern aus den umliegenden Höfen schon immer großes Interesse an diese Grundstücke hatten. Es wäre also kein Problem, auch diese für gutes Geld zu verkaufen.

Bettina Moorfaller war nicht dumm. Zwischen ihr und ihrem Mann Bernhard gab es keinen Ehevertrag. Damit gehörte alles, was in ihre Ehe eingeflossen war, zur Hälfte ihr. Wenn Bernie nach Thomas´ Tod sein Erbe antreten würde, wäre sie eine reiche Frau.

Sie hatte alles bis ins Kleinste durchdacht.

Bettina würde nach dem Tod des Bauern hinter Bernie stehen und ihm bei der Trauer um seinen geliebten Bruder nah sein. Sie würde auch Thomas´ Hinterbliebenen, also seiner Familie, mit Rat und Tat beiseite stehen und sie unterstützen. Auch dem Altbauernpaar, welches auf dem Anwesen im Leibgedinghaus wohnte, würde sie sofort sagen, dass Bernhard und sie weiterhin bis an ihr Lebensende für sie aufkommen würden.

Für einen Augenblick dachte sie an Thomas´ Frau. Bettina hatte ihre Schwägerin Gabriele noch nie so richtig gemocht. Sie beneidete die jetzige Bäuerin. Nicht, wegen ihrer Position, sondern wegen ihres Aussehens. Gabriele war eine Naturschönheit, die es nicht nötig hatte, auch nur ein Gramm Schminke an sich zu verschwenden. Bereits früher hatte Gabriele mit ihrem anmutigen Gesicht, ihren langen, schwarzen Haaren und ihrem unwiderstehlichen Lächeln dafür gesorgt, dass alle Männer von ihr fasziniert waren. Doch sie selbst hatte sich noch nie für andere Männer interessiert, denn sie liebte ihren Thomas über alles. Sie war eine vorbildliche Ehefrau.

Bettina stand immer noch in ihrem Bad vor dem Spiegel und betrachtete sich. Sie dachte daran, dass ihre Schwägerin genauso alt war wie sie, aber ungeschminkt immer noch viel besser und vor allem jünger als sie aussah.

Bettina hasste Gabriele, doch sie würde weiterhin die liebenswerte Schwägerin spielen.

Gabriele und alle anderen auf dem Eichtannhof sollten nicht eine Sekunde daran zweifeln, dass Bettina zu ihnen steht, denn sollte auch nur der geringste Verdacht aufkommen, dass sie scharf auf das Erbe war, könnte ihr Vorhaben in die Hose gehen.

Ihr Plan sah folgendermaßen aus.

Zunächst würde sie versuchen, ihren Bernie zu überreden, den Hof als Bauer zu übernehmen. In diesem Fall sollte Thomas´ Familie selbstverständlich weiterhin dort leben. Wenn Bernie es nicht machen würde, dann sollte Thomas´ Witwe Gabriele als Bäuerin dort bleiben. Dann könnte man eventuell eine zusätzliche Agrarfachkraft zur Unterstützung einsetzen.

Bettina war sich ziemlich sicher, dass Bernie auf einen ihre Vorschläge eingehen würde. Bei ihrem Mann durfte nicht der geringste Zweifel daran aufkommen, dass

Bettinas Vorschläge die beste Lösung waren, um den Eichtannhof weiterhin problemlos zu betreiben.

Auf die Möglichkeit, die ihren Plan durchkreuzen könnte, dürfte Bernie erst gar nicht kommen. Es bestand nämlich die Option, dass ihr Mann das Erbe nicht antreten könnte. In diesem Fall würden automatisch die gesetzlichen Erbregelungen eintreffen. Dann würden Thomas´ Witwe und seine beiden Kinder alles erben.

Dazu sollte es gar nicht erst kommen.

Deshalb spielte Bettina die fürsorgliche Ehefrau und dem Bauernehepaar gegenüber die liebe Schwägerin, die immer für sie da war. Auch den Bauernkindern gegenüber verhielt sie sich wie eine liebevolle Tante.

Sie drängt ihren Mann dazu, fast jedes Wochenende den Eichtannhof zu besuchen, um bei seiner Familie zu sein, und wenn dann dort noch irgendwelche Arbeiten anfielen, fasst sie gerne mal mit an.

Bettina Moorfaller dachte oft daran, dass sie eine gute Schauspielerin geworden wäre. Sie musste ihr Schauspiel so lange durchziehen, bis sie ihren Plan umgesetzt hatte.

Wenn das Erbe erst einmal in ihre Ehe eingeflossen wäre, würde die Hälfte ihr gehören. Dann würde sie ihr wahres Gesicht zeigen und sich von Bernhard scheiden lassen. Da ihr Mann dann nicht in der Lagen sein würde, seiner Frau die zustehenden Millionen auszuzahlen, würde er den Eichtannhof verkaufen müssen, denn sie hätte als Miteigentümerin ein Wörtchen mitzureden.

Sie dachte daran, dass sie etwas Besseres verdient hätte, als in einer Wohnung in der Freiburger Altstadt zu leben. Von den Millionen, die dann auf ihrem Konto landen würden, könnte sie all das machen, wovon sie immer geträumt hatte. Sie sah sich schon am Pool im Garten eines schicken Hauses in einer noblen Wohngegend sitzen, ein Haus mit einer großen Doppelgarage, in der eine große Limousine und ein Porsche stehen würden.

Was Bernhard mit seinem Anteil machen würde, war ihr egal. Das interessierte sie genauso wenig, wie das, was aus der Bauernfamilie werden würde.

Es geht um mich, dachte sie, *einzig und allein um mich.*

Bei den Gedanken an Bernie, der dann ihr Exmann sein würde, grinste sie.

Du warst schon immer unfähig; hast nie verstanden, was eine Frau wie ich eigentlich braucht.

Nun dachte sie an Thomas, den sie schon bald umbringen würde. Sie dachte an ihn und seine Familie.

Ihr Grinsen wurde mit einem Mal breiter.

Da bekommt der Ausdruck „Bauernopfer" doch gleich eine ganz neue Bedeutung.

*   *   *

Alltag auf dem Eichtannhof

Dienstag

Gabriele Moorfaller ließ sich auf der Bank einer Sitzgruppe, die neben der Haustür stand, nieder und atmete tief durch. Mit ihren Händen löste sie das Gummi, mit dem sie ihre Haare zu einem Pferdeschwanz zusammengebunden hatte. Dann schüttelte die fünfundvierzigjährige Frau ihre schwarzen, schulterlangen Haare, in denen schon ein paar graue Strähnen zu sehen waren, ein paar mal hin und her, um sie schließlich wieder in einen Pferdeschwanz zu verwandeln.

Gabriele war die Bäuerin vom Eichtannhof und kam gerade vom morgendlichen Melken zurück. Wie immer, waren die zehn Milchkühe um sechs Uhr gemolken worden.

Nach dem Melkvorgang hatte Gabriele die Kühe zu einer etwas höher gelegenen Weide geführt, auf der die Tiere bis zum nächsten Melken um 17 Uhr grasen würden.

Sie schaute nach oben. Der Himmel war fast wolkenlos und alles deutete darauf hin, dass heute wieder ein warmer Sommertag werden würde. Genau das hatten sie in der Wettervorhersage für den heutigen Dienstag auch angekündigt.

Unsere Feriengäste werden sich über das schöne Wetter freuen, dachte sie.

Es war jetzt gut fünfzehn Jahre her, als Gabriele die Idee hatte, ein paar Räume des Eichtannhofs umzubauen, um eine Ferienwohnung darin einzurichten. Sie hatte ihrem Mann Thomas von ihrer Idee erzählt, doch dieser hatte zunächst sehr skeptisch reagiert. Er hatte gemeint, dass so eine Ferienwohnung auch viel Arbeit machen würde und ihm als Bauer keine Zeit für so etwas bliebe. Doch Gabriele hatte sofort gesagt, dass sie sich um alles kümmern würde und dass eine fertige Wohnung kaum Arbeit machte. Sie hatte sich auch schon darüber erkundigt, wie hoch die Miete für eine Ferienwohnung in ihrer Gegend war. Als sie Thomas davon berichtet hatte, dass eine Wohnung im Schnitt 70 Euro am Tag kostete und dass dies, wenn die Wohnung ausgebucht wäre, eine monatliche Mieteinnahme von 2100 Euro wären, war ihr Mann von ihrer Idee begeistert. Auch, wenn es sich nur um einen Brutto-betrag handelte, es wäre Geld, welches in ihre Kasse fließen würde, ohne dafür schwer arbeiten zu müssen.

Daraufhin hatte sich Thomas mir anderen Bauern unterhalten, die bereits seit längerer Zeit Ferienwohnungen auf ihre Höfen hatten. Diese Bauern hatten ganze Teile ihrer Höfe aufwendig umgebaut und gleich mehrere Ferienwohnungen dort eingerichtet. Als Thomas erfuhr, dass so eine Investition äußerst lukrativ sei, hatte er sich dazu entschlossen, es den anderen Bauern gleichzutun.

Als er Gabriele seinen Entschluss mit geteilt hatte, war diese begeistert, denn Thomas hatte geplant, nicht nur eine Ferienwohnung einrichten, sondern gleich mehrere. Dazu musste allerdings das komplette Haupthaus des Hofes um- und ausgebaut werden. Für diesen Umbau hatte das Bauernehepaar einen Architekten beauftragt, der ihnen schon bald einen Bauplan vorgelegt hatte, von dem sie begeistert waren. Gabriele und Thomas mussten für den Umbau nicht einmal einen Kredit aufnehmen, denn sie hatten immer sparsam gelebt und deshalb genug Geld auf ihren Sparkonten.

Vor zwölf Jahren war der Umbau beendet worden. Das Haupthaus war bis an das Gesindehaus verlängert worden und hatte auch in der Breite einige Meter zugelegt.

Das Bauernehepaar lebte im Erdgeschoss. In der ersten und zweiten Etage waren Ferienwohnungen mit Balkonen, von denen man einen herrlichen Blick über das Tal und die Berge des Hochschwarzwaldes hatte. Jede Etage hatte eine große Wohnung für bis zu vier und eine kleine Wohnung für zwei Personen. Im Dachgeschoss gab es noch eine weitere Ferienwohnung. Diese war allerdings klein und auch nur für zwei Personen geeignet.

Gabriele Moosfaller saß auf der Bank vor ihrem Haus und wirkte sehr zufrieden. Sie dachte daran, dass auch jetzt alle Ferienwohnungen belegt und bis in den Winter hinein ausgebucht waren. Für die Vermietungen der Ferienwohnungen war Gabriele ganz alleine zuständig, und sie machte diese Arbeit gerne.

Es war einer der Momente, die ihr bewusst machten, wie gut sie es doch hatte. Sie ließ ihren Blick über das Anwesen schweifen.

Auf der linken Seite stand die kleine Hofkapelle, hinter der das Gelände über Wiesen und Felder schräg nach unten ins Tal abfiel.

In einigem Abstand zur Kapelle standen auf der gegenüberliegenden Seite des Hofes die Scheune und der große Stall, in dem sich auch die Melkanlage befand. Rechts an den Stall grenzten zwei Schuppen an, von denen einer zu einer geräumigen Garage ausgebaut worden war.

Ein paar Meter weiter, ebenfalls auf der rechten Seite, stand noch ein weiterer, kleiner Stall, in dem nachts die zwei Ziegen, die ebenfalls zum Hof gehörten, unterkamen. Vor diesem Stall verlief die schmale Straße, die die einzige Zufahrt zum Eichtannhof bildete. Diese Straße führte um den Hof herum und dann in Serpentinen zwischen Weiden und Feldern hindurch hinab ins Tal.

Die rechte Seite des Anwesens wurde von einem kleinen Haus, welches von einem Bauerngarten umgeben war, begrenzt.

Das war das Leibgedinghaus, in dem die Schwiegereltern der Bäuerin lebten.

Gabriele mochte die Eltern ihres Mannes sehr gut leiden, denn sie waren beide sehr liebenswert.

Heinrich, der Altbauer, war 80 Jahre alt und ein ruhiger Geselle, der eigentlich immer bestens gelaunt war. Auch wenn er sich schon lange im Ruhestand befand, so beteiligte er sich, soweit er es körperlich noch konnte, an vielen anfallenden Arbeiten. So ließ er es sich nicht nehmen, jeden Tag nachmittags die Kühe von der Weide zu holen, damit sie pünktlich um 17 Uhr im Stall zum Melken waren.

Heinrichs Frau Maria war 77 Jahre alt. Trotz ihres Alters war das Wort Langeweile für sie ein Fremdwort. Sie war eine sehr gläubige Frau und verbrachte viel Zeit in der Hofkapelle, um zu beten. Als tiefgläubige Frau kannte sie die meisten Evangelien aus der Bibel fast auswendig.

Maria traf sich auch mehrmals in der Woche mit ihrer allerbesten Freundin Martha Wurle. Martha war die Altbäuerin vom benachbarten Wurlehof. Die beiden Frauen kannten sich schon seit ihrer Kindheit und waren sogar zusammen eingeschult worden. Die Freundschaft zwischen Martha, einer ebenfalls sehr gläubigen Frau, und Maria, war sehr innig und die beiden hatten keine Geheimnisse voreinander. Die regelmäßigen Treffen der beiden gehörten zu einem festen Bestandteil von Marias Leben.

Ihr Haupthobby war aber der kleine Bauerngarten, der das Leibgedinghaus umgab. Hier pflanzte sie Gemüse und Kräuter, und sie pflegte die verschiedensten Blumen. In der warmen Jahreszeit hielt sich Thomas´ Mutter fast immer in ihrem Garten auf.

Mit der Altbäuerin hatte Gabriele es am Anfang ihrer Ehe nicht leicht, denn Maria war damals davon überzeugt, dass Gabriele ihren Thomas nur zum Mann genommen hatte, weil ihm der Eichtannhof gehörte. Als die beiden geheiratet hatten, war Gabriele gerade mal zwanzig Jahre alt und Thomas zehn Jahre älter als sie. Das alleine war für Thomas´ Mutter schon ein Grund, ihre Schwiegertochter hinterrücks als böse Hexe und hinterhältiges Teufelsweib zu bezeichnen. Als Thomas damals davon erfahren hatte, war er wütend ins Leibgedinghaus gerannt, um seiner Mutter ungehalten klarzumachen, dass sie ihn mal kreuzweise den Buckel runter rutschen könne, wenn sie solche Bosheiten nicht unterlassen würde. Er hatte seine Mutter aufgefordert, sich bei seiner Frau zu entschuldigen, doch das hatte Maria nicht getan.

Dieser Streit hatte lange wie eine dunkle Wolke über dem Hof gehangen.

Das änderte sich erst, als Gabriele im Alter von 21 Jahren ihren Sohn Dirk bekam.

Da war die Altbäuerin zu ihr gekommen und hatte gesagt, dass Gabriele eine gute Mutter sei und dass sie auch immer fleißig und hart auf dem Hof mitarbeiten würde. Maria hatte sich bei ihr dafür entschuldigt, dass sie sie falsch eingeschätzt hatte.

Vier Jahre später hatte Gabrieles Tochter Sabrina das Licht der Welt erblickt. Zu diesem Zeitpunkt hatte sich die anfangs böse Schwiegermutter bereits in eine fürsorgliche Oma und Gabriele gegenüber in eine herzensgute Frau verwandelt.

Im Nachhinein konnte die Bäuerin die Vorurteile, die Maria ihr gegenüber seinerzeit hatte, sogar verstehen.

Gabriele war 19 Jahre alt, als sie Thomas kennengelernt hatte. Sie hatte als junge Frau in Waldkirch gewohnt. Ihre damalige große Liebe Bernd hatte sie zum zweiten Mal mit einer anderen betrogen, und sie hatte endgültig Schluss mit ihm gemacht. Sie hatte sich in der Stadt auf eine Bank gesetzt, die direkt an dem Fluss Elz lag und war dort vor Liebeskummer zergangen.

Gabriele sah es in ihren Gedanken, als sei es erst gestern gewesen, wie sie damals da saß, vor ihr floss die Elz und über ihre Wangen kullerten dicke Tränen. Dann hörte sie eine Stimme: „Junge Frau, ist alles in Ordnung? Geht es Ihnen nicht gut? Kann ich Ihnen helfen?" Sie blickte auf, wischte sich die Tränen von den Wangen und schaute den Mann, der sie angesprochen hatte, an.

Es war Thomas. Obwohl er bereits zehn Jahre älter als sie war, wirkte er noch sehr jugendlich, und sie schätzte sein Alter seinerzeit auf maximal 25 Jahre.

„Es ist alles gut", antwortete sie ihm. „Ich will einfach nur alleine sein."

Der junge Mann, der sie angesprochen hatte, kam offensichtlich vom Markt, denn er trug in beiden Händen gefüllte Einkaufstaschen.

Nachdem sie ihm gesagt hatte, dass sie alleine sein wolle, ging er mit einem kurzen Schulterzucken davon. Sie schaute ihm hinterher und sah, dass er seinen Einkauf im Kofferraum eines Autos verstaute. Als er sich noch einmal zu ihr umgewandte, trafen sich ihre Blicke.

Scheinbar hatte der Mann ein schlechtes Gewissen, die junge Frau, die dort weinend auf der Bank saß, einfach so zurück zu lassen, denn er kam noch einmal zu ihr zurück.

„Darf ich Sie zu einer Tasse Kaffee einladen?", fragte er sie. „Das lenkt Sie vielleicht von ihren Problemen etwas ab."

Gabriele hatte nicht gewusst, warum, aber sie war mit dem damals für sie fremden Mann in ein Café gegangen. Dort hatte sie ihm ihr Herz ausgeschüttet, und es war ein gutes Gefühl, mit jemandem darüber zu reden, auch, wenn es ein Fremder war. Nach dem Cafébesuch hatten sie sich voneinander verabschiedet und waren ihre eigenen Wege gegangen.

Von Freundinnen hatte Gabriele dann erfahren, dass Bernd, den sie geliebt hatte, ein Mann war, der mit jeder Frau ins Bett steigen würde. Er hatte herumerzählt, dass Gabriele auch nur eine Frau in seiner Sammlung gewesen

sei. Daraufhin war aus der Liebe zu Bernd ein abgrund-
tiefer Hass geworden.

Etwa einen Monat später hatte sie Thomas, ihren jetzigen
Mann, in einem Supermarkt zufällig wiedergetroffen. Sie
hatten sich ein paar Mal verabredet und schnell gemerkt,
dass zwischen ihnen eine große Sympathie herrschte.
Aus dieser Sympathie wurde schließlich Liebe, und diese
Liebe fühlte sich anders an, als die, die sie für diesen
Bernd empfunden hatte. Sie und Thomas waren glücklich
miteinander und hatten damals schon gewusst, dass sie
für immer zusammenbleiben wollten.

Gabriele hatte bei ihren Unterhaltungen nebenbei erfahren, dass Thomas in der Landwirtschaft tätig war, doch
dass er der Bauer vom Eichtannhof war, hatte sie erst viel
später erfahren.

Sie dachte gerne an die damalige Zeit zurück und daran,
dass sie auch heute noch glücklich mit ihrem Thomas war.

Nun saß Gabriele auf der Bank vor ihrem Haus und blickte
erneut zum wolkenlosen Himmel.

Für einen Augenblick dachte sie wieder daran, dass ihnen
heute ein schöner Sommertag bevorstehen würde.

Sie wusste nicht warum, aber plötzlich war sie mit ihren
Gedanken bei ihrer Tochter. Die 20jährige Sabrina studierte an der Uni in Freiburg. Sie lebte dort mit fünf
anderen Studentinnen in einer Wohngemeinschaft. Freiburg war nicht weit, und Sabrina hätte auch zuhause
wohnen können, aber sie hatte keine Lust, zweimal täglich
40 Minuten in öffentlichen Verkehrsmitteln zu sitzen. So
eine Studentenbude war da schon praktischer.

Was Sabrina wohl gerade macht?, ging es ihrer Mutter durch den Kopf.

Gabriele wurde aus ihren Gedanken gerissen, als sie aus der Ferne das Motorgeräusch eines Traktors wahrnahm, der sich offensichtlich dem Hof näherte.

Die Männer kommen, dachte sie.

Ihr Mann Thomas war heute Morgen gemeinsam mit dem Knecht Hennes zu einer Weide hinausgefahren. Diese Weide lag an einem steil abfallenden Hang und konnte nicht maschinell bearbeitet werden. Deshalb hatten der Bauer und sein Knecht gestern Nachmittag dort mit Sensen die Wiese gemäht. Es war eine aufwendige und mühselige Arbeit. Damit die Mahd besser trocknen konnte, waren Thomas und Hennes bereits heute Morgen wieder dorthin gefahren, um das Heu zu wenden.

Gabriele erhob sich von der Bank.

„Frühstückszeit", murmelte sie.

Sie zog die verschmutzten Schuhe aus und stellte sie vor der Tür ab. Nun betrat sie den Flur, um dort ihre Hausschuhe anzuziehen.

Das gemeinsame Frühstück mit allen Bewohnern des Eichtannhofes gehörte zur täglichen Tradition.

Als Gabriele die Tür der großen Stube öffnete, wurde sie sofort freundlich begrüßt.

„Guten Morgen, Bäuerin", sagte eine Stimme mit polnischem Akzent.

Es war Alinka, die seit vier Jahren als Hauswirtschafterin auf dem Hof arbeitete. Nachdem die alte Magd seinerzeit plötzlich schwer erkrankt und wenig später verstorben war, hatten die Moosfallers mit Alinka schnell eine Nachfolgerin gefunden, mit deren Arbeit sie sehr zufrieden waren.

„Guten Morgen, Alinka", grüßte die Bäuerin zurück.

Die aus Polen stammende Magd hatte bereits den großen Tisch gedeckt und vollendete gerade die Tafel, indem sie Teller mit Wurst und Brot auf den Tisch stellte.

Alinka hatte ihre blonden Haare stramm nach hinten gekämmt und zu einem Pferdeschwanz zusammengebunden. Diese Frisur verlieh ihrem eigentlich hübschen Gesicht eine gewisse Ernsthaftigkeit.

Die vierzigjährige Magd arbeitete auf dem Hof nur als Teilzeitkraft. Ihr Verdienst war nicht allzu hoch, doch dafür durfte sie mietfrei in einem Zimmer im Gesindehaus, welches am Haupthaus angebaut war, wohnen. Nachmittags ging sie immer hinunter in das Städtchen Simonswald. Dort arbeitete sie dann als Bedienung in einer Gaststätte.

Die Bäuerin mochte Alinka, denn sie war ehrlich und sehr zuverlässig.

Erst jetzt sah Gabriele, dass ihr Sohn Dirk bereits am Frühstückstisch Platz genommen hatte.

„Guten Morgen, Mama", sagte er und gähnte dabei.

Dabei wirkte das mit Sommersprossen übersäte Gesicht des 24jährigen Sohnes für einen Moment wie eine lustige Maske. Seine roten, nach allen Seiten abstehenden Haare unterstrichen diesen kurzen Eindruck. Diese roten Haare waren, wie sein Opa immer sagte, das Erbgut des Urgroßvaters, den Dirk aber nicht mehr gekannt hatte.

Der vierundzwanzigjährige Dirk lebte immer noch bei seinen Eltern. Er hatte sein ehemaliges Kinderzimmer in ein modernes Jugendzimmer umgestaltet und fühlte sich zuhause pudelwohl. Dirk war nach seinem Schulabschluss bezüglich seiner beruflichen Zukunft immer noch unschlüssig. Er half auf dem Hof mit, und diese vertraute Arbeit machte ihm Spaß. Dennoch konnte er sich mit dem Gedanken, später einmal den Hof zu übernehmen und Bauer zu werden, nicht anfreunden. Dirk wollte sein Leben genießen und träumte davon, oft in den Urlaub fahren zu können, doch als Bauer würde er nur selten vom Hof wegkommen, weil man hier immer viele Verpflichtungen hatte.

Während sein Vater der Meinung war, dass er alt genug sei, um eine Entscheidung für seine Zukunft zu treffen, meinte seine Mutter immer, dass man so einem Entschluss nicht überstürzen dürfe.

Dirk schloss sich der Meinung seiner Mutter an, denn er war mit seinem Leben, so, wie es jetzt war, sehr zufrieden.

Jetzt saß er am Tisch und wartete geduldig auf die anderen Bewohner des Eichtannhofes, denn erst, wenn alle am Tisch saßen, wurde gegessen.

Die große Wohnstube, in der auch gegessen wurde, war nach dem Umbau des Haupthauses auf Wunsch des Altbauernpaares im Originalzustand geblieben. Außer dem morschen Dielenboden, den man durch Fliesen ersetzt hatte, sah hier alles fast noch genau so aus, wie vor mehr als hundert Jahren. Die Wände waren mit dunklem Holz vertäfelt. Die Balken an der niedrigen Decke hatte man aufgearbeitet und mit einer speziellen Holzfarbe angestrichen. In der Ecke, direkt neben dem Eingang, stand ein großer, dunkelgrüner Kachelofen, der von schmalen Sitzbänken umgeben war. Von diesem Ofen aus gesehen, standen an der linken Längswand zwei betagte Schränke und eine alte Standuhr, deren großes Pendel laut tickend hin und her schwang. In der rechten Längswand waren drei kleine Fenster, vor denen der große Tisch stand. Der Tisch war, genau wie die lange Bank, die an der Wand unterhalb der Fenster stand, aus massivem, dunklen Eichenholz gearbeitet. All diese Möbel, auch die Stühle, die um dem Tisch herum standen, wirkten sehr alt, genau wie ein verschlissenes, dunkelbraunes Ledersofa, welches neben den Stühlen eine weitere Sitzgelegenheit bot.

In der Wand, die sich gegenüber dem Eingang befand, waren zwei Türen zu sehen. Eine der Tür führte in die Speisekammer und die andere in die Küche, die allerdings, im Gegensatz zu der großen Wohnstube, sehr modern eingerichtet war.

Gabriele nahm nun auch an dem großen Tisch Platz.

Mit den Worten: „Ich muss noch Marmelade holen", verschwand die Magd Alinka in die angrenzende Speisekammer.

In diesem Moment betrat das Altbauernpaar die Stube.

Auch sie gehörten zur Frühstücksrunde.

„Guten Morgen", sagten die beiden zeitgleich.

„Guten Morgen Oma, guten Morgen Opa" begrüßte Dirk sie.

Heinrich, der Altbauer war 1,75 Meter groß und ging etwas gebeugt. Er trug direkt über seinem linken Ohr einen kerzengeraden Scheitel, von dem aus seine dünnen, grauen Haare über den Kopf gekämmt waren und so die darunter liegende Glatze verdeckten. Der Ausdruck seines faltigen Gesichtes, in dessen Mitte die etwas zu breit geratene Nase sofort ins Auge fiel, strahlte Zufriedenheit aus.

Seine Frau Maria wirkte ebenfalls zufrieden. Die 1,65 Meter große Altbäuerin, deren leicht gerötete Wangen schon fast ihr Markenzeichen war, lächelte, als sie den Raum betrat. Sie trug eine klassische Omafrisur, denn sie hatte ihre grauen Haare hinten zu einem Knoten zusammengebunden. Maria war eine sehr gläubige Frau. Mindestens einmal am Tag ging sie in die kleine Hof-kapelle, um zu beten. Manchmal, wenn sie in der Kapelle war und vergessen hatte, die Tür hinter sich zu schließen, hörte man bis draußen, wie sie vor der Marienfigur, die in dem Kapellchen stand, betete und sich mit der Heiligen Mutter Gottes unterhielt.

Sie und ihr Mann begaben sich zum Tisch und setzten sich auf ihre Stammplätze.

Gabriele, die das Altbauernpaar herzlich begrüßte, hatte auch Platz genommen.

Sie brauchten nicht lange zu warten, als auch der Bauer die Stube betrat.

Thomas sah für sein Alter von 55 Jahren noch sehr gut aus. Das lag an den unglaublich gleichmäßigen Gesichts-zügen. Wäre da nicht die etwas zu breit geratene Nase, die er von seinem Vater geerbt hatte, hätte er glatt einem männlichen Modell, wie sie in Katalogen zu sehen waren, geglichen.

Nach einer kurzen Begrüßung erklärte der 1,80 Meter große Bauer, der sich kurz mit der Hand über seine vollen, grauen Haare strich, dass Hennes sich noch umziehen müsse und auch er sich noch schnell frischmachen würde, weil er sich in den Arbeitsklamotten nicht an den Tisch sitzen wolle.

„Dann beeile dich mal, Schatz", sagte Gabriele zu ihm. „Wir haben Hunger."

Sie schaute ihrem Mann hinterher, als er den Raum verließ.

Über ihr Gesicht huschte ein kurzes Lächeln.

Sie dachte daran, dass Thomas und sie im kommenden Herbst ihre Silberhochzeit feiern würden und daran, dass sie ihren Mann auch nach 25 Ehejahren immer noch über alles liebte. Auch, wenn das Zusammenleben mit den Jahren ruhiger geworden und eine gewisse Routine in ihren Alltag eingekehrt war, Gabriele war mit Thomas glücklich. Er war ein toller und liebevoller Mann, auf dem sie sich immer verlassen konnte.

„Wo war Papa denn schon so früh mit Hennes?" fragte Dirk seine Mutter und riss sie aus ihren Gedanken.

„Die beiden waren unten an der Südhangweide", antwortete Gabriele. „Sie haben dort schon das Heu gewendet."

„Ach so", murmelte ihr Sohn.

Jetzt dachte Dirk wieder daran, dass er, sollte er sich dazu entscheiden, später einmal den Hof zu übernehmen, auch Arbeitstage von 15 Stunden und mehr auf sich nehmen müsse. Das gehörte zum Beruf des Landwirtes einfach dazu. Während in den meisten Berufen ein Achtstundentag normal war, arbeitete ein Bauer oft doppelt so lang.

Nun sprach der Altbauer ihn an: „Und, mein Junge, wann bist du heute Morgen aufgestanden?"

Dirk blickte kurz auf die große Standuhr.

„Vor einer Stunde, Opa", antwortete er.

Heinrich lächelte und meinte: „So ist die Jugend heute. Ich bin früher, als ich so alt war wie du schon früh morgens mit auf das Feld gegangen und musste mit anpacken. Wenn ich damals lange geschlafen hätte, um mich nach dem Aufstehen direkt an den Frühstückstisch zu setzen, hätte ich großen Ärger bekommen." Der Altbauer schüttelte den Kopf. „Die Jugend heutzutage wird viel zu sehr verwöhnt."

„Ich habe mich nicht sofort nach dem Aufstehen an den Frühstückstisch gesetzt, Opa. Ich habe schon den Bruno versorgt."

Bruno war ein vierjähriger Berner Sennenhund, der sich den ganzen Tag lang draußen aufhielt und nur nachts zum Schlafen in den Flur ging, um sich dort zur Nachtruhe zu begeben. Meist lag der Hofhund auch tagsüber schlafend vor der Tür. Bruno war ein friedlicher und ruhiger Geselle, der es liebte, wenn die Kinder der Feriengäste ab und zu mit ihm spielten.

„Als wenn es viel Arbeit ist", sagte der Altbauer, „dem Hund etwas zum Fressen hinzustellen."

„Ich habe ihm nicht nur Futter gegeben, Opa, sondern ihm auch eine halbe Stunde lang die Knoten aus dem Fell gekämmt. Das war ein echter Kampf."

Heinrich schmunzelte.

„Ein Kampf, so, so", murmelte er.

In dem Moment öffnete sich die Tür, und ein Mann betrat den Raum.

„Und jetzt erst mal kräftig frühstücken", waren seine ersten Worte.

Es war Hennes. Der dreiundsechzigjährige Knecht trug eine kurzgeschnittene Igelfrisur. Sein fast kreisrundes Gesicht wurde von langen Koteletten, die weit über den Wangen hinunterreichten, regelrecht eingerahmt. Er hatte schon unter dem Altbauern auf dem Eichtannhof gearbeitet.

Auch wenn Hennes in zwei Jahren in Rente gehen würde, er hatte sich jetzt schon dazu entschlossen, seine Arbeit auf dem Hof solange fortzuführen, bis er dazu nicht mehr in der Lage war.

Der Knecht begab sich sofort zum Tisch und setze sich neben Alinka, die mittlerweile auch Platz genommen hatte.

Als Hennes sah, dass der Platz vor Kopf, an dem der Bauer immer saß, noch leer war, rieb er sich unruhig an seiner roten, mit kleinen, blauen Äderchen durchzogenen Nase.

Wenn nicht alle am Tisch saßen, durfte noch nicht gegessen werden.

Dirk beobachtete Hennes, der sich ungeduldig die Nase rieb. Seine Mutter sagte immer, dass Hennes so eine rote Nase hätte, weil er soviel zwitschern würde.

In der Tat saß der Hennes jeden Abend, nachdem die Arbeit getan war, auf der kleinen Bank neben dem Gesindehaus, in dem er wohnte, und gönnte sich einige Gläschen mit verschiedenen Obstbränden, wobei die Williamsbirne sein Favorit war.

Hennes war ein liebenswerter Kerl, den auch die Feriengäste mochten. Er war immer gut drauf und ein Meister darin, Witze zu erzählen. Das kam bei den Gästen immer sehr gut an, zumal Hennes über seine eigenen Witze am meisten lachen musste. Da alle wussten, wie gerne Hennes sich einen zwitscherte, brachten die Stammgäste des Hauses ihm auch regelmäßig einen „Willi", wie der Williamsbrand von ihnen bezeichnet wurde, mit.

Dirk war mit „Onkel Hennes" groß geworden und er mochte ihn. Für ihn gehörte er zur Familie, genau wie die vor vier Jahren plötzlich verstorbene Magd Marlies. Ihr trauerte Dirk, auch nach so einer langen Zeit, immer noch etwas nach, denn Marlies war immer für ihn da gewesen. Natürlich war die neue Magd Alinka auch in Ordnung, aber sie war halt nicht Marlies, zu der Dirk immer eine besonders enge Beziehung hatte.

Nun betrat endlich der Bauer die Stube und setzte sich an seinen Platz.

„Mit den Worten: „Dann allen mal einen guten Appetit", griff er zum Brotteller.

Jetzt griffen alle zu.

Die einzigen, die sich beim Zugreifen Zeit ließen, waren der alte Heinrich und seine Frau Maria. Die beiden ließen es gemütlich angehen.

Als der Knecht Hennes sich das letzte Stück seines Wurstbrotes in dem Mund schob, hatten die beiden Alten gerade mal ihre ersten Brote belegt.

Beim Frühstück schien jeder am Tisch seinen eigenen Gedanken nachzugehen, denn es wurde kein einziges Wort gesprochen.

Der Bauer war als erster mit dem Essen fertig.

Er trank noch einen kräftigen Schluck Kaffee und brach das Schweigen.

„Und?", sagte er mit dem Blick zu seiner Frau. „Hast du das mit den neuen Feriengästen jetzt geregelt?"

Die Angesprochene nickte.

„Ja, das war ganz schön kompliziert, aber ich habe es hinbekommen. Herr und Frau Kampinski, die unsere kleine Wohnung in der ersten Etage noch bis Samstag angemietet hatten, sind ja gestern schon vorzeitig abgereist, weil es einen plötzlichen Todesfall in ihrer Familie gegeben hat. Am Wochenende hatte ich eine Mail von einem Ehepaar Schmitz aus Hannover bekommen. Sie hatten nachgefragt, ob wir für diese Woche noch eine Ferienwohnung frei hätten. Da alle Wohnungen ja voll belegt waren, hatte ich ihnen absagen müssen. Nachdem die Kampinskis gestern abgereist waren, habe ich das Paar aus Hannover angeschrieben und ihnen mitgeteilt, dass kurzfristig eine Wohnung freigeworden sei, allerdings nur für vier Übernachtungen, vom heutigen Dienstag bis Samstag. Sie haben sofort zugesagt. Ich habe die Wohnung gestern, nachdem die Kampinskis weg waren, schon fertig gemacht und den Schmitz´ geschrieben, dass sie heute schon ab zehn Uhr in die Wohnung könnten. Sie haben sofort geantwortet und sich bedankt. Da sie von Hannover bis hierher mehr als sechs Stunden fahren würden, wollten sie heute Nacht schon losfahren, um noch viel von ihrem ersten Urlaubstag zu haben."

Gabrieles Mann ergriff ihre Hand und lächelte.

„Du bist ein richtiges Organisationstalent, mein Schatz", sagte er, beugte sich zu ihr und gab ihr einen Kuss.

Sie lächelte und meinte: „Mit einer leer stehenden Wohnung kann man halt kein Geld verdienen."

„Ja", sagte er. „Es war damals eine gute Entscheidung, den Viehbestand von vierzig Kühen auf zehn zu reduzieren und in Ferienwohnungen zu investieren."

„Und wessen Idee war das, Thomas?"

„Deine natürlich, mein Schatz."

Der Bauer erhob sich.

„Ob du es glaubst oder nicht", sagte er, „auch ich habe gestern eine Idee gehabt, wie wir unser Leben einfacher machen könnten und noch weniger Arbeit hätten."

Er begab sich zu einem der alten Holzschränke, öffnete eine Schublade und nahm ein zusammen gefaltetes Blatt Papier heraus. Damit begab er sich wieder zum Tisch, setzte sich und breitete das Papier aus.

„Das ist der Gebäudeplan vom Eichtannhof", sagte er.

Thomas deutete mit dem Finger auf die freie Stelle oberhalb des Gesindehauses.

„Was hältst du davon, wenn wir an diese Stelle ein weiteres, kleines Haus mir zwei weiteren Ferienwohnungen bauen?"

„Wie bitte?", kam es verwundert aus dem Mund der Bäuerin. „Dadurch sollen wir weniger Arbeit haben?"

„Lass´ mich doch erst einmal ausreden, mein Schatz", sagte Thomas. „In dem Fall würden wir unser Milchvieh ganz abschaffen. Damit die Feriengäste aber weiterhin bei ihrem Aufenthalt ihr echtes Bauernhoferlebnis genießen könnten, würden wir auf dem Hof zwei oder drei Kühe,

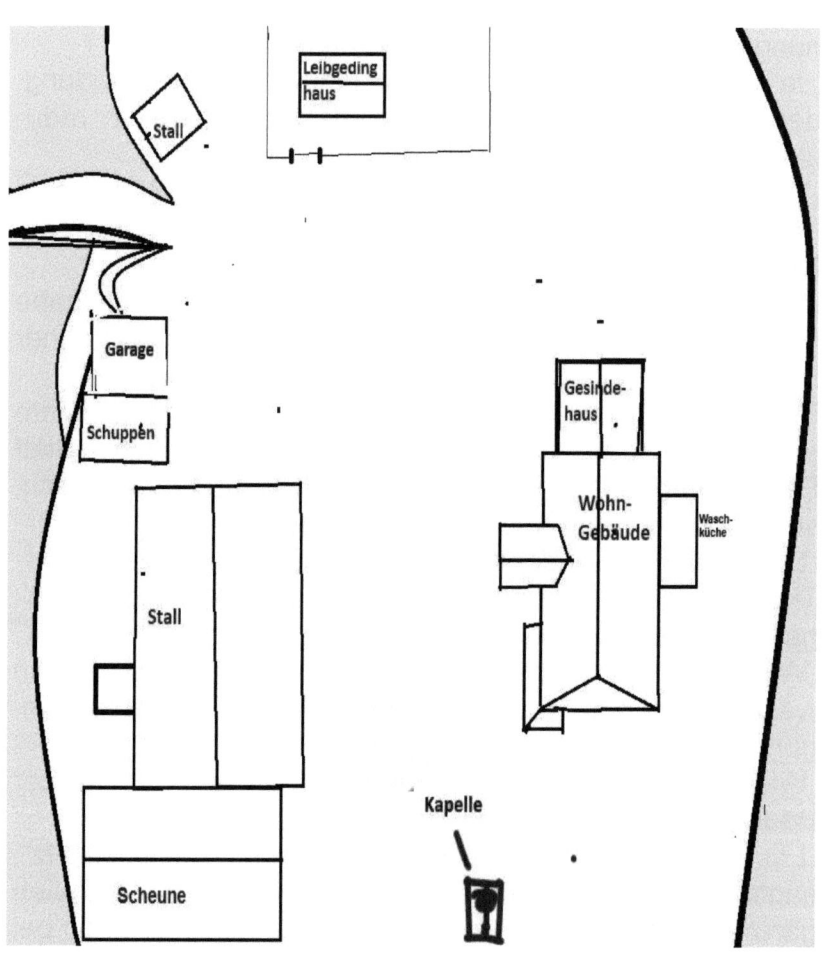

Leibgeding
haus

Stall

Garage

Schuppen

Gesinde-
haus

Wohn-
Gebäude

Wasch-
küche

Stall

Kapelle

Scheune

allerdings Schlachtvieh und ein paar große Kälber, die keine Milch mehr brauchen, halten. Ich habe schon mit dem Franz vom Kattlerhof gesprochen. Er würde uns das Vieh zur Verfügung stellen."

Alle am Tisch hatten ihm aufmerksam zugehört.

Während die anderen diese Aussage erst einmal über- denken mussten, tat die Magd sofort ihre Meinung kund.

„Warum sollen wir denn das Schlachtvieh von anderen Bauern bei uns aufnehmen?", wollte sie verwundert, mit ihrem polnischen Akzent in der Stimme, wissen.

Thomas lächelte.

„Das ist ganz einfach", erklärte er der Magd. „Schlachtvieh und Kälber müssen nicht gemolken werden. Sie würden auf der Weide um den Hof stehen, um den Feriengästen eine Bauernhofidylle zu vermitteln. Ganz besonders die Kinder unserer Gäste lieben Tiere. Das ist ja auch der Grund dafür, dass wir die zwei Ziegen halten."

„Die Idee ist gut", meldete sich nun Dirk, der Sohn des Hauses, zu Wort. „Man brauchte die Kühe nicht mehr vom Stall auf die Weide und umgekehrt zu treiben, und das zweimalige Melken am Tag bliebe uns auch erspart."

„Uns?", merkte seine Mutter mit einem hämischen Unter- ton an. „Ich kann mich gar nicht mehr daran erinnern, wann du dich das letzte Mal um das Melken gekümmert hast."

„Also", meinte der Bauer und ging auf die Anmerkung seiner Frau nicht ein, „was haltet ihr von meinem Vor- schlag?"

„Wenn wir das Milchvieh abschaffen", meldete sich nun der Altbauer zu Wort, „dann habe ich ja keine Arbeit mehr.

Jetzt hole ich jeden Tag die Kühe nachmittags zum Melken von der Weide. Ihr wisst, wie gerne ich das mache. Ich will mich auf keinen Fall auf die faule Haut legen."

„Es gibt bestimmt noch andere Arbeiten, die du erledigen kannst, Papa", meine Thomas.

Der Altbauer verzog das Gesicht und sagte: „Lass´ mal sehen."

Er erhob sich, trat an seinen Sohn heran und schaute auf den Plan.

„Wohin genau willst du das neue Haus bauen?", wollte er wissen.

Thomas zeigte auf die Stelle oberhalb des Gesindehauses.

„Genau hier hin", sagte er.

„Also ganz dicht neben unserem Leibgedinghaus", murmelte Heinrich. „Das hast du dir ja toll ausgedacht."

„Aber Papa", entgegnete Thomas, „bis zu eurem Haus sind es von dem Neubau gute dreißig Meter."

„Aber nur zehn Meter bis zu unserem Garten", sagte der Altbauer. „Ich kann mir nicht vorstellen, dass deine Mutter es gerne hätte, wenn die Touristen ihr den ganzen Tag bei der Gartenarbeit auf die Finger schauen."

Er wandte sich an seine Frau: „Das stimmt doch, Maria, oder?"

Die Angesprochene schmunzelte.

„Ach Heinrich", sagte sie. „Die Feriengäste unserer Kinder sind doch immer sehr nett. Ich unterhalte mich gerne mit ihnen, und es würde mich auch nicht stören, wenn sie über den Gartenzaun hinweg mit mir plaudern. Im Gegenteil, ich empfinde solche Unterhaltungen immer als sehr angenehm."

Der Altbauer winkte ab.

„Du musst ja immer etwas anderes sagen", meinte er zu Maria. „Außerdem machen die Kinder sowieso, was sie wollen. Wir haben da eh kein Mitspracherecht."

„Papa", sagte Thomas zu ihm. „Das ist ja bisher nur eine Idee. Wir müssen uns ja erst einmal danach erkundigen, was für ein Aufwand und welche Kosten dann auf uns zukommen würden. Wenn es amtlich wird, werde ich dich und Mama selbstverständlich in die Planung mit einbeziehen. Das Anwesen ist groß genug, und wir könnten den Neubau um einige Meter weiter weg vom Leibgedinghaus hinsetzen."

Der Altbauer zuckte kurz mit den Schultern und begab sich wieder zu seinem Platz, um weiter zu frühstücken.

Die meisten am Tisch hatten schon genug gegessen. Nun saßen sie noch bei einer Tasse Kaffee da und redeten über die Idee des Bauern.

* * *

Die neuen Gäste

Gabriele Moorfaller hatte den beiden Ziegen, die auf einer kleinen, abgezäunten Weide neben ihrem Stall standen, gerade einen Eimer mit Heu gebracht. Der Pferch, in dem die zwei Tiere standen, war schon sehr abgegrast, und deshalb musste die Bäuerin ihnen Zusatzfutter bringen.

Nun war sie auf dem Weg zum Schuppen, um den leeren Eimer darin abzustellen. Ein Ehepaar mit zwei Töchtern, Feriengäste aus Frankfurt, kamen gerade aus der Haustür und gingen zu ihrem Auto. Gabriele winkte ihnen zu, als sie in das Fahrzeug stiegen. Die Familie hatte die große Wohnung in der ersten Etage angemietet. Die Bäuerin wusste, dass die vier heute nach Waldkirch in den Naturerlebnispark fahren wollten. Dort gab es neben dem Baumkronenweg, der oben zwischen den Bäumen hindurchführte und von dem man eine großartige Aussicht hatte, auch noch Europas längste Röhrenrutsche. Die beiden Töchter ihrer Gäste hatten der Bäuerin bereits gestern mitgeteilt, dass sie diese 190 Meter lange Rutsche unbedingt „hinunter düsen" wollten. Gabriele schaute dem Auto noch winkend hinterher, als es vom Hof fuhr.

Eine weitere vierköpfige Familie, die die große Wohnung in der zweiten Etage hatte, war schon in den frühen Morgenstunden losgefahren, um einen Abstecher nach Freiburg zu machen, und das Pärchen, welches die danebenliegende, kleine Wohnung angemietet hatte, hatte heute Morgen den Urlaub bei ihnen beendet. Die Eheleute waren nach zwei Wochen Aufenthalt wieder nachhause gefahren. Die Bäuerin hatte die Wohnung gemeinsam mit

Alinka bereits wieder gereinigt. Dort würden morgen wieder neue Gäste einziehen. Gabriele blickte auf ihre Uhr. „Halb Zehn" sagte sie leise zu sich selbst. „Dann werden die Schmitz´ aus Hannover bestimmt bald kommen."

Kaum hatte sie das ausgesprochen, vernahm sie das Geräusch eines herannahenden Autos, und wenig später kam auch schon ein Sportwagen um die Ecke gefahren. Es war ein leuchtend gelber Porsche, auf dessen Fahrertür ein großes, grünes „S" zu sehen war. Das „H" auf dem Kfz-Kennzeichen verriet der Bäuerin, dass es die neuen Gäste aus Hannover sein mussten. Der Porsche, hinter dessen Lenkrad eine Frau saß, blieb auf dem Hof stehen, und ein junges Paar stieg aus.

Gabriele ging mit einem freundlichen „Guten Morgen", auf sie zu.

„Sie sind die Familie Schmitz", sagte sie und begrüßte die neuen Gäste mit einem Handschlag. „Ich bin Gabriele Moosfaller und ich hoffe, Sie hatten eine angenehme Hinfahrt."

„Danke, es war sehr angenehm", meinte Herr Schmitz lächelnd. „Bis auf einem kleinen Stau sind wir sehr gut durchgekommen."

Dann deutete die Bäuerin auf den gelben Porsche und meinte: „Sie haben aber ein sehr schickes Auto."

„Ja", antwortete Frau Schmitz. „Das Auto hat mein Mann mir geschenkt."

Mit einen Blick auf ihren neuen Feriengast sagte Gabriele: „Da muss Ihnen Ihre Frau ja viel bedeuten."

„So ist es", entgegnete Herr Schmitz und lachte.

39

„Und passend zu Ihrem Nachnamen habe Sie ein großes S auf den Autotüren anbringen lassen", scherzte Gabriele Moosfaller. Das ist eine tolle Idee. Darauf kommt nicht jeder."

„Nein", widersprach ihr Feriengast. „Das S steht für Sybille, den Namen meiner Frau."

Die Bäuerin nickte und bat das Paar, welches sie auf ein Alter von um die vierzig Jahre einschätze, ihr zu folgen, damit sie ihnen die Wohnung zeigen konnte.

Als sie wenig später in der kleinen Wohnung in der zweiten Etage standen, waren die neuen Gäste begeistert. Am besten gefiel ihnen die herrliche Aussicht vom Balkon.

„Ich denke", sagte Frau Moosfaller zu den beiden, „Sie möchten jetzt erst mal in Ruhe hier ankommen und ihr Gepäck ausladen. Deshalb werde ich Sie nun alleine lassen. Ach so, auf dem Tisch liegt die Anmeldung für die Kurtaxe, die Sie mir bitte ausfüllen und irgendwann heute unten in meinen Briefkasten werfen. Die Karte, die unten an dieser Anmeldung hängt, trennen Sie bitte ab. Das ist Ihre Kurkarte. Damit können Sie einige kostenlose Leistungen wie Busfahren, der Eintritt ins Freibad und einiges mehr in Anspruch nehmen. Ich wünsche Ihnen beiden noch einen wunderschönen Aufenthalt."

Als die Bäuerin aus der Tür ging, sagte sie noch: „Sollten Sie noch irgendwelche Fragen haben, dann können Sie sich jederzeit an mich wenden."

Dann verließ sie die neuen Feriengäste.

Während sie nach unten in ihre Wohnung ging, dachte sie über den ersten Eindruck, den sie von ihren neuen Gästen hatte, nach.

Die zwei waren optisch ein sehr ungleiches Paar. Herr Schmitz war ein smarter Mann und wirkte sehr sportlich. Seine moderne Frisur mit seitlich über den Ohren kurz rasierten Haaren stand ihm sehr gut. Bei den Gedanken an ihren neuen Feriengast verspürte die Bäuerin ein merkwürdigen Gefühl. Nachdem er vorhin aus seinem Auto gestiegen war, hatte sie bei seinem Anblick etwas empfunden, das sie geistig nicht einordnen konnte. Es war für einen Augenblick so, als hätte der Mann eine ganz besondere, angenehme Ausstrahlung, der sie sich nicht hatte entziehen können.

Nun dachte sie an seine Frau. Sie wirkte, auch wenn sie noch nicht alt war, etwas gebrechlich. Frau Schmitz war sehr dünn, und ihr kurzer Haarschnitt ließ ihr blasses Gesicht noch hagerer wirken. Gabriele sah die Frau in ihren Gedanken vor sich. Sie dachte daran, dass sie vielleicht irgendeine Krankheit haben könnte.

Schließlich betrat die Bäuerin ihre Wohnung und setzte sich an den Tisch, um wie immer, die Ankunft ihrer neuen Gäste zu notieren.

Sie hatte ihre Notizen noch nicht ganz vollendet, als es an ihrer Tür klingelte.

Als sie öffnete, stand Herr Schmitz vor ihr.

„Oh", sagte Gabriele überrascht. „Habe ich noch etwas vergessen? Ist etwas nicht in Ordnung?"

„Doch, doch, Frau Moosfaller", sagte der Mann, „es ist alles in Ordnung."

Er schaute sie für einen Moment schweigend an und lächelte.

41

Gabriele, der sein überaus charmantes Lächeln nicht entgangen war, blickte ihn fragend in die Augen.

„Was kann ich für Sie noch tun, Herr Schmitz?"

„Entschuldigen Sie, dass ich Sie noch mal störe, aber wir wollten unseren Bekannten schreiben, dass wir gut angekommen sind und ihnen die ersten Urlaubsfotos mit der tollen Aussicht vom Balkon zuschicken. Deshalb wäre es nett von Ihnen, mir das Wlan-Passwort zu geben."

Die Bäuerin schmunzelte.

„Herr Schmitz, oben bei Ihnen im Wohnzimmer hängt ein Infobrett an der Wand. Darauf finden Sie die Internetdaten und alles andere, was wichtig ist."

„Oh", stutze der Mann. „Dann entschuldigen Sie bitte die Störung. Ich habe da wirklich nicht drauf geachtet."

„Das macht nichts, Herr Schmitz. Ich habe Ihnen ja gesagt, dass Sie jederzeit bei mir anklingeln können, wenn Sie irgendwelche Fragen haben."

Er schaute sie lächelnd an und atmete tief durch.

Dann sagte er: „Frau Moosfaller, bitte fassen Sie das, was ich Ihnen jetzt sagte, nicht falsch auf. Ich bin glücklich verheiratet und liebe meine Frau. Das musste ich jetzt erst einmal klarstellen, damit das, was ich Ihnen nun sage, nicht falsch rüber kommt. Ich muss Ihnen einfach sagen, dass Sie eine äußerst attraktive Frau sind."

Gabriele wusste im Moment nicht, wie sie sich dazu äußern sollte.

„Danke für das Kompliment", kam es schließlich unsicher aus ihrem Mund.

Nachdem der Mann wieder gegangen war, dachte sie über seine Schmeichelei nach. Sie wusste, dass sie für ihr

Alter noch ganz gut aussah und dachte daran, dass sie früher, als sie noch jünger war, aufgrund ihres Aussehens viele Verehrer hatte. Doch alle um sie herum wussten, dass sie glücklich verheiratet war, und so hatten die Schmeicheleien der Männer mit den Jahren nachgelassen. Sie schmunzelte und musste sich eingestehen, dass ihr die Anmerkung von Herrn Schmitz gefallen hatte. Es hatte ihr nicht nur gefallen, sondern sie hatte das Gefühl, als hätte ihr diese Schmeichelei gut getan.

In dem Moment wurde ihr bewusst, dass ihr neuer Feriengast irgendetwas an sich hatte, was sie faszinierte.

Sie dachte daran, dass es lange zurück lag, dass ein Mann ihr gesagt hat, dass sie eine attraktive Frau sei. Selbst von ihrem Thomas hatte sie das schon lange nicht mehr gehört. In dem Moment dachte sie an ihren Mann, der zusammen mit Hennes draußen auf der Weide war, um Heu zu wenden.

„Tja, mein Schatz", sagte sie leise vor sich hin. „Es gibt tatsächlich noch Männer, die deiner Frau Komplimente machen."

Sie dachte an Herrn Schmitz, und dieser Gedanke zauberte ein Lächeln in ihr Gesicht. *Und sogar richtig hübsche Männer*, ging es ihr durch den Kopf.

„Aber jetzt an die Arbeit", murmelte sie und ging zur Kammer, um dort den Staubsauger herauszuholen.

Gabriele hatte heute Morgen schon das Treppenhaus geputzt und auf dem Hof den Eingangsbereich des Hauses gefegt, denn die Bereiche, in der sich die Feriengäste aufhielten, mussten immer sauber sein.

Nun aber war es an der Zeit, ihre eigene Wohnung auf Vordermann zu bringen.

Wenig später, als sie den Boden des Wohnraumes absaugte, musste sie immer wieder an den neuen Feriengast denken, der ihr dieses schöne Kompliment gemacht hatte.

Was für ein netter Mann, ging es ihr durch den Kopf.

*   *   *

Die Beichte von Frau Schmitz

Gabriele Moosfaller kam mit zwei dicken Kohlrabis aus der Speisekammer und betrat die Küche.

Dort war die Magd Alinka gerade dabei, das Geschirr in den Schrank zu räumen, welches sie gerade gespült und abgetrocknet hatte.

So modern die Küche auch war, eine Spülmaschine gab es nicht.

Im Gegensatz dazu waren die kleinen Küchen in den Ferienwohnungen alle mit einer Spülmaschine ausgestattet.

Die Bäuerin legte die Kohlrabis auf die Arbeitsplatte.

„Du könntest gleich mal die Kohlrabis kleinschneiden, Alinka", sagte sie zu der Magd. „Kochen werde ich sie dann gleich."

Die Bäuerin trug, wie so oft, ein weißes T-Shirt, welches locker über ihre Jeans hing. Sie hasste es, besonders bei sommerlichen Temperaturen, wenn die Kleidung eng am Körper lag. Deshalb kaufte sie sich immer Shirts, die sehr weit geschnitten waren und auch am Hals einen weiten Ausschnitt hatten.

Ihre Magd Alinka, die, außer bei der Arbeit, immer auf modische Kleidung achtete, hatte ihrer Chefin schon einige Mal gesagt, dass ihr ein modernes Outfit bestimmt besser stehen würde, zumal sie doch noch eine sehr attraktive Frau sei, doch Gabriele hatte immer nur gelacht. Alinka hatte dann zu hören bekommen, dass sie als Bäuerin nichts von Mode halte und schließlich nicht auf den Laufsteg sondern auf den Hof gehöre.

Gabriele, die neben ihrer Magd stand, schaute kurz auf die Uhr.

„Gleich Zwölf", stellte sie fest. „Wir haben noch Zeit."

Sie dachte daran, dass sie heute um 14 Uhr essen wollten. Dann würden Thomas und Hennes mit der Arbeit auf der Weide fertig sein.

„Heute soll es dreißig Grad heiß werden", sagte sie. „Ich schwitze jetzt schon."

Dabei zupfte sie mit den Fingern an ihrem weißen, viel zu weit wirkenden T-Shirt.

„Ja, Bäuerin", bestätigte die Magd in ihrem polnischen Akzent. „Heute wird es sehr heiß. Vielleicht kommen die Männer ja eher von der Weide zurück, weil sie es in der Sonne nicht aushalten."

Gabriele schüttelte den Kopf.

„Nein, Alinka, die zwei sind es gewohnt, bei jedem Wetter zu arbeiten. Außerdem müssen sie das sonnige Wetter ausnutzen, um das Heu schneller trocken zu bekommen."

Sie nahm sich eine Tasse aus dem Schrank und schüttete sich Kaffee ein.

„Ich werde mich jetzt mal kurz nach draußen an den Tisch setzen und mir in Ruhe einen Kaffee gönnen, Alinka. Der Platz vor der Tür, ist jetzt noch schön schattig."

Dann verließ sie das Haus und setzte sich auf die Bank der Sitzgruppe neben dem Eingang.

Hier hatte sie auch schon heute Morgen kurz gesessen, denn diese Bank war ihr Lieblingsplatz. Von hier aus konnte man den ganzen Eichtannhof überblicken.

Kaum hatte sie den ersten Schluck Kaffee getrunken, hörte sie Stimmen, die von der Hofzufahrt kamen. Wenig später bogen die heute angekommenen Eheleute Schmitz und die Ecke der Garage.

Herr Schmitz hielt einen Fotoapparat mit einem großen Objektiv in der Hand. Diese Kamera stach der Bäuerin sofort ins Auge.

Die beiden kamen direkt auf ihre Gastgeberin zu.

„Sie waren schon unterwegs?", fragte Gabriele sie.

„Ja", antwortete Frau Schmitz. „Wir haben eine kleine Runde gedreht." Sie deutete in die Richtung, aus der sie gekommen waren. „Da führen ja wunderschöne Wege den Berg hinauf, und ganz oben steht eine Bank, von der man eine herrliche Aussicht hat. Von dort aus kann man sogar von oben auf den Eichtannhof blicken. Da haben wir jetzt bestimmt eine halbe Stunde gesessen und die unglaublich schöne Aussicht genossen."

„Ich kenne diese Bank", sagte die Bäuerin. „Da habe ich auch schon oft gesessen. Dort ist es wirklich wunderschön."

„Es war aber nicht nur die Aussicht, die uns begeistert hat", erklärte Frau Schmitz. „Wir haben auch diese herrliche Luft genossen. Es duften nach Wiesen, Weiden und Heu, ein unbeschreiblich schöner Geruch."

Gabriele zog laut die Luft in ihre Nase.

Dann sagte sie: „Wenn man sein Leben hier verbringt, riecht man das leider nicht mehr so intensiv. Man gewöhnt sich an den Geruch."

Die Bäuerin deutete auf den Fotoapparat, den Herr Schmitz in der Hand hielt.

„Sie fotografieren?"

„Ja", antwortete er. „Das Fotografieren ist mein Hobby."

„Darf man fragen, was Sie so alles fotografieren?", fragte Gabriele ihn.

„Man darf, Frau Moosfaller", antwortete er. „Ich fotografiere alles, was mir gefällt. Das kann eine schöne Landschaft sein, aber auch kleine Dinge am Wegesrand. Es gibt viele Sachen, die man eigentlich nicht genau beachtet, weil sie dem Betrachter auf dem ersten Blick unscheinbar erscheinen. Beim genaueren Hinsehen zeigen diese Dinge dann aber ihre ganz eigene Schönheit, die man dann nur noch in Szene setzen muss."

„Das hört sich ja sehr interessant an", sagte Gabriele. Sie stutzte kurz. „Ehe ich es vergesse, haben Sie die Anmeldung für die Kurtaxe schon in meinen Briefkasten eingeworfen?"

„Das habe ich doch ganz vergessen", sagte Herr Schmitz. „Ausgefüllt habe ich sie schon. Ich werde mal schnell nach oben gehen, und die Anmeldung holen."

Der Mann, der Gabriele heute so geschmeichelt hatte, verschwand mit schnellen Schritten in das Haus.

Die Bäuerin blickte die Frau vor sich an.

„Oh", sagte sie. „Ich sitze hier vor meiner Tasse Kaffee und habe Ihnen nichts zu trinken angeboten. Nach so einem Spaziergang bei dieser Wärme haben Sie doch bestimmt Durst. Kann ich Ihnen etwas anbieten? Kaffee, Wasser oder ein kühles Bier?"

„Nein danke", antwortete Frau Schmitz. „Wir wollten direkt nach oben in die Wohnung. Ich möchte mich etwas hinlegen. Bier dürfte ich sowieso nicht trinken. Wissen Sie, Frau Moosfaller, ich bin Alkoholikerin."

Der hageren Frau war der kurze, unschlüssige Gesichtsausdruck, den sie bei ihrer Gastgeberin nach dieser Aussage erkannt hatte, nicht entgangen.

„Ich gehe da ganz offen mit um, Frau Moosfaller", erklärte
sie. „Alkoholismus ist eine Krankheit, allerdings eine
Krankheit, mit der man erst einmal klarkommen muss. Ein
wichtiger Schritt auf dem Weg zur Genesung ist es, allen
anderen unverblümt zu erzählen, dass man alkoholsüchtig
ist."

Gabriele war von dieser Ehrlichkeit beeindruckt. Irgendwie
fehlten ihr aber die Worte, etwas Passendes dazu zu
sagen.

„Seit meinem letzten Entzug in der Klinik", redete Frau
Schmitz weiter, „habe ich keinen Tropfen mehr angerührt.
Ich bin jetzt schon mehr als ein halbes Jahr trocken.
Deshalb hat mir mein Mann auch den Porsche geschenkt.
Den großen Buchstaben S auf der Autotür hat mein Peter
aus Folie anfertigen lassen. Er wollte das grüne S auch
wieder entfernen, weil es nur für den Überraschungs-
moment bei der Übergabe gedacht war, doch ich habe
ihm gesagt, es soll es am Auto lassen, denn einen
Porsche mit einem S auf der Tür hat niemand. Dieser
Schwarzwaldaufenthalt bei Ihnen tut mir so richtig gut.
Hier kann ich abschalten, und hier finde ich Ablenkung.
Als ich vorhin, zusammen mit meinem Mann, dort oben
auf der Bank saß, konnte ich sogar für einen Moment
meine Krankheit ganz vergessen. Ich bin mir sicher, dass
ich es dieses Mal schaffen werde, vom Alkohol für immer
wegzukommen."

In diesem Moment kam ihr Mann wieder aus der Tür. Er legte den ausgefüllten Kurantrag vor der Bäuerin auf den Tisch und sagte: „Bitte sehr, Frau Moosfaller."

Als er ihren ernsten Gesichtsausdruck sah, fragte er: „Ist alles in Ordnung?"

Jetzt ergriff seine Frau wieder das Wort: „Ich habe unserer Gastgeberin von meiner Krankheit erzählt." Sie trat an ihren Mann heran und nahm seine Hand. „Wissen Sie, Frau Moosfaller, ohne meinen Peter hätte ich das niemals geschafft. Er hat so viel mit mir durchmachen müssen und steht dennoch immer voll hinter mir. Wenn ich ihn brauche, ist er da. Mein Peter ist der beste Mann der Welt."

Gabriele lächelte.

„Dann gratuliere ich Ihnen zu so einem tollen Mann", sagte sie.

Ihre beiden Gäste verabschiedeten sich und gingen ins Haus.

Die Bäuerin saß da und dachte über das nach, was sie gerade gehört hatte.

Sie schaute auf den ausgefüllten Kurantrag, der vor ihr auf dem Tisch lag.

„Peter und Sybille Schmitz", las sie leise die Namen ihrer Gäste. Den Geburtsdaten, die dort eingetragen waren, entnahm sie, dass er 40 und sie 38 Jahre alt sind.

Sie sieht fast zehn Jahre älter aus, dachte sie. *Die arme Frau.*

Jetzt wusste Gabriele auch, warum die Frau so abgemagert und schlecht aussah. Sie hatte offensichtlich wegen ihrer Krankheit schon viel durchmachen müssen.

Sie trank den letzten Schluck Kaffee aus und stellte die Tasse auf den Tisch. Dann ließ sie ihren Blick noch einmal über das Anwesen streifen, stand auf und ging zurück in die Küche.

Kaum war sie dort angekommen, bekam sie einen Anruf auf ihrem Handy. Auf dem Display sah sie, dass es ihre Schwägerin Bettina war, die sie anrief.

„Hallo Betti", begrüßte sie ihre Schwägerin.

„Hallo Gabriele, alles in Ordnung bei euch?"

„Ja, wie immer. Alinka und ich bereiten gerade das Mittagessen vor."

„Das habe ich mir fast gedacht", sagte Bettina. „Ihr esst ja fast immer um die gleiche Zeit. Ich wollte dich auch nur ganz kurz etwas fragen, meine Liebe.

Vor einiger Zeit hatte ich einen alten Bekannten getroffen und irgendwie waren wir auf das Thema Urlaub im Schwarzwald gekommen. Da hatte ich ihm von euren tollen Ferienwohnungen und von der großartigen Aussicht von dort etwas vorgeschwärmt und bei ihm das Interesse dafür geweckt. Er hat mich jetzt gefragt, ob er sich so eine Wohnung vielleicht mal unverbindlich anschauen könne. Da habe ich ihm gesagt, dass ich meine Schwägerin anrufen und fragen würde.

Liebste Gabriele, ich weiß ja, dass niemand in die Wohnungen darf, wenn sie vermietet sind, aber gibt es vielleicht die Möglichkeit, dass sich mein Bekannten zwischen den Vermietungen eine Wohnung anschaut? Ich würde dann selbstverständlich mitkommen, um ihm alles zu zeigen."

Gabriele lachte kurz.

51

„Das dürfte kein Problem sein, Betti", sagte sie. „Heute zum Beispiel steht eine der kleinen Wohnungen leer. Sie wird erst morgen wieder bezogen."

„Soll das heißen, dass ich mit meinem Bekannten heute vorbeikommen könnte?"

„Wenn er so kurzfristig kann, könnt ihr gerne kommen. Wie gesagt, die Wohnung ist jetzt unbewohnt."

„Liebste Schwägerin, ich denke, wenn ich das meinem Bekannten sage, wird er nicht nein sagen."

„Wohnt dein Bekannter denn auch in Freiburg?", wollte Gabriele wissen.

„Nein, Gabriele, er ist nur zu Besuch hier und ich habe ihn rein zufällig auf der Straße getroffen. Er wohnt in meiner Heimatstadt Frankfurt. Ich kenne ihn noch aus meiner Kindheit. Wir sind gemeinsam zur Schule gegangen. Wie gesagt, es war Zufall, dass wir uns getroffen haben. Wenn du nichts dagegen hast, meine Liebe, komme ich mit ihm heute Nachmittag mal bei euch vorbei."

„Das ist schön. Ich freue mich auf euch. Kommt dein Mann auch mit?"

„Nein, Bernie muss heute länger arbeiten. Er macht im Moment viele Überstunden, weil seine Firma einen Spezialauftrag hat. Dann sag´ ich mal, bis nachher, und guten Hunger."

Damit war das Telefonat beendet.

Gabriele mochte ihre Schwägerin. Auch wenn sie sich anfangs nicht sonderlich verstanden hatten, mittlerweile hatte Bettina sich geändert und die Bäuerin mochte sie und hatte sie lieb gewonnen.

Besonders in der letzten Zeit hatte Betti, wie sie ihre Schwägerin immer nannte, sich immer viel um ihre Familie gekümmert. Sie hatte ihren Mann dazu gebracht, seinen Bruder öfters auf dem Hof zu besuchen. Deshalb waren die Familien in der letzten Zeit auch oft zusammen, und sie hatten jedes Mal viel Spaß miteinander. Wenn Betti da war, half sie Thomas sogar regelmäßig bei der Hofarbeit. Dabei fasste sie immer richtig mit an. Sie kümmerte sich auch liebevoll um das Altbauernpaar.

Gabriele hatte Bettina ins Herz geschlossen, denn sie hatte sich zu einer liebevollen Schwägerin entwickelt.

Niemals wäre die Bäuerin darauf gekommen, dass Bettina böses im Schilde führt und sogar plante, Thomas zu ermorden.

Dafür spielte Bettina die Rolle der lieben Schwägerin zu gut.

*   *   *

Der Mann mit dem Fotoapparat

Gemeinsam mit der Magd Alinka deckte die Bäuerin den Tisch in der Stube.

Als alles auf dem Tisch stand, schaute Gabriele auf die Uhr.

„In einer Stunde essen wir", sagte sie. „Es ist alles vorbereitet. Sollten die Männer früher von der Arbeit zurückkommen, sagen wir den anderen Bescheid, denn dann können wir sofort essen."

Mit den Worten: „Ich werde mir jetzt noch einen Kaffee gönnen", ging sie in die Küche.

Als sie kurze Zeit später ohne Kaffee wieder in die Stube trat, wunderte sich Alinka.

„Haben Sie sich das mit dem Kaffee noch mal überlegt, Bäuerin?", fragte die Magd.

„Nein, ich habe vorhin meine Tasse draußen auf dem Tisch stehen lassen."

Gabriele verließ das Haus, um ihre Kaffeetasse, die noch draußen auf dem Tisch stand, zu holen.

In dem Moment, in dem sie nach der Tasse griff, sah sie, dass jemand vor dem gegenüberliegenden Stall stand.

Es war ihr Feriengast Peter Schmitz. Er hatte seine Kamera in der Hand und fotografierte irgendetwas, das sich unter dem überhängendem Dach des Stalles befinden musste. Was er dort genau ablichtete, konnte sie von hier aus nicht erkennen.

Herr Schmitz hatte die Bäuerin in diesem Moment bemerkt. Er winkte ihr kurz zu.

„Was fotografieren Sie denn da?", rief sie zu ihn hinüber.

Er lachte, hob kurz seine Hand und sagte: „Ich werde es Ihnen zeigen."

Immer noch lächelnd begab er sich zu der Bäuerin.

Als er sie erreicht hatte, stellte er sich neben sie, um ihr das Bild auf dem Display des Fotoapparates zu zeigen.

„Ich kann leider nichts darauf erkennen", sagte Gabriele. „Die Sonne blendet zu sehr."

Schmitz blickte sich kurz um.

Dann deutete er auf die Bank, die an der Hauswand vor dem Tisch stand.

„Da ist noch Schatten", stellte er fest. „Kommen Sie, Frau Moosfaller, wir setzen und dort hin. Da kann ich Ihnen meine Fotos zeigen."

Wenig später saßen die beiden nebeneinander auf der Bank.

Nun sah Gabriele, was er dort unter dem Stalldach fotografiert hatte. Es war eines der Schwalbennester, die dort waren. Aus dem Nest schauten die Köpfe der jungen Schwalben heraus. Dieses Motiv hatte Schmitz mit seinem starken Objektiv ganz nah heran gezoomt, denn man konnte jedes Detail genau erkennen.

„Das ist aber er sehr schönes Bild", sagte die Bäuerin. „Man kann sogar die kleinen Schnäbelchen der Vogelbabys kristallklar erkennen. Ihr Fotoapparat war doch bestimmt sehr teuer, oder?"

„Für die Kamera habe ich dreieinhalbtausend Euro bezahlt, aber es gibt Geräte, die ein Mehrfaches davon kosten."

„Dann haben Sie aber ein sehr teures Hobby", meinte Gabriele.

„Der Fotoapparat hat sich schon längst bezahlt gemacht", sagte ihr Gast. „Ich zeige Ihnen mal ein paar Fotos, die ich heute gemacht habe, als ich mit meiner Frau unterwegs war."

„Wo ist Ihre Frau denn jetzt eigentlich?", wollte die Bäuerin von ihm wissen.

„Sie ist oben in der Wohnung. Sybille hat sich hingelegt und macht ihren Mittagsschlaf. Wissen Sie, Frau Moosfaller, durch ihre Krankheit ist meine Frau so geschwächt, dass sie sich jeden Mittag hinlegen muss. Nach zwei Stunden Schlaf ist sie wieder etwas regeneriert. Ich werde diese zwei Stunden jeden Mittag ausnutzen, um hier auf dem Hof nach ein paar schönen Fotomotiven Ausschau zu halten."

„Das mit Ihrer Frau tut mir wirklich sehr leid, Herr Schmitz. Ich kann mir vorstellen, dass Sie es nicht einfach mit ihr haben."

Er verzog kurz den Mund.

„Nicht einfach ist noch milde ausgedrückt. Sie glauben ja gar nicht, was ich mit meiner Frau schon alles durchmachen musste. Bis vor nicht allzu langer Zeit war sie noch im Entzug. Es war übrigens schon das dritte Mal, dass sie deswegen in einem Krankenhaus war. Bis jetzt ist sie jedes Mal wieder rückfällig geworden. Auch wenn Sybille beteuert, dass sie es dieses Mal schaffen würde, ich glaube es erst, wenn sie es wirklich durchhält."

Für einen Moment sah es so aus, als würde Schmitz über etwas nachdenken.

Dann sagte er: „Meine Frau geht offen mit ihrer Krankheit um, und deshalb möchte ich Ihnen auch ganz offen sagen,

56

dass mich Sybilles Krankheit genauso tief trifft. Nur sieht mein Leid bezüglich dieser Krankheit etwas anders aus.

Ich denke oft daran, dass ich daran schuld bin, dass sie mit dem Trinken angefangen hat. Wissen Sie, Frau Moosfaller, obwohl Sybille und ich immer Kinder wollten, wurde uns dieses Glück nie beschert. Wir hatten es damals lange probiert, doch meine Frau wurde nicht schwanger. Wir waren zu Ärzten gegangen um uns untersuchen zu lassen. Bei meiner Frau war alles in Ordnung, aber bei mir leider nicht. Für mich war die ärztliche Diagnose erschütternd. Obwohl mein Körper sogar überdurchschnittlich viel Samenflüssigkeit erzeugt, sind die Spermien darin, auf gut Deutsch gesagt, taube Nüsse. Es sind viel zu wenig, und von diesen wenigen sind 80 Prozent nicht in der Lage, ihre Aufgabe zu erfüllen, weil sie missgebildet sind. Dagegen gibt es leider keine Therapie. Die Adoption eines anderen Kindes kam für uns nicht in Frage, denn unsere Kinder sollten auch unser eigenes Fleisch und Blut sein. Ich hatte Sybille vorgeschlagen, sich durch eine Samenspende befruchten zu lassen, doch das wollte sie nicht.

Damals hatten alle Paare, mit denen wir befreundet waren, Kinder bekommen. Wenn wir mit unseren Freunden zusammen waren, waren auch immer ihre Kinder mit von der Partie. Die Kinder hatten jedes Mal miteinander gespielt, und bei den Gesprächen der Erwachsenen war es auch immer um das Thema Kind gegangen. Wir hatten uns damals irgendwie im eigenen Freundeskreis außen vor gefühlt.

Sybille war mit dieser Situation nicht klar gekommen. Zu dieser Zeit hatte sie mit dem Trinken angefangen.

Irgendwie trage ich eine Mitschuld an dieser Misere, denn hätten auch wir Kinder gehabt, wäre das nicht passiert. Es lag ja nicht an Sybille, es lag an mir, denn ich bin derjenige, der zeugungsunfähig ist.

Mit der Zeit wurde die Trinkerei meiner Frau immer schlimmer. Manchmal war es so schlimm, dass ich daran kaputt gegangen bin. Ich liebe Sybille, denn wenn ich sie nicht so sehr lieben würde, hätte ich sie schon längst verlassen.

Vor ihrem letzten Entzug war es besonders schrecklich. Jedes Mal, wenn ich von der Arbeit nachhause gekommen war, hatte sie sturzbetrunken auf dem Sofa gelegen. In dem Stadtteil, in dem wir wohnen, geht es fast wie in einem Dorf zu. Da kennt eigentlich jeder jeden. Was den Alkoholverkauf angeht, gibt es bei uns vier Möglichkeiten, der kleine Supermarkt, zwei Trinkhallen und die Tankstelle. Ich bin mit dem Mitarbeitern des Supermarktes genauso befreundet, wie mit den Inhabern der Trinkhallen und dem Tankstellenbesitzer. Alle wussten, dass Sybille trinkt, und auf meinem Wunsch hin, verkaufen sie meiner Frau auch keinen Alkohol mehr. Ich weiß, dass ich mich auf meine Freunde verlassen kann. Um zu einem Geschäft außerhalb unseres Stadtteils zu gelangen, hätte Sybille ein Auto haben müssen, und das hatte sie nicht, weil ich mit unserem Wagen immer zur Arbeit fahre. Trotzdem war sie jeden Tag betrunken, und ich weiß bis heute noch nicht, von wo sie ihren Alkohol bezogen hatte. Die Herkunft der leeren Schnapsflaschen, die ich immer in unserer Abfalltonne gefunden hatte, konnte ich leider nicht feststellen. Sie glauben gar nicht, Frau Moosfaller, wo Sybille ihre Alkoholvorräte überall versteckt hatte, damit ich sie nicht finde. Dahinter, dass sie leere Mineralwasserflaschen heimlich mit Wodka gefüllt hatte, war ich sehr schnell gekommen. Dann aber hatte ich eine Flasche Rotwein, eingewickelt in einem Handtuch, entdeckt, welches ganz unten im Korb mit unserer Schmutzwäsche gelegen hatte, und es war noch schlimmer geworden. Sybille hatte Bücher, die bei uns im Regal standen, ausgehöhlt, um darin Schnapsfläschchen zu deponieren. Eine Zeit lang war sie regelmäßig nervös ins Bad gegangen, um wieder sichtlich beruhigt herauszukommen. Als ich mich im Bad umgeschaut hatte, war ich sehr schnell auf die Quelle ihrer Beruhigung gestoßen. Ich hatte die Parfümflaschen auf dem Regal geöffnet, und statt des Parfümduftes war mir Alkoholgeruch in die Nase gestiegen. Diese Fläschchen hatte ich alle ins Klo entleert. Dann hatte ich das Badezimmer nach weiteren Verstecken abgesucht, aber nichts mehr gefunden. Sybille war aber trotzdem immer wieder regelmäßig ins Bad verschwunden. Den Grund dafür hatte ich herausgefunden, nachdem ich auf der Toilette war, abgezogen hatte und dabei ein merkwürdiges Klappern zu hören war. Nachdem ich den Deckel des Spülkastens geöffnet und darin Schnapsfläschchen entdeckt hatte, war mir einiges klargeworden. Sybilles Einfallsreichtum war immer größer geworden. Wie gesagt, sie war jeden Tag betrunken. Dann hatte sie nur da gesessen und herum gelallt oder einfach nur geschlafen. Können Sie sich vorstellen, Frau

Moosfaller, wie es ist, dabei zusehen zu müssen, wie sich der Mensch, den man liebt, zugrunde richtet? Ich bin jeden Tag mit Bauchschmerzen aufgewacht und abends mit Bauchschmerzen ins Bett gegangen."

Schmitz atmete tief durch.

„Wissen Sie, Frau Moosfaller" fuhr er fort, „finanziell geht es uns sehr gut. Wir haben ein großes Haus und können uns alles erlauben, was wir wollen. Doch was nützt das alles, wenn man unglücklich ist? Im Moment ist ja alles gut, doch, wenn ich ehrlich bin, ich zweifle daran, dass es so bleibt."

Die Bäuerin war von seiner Offenheit und Ehrlichkeit ihr gegenüber sehr beeindruckt. Eigentlich war sie für ihn ja eine Fremde, und dennoch hatte er ihr sein Herz ausgeschüttet. Sie blickte den Mann neben sich mitleidsvoll an. Nachdem er ihr diese Geschichte erzählt hatte, tat er ihr sehr leid. Es war aber nicht nur Mitgefühl, was sie in diesem Moment für ihn empfand. Gabriele fühlte sich irgendwie zu ihm hingezogen.

„Ich wünsche Ihnen vom ganzen Herzen, dass Ihre Frau es dieses Mal schafft, Herr Schmitz", meinte sie und überlegte, wie sie ihren Feriengast von diesen negativen Gedanken ablenken könnte.

Dann sagte sie: „Sie wollten mir doch Ihre Fotos zeigen."

Der Mann, der links neben ihr auf der Bank saß, lächelte.

„Ja, stimmt."

Er nahm seinen Fotoapparat in die Hände, stütze sich dabei mit den Ellbogen auf dem Tisch auf und richtete das Display so aus, dass die neben ihm sitzende Gabriele seine Fotos genau erkennen konnte.

„Schauen Sie mal, Frau Moosfaller", sagte er, „was für schöne Schmetterlinge ich heute Vormittag fotografiert habe. Das hier ist ein Bläuling."

Um das Foto besser zu erkennen, beugte Gabriele sich auch etwas nach vorne.

Der Bäuerin gefiel der blaue Schmetterling, den er in Großaufnahme abgelichtet hatte, zumal so kleine Details, wie die winzigen Fühler des Falters, auf dem Bild gestochen scharf zu erkennen waren.

Schmitz zeigte ihr das nächste Foto.

„Das hier ist ein Schwalbenschwanz."

Während Gabriele die wunderschöne Aufnahme betrachtete, bemerkte sie aus dem Augenwinkel, dass den Mann neben ihr für einen Moment heimlich zu ihr rüber schaute.

„Und das hier", sagte er und zeigte das nächste Foto, „ist ein Schillerfalter. Wenn er seine Flügel bewegt, schillern sie in der Sonne blau."

„So einen Falter habe ich sogar schon mal hier auf dem Hof herumfliegen sehen", sagte sie, „doch so genau, wie auf Ihrem Bild, konnte ich ihn natürlich nicht sehen. Ich muss wirklich sagen, dass Ihre Kamera kristallklare Aufnahmen macht."

Auch jetzt bemerkte sie wieder die heimlichen Blicke ihres Feriengastes. Er tat so, als würde er auf seinen Fotoapparat schauen, doch seine Augen waren zur Seite auf ihren Körper gerichtet.

„Es schillert aber nur ein Flügel des Schmetterlings", sagte sie und deutete auf das Display.

In dem Moment, in dem er auf den kleinen Bildschirm schaute, blickte Gabriele für einen kurzen Moment an sich herab. Jetzt wusste sie, wohin Schmitz geguckt hatte. Da sie nach vorn gebeugt neben ihm saß, klaffte der Ausschnitt ihres weiten T-Shirts so weit auf, dass er einen tiefen Einblick gewährte. Auch, wenn ihr BH das meiste ihre Brüste verbarg, so war dieser Anblick für den Mann neben ihr offensichtlich so reizvoll, dass er einen heimlichen Blick darauf nicht lassen konnte.

Diese Erkenntnis verwirrte sie für einen Moment, und es war, als wolle ihr eine innere Stimme sagen, dass sie sich wieder aufrecht hinsetzen solle, damit dem Mann neben ihr die Möglichkeit, auf ihre Brüste zu schauen, genommen würde.

Gabriele wusste nicht, warum, aber sie blieb nach vorne gebeugt neben ihm sitzen und tat so, als hätte sie seine heimlichen Blicke nicht bemerkt.

Sie schaute nach rechts und deutete auf das Leibgedinghaus.

„Diesen Falter habe ich da hinten im Garten meiner Schwiegermutter gesehen", erklärte sie ihm. „Der Schmetterling war dort von Blüte zu Blüte geflogen. Mir war dieses schöne Schillern auf seinen Flügeln sofort aufgefallen und ich konnte ihn sehr lange beobachten."

Während sie das sagte, waren ihre Augen auf das Haus der Altbauern gerichtet. Dabei hatte sie ihren Kopf bewusst von dem Mann neben ihr weggedreht. Und nicht nur das, sie hatte sich dabei noch etwas weiter nach vorne gebeugt.

Trotzdem nahm sie aus dem Augenwinkel wahr, dass Schmitz diese Gelegenheit nutzte, ihr in den nun weit aufklaffenden Ausschnitt zu schauen. Sie hatte das Gefühl, als könne sie seine Blicke auf ihren Brüsten regelrecht spüren.

Die Bäuerin empfand in dieser Situation irgendwie eine gewisse Aufregung und verspürte ein merkwürdiges, prickelndes Gefühl.

Dann wandte sie sich wieder der Kamera zu.

„Haben Sie noch mehr Schmetterlinge fotografiert?", fragte sie ihren Feriengast, der nun ebenfalls wieder konzentriert auf das Display zu blicken schien.

„Ja", antwortete er und zeigte ihr das nächste Foto.

Darauf war ein hellbrauner Falter mit einer schönen Zeichnung auf den Flügeln zu sehen.

„Das ist ein Kaisermantel", erklärte er ihr.

„Solche Schmetterlinge kenne ich", sagte Gabriele. „Davon gibt es hier sehr viele."

Diese Worte kamen nur ganz nebenbei aus ihrem Mund. Sie verspürte mit einem Mal so etwas wie ein schlechtes Gewissen und fragte sich, warum sie das gerade getan hatte.

„Dann sagte sie: „Danke, dass Sie mir diese schönen Fotos gezeigt haben. Ich habe noch sehr viel Arbeit und war gerade eigentlich nur raus gekommen, um meine Tasse zu holen." Sie ergriff die Tasse. „Ich muss jetzt wieder rein. Man wartet auf mich. Ich wünsche Ihnen und Ihrer Frau noch einen schönen Urlaubstag."

Sie schaute ihn an und bemerkte die Unsicherheit in seinem Blick. Dieser Blick dauerte ein paar Sekunden, und Gabriele merkte, dass auch sie in diesem Moment eine gewisse Verunsicherung verspürte.

„Machen Sie das Beste daraus, Herr Schmitz", sagte sie schließlich.

Mit den Worten: „Wir sehen uns", wandte sie sich von ihm ab und ging ins Haus.

Im Flur kam ihr die Magd entgegen.

„Ich gehe noch mal kurz rüber ins Gesindehaus", sagte Alinka und schritt an ihr vorbei.

Die Bäuerin tat nun das, was sie von Anfang an vor hatte. Sie ging in die Küche, schüttete sich einen Kaffee ein und setze sich mit der gefüllten Tasse an den großen Tisch in der Stube.

Nun ging ihr das, was sie gerade mit Schmitz erlebt hatte, durch den Kopf. Sie musste sich eingestehen, dass sie diesen Augenblick, in dem sein Blick auf ihre Brüste gerichtet war, als sehr prickelnd empfunden hatte, doch es war nicht nur das. Als sie nebeneinander gesessen hatten, hatte sie sich irgendwie zu ihm hingezogen gefühlt. Sie fand keine Erklärung für ihr Verhalten.

Gabriele interessierte sich nicht für andere Männer. Sie liebte ihren Thomas über alles. Sie fragte sich: Was war das gerade? Warum habe ich das getan?

Eine Antwort darauf konnte sie sich nicht geben.

Sie konnte sich nicht mehr daran erinnern, wann Thomas sie das letzte Mal bewusst angeschaut hatte. Wenn sie aus der Dusche kam und im Badezimmer nackt vor ihrem Mann stand, dann sah er sie zwar, aber anerkennende Blicke von ihm in Richtung ihrer Brüste hatte sie schon lange nicht mehr wahrgenommen.

Dabei war sie eigentlich auf ihre jetzige Figur sehr stolz. Früher war sie sehr schlank, fast schon zierlich und was ihren Busen anging, war da nicht viel gewesen. Dann, als ihr Sohn Dirk auf die Welt gekommen war, hatten ihre Brüste stattliche Formen angenommen. Sie waren groß, prall und wunderschön. Dieses hatte sich aber geändert, nachdem sie damit aufgehört hatte, ihr Baby zu stillen. Vier Jahre später, nach der Geburt ihre Tochter Sabrina, waren sie wieder da, diese großen, prallen Brüste. Auch, wenn diese nach dem Abstillen wieder etwas kleiner geworden waren, sie blieben prall und wesentlich größer als vor ihrer Schwangerschaft.

Gabriele war nie sehr eitel gewesen, doch auf die Tatsache, dass sie seit ihrer letzten Schwangerschaft einen tollen Busen hatte, war sie immer sehr stolz. Früher hatte sie ihre Freundinnen immer etwas beneidet, wenn diese auf Mottoveranstaltungen Trachtenkleider mit weit ausgeschnittenem Dekolletés, welche die Brüste regelrecht zur Schau stellten, getragen hatten. Ihr Busen kam damals, trotz der Unterstützung eines Push-Up-Bhs, in solchen Kleidern nie zur Geltung.

Nach der zweiten Schwangerschaft hatte aber auch sie größere Brüste, Brüste, die sie zeigen konnte. Sie hatte sich daraufhin sofort ein neues Trachtenkleid mit extra großem Dekolleté gekauft und es bei Veranstaltungen voller Stolz getragen.

Dieser Stolz war mit den Jahren mehr oder weniger in Vergessenheit geraten, doch heute, als Schmitz ihre Brüste heimlich bewundert hatte, hatte sie ihn wieder gespürt. Sie hatte den Moment genossen, und zwar ganz bewusst.

In diesem Augenblick fragte sich die Bäuerin, ob sie ein schlechtes Gewissen haben müsse, weil sie einem fremden Mann diesen Einblick gewährt hatte.

Sie zuckte kurz mit den Schultern und sagte leise zu sich selbst: „Warum sollte ich? Ich habe nichts Schlimmes getan."

Sie kam zu dem Schluss, dass jede Frau ab und zu mal etwas Wertschätzung brauchte, und dazu gehörte auch ein anerkennender Blick auf die Brüste.

Nun dachte Gabriele an das, was Schmitz ihr über seine Frau erzählt hatte.

Der arme Kerl, ging es ihr durch den Kopf. *Ich wünsche ihm, dass seine Frau es dieses Mal schafft. Er würde sonst daran kaputt gehen.*

Dann sah sie vor ihrem geistigen Auge seine Frau. Frau Schmitz schaute wirklich sehr schlecht aus. Sie war hager und dürr.

Die Bäuerin dachte daran, dass dieses Aussehen wohl ein Resultat ihres übermäßigen Alkoholkonsums war und dass Frau Schmitz früher mal eine richtig gutaussehende Frau gewesen sein könnte, doch davon war heute nichts mehr zu sehen. Ihr Gesicht war blass und ihre Wangen eingefallen. Jeder weibliche Körper wies ja eigentlich Formen auf, doch davon war bei ihr nichts zu sehen. Sie war, wie man im Volksmund besonders dünne Menschen nannte, nur ein Strich in der Landschaft.

Jetzt, wo Gabriele die Frau im Geiste vor sich sah, wurde ihr bewusst, dass bei Frau Schmitz nicht einmal der Ansatz von Brüsten zu sehen war.

War das der Grund, warum ihr Mann so aufmerksam die Brüste einer anderen betrachtet hatte?

Jetzt war sich die Bäuerin sicher, dass sie die Ursache für das Verhalten ihres Feriengastes gefunden hatte.

Er litt darunter, dass seine Frau wegen ihrer Krankheit seelisch am Ende war, und genauso machte es ihm zu schaffen, dass sie ihm auch körperlich nichts zu bieten hatte.

Je mehr Gabriele über die Situation des Mannes nachdachte, je mehr wuchs ihr Mitleid ihm gegenüber.

Wenn irgendwo tief in ihr jetzt noch so etwas wie ein schlechtes Gewissen war, weil sie einem anderen Mann den Blick in ihren weit geöffneten Ausschnitt gewährt hatte, dann war es es jetzt verschwunden.

Ein so bedauernswerter Kerl wie Herr Schmitz hatte es verdient, mal etwas Schönes sehen zu dürfen, etwas, das er auf Grund seiner trostlosen Situation sonst in Natura niemals zu Gesicht bekommen hätte.

Die Bäuerin atmete tief durch.

Damit, dass ich seinen Blick auf meine Brüste zugelassen habe, habe ich etwas Gutes getan.

Gabriele Schloss für einen Moment die Augen.

Eigentlich hätte ich ihm diesen Anblick ruhig etwas länger gönnen sollen.

Sie dachte daran, dass auch sie bei dieser Aktion dieses aufregende und kribbelnde Gefühl verspürt hatte, ein Gefühl, das sie schon lange nicht mehr erlebt hatte.

Kam das Gefühl wirklich daher, dass sie schon seit langer Zeit von ihrem Mann mit solchen anerkennenden Blicken bedacht worden war?

Ihr wurde immer mehr bewusst, dass dieser prickelnde Moment, auch ihr gutgetan hatte.

Je mehr ihr diese Situation durch den Kopf ging, je unsicherer wurde sie. Es waren nicht nur seine Blicke, die dieses Prickeln bei ihr ausgelöst hatten, es war auch seine Nähe. Als sie neben ihm gesessen hatte, war da noch ein Gefühl gewesen, ein Gefühl, dass sie nicht einordnen konnte. Sie wusste nicht, was sie in diesem Moment empfunden hatte, aber seine Nähe hatte etwas in ihr ausgelöst. Gabriele musste sich eingestehen, dass sie sich auf seltsame Weise zu dem Mann hingezogen fühlte.

In diesem Augenblick wurde sie aus ihren Gedanken gerissen.

„Ich bin wieder da", vernahm sie die Stimme von Alinka, die nun wieder den Raum betrat.

*   *   *

Die Besichtigung

Der schwarze 7er BMW fuhr langsam die Straße empor, die durch Felder und Wiesen in Serpentinen hinauf zum Eichtannhof führte.

Hinter dem Lenkrad saß Manfred Gerber, ein Mann um die Vierzig, der für eine große Hotelkette arbeitete und für die Beschaffung neuer Baugrundstücke zuständig war.

Neben ihm, auf dem Beifahrersitz, saß Bettina Moosfaller, die Schwägerin des Hofeigentümers.

„Sie wissen Bescheid, Herr Gerber", sagte die Beifahrerin, „Es wird kein Wort über den Hofverkauf gesprochen. Die Leute vom Eichtannhof wissen es noch nicht, und sie dürfen es auch nicht erfahren, weil sie mir gegenüber sehr übel reagieren könnten."

„Keine Angst, Frau Moosfaller, wie besprochen werde ich Ihren Bekannten spielen, der sich für die Ferienwohnung interessiert. Trotzdem, irgendwie verstehe ich das Ganze nicht richtig."

„Ich sagte Ihnen doch schon, Herr Gerber, dass ich das Anwesen erben werde", log Bettina. „Es ist bereits amtlich, doch die Bewohner des Hofes wissen es noch nicht, und sie sollen es auch nicht wissen. Ich möchte einfach nicht jetzt schon Krach mit ihnen haben. Sobald der Hof an mich überschrieben ist, werde ich mit Ihnen einen Kauf-vertrag abschließen. Danach werde ich mich hier nicht mehr blicken lassen. Sie haben sich ja schon nach den Möglichkeiten erkundigt, wie einfach Sie den jetzigen Be-wohnern kündigen können."

„Ja, das habe ich. Da die Leute nicht einmal einen Mietvertrag haben, brauchen wir ihnen nicht kündigen. Als neue Eigentümer können wir sie von jetzt auf gleich auf die Straße setzen. Da wir aber nicht unmenschlich sind, werden wir ihnen drei Monate Zeit geben, um den Hof zu verlassen. Übrigens, Frau Moosfaller, das, was ich bis jetzt hier von der Gegend mitbekommen habe, passt in unser Firmenkonzept. Wenn es wirklich oben vom Hof aus so eine unverbaubare Aussicht gibt, wie Sie sie es mir geschildert haben, dürfte von unserer Seite dem Geschäft nichts im Wege stehen."

„Momentan", sagte Bettina, „kann man diesen schönen Ausblick aber nur von den Balkonen der vier Ferienwohnungen in der ersten und zweiten Etage genießen. Im Erdgeschoss wohnt die Bauernfamilie, und rein theoretisch hätte man von deren Terrasse auch diese schöne Aussicht, aber auf dieser Seite des Hofes wachsen Obstbäume und Büsche, die einen freien Blick in das Tal nicht zulassen."

„Wenn wir den Eichtannhof wirklich kaufen", meinte der Mann neben ihr, „würde alles, was sich auf dem Anwesen befindet sowieso weg planiert. An etwas Gestrüpp, welches jetzt noch die Sicht behindert, sollte es deshalb nicht scheitern."

„Und vergessen Sie nicht, Herr Gerber, dass wir zwei uns gleich auf dem Hof mit Du anreden."

Der Mann schmunzelte.

„Keine Angst, Bettina. Ich vergesse es nicht."

Kurze Zeit später hatten sie ihr Ziel erreicht.

Der schwarze BMW fuhr auf den Hof und blieb stehen.

Bettina stieg gemeinsam mit ihrem Begleiter aus.

Gerber, der mit seiner Größe von 1,90 m und einer sportlichen Figur eine stattliche Erscheinung war, schaute sich um.

„Sagen Sie mal, Frau Moosfaller", meinte er zu seiner Begleiterin, „war hier, wo dieser Bauernhof jetzt steht, früher mal ein Wald aus Eichen und Tannen?"

Die Angesprochene Blickte ihn verwundert an.

„Das kann schon sein", sagte sie. „Früher, bevor sich hier Leute angesiedelt haben, war der gesamte Schwarzwald ja von dichten Wäldern bedeckt, aber wie kommen Sie darauf, mich das jetzt zu fragen?"

„Ich dachte, dass der Name Eichtannhof vielleicht aus der Zeit stammt, als hier noch Eichen und Tannen standen und er deshalb diesen Namen bekommen hatte."

„Nein, Herr Gerber, auch wenn es sich so anhört, der Name hat nichts mit Bäumen zu tun. Mein Mann, der hier auf dem Hof aufgewachsen ist, hat mir mal erzählt, dass es eine Chronik über den Hof gibt, und in dieser Chronik kann man nachlesen, dass der Hof vor langer Zeit eine Namensänderung erhalten hatte. Der Altbauer hieß damals Eichner. Er hatte keine Söhne die den Hof übernehmen konnten, aber er hatte eine Tochter. Sie heiratete den Mann, der wenig später als Bauer den Hof übernahm. Er hieß Tanner. So wurde das Anwesen als Eichner-Tanner-Hof eingetragen. Mit den Jahren wurde daraus der Eichtannhof. Es ist der Name, den der Hof jetzt ganz offiziell trägt."

„Auf so eine Geschichte muss man erst einmal kommen", sagte der Mann, der neben dem schwarzen BMW stand und immer noch das Anwesen begutachtete.

„Warten Sie hier, Herr Gerber", sagte Gabriele zu ihm. „Ich werde ins Haus gehen und meiner Schwägerin Bescheid sagen, dass wir da sind."

Kaum hatte sie das ausgesprochen, trat die Bäuerin aus der Tür.

„Hallo Betti", begrüßte sie freudig ihre Schwägerin und ging auf sie zu.

„Hallo Gabriele", sagte Bettina, nahm ihre Schwägerin in den Arm und drückte sie herzlich.

Gabriele wäre niemals darauf gekommen, dass diese Herzlichkeit nur gespielt war.

Bettina wies zu ihrem Begleiter.

„Das ist mein Bekannter Manfred Gerber", stellte sie den Mann vor.

Die Bäuerin ging zu ihm und reichte ihm die Hand.

„Ich bin Gabriele. Schön, Sie kennenzulernen. Und Sie würden gerne hier im Schwarzwald Urlaub machen?"

Der Angesprochene nickte.

„Ja", antwortetet er, „und wenn es hier so toll ist, wie Bettina es sagt, dann erst recht. Sie hat Ihre Ferien-wohnungen ja in den Himmel gelobt."

Gabriele wandte sich an ihre Schwägerin: „Ich habe leider keine Zeit, mit in die Wohnung zu kommen. Du musst sie deinem Bekannten alleine zeigen. Du kennst dich ja hier aus. Es ist die kleine Wohnung in der ersten Etage. Der Schlüssel steckt von außen in der Tür. Übrigens, das Ehepaar, welches diese Wohnung angemietet hat, kommt erst Morgen am späten Nachmittag. Die Frau hat mich vorhin angerufen. Ihr Mann muss einen Tag länger arbeiten. Sie klang am Telefon ganz traurig."

„Mich würde es auch ärgern, wenn sich mein Urlaub verkürzen würde", sagte ihre Schwägerin.

Sie wandte sich an ihren Begleiter.

„Dann komm´ mal mit, Manfred. Ich werde dir die Wohnung zeigen."

Die beiden gingen ins Haus.

Wenig später standen sie in der ersten Etage vor der Wohnungstür.

Bettina öffnete die Tür, trat ein und ging geradewegs auf die offenstehende Balkontür zu.

Ihr Begleiter folgte ihr.

„Na?", sagte sie zu ihm, als sie schließlich auf dem Balkon standen. „Habe ich zu viel versprochen?"

„Nein", sagte Gerber. „Die Aussicht ist nicht nur grandios, sie ist wirklich beeindruckend.

Vor ihnen tat sich eine offene Landschaft auf. Die Wiesen und Weiden unter ihnen fielen etwas weiter hinten ins Tal hinab. Dort unten lag der nächste Ort, von dem nur die Kirchturmspitze zu sehen war. Den Hintergrund bildeten die imposanten Höhenzüge des Schwarzwaldes.

Gerber staunte.

Er trat an die Balkonbrüstung, in deren Blumenkästen rote Geranien wuchsen, heran und blickte zu beiden Seiten hinaus.

Auch hier blickte man auf die weit über eintausend Meter hohen Berge.

„Frau Moosfaller", sagte er, „das ist genau das, was wir suchen. Dieser Ort ist geradezu prädestiniert für ein Hotel."

„Das habe ich mir fast gedacht", meinte Bettina. „Wir sind also im Geschäft?"

Gerber schien für einen Moment nachzudenken. Er wirkte irgendwie in sich gekehrt.

Dann nickte er kurz.

„Wie gesagt, Frau Moosfaller, von unserer Seite spricht nichts dagegen. Was Ihre Seite angeht, habe ich ‚ehrlich gesagt, noch ein ungutes Gefühl."

„Wie jetzt? Was meinen Sie damit?"

74

„Ich denke daran, dass es mit Ihrem Erbe doch nicht so klappen könnte, wie Sie sich das vorstellen."

„Machen Sie sich da mal keine Sorgen, Herr Gerber. Das mit dem Erbe ist quasi amtlich."

„Quasi?"

Gerber stutzte einen Moment.

Dann sagte er: „Wissen Sie was, Frau Moosfaller, mir ist ganz egal was Sie machen und wie Sie es machen. Ich will das gar nicht wissen. Tun Sie es einfach und sehen Sie zu, dass dieses Anwesen hier in Ihren Besitz kommt. Wie gesagt, wie sie es dann in Ihren Besitz gebracht haben, interessiert hinterher niemanden mehr. Sobald der Hof Ihr Eigentum ist, unterschreiben wir den Kaufvertrag."

Bettina grinste.

„Ich sehe, Herr Gerber, Sie sind ein richtig guter Geschäftsmann. Sie wissen, worauf es ankommt."

Der Mann vor ihr nickte.

„Ich weiß", sagte er. „Nicht umsonst wenden sich alle großen Unternehmen, wenn sie einen Scout für ihre Grundstückssuche brauchen, an mich. Bei der Hotelkette, für die ich im Moment arbeite, habe ich sogar einen sehr gut bezahlten Premiumvertrag."

„Ich habe von Anfang an gespürt, dass Sie ein fähiger Mann sind, Herr Gerber. Unser Geschäft steht also?"

Er reichte ihr die Hand.

„Ja, lassen Sie es uns vorab mit einem Handschlag besiegeln."

Bettina ergriff seine Hand und drückte zu.

„Wir sind im Geschäft", sagte sie. „Sie werden es nicht bereuen, Herr Gerber."

„Sagen Sie mal, Frau Moosfaller, darf ich Sie, als künftige Geschäftspartnerin, wenn wir nachher zurück in Freiburg sind, in meinem Hotel zum Essen einladen? Danach könnten wir noch auf ein Gläschen Wein auf mein Zimmer gehen, um auf unser gutes Geschäft anzustoßen. Was halten Sie davon?"

Bettina schien für einen Moment zu überlegen. Dann lächelte sie.

„Warum nicht?", meinte sie schließlich. „Ich nehme Ihre Einladung an."

„Es wird bestimmt ein schöner Geschäftsabschluss", sagte er und zwinkerte ihr mit einem Auge zu.

Sie zwinkerte lächelnd zurück.

*   *   *

Der geheimnisvolle Mann

Mittwoch

„Schon wieder Mittwoch", murmelte Gabriele Moosfaller vor sich hin, als sie kurz einen Blick auf den großen Kalender, der an der Küchenwand hing, warf.

Der heutige Morgen war bisher nicht viel anders verlaufen, als der gestrige.

Sie hatten vor wenigen Minuten das gemeinsame Frühstück beendet.

Die Bäuerin räumte gerade das Geschirr in die Schränke, welches Alinka gespült und ihr Sohn Dirk, der heute ausnahmsweise mal in der Küche tätig war, abgetrocknet hatte.

„Du hast doch vorhin beim Frühstück erzählt", sagte Dirk zu seiner Mutter, „dass Tante Betti gestern mit einem Mann hier war, weil er sich eine Wohnung anschauen wollte. Was war das denn für ein Mann?"

„Das war ein Bekannter von Tante Betti, ein ehemaliger Schulfreund. Sie kannte ihn noch aus ihrer Zeit in Frankfurt. Er war mit so einem dicken BMW vorgefahren."

„Was für ein BMW war das denn?", wollte ihr Sohn, der sich für Autos interessierte, von ihr wissen.

„Keine Ahnung. Ich kenne mich mit Autos doch nicht aus. Es war eine große, schwarze Limousine. Der Wagen sah irgendwie nobel aus. Ich denke, er wird nicht billig gewesen sein."

„Dann war es bestimmt ein 7er oder ein 8er BMW."

„Kann sein, Dirk, aber wie gesagt, ich weiß nur, dass es ein BMW war."

Dirk kratzte sich nachdenklich an seinen roten Haaren.

„Dann hat der Bekannte von Tante Betti bestimmt viel Kohle", sagte er.

„Du kannst Betti ja fragen, wenn sie am Wochenende wieder zu uns kommt", meinte seine Mutter zu ihm. „Bettis Bekannter war zwar sehr nett, aber als er gestern wieder gegangen war, hatte ich ein merkwürdiges Gefühl."

„Warum, Mama? Was hat er denn gemacht?"

„Er hat nichts gemacht, aber er hat so komisch geredet."

„Was hat er denn gesagt?", wollte Dirk sofort wissen.

„Nun, als Betti mit ihm nach der Wohnungsbesichtigung noch einmal zu mir kam, habe ich ihn gefragt, ob ihm die Wohnung gefallen hat. Daraufhin sagte er, dass die Aussicht vom Balkon ein wahrer Genuss sei. Ich sagte ihm dann, dass er die Ferienwohnung, wenn er vorhätte, sie anzumieten, zeitig buchen müsse, weil sie immer gut belegt sei. Dann hat er etwas gesagt, das bei mir ganz komisch rüberkam. Er sagte, wortwörtlich: `Ich werde wiederkommen, Frau Moosfaller. Das verspreche ich Ihnen.´ Diese Worte haben mich nachdenklich gemacht."

Ihr Sohn blickte sie mit großen Augen an.

„Ganz offensichtlich", sagte er, „hat dem Mann die Wohnung gefallen, und er will wiederkommen, um hier Urlaub zu machen. Was ist daran komisch?"

„So, wie der Mann das ausgesprochen hat, klang es irgendwie nach einer Drohung."

Dirk lachte.

„Das darf doch nicht wahr sein", sagte er. „Wie kannst du eine Ankündigung, dass jemand seinen Urlaub bei uns verbringen will, als Drohung auffassen?"

„Das kann ich dir nicht sagen, aber in seiner Stimme lag so ein merkwürdiger Tonfall."

In dem Moment ertönte die Türglocke.

„Das ist bestimmt meine Lieferung", sagte Dirk, der sich vor zwei Tagen im Internet ein neues Laptop bestellt hatte. „Das ging aber flott."

Der Sohn der Bäuerin verließ die Küche und ging zur Haustür.

Wenig später hörte Gabriele seine Stimme: „Mama? Kannst du mal bitte kommen?"

Als sie wenig später neben ihrem Sohn an der offenen Haustür stand, erblickte sie den fremden, grauhaarigen Mann. Die Bäuerin schätzte die Größe des sehr schmächtig wirkenden Mannes auf höchstens 1,65 Meter.

„Der Mann möchte Opa sprechen", meinte Dirk zu ihr. „Er möchte aber nicht sagen, was er von Opa will."

„Hören Sie mal zu, guter Mann", gab Gabriele dem Frem--den sofort zu verstehen, „wenn Sie versuchen wollen, einem alten Herrn hier etwas zu verkaufen, dann sind Sie bei uns fehl am Platz."

Der Mann blickte sie verunsichert an.

„Ich will niemandem etwas verkaufen", sagte er und wirkte etwas irritiert. „Ich möchte mit Herrn Heinrich Moosfaller sprechen. Es geht um etwas sehr Persönliches."

Die Bäuerin schaute den Mann, dessen Alter sie irgendwo zwischen fünfzig und sechzig Jahren einordnete, mit einem strengen Blick an.

„Heinrich Moosfaller ist mein Schwiegervater", erklärte sie ihm. „Ich kenne alle Leute, mit denen er etwas zu tun hat, aber Sie habe ich noch niemals gesehen. Wer sind Sie und was wollen sie von ihm?"

„Mein Name ist Markus Grosejahn. Bitte lassen Sie mich zu Ihrem Schwiegervater. Ich kann Ihnen nicht sagen worum es geht, denn es ist sehr persönlich. Sagen Sie ihm doch bitte, dass ihn jemand sprechen möchte. Bitte, es ist sehr wichtig."

Der unbekannte Mann blickte die Bäuerin fast flehend an.

In diesem Moment war sich Gabriele der Sache sicher, dass Fremde ihrem Schwiegervater nichts verkaufen wollte, sondern tatsächlich ein Anliegen hatte, welches ihm sehr wichtig erschien.

„Na, gut, Herr Grosejahn", sagte sie. „Ich werde Sie zu meinem Schwiegervater bringen. Allerdings weiß ich nicht, ob er noch da ist. Er wollte direkt nach dem Frühstück zusammen mit einem Mitarbeiter in die Stadt fahren."

Sie deutete auf das Leibgedinghaus.

„Mein Schwiegervater wohnt da drüben. Kommen Sie mit."

Erst jetzt sah sie, dass die Altbäuerin in ihrem kleinen Garten vor dem Haus stand und ein paar Blumen abschnitt.

Als Gabriele in Begleitung des Fremden schließlich vor dem Zaun des Bauerngartens stand, musterte ihre Schwiegermutter Maria den schmächtig wirkenden Mann.

„Ist Heinrich im Haus", fragte die Bäuerin die skeptisch dreinblickende Frau hinter dem Gartenzaun.

„Nein, er ist vor wenigen Minuten mit Hennes in die Stadt gefahren. Warum fragst du?"

„Das hier ist Herr Grosejahn", stellte Gabriele den Mann neben ihr ihrer Schwiegermutter vor. „Er hätte gerne mit deinem Mann gesprochen."

In dem Moment, als der Name Grosejahn fiel, schien es so, als huschte kurz ein dunkler Schatten über das Gesicht der Altbäuerin.

Sie legte die Blumen, die sie abgeschnitten hatte, neben sich auf den Boden und machte ein paar Schritte nach vorne. Dann trat sie ganz dicht an den Gartenzaun heran und schaute den Mann abschätzend an.

Dann schloss sie für einen kurzen Moment die Augen und schluckte.

„Grosejahn", kam es fast flüsternd aus ihrem Mund.

Ihr Gesichtsausdruck wurde sehr ernst und wirkte fast versteinert.

Sie atmete einmal tief durch, blickte den Fremden an und sagte: „Können Sie sich ausweisen?"

Der Mann wirkte verunsichert und schaute Gabriele, die neben ihm stand, fragend an.

Diese zuckte nur mit den Schultern.

Mit den Worten: „Ja, ich kann mich ausweisen", zog er schließlich eine Geldbörse aus seiner Hosentasche, entnahm daraus seinen Personalausweis und überreichte ihn der Frau hinter dem Gartenzaun.

Die Altbäuerin nahm den Ausweis entgegen.

Dann sagte sie: „Ich muss meine Brille holen", und verschwand mit dem Ausweispapier in der Hand im Haus.

Er dauerte eine Weile, bis sie wieder zurück kam.

Sie trat an den Zaun heran, gab dem Mann seinen Ausweis zurück und sagte: „Wenn Sie meinen Mann sprechen wollen, dann kommen Sie heute Nachmittag noch mal vorbei. Dann ist mein Mann wieder da."

„Das werde ich machen", sagte Grosejahn. „Dann gehe ich jetzt mal wieder."

Er wandte sich von ihnen ab und ging in Richtung der Zufahrt davon.

Nach wenigen Schritten drehte er sich noch einmal kurz um und sagte: „Tschüss, bis heute Nachmittag."

Die Bäuerin und ihre Schwiegermutter schauten ihm noch hinterher, bis er hinter der ersten Kurve verschwunden war.

„Du kennst den Mann?", fragte Gabriele die Altbäuerin.

„Nein", war die kurze und knappe Antwort.

„Aber du kanntest seinen Namen", sagte ihre Schwiegertochter, der Marias Reaktion nicht entgangen war.

Die Altbäuerin ging auf Gabrieles Anmerkung nicht ein. Ihr Gesichtsausdruck wirkte erneut wie versteinert.

Dann murmelte sie: „Hesekiel 18, Vers 20, und der Sohn soll die Sünden seines Vaters nicht mittragen und der Vater nicht die seines Sohnes."

„Warum sagst du jetzt einen Bibeltext auf, Maria? Was hat das zu bedeuten?"

Ihre Schwiegermutter beantwortetet ihre Fragen nicht.

Stattdessen sagte sie: „Ich habe Besuch und muss zurück ins Haus. Ich war nur kurz im Garten, um ein paar Blumen zu schneiden."

Als Gabriele sie fragen wollte, wer denn zu Besuch bei ihr sei, trat eine Frau aus der Haustür und sagte laut: „Maria, wo bleibst du denn?"

Die Bäuerin kannte diese Frau nur zu gut. Es war Marias beste Freundin Martha, die Altbäuerin vom Wurlehof.

„Hallo Martha", grüßte Gabriele die grauhaarige Frau, deren außergewöhnlich dicke Brille sofort ins Auge stach.

„Hallo Gabriele", grüßte die Frau zurück.

Martha hatte die Bäuerin nur an ihrer Stimme erkannt, denn ihre Augen waren so schlecht, dass sie alles, was mehr als zwei Meter von ihr entfernt war, nicht mehr sehen konnte. Ihre dicken Brillengläser hatten bereits die größtmögliche Sehstärke. Die Augenärzte hatten ihr gesagt, dass sie sich lasern lassen sollte, um wieder besser zu sehen, doch Martha hatte das abgelehnt, weil sie Angst davor hatte. Sie hatte den Ärzten geantwortet: „Wenn's der Herr im Himmel so mit mir gewollt hat, dann ist das halt so."

Gabriele wollte Maria noch einmal auf den fremden Mann ansprechen, doch diese drehte sich um, hob die abgeschnittenen Blumen, die sie vorhin auf den Boden abgelegt hatte, auf und verschwand damit ins Haus.

Als sie an ihrer Freundin vorbeigegangen war, hatte sie gesagt: „Komm rein ich muss dir etwas Wichtiges erzählen."

Gabriele, die verwundert dastand, wollte ihr zunächst hinterhergehen, um sie zu fragen, was es mit diesem Grosejahn auf sich hatte, doch sie tat es nicht. Sie wusste, dass der Besuch dieses kleinen Mannes bei der Altbäuerin etwas ausgelöst hatte, und sie wusste auch, dass Maria es jetzt ihrer besten Freundin Martha erzählen würde.

Für einen Moment blieb sie noch vor dem Leibgedinghaus stehen. Dann aber machte sie sich auf den Weg zurück zum Haupthaus.

Sie sah, dass ihr Sohn Dirk immer noch vor der Tür stand. Er blickte sie neugierig an, als sie ihn erreichte.

„Hat der Mann Oma erzählt, was er von Opa wollte?", fragte er.

„Nein, das hat er nicht. Opa ist nicht da. Er ist mit Hennes in die Stadt gefahren. Dieser Herr Grosejahn will heute Nachmittag noch einmal wiederkommen, um mit deinem Opa zu reden. Was er von ihm will, hat er immer noch nicht gesagt."

„Das ist ein komischer Mensch", sagte Dirk.

Seine Mutter nickte.

„Ja, das ist er."

*   *   *

Das Karma der Verlockung

Gabriele Moosfaller stand vor dem Schrank in ihrem Schlafzimmer und hatte sich gerade ein frisches T-Shirt dort herausgenommen. Sie hatte geduscht und war gerade, nur bekleidet mit einem Slip und einem BH, aus dem Bad gekommen. Mit dem alten T-Shirt, welches sie den ganzen Vormittag bei der Arbeit im Stall getragen hatte, wollte sie auf keinem Fall nachher am Esstisch sitzen.

Sie zog das frische T-Shirt an, stellte sich vor den großen Spiegel und musterte sich.

Gabriele stellte fest, dass sie, was ihre Kleidung anging, eigentlich immer gleich aussah. Auch jetzt trug sie wieder ein weißes Shirt. Sie fand, dass ihr die Farbe Weiß einfach gut stand. Deshalb waren in ihrem Schrank auch nur wenige Oberteile zu finden, die eine andere Farbe hatten.

Sie schaute auf die Digitaluhr, die auf ihrem Nacht-schränkchen stand. 11.30 Uhr zeigten die großen, leuchtenden Ziffern an.

Bis zum Mittagessen waren es noch zweieinhalb Stunden Zeit. Ihr Mann Thomas, der momentan gemeinsam mit einem Bauern aus der Nachbarschaft unterwegs war, um irgendwelche Ersatzteile für den Traktor zu besorgen, hatte sich für heute zum Mittagessen Erbsensuppe ge-wünscht.

Ihre Magd Alinka hatte das Kochen übernommen. Sie hatte bereits gestern die Erbsen eingeweicht und heute Morgen einen riesigen Topf Suppe gekocht. Die Erbsensuppe stand nun bereits auf dem Herd und musste heute Mittag nur noch heiß gemacht werden.

Gabrieles Gedanken gingen immer wieder zu diesem Herrn Grosejahn.

Sie fragte sich, warum ihre Schwiegermutter Maria so merkwürdig reagiert hatte, als der Name des Mannes gefallen war.

Warum war die Altbäuerin einfach wortlos ins Haus verschwunden?

Ein paar Mal hatte Gabriele daran gedacht, hinüber in das Leibgedinghaus zu gehen und Maria darauf anzusprechen, doch sie hatte es gelassen.

„Denk´ an etwas anderes", sagte sie zu sich selbst. „Ich werde jetzt erst mal rauf in die Ferienwohnung gehen."

Die Bäuerin hatte vergessen, die kleine Wohnung, in die heute Nachmittag neue Gäste einziehen würden, mit Toilettenpapier auszustatten. Die Klopapierrollen für die Wohnung hatte sie bereits in den Flur gelegt.

Ihr Blick fiel beiläufig auf die Fensterbank. Dort stand eine Zimmerazalee, deren vertrocknete Blüte sie eigentlich schon gestern hatte entfernen wollen.

Sie ging zum Fenster und knipste mit den Fingern die verwelkte Azaleenblüte ab.

Dabei blickte sie kurz hinaus auf den Hof.

Ihr huschte ein Schmunzeln über die Lippen, als sie sah, dass ihr Feriengast, Herr Schmitz, wieder mit seiner Kamera vor dem Stall unterwegs war und Fotos schoss.

Seine Frau macht aber heute früh ihren Mittagsschlaf, ging es ihr durch den Kopf.

Unwillkürlich musste sie an gestern denken.

Sie hatte ihm einen tiefen Einblick in ihren Ausschnitt gegönnt, und er hatte ihn offensichtlich genossen. Im Nachhinein hatte sie sich eingestanden, dass diese Situation auch ihr gefallen hatte. Anerkennende Blicke auf ihre tollen Brüste waren ihr schon lange nicht mehr vergönnt gewesen, selbst von ihrem eigenen Mann nicht. Sie musste sich eingestehen, dass es gestern ein schönes Gefühl gewesen war. Die Bäuerin musste sich aber ebenfalls eingestehen, dass da noch andere Empfindungen im Spiel waren, Empfindungen, die sie immer noch nicht einordnen konnte.

Gabriele schaute zu dem Mann mit dem Fotoapparat, der gerade dabei war, etwas zu fotografieren, das sich auf der Holzwand des Stalles befand. Was dort war, konnte sie aber nicht erkennen.

Schmitz war ihr von Anfang an sympathisch gewesen. Sie dachte daran, mit welcher Offenheit er ihr seine Probleme geschildert hatte.

Und überhaupt, der Mann hatte etwas an sich, was sie faszinierte.

Jetzt, wo sie ihn da draußen mit seiner Kamera herumlaufen sah, tat er ihr wieder leid. Die Bäuerin empfand aber nicht nur Mitleid. Da war noch etwas, das sie für diesen Mann empfand. Sie fühlte sich zu ihm hingezogen.

So ein liebenswerter Mensch, dachte sie. *Sein Leben besteht nur aus Kummer und Sorgen. Er hätte ein leichteres Leben verdient.*

Wie aus dem Nichts fasste sie einen Entschluss.

Ich werde zu ihm hinausgehen und mich mit ihm unterhalten. Dann ist der arme Kerl nicht so alleine.

Ihr Plan stand fest. Sie würde nach draußen auf den Hof gehen und Schmitz dazu einladen, sich wieder mit ihr auf die Bank zusetzen und mit ihr einen Kaffee zu trinken. Dann würde sie ihn darum bitten, ihr auf dem Fotoapparat noch ein paar Bilder zu zeigen.

Sie dachte für einen Moment daran, dass sich dann wieder nach vorne beugen könnte, um ihm einen Blick in ihren Ausschnitt zu gönnen. Bei diesem Gedanken verspürte sie ein merkwürdiges Gefühl. Und nicht nur das, die Vorstellung, gleich wieder neben ihm zu sitzen löste bei ihr eine Art Vorfreude aus.

Sie schloss die Augen und schüttelte den Kopf.

„Nein", sagte sie zu sich selbst. „Du darfst das nicht."

Was habe ich nur für Gedanken?

Die Bäuerin wandte sich vom Fenster ab.

Trotzdem, dachte sie. *Ich werde zu ihm gehen und ihn auf eine Tasse Kaffee einladen, und zwar ohne jeglichen Hintergedanken.*

Sie wollte sich einfach nur mit ihm unterhalten, denn sie hatte ihn als angenehmen Gesprächspartner kennen gelernt.

Gabriele hatte Zeit.

Dirk war zu Besuch bei einem Freund, und ihr Mann, Hennes und Alinka waren unterwegs und würden erst zum Mittagessen wieder da sein.

Diese freie Zeit wollte sie nutzen, um mit Herrn Schmitz, einem Mann, der es nicht leicht im Leben hatte, einen Kaffee zu trinken.

Er hatte bezüglich seiner kranken Frau sein Herz bei ihr ausgeschüttet, und ihr hatte seine Offenheit sehr imponiert.

Die Bäuerin ging in die Küche und setzte einen Kaffee auf. Dann begab sie sich vor die Tür.

Ihr Feriengast mit der Kamera, der immer noch vor dem Stall stand, hatte sie sofort gesehen.

„Hallo Frau Moorfaller", begrüßte er sie und winkte ihr kurz zu.

„Hallo Herr Schmitz", grüßte sie zurück. „Sie fotografieren ja schon wieder. Dann wird Ihre Frau bestimmt gerade ihren Mittagsschlaf machen, oder?"

Im Gesicht des Feriengastes, der heute ein grünes T-Shirt trug, war ein kurzes, verstohlenes Lachen zu sehen.

„Da haben Sie richtig geraten, Frau Moosfaller", antwortete er.

Die Bäuerin holte einmal tief Luft.

Dann sagte sie: „Darf ich Sie zu einem Tässchen Kaffee einladen, Herr Schmitz? Die Kaffeemaschine in der Küche läuft schon."

„Sehr gerne, Frau Moosfaller", antwortete er.

„Dann kommen Sie hierhin", forderte sie ihn auf.

Während der Mann sich auf den Weg machte, sagte Gabriele: „Setzen Sie sich wieder hier auf die Bank." Sie deutete auf den gleichen Platz, auf dem er gestern schon neben ihr gesessen hatte.

Mit den Worten: „Ich gehe mal kurz rein, und hole schon mal die Tassen", ging sie zurück in die Küche.

Während sie zwei Tassen, Milch und Zucker auf ein Tablett stellte, verspürte sie eine innere Aufregung und das nur, weil sie daran dachte, dass er gleich wieder neben ihr sitzen würde.

Bei diesem Gedanken war sie wieder da, diese merkwürdige, prickelnd Vorfreude.

In dem Moment, in dem sie das Tablett mit den Tassen ergriff, hatte sie das Gefühl, innerlich zu zittern.

Was ist nur los mit mir?, fragte sie sich in ihren Gedanken. *Ich will nur einen Kaffee mit ihm trinken, mehr nicht.*

Dann holte sie noch einmal tief Luft und ging nach draußen.

Der Mann mit dem grünen T-Shirt saß mit dem Rücken zu ihr auf der Bank. Seine Kamera hatte er vor sich auf dem Tisch abgestellt.

Gabriele ging um den Tisch herum und stellte das Tablett gegenüber ihres Gastes ab.

Sie sah ihn kurz an.

Während sie die Teile, die auf dem Tablett standen, vor ihm auf den Tisch platzierte, beugte sie sich zu ihm nach vorne.

In dem Moment, in dem sie merkte, dass Schmitz wieder heimlich in ihren Ausschnitt schaute, richtete sie sich auf.

Nein, dachte sie. *Ich werde das nicht mehr zulassen.*

Für die Freizügigkeit, die sie ihm gestern geboten hatte, verspürte sie immer noch ein schlechtes Gewissen.

Auch, wenn von dem Mann vor ihr etwas Anziehendes ausging, sie hatte sich fest vorgenommen, heute einfach nur mit ihm zu plaudern.

Nachdem sie das Tablett geleert hatte, sagte sie: „Eigentlich sollte der Kaffee jetzt fertig sein. Ich gehe ihn mal holen."

Sie verschwand im Haus und kam wenig später mit der gefüllten Kaffeekanne wieder heraus.

Dann setzte sie sich neben ihn und füllte den Kaffee in die Tassen.

Dieses Mal achtete sie darauf, dass der Ausschnitt ihres T-Shirts nicht zu weit nach vorne klappte.

Schmitz machte auch keine Anstalten, erneut einen Blick darauf zu werfen.

Doch jetzt, wo sie ihm so nah war, nahm er ihren Geruch wahr. Sie roch sehr angenehm und dadurch verwandelte sich ihre Nähe zu ihm in eine unglaublich wohltuende Atmosphäre. Dieser angenehme Duft ließ ihn sogar für einen Moment seine Umgebung vergessen. Es war, als hätte die Nähe der Frau neben ihm ihn regelrecht betört.

„Sie duften so herrlich", kam es plötzlich leise über seine Lippen.

Er hatte, ohne es zu wollen, das gesagt, was er gerade fühlte.

„Das ist mein neues Duschgel", sagte sie. „Gefällt es Ihnen?"

Sie lächelte und schob sich etwas näher an ihn heran, damit er es noch intensiver riechen konnte.

„Ja", sagte er. „Es riecht sehr gut."

Nachdem die Tassen gefüllt waren, stellte Gabriele die Kanne beiseite.

Jetzt, wo sie so dicht neben ihm saß, nahm sie zum ersten Mal wahr, dass auch von ihm ein Duft ausging. Es war ein sehr milder und angenehmer Geruch.

„Das Duschgel, das Sie heute genommen haben, Herr Schmitz, riecht aber auch gut", stellte sie fest.

„Das ist mein Aftershave. Ich nehme es immer, weil meine Frau es so gerne riecht,"

Das sagte er nur beiläufig, denn hatte ihn gestern noch der Blick auf ihre tollen Brüste fasziniert, so war es heute die Nähe der Bäuerin, die ihn irgendwie in ihren Bann zog.

„Dann wollen wir mal unseren Kaffee genießen", sagte Gabriele und ergriff ihre Tasse.

Als sie bemerkte, dass ihr Gast den Kaffee nicht anrührte, meinte Sie zu ihm: „Trinken Sie, Herr Schmitz, sonst wird der Kaffee kalt."

„Das ist genau der Grund dafür, dass ich den Kaffee jetzt noch nicht trinke. Ich lasse ihn immer etwas abkühlen, weil ich mir schon oft genug die Lippen daran verbrannt habe. Außerdem schmeckt er mir dann besser, wenn er leicht abgekühlt ist."

Während er das sagte, war er mit seinen Gedanken woanders, denn er spürte, dass von der Frau neben ihm etwas ganz Besonderes ausging. Es war nicht nur der betörende Duft ihres Duschgels, sondern schlicht und einfach ihre Nähe. Er fühlte sich auf sonderbare Weise zu ihm hingezogen.

Schmitz konnte nicht ahnen, dass die Frau neben ihm ähnliche Gedanken hatte.

„Jeder trinkt seinen Kaffee halt anders", hörte er sie sagen. „Ich habe es gerne, wenn er noch ganz heiß ist. Ich schlürfe ihn immer ganz behutsam ab, damit ich mir nicht den Mund verbrenne."

Sie führte die Tasse Kaffee zum Mund, blies kurz über die Oberfläche und nahm einen vorsichtigen Schluck.

Dann meinte sie: „Darf ich fragen, was Sie gerade drüben am Stall fotografiert haben?"

„Natürlich dürfen Sie das. Ich liebe es, die kleinen Dinge, auf die man sonst nicht so achtet, zu fotografieren."

Er war froh darüber, dass sie ihn das gefragt hatte, denn so konnte er sich etwas ablenken.

„Der Stall ist eine wahre Fundgrube", fuhr er fort. „Ich habe auf der Holzwand zwei verschiedene Springspinnen entdeckt und Makroaufnahmen von ihnen gemacht."

„Springspinnen?", wunderte Gabriele sich. „Diese Bezeichnung habe ich ja noch nie gehört."

„Das sind winzige Spinnen, die für ihre Verhältnisse sehr weit springen können, um kleine Insekten zu fangen."

„Das hört sich ja sehr interessant an", sagte die Frau neben ihm. „Würden Sie mir die Bilder dieser Spinnen einmal zeigen?"

„Ja, gerne."

Während ihr Gast nach seiner Kamera griff, dachte Gabriele darüber nach, wie sie sich nun am besten hinsetzen sollte. Auch, wenn die Gedanken daran, dass Schmitz wieder einen Blick in ihren Ausschnitt werfen könnte, ein nicht unangenehmes Gefühl in ihr erzeugte, sie wollte es nicht. Sie wollte sich einfach nur mit ihm unterhalten und ja, sie wollte ihm nah sein.

Dass sie sich gerade mit dem Mann neben sich über Spinnen unterhalten hatte, war für sie nur nebensächlich. Ihre Gedanken waren bei dem kurzen, für sie belanglosen Gespräch, ganz woanders gewesen.

Sie dachte an das aufregende Gefühl, welches gerade in ihr aufgekommen war, als sie sich ganz nah zu ihm gesetzt hatte, damit er ihren Duft besser wahrnehmen konnte.

Gabriele wusste nicht, warum sie plötzlich Regungen verspürte, die sie bisher noch nicht kannte. Diese Situation verwirrte sie. Es war, als würde irgendetwas emotionale Macht von ihr ergreifen.

Konnte so etwas wirklich daraus resultieren, dass sie Mitleid mit dem Mann hatte? Er war ein liebenswerter Mensch, den ein hartes Schicksal getroffen hatte, welches ihm keine schönen Momente im Leben mehr bescherte. Als sie gestern gemerkt hatte, wie begeistert er von ihren Brüsten war, wollte sie ihm etwas Gutes tun, und sie hatte ihm das gezeigt, was er sehen wollte. Sie dachte daran, dass diese Aktion sie selbst ebenfalls erregt hatte. Es war aber nicht nur irgendeine Erregung, denn sie hatte sich in diesem Augenblick zu ihm hingezogen gefühlt.

Aber auch jetzt in diesem Moment waren die aufwühlenden Gefühlsregungen wieder da, und sie wollte mehr davon.

Sie schaute den Mann neben, sich, der gerade seine Kamera einschaltete, an.

„Sehen Sie mal, Frau Moosfaller", sagte er und hielt ihr das Display seines Fotoapparates hin. „Das ist so eine Springspinne. Sie ist nur wenige Millimeter groß."

Gabriele schaute auf die Fotos und hörte sich seine Erklärungen dazu an.

Das alles nahm sie aber nur beiläufig wahr, denn in ihren Gedanken war sie woanders.

Hatte sie gerade noch daran gedacht, wie angenehm die Nähe zu ihm ist, so dachte sie nun an etwas, das ihr eigentlich niemals in den Sinn gekommen wäre. Plötzlich überkam sie die Sehnsucht danach, nicht nur seine Nähe zu spüren, sondern ihm auch körperlich nah zu sein.

Sie spürte, wie ihr Herz bei diesen Gedanken höher schlug.

Gabriele atmete tief durch.

Was passiert hier gerade?, ging es ihr durch den Kopf. *An so etwas dürfte ich nicht einmal denken, aber wenn ich mir vorstelle, ihm ganz nah zu sein… Ja, ich will es.*

Diese Vorstellung hatte von ihr regelrecht Besitz ergriffen.

„Herr Schmitz", sagte sie. „Heute kommen neue Feriengäste. Sie werden in die andere, kleine Wohnung einziehen. Mir fällt gerade ein, dass ich vergessen habe, die Wohnung mit Klopapier auszustatten. Eh ich das wieder vergesse, werde ich es jetzt nachholen. Haben Sie nicht Lust, mitzukommen und sich diese Wohnung mal anzusehen? Da die Wohnung in der zweiten Etage liegt, ist der Blick vom Balkon noch schöner."

„Warum nicht?", sagte Schmitz. „Wenn die Aussicht vom Balkon von dort aus so schön ist, könnte ich ja ein paar Fotos von der Landschaft machen."

„Dann kommen Sie mal mit, Herr Schmitz."

Die beiden standen auf und Gabrieles Gast folgte ihr durch den Flur.

Sie nahm das Toilettenpapier, welche sie bereits dort hingelegt hatte und stieg die Treppen hinauf.

Oben angekommen, öffnete sie die Wohnungstür.

„Gehen Sie schon mal auf den Balkon", forderte sie ihn auf. „Ich bringe erst mal das Klopapier ins Bad. Dann komme ich zu Ihnen."

Schmitz folgte ihrer Anweisung.

Dass seine Gastgeberin hinter ihnen die Tür von innen abschloss, bekam er nicht mit.

Sie brachte das Toilettenpapier ins Bad und ging dann in den Wohnraum.

In dem Moment fragte sie sich, ob sie das, was sie nun vorhatte, wirklich tun sollte, doch der Gedanke daran, dem Mann ganz nah zu sein, erregte sie so sehr, dass sie alle Bedenken verwarf.

Sie atmete einmal tief durch.

„Herr Schmitz", sagte sie laut zu dem Mann, der jetzt draußen auf dem Balkon stand. „Würden Sie mal kurz zu mir kommen?"

Erneut spürte sie, wie ihr das Herz vor Aufregung bis zum Hals schlug.

Ihr Gast betrat mit seinem Fotoapparat in der Hand den Wohnraum und schaute sie fragend an.

„Kann ich etwas für Sie tun?", fragte er.

„Ja", antwortete sie. „Kommen Sie mal bitte zu mir."

Er schob für einen Moment verwundert seine Augenbrauen nach oben.

Dann trat er an sie heran und blieb vor ihr stehen.

„Legen Sie Ihre Kamera bitte für einen Moment auf den Tisch", forderte sie ihn auf.

Nachdem er das getan hatte, sah er sie forschend an.

Gabriele zögerte einen Augenblick.

Für einen Moment kamen erneute Zweifel in ihr auf, doch dann war sie sich sicher, dass sie es tun würde. Sie konnte es kaum erwarten.

„Herr Schmitz", sagte sie, „ich habe gestern gemerkt, dass Sie mir heimlich in meinen Ausschnitt geschaut hatten. Seien Sie ehrlich, gefallen Ihnen meine Brüste?"

Der Mann vor ihr schluckte.

Dann sagte sie: „Denken Sie nicht, dass mir Ihre Blicke auf meine Brüste entgangen sind."

Schmitz lief in diesem Moment rot an.

Es war, als schien es ihm jetzt peinlich zu sein, dass er ihr in den Ausschnitt geguckt hatte.

„Sie sagen ja gar nichts", meinte die Bäuerin zu ihm.

„Es…, es tut mir leid", stammelte er.

Gabriele ging auf seine Äußerung nicht ein und sagte: „Sie haben mir noch nicht gesagt, ob Ihnen meine Brüste gefallen."

Er zögerte noch einen Augenblick mit der Antwort.

Dann aber sagte er: „Ihre Brüste sind wunderschön, Frau Moosfaller."

Sie schloss für einen Moment die Augen.

Erneut kamen kurze Zweifel darüber auf, ob sie es tatsächlich tun sollte.

Doch ihre Gier danach, diesen aufregenden Moment, den sie sich geistig bereits vorgestellt hatte, zu erleben, fegte auch die letzten Zweifel davon.

Ihre Hände ergriffen den unteren Saum ihres T-Shirts und sie zog das Kleidungsstück über den Kopf aus.

Der Mann vor ihr wirkte verblüfft.

Er schaute auf ihren entblößten Oberkörper, dann blickte er ihr in die Augen und dann wieder auf ihre Brüste, die nur von einem knappen BH bedeckt wurden.

„Sie sind wunderschön, Frau Moosfaller", kam es leise über seine Lippen. „Sie sind unglaublich schön."

Gabriele trat nun dicht an ihn heran. Die Sehnsucht danach, ihm ganz nah zu sein, ließ sie vor Aufregung innerlich zittern.

„Möchten Sie wissen, wie sich meine Brüste anfühlen?", fragte sie ihn auffordernd.

„Ja", hauchte er.

„Worauf warten Sie noch?"

Seine Hände zitterten, als er ihre Brüste berührte und streichelte.

Schmitz schaute nach oben und sah ihr ins Gesicht, welches nun ganz nah vor ihm war.

Er blickte ihr in die Augen und sagte erneut: „Sie sind so schön, Frau Moosfaller. Sie sind wunderschön."

Jetzt, wo er ganz dicht bei ihr stand, nahm sie wieder diesen milden, angenehmen Duft seines Aftershaves wahr.

Das, was nun passierte, ließ sie einfach geschehen.

Sein Gesicht kam langsam immer näher an das ihre. Dann berührten sich ihre Lippen, zunächst ganz sanft und dann immer intensiver, bis schließlich ihre Zungen mit ins Spiel kamen und sich in ihren Mündern gierig umschlagen.

Schließlich ließen sie wieder voneinander ab und blickten sich an. Dabei atmeten sie tief durch, so, als hätten sie gerade einen schnellen Hundertmeterlauf hinter sich gebracht. Ihre Herzen schienen zu rasen.

„Mein Gott, Peter", sagte sie leise.

Ihr war, als hätte eine fremde Macht Besitz von ihr ergriffen, eine Macht, die ihr jeden vernünftigen Gedanken raubte, eine Macht, der sie sich nicht entziehen konnte.

Nun war sie es, die ihren Mund wieder auf den seinen drückte und vor Erregung die Welt um sich herum vergaß, als sie seine Zunge wieder an der ihren fühlte.

Peter umschlang sie mit seinen Händen und sie hatte das Gefühl, als wären diese überall gleichzeitig auf ihrem Körper.

Nach einer Weile ließ er von ihr ab, um ebenfalls sein T-Shirt auszuziehen.

Sie ergriff seine Hand und mit den Worten: „Komm´ mit", führte sie ihn ins nebenan liegende Schlafzimmer.

Dort fielen schließlich auch die letzten Hüllen und sie nahmen sich so in die Arme, wie sie der liebe Gott geschaffen hatte.

Die zwei standen eng umschlungen da und küssten sich.

Gabriele löste sich von der Umklammerung.

Sie ging zum Bett, legte sich darauf und schaute ihn auffordernd an.

„Komm´ zu mir, Peter."

Das ließ er sich nicht zweimal sagen.

Er kam ins Bett und legte sich über sie.

Dabei schaute er ihr in die Augen und sagte erneut: „Du bist wunderschön."

Sie lächelte. So viel Lob über ihr Aussehen hatte sie schon lange nicht mehr gehört, und sie wusste, dass er das, was er sagte, ehrlich meinte.

Nach einem weiteren, innigen Kuss blickte er sie wieder an.

„Frau Moosfaller", sagte er, „ich weiß nicht einmal wie du mit Vornamen heißt."

Sie lachte kurz auf.

„Ich heiße Gabriele", antwortete sie ihm.

„Gabriele", wiederholte er leise.

Sie küssten sich erneut; ein gieriger Kuss, bei dem sich ihre Zungen erneut wild umschlagen.

In diesem Moment hatte Gabriele das Gefühl, in eine fremde Welt eingetaucht zu sein, in eine Welt, in der sie von unglaublich tiefen Emotionen umgeben war. Sie dachte nicht mehr, sie fühlt nur noch, und das, was sie fühlte war unfassbar schön.

Voller Begierde öffnete sie ihre Schenkel und er nahm ihre Einladung an.

Ein Schauer durchlief sie, als er in sie eindrang.

Sie gaben sich einander hin und ließen ihren Gefühlen freien Lauf. Ihre Umwelt verschwand und es gab nur noch sie, zwei sich innig Liebende, die sich ihren Emotionen hemmungslos hingaben.

Im gleichen Moment, als Gabriele spürte, dass er zum Höhepunkt kam, durchzuckte auch sie ein glühender Orgasmus, mit einer Intensivität, wie sie es schon lange nicht mehr erlebt hatte.

Sie hatte das Gefühl, als stünde ihr Körper unter Hochspannung, die sich nun mit einem Schlag entlud.

Etwas später lagen sie schweigend nebeneinander im Bett.

Sie atmeten beide tief ein und aus.

So lagen sie wortlos eine ganze Zeit da, und jeder schien seinen eigenen Gedanken nachzugehen.

Peter brach das Schweigen: „Es war unglaublich schön. So eine intensive Liebe habe ich noch nie erlebt."

„Ja", hauchte sie und atmete noch einmal tief durch. „Es war herrlich."

In diesem Moment hatte Gabriele das Gefühl, als würde sie langsam aus einer Traumwelt in die Realität zurückkehren.

„Was haben wir getan?", kam es leise aus ihrem Mund, und es klang so, als hätte sie mit einem Mal ein schlechtes Gewissen.

„Wir haben uns geliebt", antwortete der Mann neben ihr, „und es war so schön, dass ich es jederzeit wieder mit dir tun würde."

„Das hätten wir nicht tun dürfen, Peter."

„Warum hätten wir das nicht tun dürfen, Gabriele? Das, was ich gerade erleben durfte, war einer der größten Höhepunkte meines Lebens. Ich habe bei der Liebe noch nie so viel Leidenschaft und Hingabe verspürt wie gerade eben. Hätten wir es nicht getan, dann hätten wir diese unglaublich wunderschönen Momente niemals erlebt. Wir haben uns einander hingegeben, und es war herrlich."

Sie wusste, dass er Recht hatte. Auch sie hatte das Gefühl, mit ihm die intensivsten Momente seit langem erlebt zu haben.

Gabriele drehte sich zu ihm und schaute ihn an.

„Es war wunderschön, Peter, aber es war nicht richtig. Du hast deine Frau betrogen und ich meinen Mann." Sie schluckte. „Ich habe ein ungutes Gefühl."

Nun wandte er sich der Bäuerin zu und blickte ihr ins Gesicht.

„Weder dein Mann, noch meine Frau werden es je erfahren. Es wird für immer unser Geheimnis bleiben."

Er sah ihr in die Augen und streichelte mit seiner Hand über ihre Wange.

„Es ist das schönste Geheimnis der Welt", sagte er. „Du musst doch auch gespürt haben, dass es etwas ganz Besonderes war."

„Ja, das war es."

Er schaute sie an, und in seinem Blick lag Bewunderung.

„Du bist so schön, Gabriele, so wunderschön."

Obwohl sie diese Worte nun schon einige Male von ihm gehört hatte, genoss sie den Lob über ihr Aussehen, und als er sie wieder küsste, erwiderte sie den Kuss und gab sich erneut den Gefühlen hin, die wie vorhin, von ihr Besitz ergriffen, ohne dass sie etwas dagegen hätte tun können.

Sie war plötzlich wieder mitten drin, in einer Welt voller aufwallenden Emotionen.

Auch, wenn sie nach ihrer wilden Liebe von vorhin, bis vor wenigen Minuten noch erschöpft nebeneinander gelegen hatten, jetzt war es so, als hätten sie beide neue Energie getankt.

Die Bäuerin und ihr Feriengast verfielen in einen wahren Liebesrausch.

Als er erneut in sie eindrang, stöhnte sie lustvoll auf.

Sie gaben sich ein weiteres Mal einander hin, noch hemmungsloser und intensiver, als beim ersten Mal.

Mal lag er oben und mal lag sie oben.

Es war, als hätten sie ein Feuer entzündet, das sie nicht mehr löschen konnten.

Sie wussten nicht, wie lange sie sich bereits geliebt hatten, als Gabriele wieder auf ihm saß und ihren Körper beim Liebesspiel aufrichtete. Das war immer schon ihre heimliche Lieblingsstellung gewesen, denn so konnte sie mit den Bewegungen ihres Unterleibes das Geschehen selbst bestimmen.

Das war auch der Moment, in dem beide wieder fast zeitgleich zum Höhepunkt kamen.

Schließlich ließ Gabriele sich erschöpft auf ihn fallen.

Sie lang auf seiner Brust. Beide konnten den hämmernden Herzschlag ihre Partners spüren.

Gabriele war sich sicher, dass sie sich schon lange nicht mehr so verausgabt hatte.

Es war eher Zufall, dass ihr Blick nebenbei auf ihre Armbanduhr fiel.

„Mein Gott, Peter", sagte sie, „wie haben uns jetzt fast eine Stunde lang geliebt."

„Was?", kam es verwundert aus seinem Mund. „Ich habe überhaupt nicht gemerkt, wie die Zeit verging."

„Ich auch nicht."

„Es war die schönste Stunde meines Lebens, Gabriele."

„Ja, Peter, es war etwas ganz Besonderes."

Die Bäuerin erhob sich und verließ das Bett.

„Wir müssen uns jetzt schnell wieder anziehen", sagte sie, „denn es könnte sein, dass meine Leute ausgerechnet heute früher kommen als geplant."

Sie hob Peters Kleidung, die neben der ihren auf dem Boden lag auf und warf sie zu ihm auf das Bett.

Er nahm die Sachen und zog sie im Bett wieder an, während sich Gabriele davor im Stehen ankleidete.

Dann begaben sie sich in den Wohnraum, wo er sie in den Arm nahm und anschaute. Ihre Blicke trafen sich und ihre Augen strahlten dabei.

„Weißt du was, Gabriele?", sagte er leise. „Ich habe mich in dich verliebt."

Darauf war sie nicht gefasst gewesen, und sie wusste in dem Moment auch nicht, was sie dazu sagen sollte.

„Hast du gehört, Gabriele? Ich liebe dich."

„Du darfst mich nicht lieben, Peter. Du bist verheiratet und liebst deine Frau."

Er schaute für einen Moment nachdenklich nach unten. Dann sah er sie wieder an.

„Ja, sagte er, „ich liebe meine Frau, aber ich liebe dich auch."

„Das, was gerade passiert ist", erklärte sie ihm, „war wunderschön, aber es war etwas Einmaliges. Peter, zu einer Liebe gehört mehr als nur eine Stunde Sex."

„Du tust das als nur eine Stunde Sex ab? Für mich war es die schönste Stunde der Welt, es war Hingabe und pure Leidenschaft, es war innige Liebe. Du musst es doch auch gespürt haben."

Sie musste sich eingestehen, dass er mit dem, was er sagte, Recht hatte, doch sie ging nicht darauf ein.

„Ich liebe meinen Mann", sagte sie, „und wenn ich daran denke, was ich gerade getan habe, bekomme ich ein schlechtes Gewissen."

Sie deutete auf den Tisch, auf dem seine Kamera lag.

„Peter, nimm bitte deinen Fotoapparat und gehe nach draußen. Wir waren so lange zusammen, dass ich Angst habe, dass in der Zeit schon jemand von meinen Leuten gekommen sein könnte.

Ich möchte keinen Verdacht erregen. Niemand soll auf die Idee kommen, dass wir zwei etwas Verbotenes getan haben. Deshalb muss ich jetzt noch einmal zurück ins Schlafzimmer, um die Betten neu zu beziehen."

Er blickte ihr noch einmal in die Augen und sagte: „Ich liebe dich. Das sollst du wissen."

Dann ergriff er seine Kamera und verließ die Wohnung.

Die Bäuerin stand noch einen Moment da und dachte an das, was gerade passiert war. Der Gedanke an die innige Liebesstunde ließ einen Schauer durch ihren Körper fahren.

Dann atmete sie einmal tief durch, ging in den Flur, um aus einem Schrank frische Bettwäsche zu holen und begab sich damit zurück ins Schlafzimmer.

Sie tauschte die benutzten Laken und Bezüge gegen frische aus, und als das Bett neu bezogen war, nahm sie die Bettwäsche, in der sie sich geliebt hatten auf, um sie in die Waschküche zu bringen.

Wenig später stand sie vor der Waschmaschine. Sie wusste nicht warum, aber bevor sie die Bettwäsche in die Luke schob, roch sie noch einmal daran. Sie vergrub ihr Gesicht in der Wäsche und zog den Duft mit einem tiefen Zug in die Nase ein.

Das war der Geruch, den sie wahrgenommen hatte, als die beiden sich geliebt hatten. Sie schloss die Augen und im gleichen Moment war ihr, als könne sie den Mann, dem sie sich hingegeben hatte, wieder spüren.

„Ach Peter", kam es leise über ihre Lippen, „du bist ein wunderbarer Mensch."

Ihre Gedanken waren wirr.

Auch, wenn sie es versuchte, sie schaffte es nicht, das, was zwischen ihrem Feriengast und ihr passiert war, richtig einzuordnen.

Während sie schließlich die Bettwäsche in die Maschine steckte, waren ihre Gedanken immer noch bei Peter.

Als sie wenig später in ihrer Wohnung das Bad betrat, um noch einmal zu duschen, hatte sie es immer noch nicht geschafft, ihre Gefühle zu ordnen.

Peter hatte gesagt, dass das, was zwischen ihnen passiert sei, nicht nur Hingabe und pure Leidenschaft war, sondern innige Liebe.

Innige Liebe, ging es ihr durch den Kopf. *Das, was ich gefühlt habe, war mehr als innig, viel mehr. Es war unglaublich, aber Liebe, Liebe ist etwas anderes.*

Sie schloss die Augen und sah Peter vor sich; sah, wie er sie, während sie sich liebten, mit strahlenden Augen anschaute. In diesem Moment hatte sie nur pure Leidenschaft gespürt; es hatte nur sie und ihn gegeben, und es war, als wären sie miteinander verschmolzen gewesen.

Schon lange nicht mehr hatte sie sich einem Menschen so nah gefühlt.

Ist das doch Liebe?

In diesem Augenblick dachte sie an ihren Mann.

„Mein Gott", kam es flüsternd über ihre Lippen. „Was habe ich getan?"

Thomas, du bist der Mann, den ich liebe, und es wird niemals ein anderer sein.

In diesem Moment wurde ihr bewusst, dass sie ihren Mann, der Mann der sie über alles liebte und der sie auf Händen trug, hintergangen hatte.

Sie fühlte sich mit einem Mal schlecht.

Das ungute Gefühl, welches sich jetzt in ihrer Magengegend breit machte, wurde immer stärker.

Mein Gott, was habe ich getan?

Als sie wenig später unter der Dusche stand, weinte sie bitterlich.

Sie hatte das Gefühl, als müsse sie die Schande, die sie auf sich genommen hat, mit dem Schwamm und viel Schaum von ihrem Körper waschen.

*   *   *

Mittagszeit

Wie es bei ihnen Tradition war, saßen die Leute vom Eich-
tannhof zur Mittagszeit an dem großen Tisch in der Stube.
Der Bauer und der Knecht Hennes hatten gerade ihren
dritten und letzten Teller Erbsensuppe geleert.
Außer Dirk, dem Sohn des Hauses, der bereits nach zwei
Tellern satt war, hatten alle anderen nur einen Teller
Suppe gegessen.
„Das war mal wieder so richtig lecker", sagte Thomas.
„Ja, Bauer", stimmte Hennes ihm zu. „Die Suppe war ein
Gedicht."
Thomas wandte sich an seine Frau: „Hast du etwas, mein
Schatz? Du bist heute so merkwürdig still."
Sie schüttelte kurz den Kopf und sagte: „Nein, was soll ich
denn haben?"
„Ich kenne dich ganz genau, mein Schatz", sagte ihr Mann
und blickte sie nachdenklich an, „und ich merke, dass du
heute irgendwie nicht ganz bei der Sache bist."
„Quatsch", sagte sie, „ich bin wie immer. Allerdings fühle
ich mich etwas kaputt, weil ich vorhin die kleine Ferienwohnung, in die nachher neue Gäste einziehen werden,
besonders gründlich gereinigt habe. Eigentlich hatte ich
die Wohnung ja gestern schon so weit fertig gemacht,
aber ich hatte mich halt dazu entschlossen, sie heute noch
einmal ganz gründlich zu reinigen. Ab und zu muss das
schließlich auch mal sein. Alinka war ja heute Vormittag
unterwegs, und so ich musste alles ganz alleine machen.
Ich muss zugeben, dass mich diese Arbeit ein bisschen
geschlaucht hat, zumal es in der Wohnung sehr warm ist."

„Ich denke, du lüftest die Räume immer, bevor neue Mieter einziehen", sagte Thomas und blickte seine Frau, die auf den leeren Suppenteller vor sich schaute und unruhig mit dem Löffel darin herumspielte, an. „Hast du heute etwa vergessen, die Wohnung zu lüften?"

„Nein", antwortete sie, „ich habe alles gemacht wie immer. Da ich heute die Wohnung in allen Ecken und Ritzen sauber gemacht habe, habe ich fast eine Stunde länger gebraucht als sonst. Das war echt viel Arbeit."

Während sie das sagte, war ihr Blick auf den Tisch vor ihr gerichtet.

„Ach so", meinte Thomas.

In diesem Moment wusste er, dass Gabriele ihm etwas verschwieg, etwas, das sie sehr stark beschäftigte.

Wenn die zwei sich unterhielten, schauten sie sich dabei normalerweise immer in die Augen. Jetzt aber machte Gabriele den Eindruck, als wolle sie den Blickkontakt mit ihm vermeiden.

„Was ist los, mein Schatz?", wollte er von ihr wissen. „Gibt es auf dem Hof irgendwelche Probleme, die du mir verschweigst?"

„Nein", sagte sie und sah ihn unsicher an. „Es gibt keine Probleme."

Für einen Augenblick trafen sich ihre Blicke. Dieser Augenblick war allerdings sehr kurz, denn sie hatte das Gefühl, ihm nicht mehr in die Augen sehen zu können.

Dem Bauer war die Verunsicherung seiner Frau nicht entgangen.

„Du hast doch irgendetwas angestellt, das du mir nicht sagen willst", stellte er fest. „Gabriele, du kannst mir nichts vormachen."

Alle, die am Tisch saßen, hatten dieses Gespräch natürlich mitbekommen.

Thomas blickte in die Runde.

„Kann mir von euch jemand sagen, was hier los ist?", wollte er von ihnen wissen.

Die Antwort war ein kollektives Schulterzucken.

Jetzt ergriff Gabriele wieder das Wort.

„Mir liegt dieser Fremde, der heute hier auf dem Hof war, im Magen", log sie und schaute zur Altbäuerin, die neben ihrem Mann Heinrich am Tisch saß, hinüber. „Maria hatte ganz komisch reagiert, als sie den Namen des Fremden gehört hatte. Da wusste ich sofort, dass hier etwas nicht stimmt. Diese Sache liegt mir halt im Magen."

„Was war das denn für ein Fremder", wollte Thomas wissen. „Davon hat mir ja noch niemand etwas erzählt."

„Der Mann", erklärte ihm seine Frau, „hieß Grosejahn, und er wollte unbedingt mit Heinrich sprechen. Er hatte gesagt, es sei sehr wichtig. Heinrich war ja nicht da, und darum bin ich mit ihm zu Maria gegangen."

In dem Moment, in dem Thomas zu seiner Mutter schaute und von ihr wissen wollte, was es mit diesem Fremden auf sich hatte, sah er, wie sein Vater Maria mit ernstem Gesicht fragend anblickte.

„Grosejahn", wiederholte Heinrich den Namen, den Gabriele gerade genannt hatte. „Davon hast du mir ja gar nichts erzählt, Maria. Was war das für ein Mann, und was wollte er?"

Die Altbäuerin wirkte total verunsichert.

Dann sagte sie zu ihrem Mann: „Heinrich, das besprechen wir zwei gleich ganz alleine, wenn wir zuhause sind. Ich wollte es dir schon vor dem Essen sagen, aber dazu ergab sich noch keine Gelegenheit. Lass´ uns jetzt rübergehen."

Maria erhob sich und schaute zu den anderen, die am Tisch saßen und sie fragend anblickten.

„Ihr werdet bald erfahren, was los ist", sagte sie, „aber zuerst muss ich das mit Heinrich unter vier Augen abklären."

Sie verließ den Raum, und der Altbauer, dem man seine Verunsicherung ansah, folgte ihr.

„Die beiden machen es aber spannend", sagte Alinka mit ihrem polnischen Dialekt, stand auf und begann damit, den Tisch abzuräumen.

Gabriele, die froh darüber war, dass sie geschafft hatte, ihren Mann von sich abzulenken, half der Magd beim Abräumen.

Es beruhigte sie, dass sich Thomas nun angeregt mit Dirk und Hennes unterhielt. Scheinbar hatte er ihr die Lüge abgenommen, dass der Fremde und das Verhalten von Maria sie bedrückt hatten.

Während Gabriele das Geschirr in der Küche abstellte, fragte sie sich, was passieren hätte können, wenn ihr das mit Grosejahn nicht eingefallen wäre.

Thomas kannte sie ganz genau, und sie wusste, dass sie ihm nichts vormachen konnte.

Das schlechte Gewissen wegen ihres heutigen Seitensprungs saß tief. Sie schämte sich für das, was sie getan hatte, und es lag ihr dermaßen im Magen, dass sie sogar leichte Bauchschmerzen verspürte.

Du musst dich zusammenreißen, dachte sie, während sie das schmutzige Geschirr in die Spüle stellte. *Versuche einfach, dich so zu verhalten, als sei nichts geschehen. Er darf nichts merken. Gerade wäre es beinahe schiefgegangen. Versuche, an etwas anderes zu denken.*

Dennoch konnte sie die Gedanken an das, was passiert war, nicht ausblenden. Es war alles noch viel zu frisch, und gerade in diesem Augenblick, als sie es ausblenden wollte, sah sie sich vor ihrem geistigen Auge wieder mit Peter im Bett liegen. Sie hatte das Gefühl, ihn in diesem Moment sogar riechen zu können.

Das, was sie heute mit Peter erlebt hatte, würde sie niemals vergessen können. Er hatte es geschafft, sie in eine andere Welt zu entführen, in eine Welt, in der es nur sie beide gegeben hatte, eine Welt, gefüllt mit unglaublichen Gefühlen, eine Welt aus hemmungsloser Leidenschaft und Glückseligkeit.

Die Gedanken an das, was passiert war, ließen einen warmen Schauer durch ihren Körper fließen.

Dann dachte sie daran, dass sie aus Angst, erwischt zu werden, die Wohnung schnell wieder verlassen hatten. Eigentlich wäre sie selbst gerne noch mit ihm im Bett geblieben, um sich nach ihrer wilden Stunde der ungebremsten Hingabe an Peter anzukuscheln und sich mit ihm noch etwas zu unterhalten.

In diesem Moment musste sie sich eingestehen, dass sie sich zu Peter hingezogen fühlte, und als sie sich die Frage stellte, ob sie sich vielleicht doch ihn in verliebt hatte, bekam sie Angst.

Mit den Worten: „Wenn Sie jetzt noch etwas vorhaben, Bäuerin", wurde sie von Alinka aus ihren Gedanken gerissen, „dann spüle ich heute alleine. Es ist ja nicht viel."

Die Magd hatte bemerkt, dass der Bäuerin gerade etwas anderes durch den Kopf gegangen war, denn diese war kurz zusammengezuckt, als sie sie angesprochen hatte.

„Beschäftigt dieser Fremde Sie so sehr?", fragte Alinka sie.

Gabriele atmete einmal tief durch und sagte:" Ja, denn ich weiß, dass da irgendetwas nicht stimmt."

Nachdem sie das gesagt hatte, erklärte sie der Magd, dass sie alleine Spülen solle, weil sie noch dringend etwas erledigen müsse.

Als Gabriele die Küche mit schnellen Schritten verließ, blickte Alinka ihr hinterher. Die Magd war fest davon überzeugt, dass der Bäuerin etwas anderes im Magen lag, als dieser fremde Mann.

Sie konnte nicht ahnen, dass Gabriele so schnell gegangen war, weil sie Übelkeit verspürt hatte und möglichst zügig ins Bad kommen wollte.

*   *   *

Im Leibgedinghaus

„Setz´ dich hin, Heinrich", forderte die Altbäuerin ihnen Mann auf, nachdem sie den Wohnraum des Leibgedinghauses betreten hatten. „Ich denke, das, was ich dir jetzt sagen werde, wird dich genauso überraschen, wie es mich überrascht hat."

Der Angesprochene nahm Platz, und Maria setzte sich auf einen Stuhl ihm gegenüber.

„Heinrich", sagte sie, „der Mann, der heute Morgen hier war, ist..."

Sie redete nicht weiter.

„Was ist er?", wollte Heinrich wissen.

„Er heißt Markus Grosejahn", erklärte seine Frau ihm. „Sagt dir der Name Grosejahn etwas?"

„Ja", antwortete Heinrich. „So hieß damals unsere Magd Johanna mit Nachnamen. Sie hatte uns doch seinerzeit einfach im Stich gelassen; hatte von jetzt auf gleich gekündigt und den Hof verlassen."

Maria nickte.

„Du erinnerst dich also noch an Johanna", sagte sie und holte tief Luft. „Heinrich, Markus Grosejahn ist dein Sohn."

Der Altbauer schaute sie ungläubig an. Er wollte etwas sagen, aber er bekam kein Wort heraus.

„Er war heute Morgen hier", fuhr Maria fort, „um mit dir zu sprechen. Als er sich mir vorgestellt und ich seinen Namen gehört hatte, hatte ich ihn mir ganz genau angeschaut. Er hat sogar etwas Ähnlichkeit mit unserem Thomas, und dann war da noch die etwas zu breit geratene Nase, die du nicht nur unseren Söhnen, sondern offensichtlich auch ihm vererbt hast. Körperlich ist er allerdings etwas klein geraten. Das hat er wohl von seiner Mutter, denn Johanna war auch so eine zarte und zierliche Person."

Die Altbäuerin blickte ihren Mann, der immer noch schweigend vor ihr saß, skeptisch an.

Dann sagte sie: „Ich war es, die damals dafür gesorgt hatte, dass Johanna von unserem Hof verschwindet. Mir war nicht entgangen, dass du mit ihr rumgemacht hattest. Da meine Schwangerschaft mit Thomas problematisch verlaufen war, hattest du ein halbes Jahr nicht mit mir schlafen dürfen. In dieser Zeit hattest du es regelmäßig mit unserer Magd getrieben. Ich hatte es ein paar Mal zufällig gesehen. Einmal war ich in den Stall gekommen. Da hatte Johanna mit weit gespreizten Beinen auf einem Heuballen gelegen, du lagst über ihr und hattest sie genommen. Ein anderes Mal hatte sie sich nach vorne gebeugt am Traktor, der vor der Scheune gestanden hatte, festgehalten. Ich hatte es gesehen, als ich aus der Kapelle gekommen war. Du hattest mit heruntergelassener Hose hinter ihr gestanden und laut gestöhnt, so laut, dass ich es bis zur Kapelle gehört hatte. Ich war es damals, die Johanna deshalb zum Teufel gejagt hatte, weil ich das nicht mehr hatte ertragen können."

Ihr Mann sah sie immer noch wortlos an.

„Ich war noch sehr jung; war seinerzeit noch naiv und dumm", fuhr Maria fort. „Auch, wenn wir zwei uns schon vor unserer Ehe gekannt hatten, unsere Hochzeit war von unseren Eltern inszeniert worden. Wir stammen beide aus Bauernfamilien, und unsere Eltern hatten dafür gesorgt, dass der Sohn eines Bauern die Tochter eines anderen Bauern heiratete. Als ich noch zuhause auf meinem elterlichen Hof war, hatte ich oft heimlich die Gespräche zwischen meiner Mutter und meiner Oma mitgehört. Dabei hatte ich erfahren, dass mein Urgroßvater, den ich allerdings nicht gekannt hatte, als Bauer ein Tyrann war, dem sich alle auf dem Hof hatten fügen müssen. Wenn ihm der Sinn danach gestanden hatte, hatte er die Mägde besprungen, ob sie das wollten oder nicht. Sie hatten sie fügen müssen. War eine Magd dabei geschwängert worden, hatte sie den Hof verlassen müssen, weil sie nicht mehr für alle Arbeiten zu gebrauchen war.

Meine Mutter hatte mich gelehrt, immer brav und folgsam zu sein und sie als Vorbild zu nehmen. Sie war damals meinem Vater hörig. Er hatte sie nur angucken müssen, und schon war sie gesprungen. Im Nachhinein gesehen war mein Vater ein Schwein, denn auch er hatte es mit der Magd getrieben. Wie du weißt, stand auf dem Hof meiner Eltern auch eine kleine Kapelle. Einmal hatte ich gesehen, wie mein Vater vor der Kapelle gestanden hatte. Die Magd, die gerade aus dem Stall gekommen war, hatte mit einem Fingerzeig zu sich beordert. Dann war er mit ihr in der Kapelle verschwunden. Ich war neugierig zur Kapelle gegangen und hatte heimlich durch das kleine Fenster hineingeschaut. Ich war damals geschockt, als ich gesehen hatte, was da in der Kapelle vor sich gegangen war. Die Magd hatte nackt über dem Gestühl gelegen und mein Vater hatte mit heruntergelassener Hose hinter ihr gestanden und sie genommen.

Da ich ja oft die Gespräche zwischen meiner Mutter und meiner Oma heimlich belauscht hatte, hatte ich erfahren, dass meine Mutter von der Sache mit der Magd gewusst hatte. Wie sehr meine Mutter meinem Vater hörig war, hatte ich später erst erfahren. Damals aber hatte ich immer geglaubt, dass ein Bauer sich alles erlauben darf und die Bäuerin dazu schweigen müsse.

Wie gesagt, ich war dumm und naiv. Diese Naivität hatte mich auch noch in unseren ersten Ehejahren begleitet. Deshalb hatte ich ja auch dazu geschwiegen, als du es mit Johanna getrieben hattest. Ich hatte gedacht, ich müsste damit leben und es ertragen, weil meine Mutter es auch ertragen hatte. Doch ich hatte es nicht gekonnt. So hatte ich der Magd damit gedroht, sie im Schlaf mit der Mistgabel zu durchbohren, wenn sie nicht augenblicklich den Hof verlassen würde. Darauf hin war sie gegangen."

Heinrich blickte seine Frau unsicher an.

„Maria", sagte er, „es tut mir leid. Ich war damals auch jung und dumm. Das, was ich getan hatte, war nicht richtig. Ich hätte das nicht tun dürfen."

Die Altbäuerin ergriff die Hand ihres Mannes und sagte: „Ich habe dir diese Dummheit von damals schon lange verziehen. Da unsere Hochzeit quasi über unsere Köpfe hinweg von unseren Eltern bestimmt worden war, waren unsere ersten Ehejahre nicht einfach gewesen. Noch bevor ich die Gelegenheit dazu hatte, meinen Mann richtig kennen zu lernen, war ich auch schon schwanger gewesen. Es war eine schwere Zeit für uns beide, Heinrich, doch im Laufe der Jahre habe ich dich dann lieben gelernt."

Der Altbauer drückte die Hand seiner Frau und sagte: „Ich dich auch, Maria."

Sie schwiegen für einen Moment und schauten sich lächelnd in die Augen.

Dann ergriff er das Wort: „Und du glaubst wirklich, dass Johanna damals schwanger war, als sie den Hof verlassen hatte und dass dieser Fremde mein Sohn ist?"

Maria nickte.

„Ja, als ich in sein Gesicht geblickt hatte, war ich mir sofort sicher. Ich habe seinen Ausweis gesehen. Er ist knapp acht Monate jünger als unser Thomas. Es passt alles zusammen."

„Hat er dir gesagt, was genau er von mir will?"

„Nein, er hat nur gesagt, dass er dich sprechen möchte und dass es sehr wichtig sei. Er will heute Nachmittag wiederkommen."

Heinrich schaute für einen Moment stirnrunzelnd nach unten. Er wirkte sehr konzentriert.

Dann blickte er wieder seine Frau an und meinte: „Meinst du, dass er Geld von mir will?"

„Wie kommst du denn da drauf?"

„Vielleicht denkt er ja, dass ihm als mein Sohn ein Teil des Hofes zusteht oder dass es etwas von mir zu erben gibt. Warum sonst sollte er nach so vielen Jahren hier auftauchen?"

Nun war es Maria, die die Stirn runzelte.

„Ich weiß nicht", sagte sie schließlich. „Er war sehr nett und hatte nicht den Eindruck gemacht, als wolle er irgendwelche Forderungen stellen."

Als sie ganz nebenbei einen Blick aus dem Fenster warf und einen klein gewachsenen Mann erspähte, der über den Hof auf das Leibgedinghaus zukam, sagte sie: „Oh! Da kommt er ja schon."

Der Altbauer schaute nun ebenfalls heraus.

Als er den Mann sah, schluckte er.

„Wenn er mir gleich sagt, dass er mein Sohn ist, wie soll ich mich denn dann verhalten?"

Seine Frau schaute ihn an und sagte: „Heinrich, diese Frage musst du dir schon selbst beantworten."

Dann ging sie zur Haustür und öffnete diese, um den Besuch zu empfangen.

Als Maria den Mann schließlich in den Wohnraum führte, erhob sich der Altbauer langsam von seinem Stuhl und blickte ihn an.

„Setzen Sie sich", sagte Maria und wies auf den Stuhl neben Heinrich.

Der Mann schien diese Aufforderung nicht gehört zu haben, denn er blieb stehen und schaute den Altbauern an. In seinem Blick erkannte man Skepsis, aber auch Freude.

„Ich bin Markus Grosejahn", stellte er sich vor, trat an Heinrich heran und reichte ihm die Hand.

Heinrich ergriff seine Hand und sagte mit zurückhaltender Stimme: „Hallo, ...Markus."

Die beiden Männer standen sich gegenüber und sahen sich an. In ihren Augen konnte man Unsicherheit ablesen.

Dann war es der Altbauer, der sich wieder auf seinen Stuhl niederließ und sagte: „Setz' dich hin, Markus."

Der Angesprochene nahm Platz.

Dann zog er einen Umschlag aus seiner Tasche, entnahm daraus ein Schreiben und überreichte es Heinrich.

„Diesen Brief", sagte er, „habe ich im Nachlass meiner verstorbenen Mutter gefunden."

Der Altbauer warf einen kurzen, unsicheren Blick auf seine Frau, bevor er die Lesebrille aus der Brusttasche seines Hemdes zog und auf seine Nase setzte.

Nun las er den handgeschriebenen Brief laut vor:

„Mein lieber Sohn, wenn du das hier liest, bin ich nicht mehr da. Ich möchte mich bei dir dafür entschuldigen, dass ich dich belogen habe, wenn es um deinen Vater gegangen war. Ich habe dir gesagt, er wäre gestorben als du noch ein Baby warst. Das stimmt nicht, Markus. Ich hatte damals auf dem Eichtannhof als Magd gearbeitet und dort ein Verhältnis mit dem Bauern gehabt. Die Bäuerin hat von diesem Verhältnis erfahren und mich deshalb vom Hof gejagt. Dass ich zu diesem Zeitpunkt schwanger war, wusste ich noch nicht. Dein Vater ist der Bauer Heinrich Moosfaller. Er weiß es aber nicht, denn ich bin nie wieder zum Eichtannhof zurückgekehrt. Lieber Markus, sei mir bitte nicht böse, dass du es jetzt erst und auf diese Weise erfährst, aber ich habe mich dafür immer geschämt, dafür, dass ich nicht den Mut hatte, bei Heinrich Moosfaller vor-zusprechen, um ihm von seiner Vaterschaft zu erzählen und dafür, dass ich meinen Sohn ein Leben lang belogen habe.

Sei mir bitte, bitte nicht böse.

Deine dich über alles liebende Mutter."

Der Altbauer schluckte und schaute Markus an.

Dieser blickte erwartungsvoll zurück, doch sein Gegenüber schwieg.

Heinrich legte das Schreiben auf den Tisch und schob es zu seinem Besucher hinüber.

Dann sagte er leise: „Du bist tatsächlich mein Sohn."

„Ja, das bin ich, und ich bin froh, dass ich den Mut aufgebracht habe, hierher zu kommen, um meinen Vater kennenzulernen."

Der Blick des Altbauern verfinsterte sich plötzlich.

Seine Gedanken kreisten und er wurde unsicher. Erneut dachte er daran, dass sein Sohn gekommen sein könnte, um irgendwelche Forderungen zu stellen.

Dann fiel er mit der Tür ins Haus: „Und was willst du jetzt von mir? Willst du etwa Geld?"

„Heinrich!", fuhr seine Frau ihn an. „Spinnst du?! Was sagst du denn da? Was ist denn in dich gefahren?"

Dann wandte sie an Markus: „Du musst ihn entschuldigen, aber manchmal weiß er nicht, was er sagt."

In diesem Moment war dem Altbauern bewusst, dass ihm etwas herausgerutscht war, das er besser nicht hätte sagen sollen, zumal er die große Enttäuschung in den Augen seines Sohnes ablesen konnte.

„So habe ich das auch gar nicht gemeint", stammelte er und sah den Mann, der sich als sein Sohn vorgestellt hatte, an, „aber du tauchst hier so plötzlich auf und stellst mich vor die Tatsache, dass du mein Sohn bist. Warum bist du denn nicht schon eher gekommen?"

Markus, der sich das Treffen mit seinem Vater anders vorgestellt hatte, spürte das Misstrauen, welches immer noch in der Stimme des Altbauern lag und sagte: „Weil ich es erst seit kurzer Zeit weiß."

„Wann ist deine Mutter denn gestorben?", wollte Heinrich von ihm wissen.

„Vor drei Monaten, aber diesen Brief habe ich erst vor ein paar Wochen in ihrem Nachlass entdeckt. In Mamas Unterlagen bin ich schließlich auch auf die Adresse des Eichtannhofes gestoßen."

Markus erhob sich.

Dann sagte er: „Und um deine Frage zu beantworten, was ich von dir will, ich hatte mich einfach nur darauf gefreut, meinen Vater kennenzulernen. Das habe ich ja jetzt getan, doch eine Freude war es leider nicht. Einen schönen Tag noch."

Er wandte sich um und ging zur Tür.

Maria, die die ganze Zeit über gestanden hatte, stellte sich vor ihn, um ihn aufzuhalten.

„Bitte", sagte sie, „gehe nicht weg. Bleib´ hier. Heinrich ist manchmal etwas plump und weiß nicht, was er sagt. Er meint das alles nicht so. Glaub´ mir, Markus, er ist ein herzensguter Mensch, der einfach manchmal ins Fettnäpfchen tritt, ohne es zu wollen."

Markus blickte sie unsicher an.

Dann vernahm er hinter sich die Stimme des Altbauern: „Ich habe das wirklich nicht so gemeint, Markus. Bitte bleibe hier."

Der Angesprochene drehte sich wieder um.

Er sah, wie sein Vater aufstand und auf ihn zu kam.

Heinrich blieb kurz vor ihm stehen.

Dann nahm er seinen bisher nicht gekannten Sohn in den Arm und drückte ihn.

„Entschuldigung", sagte er. „Wie Maria schon sagte, ich gebe manchmal etwas von mir, das ich besser nicht sagen sollte. Ich freue mich, meinen Sohn kennenzulernen."

Markus schmunzelte und erwiderte die Umarmung.

Maria stand neben ihnen, lächelte und konnte die Tränen, die ihr aus den Augen liefen, nicht zurückhalten.

Etwas später saßen die drei am Tisch, und Markus erzählte von seinem Leben.

So erfuhr das Altbauernpaar, dass er Musik studiert hatte und nun für ein sehr bekanntes Unternehmen arbeitete, welches hochwertige und sehr teure Konzertflügel herstellte. Markus berichtete, dass er für sein Unternehmen weltweit unterwegs sei, um diese hochklassigen Flügel regelmäßig zu stimmen. Er erzählte, dass er über ein ganz besonderes und ausgeprägtes, musikalisches Gehör verfüge und in seinem Beruf ein sehr begehrter Mann sei, der sogar regelmäßig Jobangebote von anderen Unternehmen aus der Musikbranche bekäme.

„Mir geht es finanziell sehr gut", sagte er. „Da ich aber beruflich viel unterwegs sein muss, bin ich noch Junggeselle. Die wenigen Frauen, mit denen ich bisher zusammen war, hatten keine Lust darauf, mit jemandem zusammen zu sein, der sein Leben damit verbringt, mit Flugzeugen um die Welt zu düsen und nur ab und zu nachhause zu kommen."

Markus schüttete sein ganzes Leben vor dem Altbauernpaar aus, und die beiden hörten aufmerksam zu.

Während er erzählte, schaute er immer wieder auf seine Uhr.

„Dann sagte er: „Ich muss euch jetzt leider wieder verlassen, weil ich nach Frankfurt muss. Von dort aus geht heute mein Flieger nach New York. Da gibt es morgen Arbeit für mich."

Er blickte Heinrich an und meinte: „Es ist schön, dass ich meinen Vater kennengelernt habe. Wenn du nichts dagegen hast, dann werde ich dich, wenn es meine Zeit erlaubt, ab und zu mal besuchen kommen."

„Natürlich habe ich nichts dagegen", entgegnete Heinrich freudig. „Im Gegenteil, ich würde mich darüber freuen."

Mit einem Mal wurde sein Gesichtsausdruck wieder ernst.

„Hast du noch ein paar Minuten Zeit?", fragte er Markus.

„Warum?"

„Ich würde dich noch gerne meinen Sohn Thomas vorstellen. Er ist schließlich dein Halbbruder."

Markus presste für einen Augenblick seine Lippen aufeinander.

Dann sagte er: „Sei mir bitte nicht böse, aber dazu bleibt mir heute keine Zeit mehr, und wenn ich ehrlich bin, steht mir auch im Moment nicht der Sinn danach. Für mich war es heute ein ganz großer Tag, denn ich habe meinen Vater kennengelernt, und genau so, wie dieser Tag verlaufen ist, möchte ich ihn in Erinnerung behalten."

Für einen Moment lag Nachdenklichkeit in seinem Blick.

„Ja", fuhr er fort. „Ich möchte meinen Halbbruder kennenlernen, aber heute ist mir nicht danach. Ich werde das aber bei meinem nächsten Besuch nachholen. Es ist ein komisches Gefühl, auf einmal so etwas wie eine Familie zu haben."

„Es gibt aber nicht nur einen Halbbruder", erklärte Heinrich ihm. „Maria und ich haben zwei Söhne, Thomas und Bernhard. Bernhard lebt allerdings in Freiburg."

Markus nickte.

„Wenn ich das nächste Mal zu euch komme", sagte er, „dann gebe ich euch zeitig vorher Bescheid. Dann werde ich mir die Zeit nehmen, um meine neue Familie kennenzulernen. Das verspreche ich."

Mit den Worten: „Mehr als das kann ich dir im Moment leider nicht von mir hierlassen", zog er eine Visitenkarte aus der Tasche und überreichte sie Heinrich.

Dann umarmte er seinen Vater und dessen Frau noch einmal, verabschiedete sich und verließ das Haus.

*　*　*

Familienzusammenkunft

Bernhard Moosfaller, der Bruder des Bauern vom Eichtannhof, saß hinter dem Lenkrad seines Autos und blickte genervt auf den alten Traktor, der nun schon einige Minuten langsam vor ihm fuhr.

Zunächst hatte er das landwirtschaftliche Fahrzeug wegen der kurvenreichen Straße nicht überholen können und nun, auf der geraden Landstraße, herrschte reger Gegenverkehr, der einen Überholvorgang ebenfalls nicht zuließ.

Die von Bäumen umsäumte Straße führte durch das Simonswälder Tal. Die Wiesen und Felder links und rechts der Straße endeten zu beiden Seiten in der Ferne an bewaldeten Höhenzügen.

Hinter dem Fahrzeug von Moosfaller hatte sich schon eine lange Autoschlange gebildet, die ebenfalls durch den betagten Traktor aufgehalten wurde.

Auch, als sie zwischenzeitlich kleine Ortschaften durchfuhren, machte der Trecker vor ihnen keine Anstalten, mal kurz an die Seite zu fahren, um den Verkehr hinter sich vorbeizulassen.

„Na, endlich!", zischte Bernhard Moosfaller, als der Traktor den Blinker setzte und rechts in einen Feldweg abbog.

Nun konnte er wieder auf die normale Geschwindigkeit beschleunigen.

„Das wurde auch Zeit", sagte seine Frau Bettina, die neben ihm auf dem Beifahrersitz saß. „Ich will endlich wissen, warum Heinrich uns umgehend auf dem Eichtannhof sehen will."

126

„Ich auch", erklang eine Stimme von der Rückbank. „Wenn Opa die Familie zusammentrommelt und sagt, dass es dringend sei, dann muss ja irgendetwas passiert sein."

Es war Sabrina, die Nichte von Bernhard und Bettina.

Da die beiden in Freiburg wohnten, hatte Heinrich sie telefonisch angewiesen, die zwanzigjährige Tochter von Thomas, die dort studierte, einzusammeln und mit zum Eichtannhof zu bringen. Der Altbauer hatte gesagt, dass er eine Zusammenkunft der ganzen Familie wünsche, weil er etwas Wichtiges verkündigen wolle.

„Hoffentlich hat Opa keine schwere Krankheit", sagte Sabrina, die ihre schulterlangen, schwarzen Haare, ein Erbe von ihrer Mutter, zu einem Pferdeschwanz zusammengebunden hatte. Auch ihre Gesichtszüge ähnelten denen ihrer Mutter. Sabrinas Vater sagte immer zu ihr, dass sie genauso eine Schönheit sei, wie ihre Mutter einst war.

„Dein Opa", sagte ihre Tante auf dem Beifahrersitz, „hat sich am Telefon aber nicht krank angehört. Er schien richtig gut drauf zu sein und klang so, als wolle er uns eine frohe Botschaft verkünden."

„Eine frohe Botschaft", meinte Sabrina, „ist ja eigentlich nichts Dringendes. Opa hat ja darauf bestanden, dass wir alles stehen und liegen lassen, um sofort zu ihm zu kommen."

„Mir war das auch alles zu überhastet", sagte ihre rothaarige Tante und zupfte hektisch an ihrem Pagenschnitt herum. „Ich hatte noch nicht einmal Zeit, mich richtig fertig zu machen."

„Wir sind ja bald da", meinte Bernhard. „Dann werden wir wissen, was los ist."

Wie Sabrinas Onkel angekündigt hatte, befuhren sie wenig später die schmale Straße, die durch Wiesen und Felder in Serpentinen hinauf zum Eichtannhof führte.

Als sie ihr Ziel erreicht hatten, stiegen sie aus dem Auto und begaben sich umgehend in das Wohngebäude.

In dem Moment, in dem sie die Wohnstube betraten, wunderten die drei sich, denn von dem Altbauernpaar war nichts zu sehen.

Thomas, seine Frau Gabriele und ihr Sohn Dirk saßen an dem großen Tisch und begrüßten die drei.

„Wo ist Heinrich denn?", wollte Bettina sofort wissen. „Erst sagt er, dass wir dringend kommen müssen, und dann ist er nicht da."

In dem Moment, in dem sie das sagte, betraten Maria und Heinrich hinter ihnen den Raum.

„Ich bin doch da", meinte der Altbauer. „Jetzt setzt euch erst einmal hin. Dann werde ich euch etwas verkündigen."

Nachdem sie der Aufforderung nachgekommen waren und Platz genommen hatten, setzten sich die beiden Alten zu ihnen.

Heinrich schaute in die Runde, und als er merkte, dass alle ihn erwartungsvoll ansahen, grinste er.

„Ich habe die Familienzusammenkunft angeordnet", sagte er, „weil etwas Aufregendes passiert ist, etwas, das in erster Linie Thomas und Bernhard betrifft."

Seine beiden Söhne runzelten gleichzeitig ihre Stirnen und blickten ihren Vater neugierig an.

„Also", sagte Heinrich, „Thomas, Bernhard, ihr habt einen weiteren Bruder."

Die beiden machten große Augen.

„Genauer gesagt" redete der Altbauer weiter, „einen Halbbruder."

Dann erklärte Heinrich seinen sprachlos da sitzenden Söhnen, dass ihr Halbbruder Markus Grosejahn heiße und heute plötzlich hier aufgetaucht sei. Er erzählte seinen beiden Söhnen unverblümt die ganze Geschichte, die mit dem Verhältnis zu seiner damaligen Magd Johanna begann und mit dem Werdegang von Markus, der dank seines musikalischen Talentes, beruflich durch die ganze Welt reiste, endete.

„Wenn Markus uns das nächste Mal besucht", sagte der Altbauer, „dann möchte er euch alle kennenlernen. Er wohnt übrigens in Ravenstein, einem kleinen Ort in der Nähe von Würzburg. Im Moment ist er beruflich nach New York unterwegs." Heinrich hob die Visitenkarte, die Markus ihm gegeben hatte hoch. „Ich werde die Karte von Markus herumgehen lassen, damit ihr euch seine Adresse aufschreiben könnt."

Alle in der Runde schauten sich die Visitenkarte kurz an und reichten sie weiter. Bernhards Frau Bettina war die einzige, die ein Foto mit dem Handy davon machte.

„Du scheinst ja sehr erfreut über deinen neuen Sohn zu sein", sagte Bettina zu Heinrich. „Hast du schon einmal daran gedacht, dass er vielleicht vorhaben könnte, irgendwelche Forderungen an dich zu stellen?"

Der Altbauer lachte kurz auf.

„Ja", antwortete er, „das habe ich. Genauer gesagt, war das auch mein erster Gedanke, aber Markus ist einzig und allein nur hier gewesen, um seinen Vater kennenzulernen."

„So, so", meinte seine Schwiegertochter, „und du glaubst ihm das?"

„Ja, ich glaube ihm das. Ihm geht es finanziell sehr gut und er ist mit seinem Leben, so wie es ist, mehr als zufrieden."

Bettina verzog kurz den Mund.

Dann sagte sie: „Man kann allen Leuten nur vor den Kopf gucken, Heinrich."

Nun mischte sich ihr Mann in das Gespräch: „Bettina, ich kenne niemanden, der so gute Menschenkenntnisse hat wie mein Vater. Er lässt sich von niemandem etwas vormachen. Wenn Papa sagt, dass sein Sohn nur gekommen ist, um ihn kennenzulernen, dann ist das so."

„Du bist in dieser Sache genau so blauäugig wie dein Vater, Bernie", gab Bettina ihm zu verstehen. „Wie gesagt, man kann allen Leuten nur vor den Kopf gucken."

Noch bevor Bernhard sich zu dieser Aussage äußern konnte, ergriff die Altbäuerin das Wort: „Auf mich hat Markus auch einen guten und ehrlichen Eindruck gemacht und glaube mir, Bettina, mir macht so schnell niemand etwas vor."

Da ihre Schwiegertochter nun dazu schwieg, erzählte Maria allen, dass sie ihrem Mann den Seitensprung von damals schon lange verziehen hatte und ihm deswegen nicht mehr böse sei.

Natürlich sorgte der neue aufgetauchte Sohn von Heinrich für viel Gesprächsstoff in der Runde, besonders unter den beiden Brüdern Thomas und Bernhard.

Das Altbauernpaar gab nach einiger Zeit an, müde zu sein und zog sich ins Leibgedinghaus zurück.

Als die Familienzusammenkunft sich nach etwa einer Stunde endgültig auflöste, verabschiedeten sich alle voneinander.

Gabriele und Thomas standen draußen vor der Tür, als ihre Familienmitglieder aus Freiburg in das Auto stiegen, um nachhause zu fahren.

„Wir sehen uns ja am Samstag, wenn wir euch wieder besuchen kommen", rief Bernhards Frau ihnen zu, bevor sie die Autotür hinter sich schloss.

Bettina sah noch, wie das Bauernehepaar ihnen hinterherwinkte. Dann richtete sie ihren Blick nach vorne.

Sie saß neben ihrem Mann auf dem Beifahrersitz und dachte daran, dass dieser neu dazugekommene Sohn ihres Schwiegervaters ihren ganzen Plan zerstören könnte. Als Heinrichs leiblicher Sohn hätte er im Falle von Thomas´ Ableben den gleichen Anspruch auf das Erbe wie Bernie.

Bettina nahm ihr Handy und schaute sich das Foto von der Visitenkarte an.

Markus Grosejahn, dachte sie, *du wirst mir nicht dazwischenfunken. Ich habe deine Adresse, und auch, wenn du viel unterwegs bist, ich werde dich ausfindig machen. Dann werde ich dich genauso beseitigen wie Thomas.*

In diesem Moment musste sie an Manfred Gerber denken, an den Mann, der für die Hotelkette arbeitete, die das Anwesen des Eichtannhofes erwerben wollten.

Gerber hatte Bettina gestern in seinem Hotel zum Essen eingeladen und danach war sie mit ihm noch auf sein Zimmer gegangen, um mit einem Gläschen Wein auf ihre Geschäftsbeziehung anzustoßen. Ihr war von Anfang an klar gewesen, dass es beim Anstoßen nicht bleiben würde.

Bettina war eine sehr berechnende Frau. Sie wusste, dass sie, damit ihr Plan erfolgreich verlaufen sollte, auch einen gewissen Einsatz bringen musste.

So hatte sie es gestern zugelassen, als Gerber ihr in seinem Hotelzimmer ganz langsam die Bluse aufgeknüpft hatte, um sie dann schließlich ganz zu entkleiden.

Die beiden waren nackt im Bett gelandet, und dort musste Bettina feststellen, dass bei dem großgewachsenen Mann auch etwas anderes Übergröße hatte, etwas, das sie im ersten Moment als sehr anregend und beeindruckend empfunden hatte.

Bevor es zum Geschlechtsakt mit ihm gekommen war, hatte sie angesichts der Übergröße etwas Angst verspürt und ihm gesagt, er solle vorsichtig sein. Das war er zunächst auch. Dann aber hatte er hemmungslos zugestoßen, und das war für sie eine sehr schmerzhafte Erfahrung geworden. Zu ihrem Glück war es aber schnell vorbei, denn Gerber hatte schon nach wenigen Sekunden laut aufgestöhnt und war zum Höhepunkt gekommen.

132

So einen merkwürdigen Mann hatte Bettina bisher noch nicht erlebt, denn Gerber war sofort danach wieder aus dem Bett gestiegen und hatte sich angezogen.

Dann hatte er, abgewandt von ihr, gesagt: „Ich hoffe, dass unser Geschäft bald über die Bühne geht. Bei der außergewöhnlich guten Lage des Anwesens könnte ich meinen Arbeitgeber vielleicht sogar dazu überreden, das Angebot bezüglich des Quadratmeterpreises noch etwas zu erhöhen. Doch wie gesagt, es sollte möglichst bald geschehen, denn sollte in der Zwischenzeit irgendwo anders ein gleichwertiges Grundstück gefunden werden, würde unser Geschäft ins Wasser fallen."

Gerber hatte sich zu der immer noch nackt im Bett liegenden Bettina umgewandt und abschätzend seinen Blick über ihren entblößten Körper gleiten lassen.

Dann hatte er gelächelt und gesagt: „Ich muss jetzt noch einmal weg. Bevor du nachhause gehst, kannst du dich im Bad ja noch einmal frisch machen. Melde dich bei mir, sobald du Klarheit in die Sache gebracht hast."

Dann hatte er ohne einen Abschiedsgruß das Hotelzimmer wieder verlassen.

Jetzt, wo sie an ihr gestriges Erlebnis dachte, verspürte sie in sich wieder die Wut darüber, dass sie sich gestern hatte so niederträchtig behandeln lassen. Die leichten Schmerzen in ihrem Unterleib waren immer noch nicht ganz abgeklungen. Sie empfand Hass gegenüber Gerber.

Das hast du alles für deinen Erfolg getan, dachte sie, *und für die Millionen, die dir bald gehören werden.*

„Du bist so still", wurde sie von Bernhard, der neben ihr das Auto lenkte, aus ihren Gedanken gerissen. „Hast du irgendetwas?"

„Nein, was soll ich haben? Ich habe gerade nur an deinen Halbbruder, der da so plötzlich aufgetaucht ist, gedacht", log sie.

Als Bernhard gestern sehr spät von der Arbeit gekommen war, hatte seine Frau schon im Wohnzimmer gesessen und Fernsehen geguckt. Auch, wenn sie ihm erzählt hatte, dass sie einem ehemaligen Schulfreund den Gefallen getan hatte, ihm den Eichtannhof zu zeigen, weil er dort gerne seinen Urlaub verbringen würde, so hatte Bernie nicht mitbekommen, dass Bettina später nachhause gekommen war.

„Für mich ist es auch komisch zu wissen, dass ich einen Halbbruder habe", sagte Bernhard. „So etwas passiert ja schließlich nicht alle Tage."

„Das ist wirklich eine merkwürdige Situation", meinte Bettina und blickte hinaus auf die am Auto vorbeihuschende Landschaft.

Sie nahm das Umfeld aber nicht bewusst wahr, denn ihre Gedanken waren woanders.

Vor ihrem geistigen Auge sah sie erneut Gerber, den Mann, dessen gestriger Auftritt sie gedemütigt hatte. Sie fühlte sich von ihm benutzt, denn er war mal kurz zu ihr ins Bett gestiegen, um auf die Schnelle seine sexuellen Bedürfnisse an ihr zu befriedigen.

Sie spürte, wie der Hass gegen diesen Mann in ihr immer größer wurde.

Du arrogantes Arschloch, dachte sie.

Dann dachte sie an das, was er gesagt hatte, bevor er gegangen war. Seine letzten Worte waren: „Doch wie gesagt, es sollte möglichst bald geschehen, denn sollte in der Zwischenzeit irgendwo anders ein gleichwertiges Grundstück gefunden werden, würde unser Geschäft ins Wasser fallen."

Ihr wurde bewusst, dass sie schnell handeln musste, denn sonst könnten ihr die Millionen, von denen sie träumte, durch die Lappen gehen.

Bei diesem Gedanken verspürte sie einen merkwürdigen Druck in der Magengegend.

Beiläufig nahm sie noch die kleine Kirche wahr, die draußen am Autofenster an ihnen vorbeihuschte.

Dann schloss sie kurz die Augen.

Ich werde handeln, ging es ihr durch den Kopf. *Dass dieses Arschloch mich so gedemütigt hat, soll nicht umsonst gewesen sein. Wenn wir Samstag zum Eichtannhof fahren, werde ich Thomas töten.*

Als sie das dachte, konnte sie das aufregende Gefühl, welches in ihr emporstieg, kaum unterdrücken. Ihre Gedanken kreisten für einen Moment.

Dann aber wirkte sie wieder hochkonzentriert.

Ja, Thomas, ich werde dich töten, und ich weiß auch schon wie.

*   *   *

„Gute Nacht, Thomas"

Thomas Moosfaller lag im Bett und blickte auf die kleine Lampe, die neben ihm auf dem Nachtschränkchen im Schlafzimmer stand. Die 30Watt Glühbirne in der Lampe spendete nur wenig Licht, und er dachte zum wiederholten Mal daran, dass er schon seit längerer Zeit plante, die Birne durch einen helleren und im Stromverbrauch sparsameren LED-Leuchtkörper auszuwechseln.

Ich sollte es mir vielleicht aufschreiben, damit ich es nicht wieder vergesse.

Seine Frau, die bis jetzt noch im Badezimmer war, betrat den Raum. Sie war mit einem leichten, weißen Nachthemd bekleidet, welches bis kurz über ihrem Po hinabreichte.

„Du warst heute aber sehr lange im Bad", stellte der Bauer fest.

„Lange?", kam es verwundert aus Gabrieles Mund. „Eigentlich so lange wie sonst auch."

Sie begab sich zum Bett, zog ihre Hausschuhe aus und legte sich neben Thomas.

Im gleichen Moment erhob ihr Mann sich und verließ das Bett.

„Was machst du?", wunderte sie sich.

„Ich muss noch mal pinkeln."

Die Bäuerin blickte ihm hinterher, als er zum Bad ging.

Er war oben ohne, denn das Oberteil seines Schlafanzuges hatte er in den Sommermonaten nie an, weil es ihm einfach zu warm war. Thomas trug nur kurze Shorts.

Kaum hatte der Bauer das Badezimmer betreten, stieg ihm ein dezenter, angenehmer Geruch in die Nase. Diesen Duft kannte er ganz genau, denn es war ein Parfüm seiner Frau, welches er ganz besonders mochte. Es war sein Lieblingsparfüm.

Für einen Augenblick wunderte er sich darüber, warum Gabriele ausgerechnet jetzt dieses Parfüm benutzt hatte und dann noch vor dem Schlafengehen.

Er dachte aber nicht weiter darüber nach.

Als er wenig später zurück ins Schlafzimmer kam, lag seine Frau, bis zum Hals zugedeckt, im Bett.

„Ist dir etwa kalt?", fragte er sie, während er sich neben sie legte.

„Nein, Schatz."

Sie wartete noch einen Moment. Dann rutschte sie an ihn heran und flüsterte: „Ich möchte mit dir kuscheln, mein Schatz."

„Einfach so?", kam es verwundert aus seinem Mund.

„Ja, einfach so. Mir ist danach."

Nun warf sie mit einem Schwung ihr Oberbett beiseite.

„Du bist ja nackt", stelle er überrascht fest, als er zu ihr hinüberblickte.

Gabriele lächelte.

Ihre Hand glitt unter seine Decke. Sehr schnell spürte sie sein bestes Stück unter dem Stoff des Shorts.

Auch, wenn die beiden schon lange verheiratet waren, sie hatten immer noch regelmäßig, vier bis fünf Mal im Monat, Sex miteinander.

Thomas konnte sich nicht mehr daran erinnern, wann seine Frau das letzte Mal so spontan wie jetzt mit ihm schlafen wollte.

„Was ist denn los mir dir?", meinte er. „Du hast doch nicht etwa heimlich einen Pornofilm geguckt, oder?"

„Blödmann", lachte sie. „Wann hätte ich das denn machen sollen? Als du gerade ins Bad gegangen bist, habe ich dir hinterhergeschaut und Appetit auf dich bekommen."

„Du bist verrückt", sagte er und lachte ebenfalls.

Er spürte ihre Hand auf seiner Hose und empfand das, was sie da tat, als sehr angenehm.

„Da unten ist ja jemand wach geworden", stellte sie fest und kniete sich hin. „Jetzt werde ich ihn mal aus der engen Hose befreien."

Thomas sah grinsend zu, wie seine Frau ihm die Shorts auszog.

Dann legte sie sich wieder auf den Rücken, spreizte einladend ihre Schenkel und sagte: „Komm Schatz, ich möchte dich jetzt spüren."

Sie wusste nicht, ob es das schlechte Gewissen war, was sie bedrückte, aber sie hatte schon den ganzen Nachmittag Sehnsucht danach verspürt, mit ihrem Mann zu schlafen. Sie hatte das Gefühl, etwas gutmachen zu müssen, obwohl sie wusste, dass sie das, was sie getan hatte, nicht mehr gutmachen konnte.

Auch, wenn Thomas es niemals erfahren würde, es hätte niemals passieren dürfen. Immerhin schaffte sie es, ihre Schuldgefühle ihm gegenüber gut zu verbergen.

Gabriele genoss es, als ihr Mann die Einladung annahm, über sie rutschte und in sie eindrang.

Sie stöhnte kurz auf.

Dann sagte sie: „Ich liebe dich, Schatz. Ich liebe dich so sehr."

„So innig hast du das schon lange nicht mehr zu mir gesagt. Ich liebe dich auch."

Er blickte seine Frau an und schaute in strahlende Augen.

„Ich liebe dich", wieder holte auch er seine Liebesbekundung leise.

Gabriele genoss dieses intime Beisammensein mit Thomas, denn es war genau das, was sie im Moment brauchte.

Sie schloss die Augen und ließ sich gehen.

Plötzlich sah sie in ihren Gedanken Peter vor sich, den Mann, mit dem sie ebenfalls heute schon Sex hatte. Sie sah Peter und im gleichen Moment hatte sie das Gefühl, als wäre sie in diesem Moment mit ihm zusammen. Ein warmer Schauer durchlief ihren Körper. Gabriele gab sich diesen alles ergreifenden Emotionen hin, und im nächsten Moment durchfuhr sie ein heftiger Orgasmus.

Er durchflutete ihren ganzen Leib und in dem Moment, in dem sie „Aufhören!" rufen wollte, weil sich ihre Gefühle der Schmerzgrenze näherten, presste sich ihr Partner feste gegen sie und hielt inne.

Thomas kannte seine Frau ganz genau und wusste, wann er aufhören musste.

Sie atmete tief ein und aus und genoss das herrliche Gefühl, denn der Orgasmus war immer noch nicht abgeklungen.

Als sie ihre Augen öffnete, sah sie das Gesicht ihres Mannes vor sich. Thomas lächelte sie an.

„Du warst aber heute verdammt schnell", stellte er fest.

„Ja", bestätigte sie. „Ich denke, weil es heute irgendwie besonders schön war."

„Was heißt hier, es war schön", sagte Thomas. „Es ist noch schön."

Hatte er seinen Unterleib bis jetzt noch feste gegen den Ihren gepresst, so begann er nun wieder damit, sich langsam zu bewegen. Seine Bewegungen wurden immer schneller und schließlich kam er auch zum Höhepunkt.

Wenig später lagen sie beide nebeneinander im Bett.

„Es war wunderschön, mein Schatz", sagte Thomas. „Jetzt kann ich bestimmt besonders gut schlafen."

Er atmete tief durch und meinte: „Dass ich morgen extra noch einmal los muss, um das Ersatzteil für den Traktor zu holen, weil sie es nicht da hatten, ärgert mich."

„Das hast du mir noch gar nicht erzählt, Thomas."

„Dann habe ich es wohl vergessen, dir zu sagen. Es war aber auch ein bisschen meine Schuld, dass wir umsonst dorthin gefahren sind. Nichtsdestotrotz hätte ich ja vorher dort anrufen können, um nachzufragen, ob sie das Ersatzteil vorrätig haben."

Dann schwiegen die beiden.

Sie gingen ihren eigenen Gedanken nach.

Schließlich sagte Thomas: „Gute Nacht mein Schatz."

„Gute Nacht, Thomas", kam es leise aus dem Mund seiner Frau.

Während er offensichtlich an das fehlende Ersatzteil für seinen Traktor dachte, gingen ihr andere Gedanken durch den Kopf.

In diesem Moment wurde ihr bewusst, dass sie heute drei-mal einen Orgasmus hatte.

Obwohl sie es eigentlich nicht wollte, verglich sie den Sex mit Peter mit dem, den sie gerade mit ihrem Mann erlebt hatte. Mit Thomas war er wunderschön, aber es war, wie eigentlich immer, sehr kurz. Sie konnte sich nicht daran erinnern, wann es in ihren letzten Ehejahren mal etwas länger gedauert hat. So etwas wie ein Vorspiel hat es schon lange nicht mehr gegeben.

Dann fiel ihr ein, dass es zwischen ihr und Peter eigentlich auch kein Vorspiel gegeben hatte. Sie hatten sich sofort einander hingegeben und waren beim ersten Mal eben-falls sehr schnell zum Höhepunkt gekommen. Nach einer kurzen Pause hatten sie dann weitergemacht, hatten den Geschlechtsverkehr fortgesetzt und dabei immer wieder ihre Positionen gewechselt. Dabei war Gabriele in eine Welt eingetaucht, die sie so nicht kannte, eine Welt aus unbeschreiblichen Gefühlen und purer Leidenschaft.

Wir haben fast eine Stunde nonstop gebumst, ging es ihr durch den Kopf, *...und es war herrlich.*

Ihr wurde bewusst, dass sie so etwas noch niemals vorher erlebt hatte.

Sie lag im Bett und schaute zu ihren Mann, der mit geschlossenen Augen neben ihr lag. Seine Atemzüge waren tief und gleichmäßig.

Er schläft schon, dachte sie.

Gabriele liebte ihn. Thomas war ihr ein und alles, und trotzdem, wenn sie ihre Augen schloss, sah sie Peter vor sich. Sie fragte sich, warum das so war?

Nun dachte sie daran, dass sie vorhin beim Sex mit Thomas auch an Peter gedacht hatte und das Gefühl in ihr aufgestiegen war, Peter sogar leibhaftig zu spüren. Dieses Gefühl hatte von ihr so sehr Besitz ergriffen, dass sie in kürzester Zeit ihren Höhepunkt erreicht hatte.

Was hast du mit mit gemacht, Peter?

Ihr ging durch den Kopf, dass es heute, trotz der außergewöhnlichen Situation, in die sie sich begeben hatte, ein wunderschöner und vor allem aufregender Tag war.

Der schönste Tag seit Jahren, ...dank dir, Peter.

Er hatte ihr gesagt, dass er sie lieben würde, und das hatte sehr ernst geklungen.

Diese Liebeserklärung hatte sie unsicher gemacht, und sie wusste nicht, wie sie damit umgehen sollte.

In ihren Gedanken sah sie Peter wieder vor sich. Sie konnte sich nicht erklären warum, aber sie sehnte sich plötzlich nach seiner Nähe, und als der Wunsch in ihr aufkam, in diesem Moment lieber Peter als ihren Mann neben sich im Bett liegen zu haben, schluckte sie.

Wie kannst du nur so etwas denken?!

Ihr Blick fiel auf den schlafenden Thomas.

Neben ihr lag der Mann, den sie liebte und sie fragte sich, wieso sie solche Gedankengänge hatte.

Thomas gehört in mein Bett und sonst niemand.

In diesem Augenblick schämte sie sich für das, was sie gerade gedacht hatte und für das, was sie heute getan hatte.

Das war nicht ich, dachte sie. *Es ist einfach passiert. Ich hätte es nicht zulassen dürfen.*

Dann fragte sie sich zum wiederholten Mal, warum sie es zugelassen hatte. Sie hatte nicht einmal den Versuch unternommen, Peter davon abzuhalten, sie zu küssen, und dann dachte sie daran, dass sie es war, die ihn vorher dazu aufgefordert hatte, ihre Brüste zu berühren.

Diese aufregende Situation hatte sie gewollt. Sie wollte dem Mann, der es mit seiner alkoholkranken Frau mehr als schwer im Leben hatte, eigentlich nur eine Freude bereiten, indem sie ihm etwas hatte bieten wollen, was er sonst nicht bekam.

In der Sekunde, in der sich ihre Lippen berührt und ihre Zungen miteinander gespielt hatten, hatte sie gewusst, dass sie mehr wollte.

Sie dachte an Peter und an dieses unbeschreiblich herrliche Zusammensein mit ihm. Bei diesem Gedanken lief ein angenehmer Schauer durch ihren Körper, und sie fühlte sich zu ihm hingezogen.

Oh, Peter, was hast du nur mit mir gemacht?

*   *   *

Bettinas tödlicher Plan

Donnerstag

Bettina Moosfaller hatte ihr Ziel, den kleinen Ort Sulzbach im Taunus fast erreicht.

In diesem Ort, der unweit von Frankfurt lag, stand das Elternhaus ihres bereits vor einigen Jahren gestorbenen Vaters.

Ihre Großmutter lebte auch heute noch dort, und Bettina war auf den Weg dorthin, um ihre Oma zu besuchen. Opa war schon seit 25 Jahren tot, und sie konnte sich heute noch genau an seine Beerdigung erinnern. Bettina hatte ihren Großvater geliebt, denn er war immer gut zu ihr. Fast jedes Mal, wenn sie damals zu Besuch bei ihm war, hatte er irgendein schönes Geschenk für sie gehabt.

Ihr Oma, die seit Opas Tod alleine lebte, mochte sie ebenfalls. Deshalb vergaß Bettina auch nicht, sie einmal im Monat an irgendeinem Sonntag zu besuchen. Heute war Donnerstag, und ihr Besuch fand außer der Reihe statt.

Sie mochte ihre Oma wirklich sehr, aber das war dennoch nicht der einzige Grund, warum sie einmal im Monat die dreistündige Autofahrt von Freiburg nach Sulzbach auf sich nahm. Hin und zurück waren es immerhin 550 Kilometer. Oma freute sich immer, wenn sie kam und war dann sehr großzügig. Sie gab ihrer Enkeltochter jedes Mal 200 Euro und sagte, es sei für das Benzingeld und dass sie sich für den Rest etwas Schönes kaufen solle. Natürlich hatte Bettina das Geld beim ersten Mal ab-gelehnt und ihrer Oma erklärt, dass sie für Bettinas Besuch bei ihr nicht bezahlen solle, denn schließlich käme sie, weil sie ihre Oma lieb habe und gerne bei ihr sei. Außerdem lägen die Benzinkosten höchstens bei 70 Euro. Doch Oma hatte darauf bestanden, dass sie das Geld annahm. Mittlerweile freute sich ihre Enkelin über den Obulus, um ihn für ihren hohen Bedarf an Kosmetikartikeln auszugeben.

Bettinas Großmutter war sehr wohlhabend. Sie besaß außer dem großen Anwesen, auf dem das Haus, in dem sie lebte, stand, noch einige Immobilien, die sie vermietet hatte und ein beachtliches Barvermögen, welches durch eine gute Anlagestrategie immer größer wurde.

Die vermieteten Immobilien und den Großteil des Barvermögens hatte Oma von ihren gutbetuchten Eltern geerbt.

Auch, wenn Oma schon 88 Jahre alt war, sie war geistig noch voll auf der Höhe und wusste mit ihrem Besitz und dem vielen Geld gut umzugehen. Sie war eine sehr listige Frau und ihr konnte niemand etwas vormachen.

Oma war Oberregierungsrätin im Ruhestand und während ihrer aktiven Dienstzeit als Referatsleiterin im Innenministerium tätig gewesen. Sie ließ es sich sehr gut gehen, doch war dabei aber immer eine bescheidene Frau geblieben, die ihr monatliches Ruhestandsgehalt nicht einmal aufbrauchte.

Das elterliche Anwesen von Bettinas Vater hatten seine Großeltern bereits zu Opas Lebzeiten zu gleichen Teilen ihren Kinder geschenkt. Mit dieser Schenkung war ein lebenslanges Nutzungsrecht der Großeltern verbunden.

Bettinas Vater Benedikt hatte mit Britta, Brunhilde und Bernadette noch drei Schwestern. Die vier Geschwister hatten sich darauf geeinigt, dass die Älteste von ihnen, Bernadette, das Elternhaus übernähme und ihre Schwestern und den Bruder zu gleichen Teilen ausbezahlen sollte.

Für Bernadette, die in die Fußstapfen ihrer Mutter getreten war und ebenfalls einem hochdotierten Job im Ministerium nachging, hatte es kein Problem dargestellt, das Geld für ihre Geschwister aufzubringen, zumal ihr gutbetuchter Mann einen Sitz im Hessischen Landtag innehatte.

Für Bettina Moosfaller hätte es finanziell auch sehr gut laufen können, wenn sie von ihrem Vater einen Teil des Erbes bekommen hätte, aber im Testament hatten sich ihre Eltern als Alleinerben ohne irgendwelchen Zusatz eingetragen.

Bettina hasste ihre Mutter, denn diese war nach Papas Tod regelrecht aufgeblüht. Sie hatte sehr schnell einen anderen Mann kennengelernt und war zusammen mit ihm auf Weltreise gegangen. Mit diesem Mann, er hatte Theo geheißen, war sie jahrelang unterwegs gewesen, und die beiden hatten mit dem Geld nur so herumgeprasst, so lange, bis nichts mehr übrig geblieben war. Schließlich hatte ihre Mutter diesem Theo nichts mehr bieten können. Daraufhin hatte er sie fallen lassen wie eine heiße Kartoffel und war einfach abgehauen.

Bettinas Mutter war sich früher immer zu fein zum Arbeiten gewesen. Ihre Eltern hatten zu Lebzeiten ihres Papas von dessen gutem Verdienst gelebt. Ihr Vater hatte die Genehmigung, ganz spezielle Schwerkräne zu fahren. Es war ein Job, den nicht jeder machen durfte. Er war immer zu außergewöhnlichen Einsätzen gerufen worden, manch-mal sogar ins Ausland. Das viele Geld, welches er dabei verdient hatte, hatte zu 70 Prozent aus steuerfreien Erschwerniszulagen und Sonderprämien bestanden. So kam es, dass die Witwenrente, die Bettinas Mutter nach dem Tod ihres Vaters bekam, gerade mal für die Miete und ein mehr als bescheidenes Leben gereicht hatte.

Seitdem sie das Erbe verprasst hatte, war es ihr finanziell schlecht gegangen und sie hatte sogar Bettina aufgefordert, sie mit etwas Geld zu unterstützen.

Das hatte ihre Tochter nicht eingesehen. Bettina hatte ihr sofort gesagt, dass sie ihr keinen Cent geben würde, denn sie hätte schließlich nicht ihr ganzes Vermögen zusammen mir diesem Theo aus dem Fenster werfen müssen. Daraufhin hatte Bettina von ihr zu hören bekommen, dass ihre Tochter ihr wohl nichts gönne.

Es hatte zwischen den beiden einen riesigen Krach gegeben, und seitdem hatten sie kein Wort mehr miteinander gesprochen.

Bettina wollte nicht so enden wie ihre Mutter.

Sie hatte einen Plan, der sie reich und unabhängig machen würde.

Ihre reiche Oma würde ihr dabei allerdings nicht helfen, denn diese hatte, was ihr Hab und Gut anging, schon alles geregelt. Auch wenn Oma mit den insgesamt fünf Kindern von Bettinas Tanten Britta, Brunhilde und Bernadette noch weitere Enkel hatte, so waren diese, was das Erbe anging, außen vor. Oma hatte ein notarielles Testament hinterlegt, in dem festgelegt war, dass ein Großteil ihres Vermögens an soziale Hilfsdienste, die sie schon zu Lebzeiten unterstützt hatte, gehen würde. Der Rest des Erbes, eine ebenfalls nicht unerhebliche Summe, sollten sich zu gleichen Teilen ihre drei Töchter teilen.

Bettinas heutiger Besuch bei ihrer Oma würde einen anderen Zweck haben. Sie war fest davon überzeugt, dass es auf dem Anwesen ihrer Großmutter noch eine Hinterlassenschaft von Opa geben würde, die sie für ihren Plan benötigte.

Nun, nach etwas weniger als drei Stunden Fahrt, hatte sie das Haus ihrer Großmutter erreicht.

Natürlich hatte sie ihr heutiges Kommen bereits telefonisch angekündigt. Ihre Großmutter hatte sich darüber gewundert, dass sie kam. Es sei schließlich kein Sonntag, hatte sie gesagt. Darauf hatte Bettina geantwortet, dass sie sie in diesem Monat an keinem Sonntag besuchen könne, weil ihr die Zeit dazu fehle.

Es war so wie bei jedem ihrer Besuche.

Nachdem Bettina das Haus betreten hatte, wurde sie von ihrer Oma in den Arm genommen und fast eine Minute lang gedrückt.

Danach begaben sie sich in das geräumige Wohnzimmer, in dem schon der Tisch gedeckt war. Es gab, wie jedes Mal, Kaffee, Kekse und einen selbstgebackenen Gugelhupf. Bettina liebte diesen Kuchen und sagte immer, dass niemand ihn so gut backen könne wie ihre Oma.

Schließlich saßen die beiden am Tisch und unterhielten sich. Diese Unterhaltung war, wie immer, sehr einseitig, denn sie bestand eigentlich nur daraus, dass Oma erzählte, und ihre Enkelin einfach nur zuhörte.

Diese Geschichten aus der guten, alten Zeit kannte Bettina fast schon auswendig. Ihre Großmutter konnte nicht ahnen, dass ihre Enkeltochter ihr das Interesse an ihren Erzählungen nur vorgaukelte. Das Einzige, was für Bettina mittlerweile nur noch zählte, waren die 200 Euro, die sie für circa zwei Stunden Zuhören bekam und natürlich der Gugelhupf, den sie wirklich sehr gerne aß.

„Weißt du was, Oma?", sagte Bettina, nachdem ihre Großmutter wieder eine Anekdote von früher beendet hatte, „Ich möchte gerne einmal eine Runde durch deinen Garten gehen, um ein paar alte Erinnerungen aufzufrischen. Ich muss so oft daran denken, wie schön es früher immer war, wenn ich als Kind dort gespielt hatte. Ich sehe es noch heute vor mir, wie ich dem Opa immer beim Rasenmähen zugesehen hatte. Opa hatte auch oft mit mir Verstecken gespielt. Das hatte ich immer besonders gerne gemacht. Ich würde mal gerne sehen, ob es meine alten Verstecke noch gibt."

Die alte Dame vor ihr lachte.

„Natürlich, mein Kind", sagte sie. „Ich weiß doch, wie sehr du unseren Garten liebst. Du hattest den Garten doch erst vor ein paar Monaten begutachtet, um zu sehen, wie mein Gärtner ihn umgestaltet hat."

„Das stimmt, Oma, aber heute ist mir halt wieder danach."

„Dann lass´ dich mal nicht davon abhalten", sagte die Großmutter, und in ihrem Gesicht erkannte man ein gutmütiges Lächeln, welches nur eine Oma so hinbekommt.

Bettina verließ das Haus und betrat den Garten. Sie hatte ein ganz genaues Ziel, und das war der große, alte Geräteschuppen aus Holz, der zwischen Büschen versteckt am Ende des Gartens stand.

Als sie vor ein paar Monaten bei ihrer Oma zu Besuch war, hatte sie sich den umgestalteten Garten angeschaut. Außer, dass ein paar alte Gehölze entfernt und ein paar neue hinzugefügt worden waren, hatte sich nicht viel geändert. Bei diesem Besuch hatte sie zufällig gesehen, dass die Tür des hölzernen Geräteschuppens offen stand. Sie war in den großen Schuppen, in dem auch heute noch die Gartengeräte gelagert wurden, gegangen, und sofort waren bei ihr Kindheitserinnerungen wach geworden. Wie oft hatte sie doch als Mädchen in dem Schuppen gestanden und ihrem Opa beim Basteln zugesehen. In einer Ecke des Holzschuppens stand immer noch der Metallspind, den Opa damals immer gut verschlossen hatte, weil er dort die Gifte gegen Schadinsekten gelagert hatte.

Bettina hatte den Schuppen schnell erreicht.

Sie öffnete die unverschlossene Tür. Um alles besser erkennen zu können, schaltete sie die Beleuchtung, die immer noch aus einer Leuchtstoffröhre an der hölzernen Decke bestand, an. Nachdem die Lampe ein paar Mal aufgeflackert hatte, wurde es hell im Schuppen.

In der rechten Seite standen die Gartengeräte, die der Gärtner, der einmal in der Woche kam, regelmäßig benutzte.

Die linke Seite des Schuppens sah noch genauso aus wie früher. Dort stand der verschlossene Metallspind und daneben die Werkbank, auf der Opa immer gebastelt hatte.

Neben zwei Plastiksäcken mit Blumenerde, die offensichtlich der Gärtner auf die Arbeitsplatte abgelegt hatte, war alles mit einer dicken Staubschicht bedeckt.

Bettina wusste, dass Oma diesen Schuppen niemals betreten hatte, weil ihr dort zu viele Spinnweben waren.

Ihr Blick ging zum Spind, und in diesem Moment war sie sich der Sache sicher, dass das metallene Möbelstück seit Opas Tod nicht mehr geöffnet worden war.

Jetzt schaute Bettina nach oben zu einem der Balken, welche die Deckenkonstruktion trugen. Auf diesem Balken hatte Opa immer den Schlüssel für seinen Giftschrank versteckt, damit niemand daran kam.

Um an diesen Schlüssel, falls er noch dort war, zu kommen, tat Bettina das, was auch ihr Opa immer getan hatte. Sie zog einen alten Stuhl aus der Ecke und schob diesen unter den Balken. Dann stieg sie auf das Möbelstück und tastete mit der Hand den Balken ab. Dass sie dabei in Spinnweben griff, war ihr egal, denn vor so etwas war sie noch nie fies gewesen.

Ein triumphierendes Lächeln huschte über ihre Lippen, als sie den Schlüssel zwischen ihren Fingern spürte.

Sie ergriff ihn, stieg vom Stuhl und schob ihn in das Schloss des Spindes. Erstaunlicher Weise ließ sich der Schlüssel so leicht herumdrehen, als sei das Schloss erst gestern benutzt worden.

Als Bettina die Tür vorsichtig öffnete, rieselte von irgendwoher feiner Staub auf sie herab.

Sofort ging ihr Blick auf das obere Regal, und da standen sie, die Giftfläschchen, die Opa damals gehortet hatte, weil diese Art von Gift mittlerweile verboten worden war.

Bettina ergriff eines der Fläschchen, die eine blaue Flüssigkeit enthielten. Auf dem Flaschenetikett stand „E 605 forte". Opa hatte ihr damals immer gesagt, dass dieses

Gift das beste gegen Ameisen sei. Er hatte aber auch gesagt, dass schon ein Tröpfchen davon ausreichen würde, um einen Menschen zu töten, und er es deshalb immer wegschließen müsse.

Als Bettina das Fläschchen, welches noch original verschlossen war, in der Hand hielt, verspürte sie Aufregung. Sie hatte im Internet alles, was über E 605 zu finden war gegoogelt. Deshalb wusste sie auch, dass dieses Gift auch nach so einer langen Zeit seine Wirkung nicht verlieren würde. Man hatte dieses Mittel, weil es so gefährlich war, damals verboten. E 605 wurde auch als Schwiegermuttergift bezeichnet. Sie hatte gelesen, dass eine Frau damit vergiftet worden war, indem man das Gift in Pralinen gespritzt hatte. Als die Frau so eine Praline zerbissen hatte, hatte sie diese sofort ausgespuckt, weil diese widerlich bitter war. Trotzdem hatte das wenige Gift, welches in ihren Mund geraten war, ausgereicht, um sie zu töten. Sie war genauso schnell gestorben wie ihr Hund, der die ausgespuckte Praline gierig heruntergeschluckt hatte. Bei ihren Recherchen über das Gift hatte sie auch erfahren, dass E 605 ekelhaft roch, aber man diesen Geruch erst so richtig wahrnahm, nachdem man den üblen Geschmack im Mund verspürt hatte.

Bettina nahm noch ein zweites Fläschchen aus dem Schrank und schob die beiden mit Gift gefüllten Gefäße in ihre Tasche.

Ein Geschenk für Thomas, ging es ihr lächelnd durch den Kopf.

Sie schaute zu den anderen Fläschchen, die im oberen Regal standen.

Vielleicht brauche ich euch ja auch noch, dachte sie.

Dann verschloss sie den Metallspind und deponierte den Schlüssel wieder oben auf dem Balken.

Bettina begab sich zurück zu ihrer Oma ins Haus.

„Und?", empfing sie ihre Großmutter, „Hast du deine Kindheitserinnerungen aufgefrischt?"

„Ja, Oma, ich musste auch wieder an Opa denken, besonders beim Anblick des Schuppens, in dem Opa immer gebastelt hatte."

Die alte Dame lächelte.

„Möchtest du noch etwas trinken, Bettina?"

„Nein, danke, Oma, ich werde mich jetzt wieder auf den Heimweg machen. Du weißt ja, ich habe eine lange Strecke vor mir."

Etwas später saß Bettina in ihrem Auto und fuhr in Richtung Freiburg.

Sie dachte daran, dass sie mit dem Gift in ihrer Tasche ihren Schwager Thomas töten würde, und diese abscheulichen Gedanken ließen sie kalt.

So war sie schon immer. Es ging einzig allein um sie, und für Menschen, die dabei auf der Strecke blieben, empfand sie nichts.

In diesem Moment musste sie an ihre Schulzeit denken und daran, wie sie dafür gesorgt hatte, dass sie im letzten Schuljahr die Hauptschule mit einem Abschlusszeugnis und nicht mit einem Abgangszeugnis verlassen konnte.

Im Zwischenzeugnis hatte sie in den Fächern Sport, Mathematik und Deutsch glatt Fünf gestanden. Mathematik hatte sie immer gehasst, denn sie war mit diesem ganzen Rechenaufgaben niemals klar gekommen. Sie war nicht einmal in der Lage gewesen, mehrstellige Zahlen zu multiplizieren oder zu dividieren. Deshalb hatte ihr Mathelehrer auch angekündigt, ihr im allerletzten Zeugnis die Note Sechs zu verpassen.

Der Sportlehrer war der erste gewesen, den sie auf ihre eigene Art davon überzeugt hatte, ihr statt einer Fünf eine Vier zu geben.

Damals hatte sie in der Sporthalle eine kurze Turnhose mit sehr weiten Hosenbeinen getragen. Darunter hatte sie keinen Schlüpfer angezogen.

Dann hatte sie ihren Sportlehrer darum gebeten, ihm ihre neu gelernte Übung am Barren zeigen zu dürfen, damit sie vielleicht eine bessere Note bekäme. Der Lehrer hatte zugesagt, sich ihre Übung anzusehen, und als es soweit war, hatte sie zu ihm gemeint, dass er sich nicht neben, sondern vor den Barren stellen solle, damit er ihre Übung besser sehen könne. Diese Übung hatte sie einstudiert. Sie war zweimal hin und her geschwungen und dann breitbeinig auf den Holmen gelandet. So war sie sitzengeblieben. Dem Sportlehrer war nicht entgangen, dass die weiten Hosenbeine ihrer Shorts den Blick auf ihr Geschlechtsteil freigaben. Er hatte Bettina kurz in die Augen gesehen und dann wieder zwischen ihre Beine geschaut.

„Gefällt Ihnen meine Übung?", hatte sie ihn gefragt.

Er hatte ihr unsicher ins Gesicht geblickt und geschwiegen.

Daraufhin hatte sie ihre Position aufgegeben und war wieder in die Stütze gegangen. Während ihre Beine hin uns her gependelt hatten, hatte sie ihn gefragt: „Soll ich Ihnen die Übung noch einmal zeigen?"

Der Sportlehrer hatte nichts gesagt, aber er hatte genickt.

Das war für sie die Aufforderung gewesen, sich wieder in den breitbeinigen Sitz zu begeben.

Als hätte er darauf gewartet, war sein Blick sofort wieder in ihr weites Hosenbein auf das gerichtet, was ihn offensichtlich angeregt hatte.

„Du kleines Luder", war es leise aus seinem Mund gekommen.

Nachdem Bettina eine Zeit so auf dem Barren verharrt hatte, war sie wieder von dem Sportgerät heruntergesprungen.

Dann hatte sie zu dem Lehrer gesagt: „Beim nächsten Mal führe ich Ihnen die Übung noch einmal vor, wenn Sie mir dafür eine Vier auf dem Zeugnis geben."

„Du kleines Luder", hatte er wiederholt.

Ihr Plan war aufgegangen. Nachdem sie ihm eine Woche später die Übung noch einmal präsentiert hatte, war ihre Zeugnisnote tatsächlich eine Vier gewesen.

Bei der Deutschlehrerin war es einfacher gewesen. Als sie abends mit dem Bus von einem Besuch bei ihrer Freundin zurückgefahren war, hatte sie beim Vorbeifahren an einem kleinen Waldparkplatz aus dem Busfenster heraus das Auto ihrer Deutschlehrerin dort stehen sehen. Dieses Fahrzeug, eine weiße Ente mit bunten Aufklebern am Heck, war unübersehbar.

Sie hatte auch geglaubt, die Lehrerin gesehen zu haben, wie diese in ein anderes Auto, welches ebenfalls dort geparkt hatte, gestiegen war. Neugierig geworden, war sie an der nächsten Haltestelle ausgestiegen und zu dem Parkplatz zurückgelaufen.

Bettina hatte sich herangeschlichen, um zu sehen, was ihre Lehrerin dort trieb.

Sie hatte in dem Wagen, in den ihre Lehrerin gestiegen war, zwei Personen erkennen können, aber keine Einzelheiten, weil die Scheiben gespiegelt hatten. Allerdings hatte sie das Auto, in dem die beiden waren, ebenfalls erkannt. Es war das Auto des Klassenlehrers ihrer Parallelklasse, eines Lehrers, namens Galmer.

Bettina hatte sich in den Büschen versteckt und abgewartet. Als schließlich die Fahrzeugtür geöffnet worden war, hatte sie gesehen, wie sich die Insassen zum Abschied geküsst hatten.

Ihre verheiratete Lehrerin hatte also ein Verhältnis mit ihrem Kollegen Galmer.

Bettina hatte sich eine ganze Woche damit Zeit gelassen, bis sie schließlich ihre Deutschlehrerin zu einem Gespräch unter vier Augen aufgefordert hatte.

„Sie werden mir eine Vier in Deutsch auf dem Zeugnis geben", hatte sie zu ihrer Lehrerin gesagt. „Wenn nicht, dann werde ich allen die Fotos von Ihnen und Herrn Galmer zeigen."

„Was für Fotos?", hatte die Lehrerin gesagt und Bettina war die plötzliche Verunsicherung der Frau nicht entgangen.

„Mir hat jemand Fotos gegeben, auf dem Sie zusammen mit Herrn Galmer zu sehen sind. Die Fotos wurden auf dem kleinen Waldparkplatz an der Bundesstraße geschossen. Auf den Fotos sitzen Sie mit Herrn Galmer zusammen in seinem Auto, und man kann ganz deutlich sehen, was sie dort getrieben haben."

In diesem Moment war die Lehrerin rot angelaufen.

„Wer hat die Fotos gemacht?", hatte sie unsicher gefragt.

„Das verrate ich nicht, aber Sie sollen wissen, dass die Negative und die Fotos in meinem Besitz sind."

„Diese Fotos darf niemand sehen. Du weißt, ich bin verheiratet. Wenn du mir die Fotos und die Negative gibst, dann verspreche ich dir, dass du eine Vier auf dem Zeugnis bekommst."

Bettina hatte hoch gepokert, denn es gab ja keine Fotos.

„Wir machen das anders", hatte sie zu ihrer Lehrerin gesagt. „Wenn ich mein Zeugnis habe und meine Deutschnote darauf eine Vier ist, werde ich die Beweismittel vernichten. Das verspreche ich Ihnen."

Da die Deutschlehrerin keine andere Wahl hatte, war sie darauf eingegangen.

Für Bettina war es schwieriger gewesen, den Mathelehrer davon zu überzeugen, ihr keine Sechs sondern eine Vier auf dem Zeugnis zu geben. Dabei hatte ihr ihre Freundin Katrin geholfen. Katrin war ihre Mitschülerin und die beiden hatten in ihrer Klasse nebeneinander in der letzten Reihe gesessen.

Ihr Mathelehrer hieß Pütter. Er war verheiratet und hatte eine einjährige Tochter.

Es war eine Marotte von ihm gewesen, nach der Schulstunde in aller Ruhe seine Sachen auf dem Lehrerpult zu ordnen und wegzupacken, um schließlich als Letzter den Raum zu verlassen. Diese Angewohnheit des Lehrers hatte sie ausgenutzt.

Nach dem Unterricht hatte Bettina gewartet, bis alle Schüler das Klassenzimmer verlassen hatten. Mit den

Worten: „Ich muss die Tafel noch etwas sauber machen", war sie hinter Pütter, der immer noch an seinem Arbeitsplatz saß, getreten.

Der Lehrer hatte nicht mitbekommen, dass sie sich ihr T-Shirt ausgezogen und nun oben ohne hinter ihm gestanden hatte. Dann hatte sie sich neben ihm gestellt und in dem Moment hatte er ihre Blöße erkannt. Pütter war aufgesprungen.

„Was soll das?!", war es erbost aus seinem Mund gekommen. „Zieh´ dich sofort wieder an!"

Eh er sich versehen hatte, hatte seine Schülerin seine Hände ergriffen und auf ihre Brüste gedrückt. Es hatte einige Sekunden gedauert, bis er begriffen hatte, was da gerade passiert war.

„Was soll das?", hatte er empört wiederholt und seine Hände schließlich aus dem Griff der Schülerin befreit.

In dem Moment war ihm klargeworden, dass sie nicht alleine im Raum waren.

Katrin, die beste Freundin von Bettina, hatte sich offenbar hinter ihrem Platz in der letzten Reihe versteckt und war nun aufgestanden. In ihrer Hand hatte sie eine kleine Pocketkamera gehalten.

Mit den Worten: „Das werden bestimmt ein paar schöne Fotos, auf denen zu sehen ist, wie ein Lehrer die Brüste seiner Schülerin anfasst", war sie nach vorne gekommen und hatte das Klassenzimmer mit der Kamera in der Hand verlassen, ehe Pütter hatte reagieren können.

Bettina hatte ihr T-Shirt in aller Ruhe wieder angezogen und den offensichtlich geschockten Lehrer grinsend angeblickt.

„Wenn sich meine Zeugnisnote nicht in eine Vier verwandelt", hatte sie gesagt, „dann werden ihre Frau und die anderen Lehrer Abzüge der Fotos bekommen."

„Damit werdet ihr nicht durchkommen!", hatte Pütter erbost reagiert. „Ich werde jetzt sofort zum Rektor gehen und ihm sagen, was ihr hier abgezogen habt."

Auf diese Reaktion war Bettina nicht gefasst gewesen.

Dann aber hatte sie gesagt: „Ich werde dem Rektor sagen, dass Sie mich aufgefordert haben, mein T-Shirt auszuziehen, wenn ich keine Sechs, sondern eine Vier auf dem Zeugnis haben will. Meine Freundin Katrin, die zufällig noch an ihrem Platz saß, ohne dass sie sie bemerkt haben, wird das bezeugen. Dann werden wir mal sehen, wem der Rektor mehr glaubt. Ihre Kollegen und auch ihre Frau werden davon erfahren, und egal, wie die Sache ausgeht, es wird immer Zweifel geben und es wird an Ihnen hängen bleiben."

Mit diesen Worten hatte Bettina damals den Klassenraum verlassen.

Pütter hatte schließlich den Weg des geringeren Widerstandes gewählt, und so hatte im Fach Mathematik schließlich die Note Vier auf dem Zeugnis gestanden.

Mit dem Abschlusszeugnis war sie stolz nachhause gegangen, um es ihrer Mutter zu zeigen, doch diese hatte nur wenig Interesse daran gezeigt.

Sie hatte, was die Schule anging, nichts über ihre Tochter gewusst, und darauf, dass ihre Tochter regelmäßig ihre Unterschrift auf den schlecht benoteten Arbeiten gefälscht hatte, wäre sie niemals gekommen.

Bettinas Mutter hatte sich eigentlich für nichts interessiert, was ihre Tochter betraf. Viel mehr war sie immer damit beschäftigt gewesen, sich mit Freundinnen in Cafés zu treffen und in Modegeschäften das Geld, was der Vater nachhause gebracht hatte, auszugeben.

Bettina war auch selbst auf die Suche nach einer Lehrstelle gegangen. Sie hatte schließlich eine Lehre als Verkäuferin in einem großen Bekleidungshaus angetreten, weil sie der Meinung war, dass alles, was mit Mode zu tun hatte, genau das Richtige für sie sei.

Als sie aber festgestellt hatte, dass sie sich als Auszubildende zunächst mehr mit dem Auffüllen der Waren und Arbeiten im Lager beschäftigen musste, als im Verkauf tätig zu sein, hatte sie schnell die Lust an dieser Arbeit verloren.

Doch es gab noch etwas, das wesentlich schlimmer für sie war. Einmal in der Woche hatte sie zur Berufsschule gemusst, und die Schule hatte sie immer schon gehasst.

Bettina hatte es drei Monate lang ausgehalten und dann war sie eines Morgens wachgeworden und hatte sich dazu entschlossen, alles hinzuschmeißen.

Von dem Zeitpunkt an hatte sie nur noch ab und zu Aushilfsjobs angenommen.

Während der Ausübung eines solchen Jobs, als Ordnerin bei einer Landwirtschaftsmesse, hatte sie zufällig ihren jetzigen Mann Bernie und ihren heutigen Schwager Thomas kennengelernt.

An Bernie hatte sie sich schließlich erfolgreich herangemacht, und seit damals waren sie ein Paar.

Jetzt saß Bettina in ihrem Auto und war auf dem Rückweg von ihrer Oma nach Freiburg.

Ihr ging durch den Kopf, dass sie schon immer alles, was sie wollte, durchgesetzt hatte, egal wie.

Jetzt dachte sie an die Fläschchen mit dem tödlichen Gift in ihrer Tasche.

Ich werde auch dieses Mal bekommen, was ich will.

*   *   *

Das Kaufangebot

Manfred Gerber, der Mann, dem Bettina Moosfaller den Hof gezeigt hatte, war immer bestrebt, seinem Arbeitgeber das Beste zu bieten, und das Grundstück, auf dem sich der Eichtannhof befand, war ein absolutes Sahneschnittchen.

Gerber saß in seinem Büro am Schreibtisch und überlegte, wie er es am besten anstellen könnte, dieses Anwesen möglichst günstig zu erwerben.

Er dachte an Bettina Moosfaller, die Frau, die dieses Grundstück, wie auch immer, in ihren Besitz bringen würde, um es an ihn zu verkaufen. Gerber war sich der Sache sicher, dass diese Frau es auch schaffen würde, denn sie hatte auf ihn sehr entschlossen gewirkt, wie ein Terrier, der sich verbeißt und nicht mehr loslässt, bis er gewonnen hat. Dass die Frau ohne zu zögern mit ihm ins Bett gestiegen war und sofort die Beine breit gemacht hatte, um sich von ihm ficken zu lassen, war für ihn ein Zeichen ihrer Entschlossenheit.

Auch für ihn war die Tatsache, dass er Bettina Moosfaller einfach so genommen hatte, ein persönlicher Triumph. Es war für ihn eine Machtdemonstration die ihm beim Sex ganz besonders starke Emotionen beschert hatte. Er hatte die Frau quasi zum Sex mit ihm gezwungen, denn sie hatte sich ihm nur hingegeben, weil sie Angst hatte, sonst nicht mit ihm ins Geschäft zu kommen. Gerber hatte sie beherrscht. Er hätte in dieser Situation alles mit ihr machen können, und das war für ihn ein absolutes Hochgefühl.

Bereits in seiner Jugend hatte er sich immer vorgestellt, wie es wäre, ein Kaiser oder ein König zu sein, denn er hatte gelesen, dass sich diese Herrscher alles nehmen durften, was sie wollten. Wenn ein König eine seiner weiblichen Untertanen begehrte, so musste sie sich seinen Gelüsten fügen. Mit seinen Untertanen konnte ein König alles machen, was er wollte.

Wenn Gerber in seiner Jugendzeit, in einem Geschäft oder auf der Straße, eine Frau begegnet war, die er begehrenswert fand, dann hatte er sich abends, wenn er in seinem Bett lag, immer vorgestellt, dass er ein König sei und dieser Frau befehlen würde, mit ihm zu schlafen. Er hätte sie beherrscht und ihr genau vor-geschrieben, was sie tun sollte. Bei diesen Gedanken hatte er sich immer selbst befriedigt.

Dieses Wunschdenken aus seiner Jugend steckte auch heute noch in ihm. Er hatte es zu etwas gebracht und seine Situation schon oft dazu ausgenutzt, Frauen gefügig zu machen, obwohl sie es nicht wollten.

Gerber war schon einige Mal mit Frauen in mehr oder weniger festen Beziehungen gewesen, und der einvernehmliche Sex mit ihnen hatte ihm auch Spaß gemacht, doch eine Frau gegen ihren Willen zu nehmen, bescherte ihm die allerhöchsten Lustgefühle, weil es eine Demonstration seiner absoluten Macht war.

So war es auch, als er Bettina Moosfaller genommen hatte, war er sexuell so erregt, dass ihm bereits nach kurzer Zeit ein Orgasmus durchzuckt hatte. Danach war er sofort aufgestanden und hatte die Frau achtlos zurückgelassen. In seinen Augen gehörte auch diese arrogante

Überheblichkeit zu einem wahren Herrscher, der den Leuten, die von ihm abhängig waren, zeigte, dass er ihnen gegenüber alles durfte.

Gerber wurde durch ein zaghaften Anklopfen an seiner Bürotür aus seinen Gedanken gerissen.

„Ja?"

Die Tür öffnete, sich und eine junge Frau mit einem Aktenordner in der Hand trat ein.

Es war Nadine Kramer, die als Teilzeitkraft in Gerbers Vorzimmer saß und den Job der Sekretärin für ihn erledigte.

Das Gesicht der dreißigjährigen Frau wirkte blass, und diese Blässe wurde von ihren kurzen, pechschwarzen Haaren, noch unterstrichen.

„Ich habe hier noch ein paar Sachen, die Sie noch unterschreiben müssten, Herr Gerber", sagte sie und legte den Ordner auf seinen Schreibtisch. „Ich möchte diese Unterlagen gerne heute noch in die Post geben."

„Danke, liebe Nadine", meinte Gerber. „Ich werde das gleich erledigen. Wenn ich damit fertig bin, werde ich dich rufen."

Er blickte seiner Sekretärin hinterher, als diese wieder in den Nebenraum verschwand.

Gerber wusste, wie dankbar Nadine ihm gegenüber war.

Obwohl sie wirklich gute Zeugnisse vorweisen konnte und sogar über fast perfekte englische und französische Sprachkenntnisse verfügte, hatte sie nirgendwo einen passenden Job finden können.

Nadine war alleinerziehende Mutter zweier Kinder. Ihr Mann war einfach abgehauen und hatte nichts mehr von sich hören lassen. Alimente für die drei- und sieben-jährigen Töchter zahlte er nicht.

Als Mutter hatte sie es nicht leicht, denn sie hatte niemanden, der auf ihre Kinder aufpassen konnte, wenn sie arbeiten war.

Die beiden Mädchen mussten zum Kindergarten und zur Schule gebracht und wieder abgeholt werden, doch sie kannte keinen Menschen, der das für sie hätte erledigen können. Nadine hatte eine Frau, die gewissermaßen als Leih-Oma, nachmittags auf die Kinder aufpasste, ge-funden, doch diese Frau war nicht ganz gesund und oft spontan ausgefallen, weil sie plötzlich wegen einer Krank-heit zum Arzt gemusst hatte. Es war Nadine schwer gefallen, einen Arbeitgeber zu finden, bei dem sie nur nachmittags arbeiten konnte. Sie hatte nach langer Suche aber trotzdem einen solchen Job bekommen, doch nach-dem sie während ihrer Arbeit immer wieder plötzlich nachhause musste, weil die Leih-Oma mal wieder aus-gefallen war, hatte man ihr wegen Unzuverlässigkeit gekündigt.

Von einem Bekannten hatte Gerber von der Frau er-fahren, die zwar sehr gut arbeitete, aber ihre Arbeitszeiten nicht immer einhalten konnte. Gerber, der meistens so-wieso immer irgendwo unterwegs war, hatte eine Sekre-tärin gesucht, und ihm war egal, wann diese ihre Arbeit erledigte. Im war wichtig, dass die Sekretärin gut arbeitete und vertrauenswürdig war.

Nadine hatte sich für ihn als Glücksfall erwiesen, denn sie arbeitete mehr als gut. Wenn er ein kompliziertes Schrei-ben erstellen musste, so erklärte er Nadine nur kurz den

Sachverhalt, und sie entwarf daraufhin ein Schreiben, welches er selbst nicht besser hätte verfassen können. Das tat sie sogar, wenn sie zuhause war.

Obwohl sie viel Zeit für ihre Kinder brauchte, stand sie ihm telefonisch fast immer zur Verfügung. Da er ihr ein gutes Leben ermöglichte, weil er sie, trotz Teilzeitjob, mehr als überdurchschnittlich gut bezahlte, war sie ihm sehr dankbar und in jeder Beziehung immer für ihn da. Genauer gesagt, war Nadine, wenn sie ihr Leben so weiterführen wollte wie jetzt, von ihrem Chef abhängig, und das war ihr auch bewusst.

Gerber dachte daran, dass er keine bessere Sekretärin als Nadine hätte finden können. Sie kannte all seine Tricks und wusste, dass er nicht immer mit legalen Mitteln arbeitete.

Er war sich der Sache sicher, dass er ihr vertrauen konnte, und das machte Nadine unbezahlbar.

Während er die Unterlagen, die ihm seine Sekretärin gebracht hatte, ohne sie noch einmal durchzulesen, unterschrieb, dachte er daran, dass er den jetzigen Besitzer des Eichtannhofes selbst ein Angebot für das Anwesen unterbreiten könnte.

Wer weiß, vielleicht würde er diesen Bauern dazu überreden können, sich mit den Millionen, die er für den Hof bekommen würde, zur Ruhe zu setzen, um zusammen mit seiner Frau ein Leben im Wohlstand zu genießen?

Gerber unterzeichnete das letzte Schreiben in der Mappe, klappte diese zu und drückte einen Knopf auf seiner Telefonanlage.

„Nadine", sagte er, „Ich bin fertig. Du kannst den Ordner holen."

Wenig später betrat seine Sekretärin das Büro und nahm die Mappe von seinem Schreibtisch.

Sie wollte gerade wieder den Raum verlassen, als ihr Chef sagte: „Nadine, ich hätte da eine Aufgabe für dich. Setz´ dich mal kurz hin, damit ich es dir erklären kann."

Seine Sekretärin nahm auf dem Stuhl im gegenüber Platz und schaute ihn fragend an.

Gerber nahm ein paar Unterlagen aus seiner Schublade und legte diese vor Nadine auf den Schreibtisch.

„Im Schwarzwald soll ein neues, exklusives Wellneshotel entstehen, und deshalb möchte ich dort einen Bauernhof nebst Grundstück kaufen", erklärte er ihr. „Aus diesem Grund habe ich schon mal die Quadratmeterpreise für Bauland in der Gegend herausgesucht. Ich möchte mich gerne persönlich an den Hofbesitzer wenden, um ihm ein Angebot zu unterbreiten. Schau dir das mal an, Nadine. Mich würde interessieren, was ich ihm deiner Meinung nach anbieten könnte."

Seine Sekretärin überflog die Unterlagen.

Dann murmelte sie: „Hmm, zwei Hektar Bauland", nahm ihr Handy und tippte etwas ein. „Hier haben wir es ja. Die Quadratmeterpreise, die sie herausgesucht haben, Chef, sind viel zu hoch. Von den zwei Hektar muss nur ein geringer Teil als Bauland erworben werden, weil auf dem Bauplan des Hotelgebäudes ersichtlich ist, dass der Rest aus einer Park- und Gartenlandschaft, die das Hotel umgeben soll, bestehen wird. Das heißt, dass die größte Fläche als Landwirtschaftsfläche erworben werden kann.

Laut Internet liegen die Preise für landwirtschaftliche Flächen im Schwarzwald deutlich unter 23.000 Euro pro Hektar. Das entspräche einen Quadratmeterpreis von 2,30 Euro. Wie heißt denn der Bauernhof und wo genau liegt er?"

„Es ist der Eichtannhof und er liegt in der Nähe des Städtchens Simonswald."

Nadine tippte auf ihrem Handy herum.

„Eichtannhof", murmelte sie. „Da haben wir ihn ja, den Eichtannhof. Moment, Chef, den Hof gucke ich mir mal bei Google Earth genauer an."

Schon nach kurzer Zeit lächelte sie und sagte: „Die Fläche, auf der die Gebäude des Hofes stehen, beträgt etwa 4000 Quadratmeter. Das wäre in etwa die Fläche, die man als Bauland bezeichnen kann. Da es kein Grundstück in der Stadt ist, dürfte der Quadratmeterpreis bei maximal einhundert Euro liegen, also 400.000 Euro für das Bauland und für die landwirtschaftlichen Flächen rundherum etwa 40.000 Euro."

„Das wären ja nur 440.000 Euro", staunte Gerber. „Wenn ich noch einmal soviel für die darauf stehenden Gebäude rechne, wäre der jetzige Besitzer mit einem Gebot von einer Million Euro gut bedient."

„Mehr als gut", sagte seine Sekretärin.

„Wenn ich den Hof dafür kaufen kann", meinte ihr Chef, „dann wird mir mein Arbeitgeber dafür eine sechsstellige Provision in Aussicht stellen."

Er grinste kurz.

Dann sagte er: „Ich werde den Hof so oder so für eine Million bekommen. Sollte der jetzige Besitzer kein

Interesse an einem Verkauf zeigen, wird diese Bettina Moosfaller mir den Hof für diese Summe überlassen. Ich weiß nicht, wie sie es machen will, aber sie wird den Hof irgendwie in ihren Besitz bekommen und ihn dann an mich verkaufen. Sie glaubte, dass sie vier Millionen dafür bekommen würde und erst beim Notar, wenn der Verkaufsvertrag abgeschlossen wäre, erfahren würde, dass es nur eine Million gäbe. Die Frau wird zwar blöd aus der Wäsche gucken, aber sie wird zusagen, weil sie auch bei einer Million nicht nein sagen kann. Glaub` mir, Nadine, diese Frau ist dumm und naiv. Ich habe mich mit ihr bei einem gemeinsamen Essen unterhalten, und es ist mir oft schwer gefallen, ein Grinsen zu unterdrücken, weil sie nur Mist erzählt hatte. Nachdem ich ihr noch einmal gesagt hatte, dass ich zwei Hektar Land benötige, hat sie doch tatsächlich wortwörtlich gemeint: `Aber Sie haben doch gesagt, dass Sie 20.000 Quadratmeter kaufen wollen.´ Als ich ihr dann erklärt habe, dass 20.000 Quadratmeter zwei Hektar sind, hat sie gesagt ´Ach, so´, und mich dumm angeguckt."

Nadine lachte.

„Oh, man", sagte sie. „Diese Frau scheint ja wirklich hohl in der Birne zu sein." Sie blickte Gerber an. „Wie ich Sie kenne, Chef, werden Sie mich jetzt darum bitten, den Besitzer vom Eichtannhof anzurufen, um ihn über unser Angebot zu informieren."

„Das hast du richtig erkannt, Nadine", meinte Gerber und dachte zum wiederholten mal daran, dass er die weltbeste Sekretärin hatte.

Er schaute ihr lächelnd zu, als sie auf ihrem Handy herumtippte und schließlich ein Freizeichen daraus erklang.

„Dann wollen wir doch mal hören", sagte sie, „was der Bauer Moosfaller zu unserem Gebot sagt."

Es dauerte eine Zeit, bis eine Stimme aus dem Anrufbeantworter sie aufforderte, eine Nachricht zu hinterlassen.

Gerbers Sekretärin brach den Anruf ab.

„Niemand zuhause", stellte sie fest. „Ich werde es später noch einmal versuchen."

Sie sah den Mann hinter dem Schreibtisch fragend an.

„Gibt es sonst noch etwas zu erledigen, Chef? Wenn nicht, dann würde ich jetzt einkaufen gehen."

„Eine Kleinigkeit könntest du noch erledigen, bevor du gehst", sagte er, rollte mit seinem Schreibtischstuhl einen Meter zurück und schaute sie auffordernd an.

Nadine wusste, was dieser auffordernde Blick ihres Chefs bedeutete.

Es gab, neben ihrer geschäftlichen Tätigkeit für Gerber, auch noch eine Art private Tätigkeit, und das war etwas, das sie nicht gerne machte, etwas, das sie sogar anwiderte.

Gerber bezahlte sie mehr als gut, und er wusste, dass sie finanziell von ihm abhängig war. Ohne ihn würde sie auf der Straße sitzen und müsste ein armseliges Leben führen. Diese Tatsache nutzte er schamlos aus.

Nadine atmete tief durch.

„Na, komm´ schon", meinte er. „Je schneller du das erledigt hast, je eher kannst du gehen."

Er saß breitbeinig auf seinem Stuhl und grinste.

170

Seine Sekretärin trat an ihn heran, kniete sich vor ihn hin und begann damit, seine Hose zu öffnen.

„Ich liebe es, wenn du ihn auspackst", sagte Gerber, und als sie schließlich ihren Kopf nach unten neigte, schloss er genussvoll die Augen. „Du weißt, was mir gut tut."

Nun verspürte er es wieder, dieses herrliche Gefühl, ein Herrscher zu sein.

*   *   *

Der Bauer und die Magd

Die sechzehnjährige Ina Becker, die zusammen mit ihren Eltern und ihrem zwei Jahre jüngeren Bruder Max, den Urlaub auf dem Eichtannhof verbrachte, kam von einem Spaziergang zurück, um in ihre Ferienwohnung zu gehen.
Sie hatte unterwegs Durst bekommen und gemerkt, dass sie ihre Wasserflasche, die eigentlich immer in ihrem kleinen Rucksack steckte, vergessen hatte. Der Weg, über den sie zum Hof zurückging, mündete direkt hinter dem großen Stall.
Ina, die ihre langen, blonden Haare offen trug, war heute alleine unterwegs, denn ihre Eltern hatten sich heute Morgen dazu entschlossen, zusammen mit ihrem Bruder Max hinunter nach Simonswald zu fahren, um den warmen Sommertag im dortigen Freibad zu genießen.
Eigentlich hatten ihre Eltern gewollt, dass sie mit ins Schwimmbad kommen sollte, doch Ina war noch nie gerne schwimmen gegangen und hatte gesagt, dass sie lieber hier auf dem Hof bleiben würde, weil sie mal in Ruhe mit ihrer Freundin Anna telefonieren wollte.
Daraufhin hatte ihre Mutter gesagt: „Ich habe keine Lust, mir im Schwimmbad dein langes Gesicht ansehen zu müssen, nur, weil du keinen Bock hast mitzukommen. Also bleib´ hier und telefoniere mit Anna."
Aus dem Telefonat mit ihrer Freundin war allerdings nichts geworden, denn Anna war momentan ebenfalls mit ihren Eltern im Urlaub nach Spanien geflogen, und Ina hatte sie nicht erreichen können.

So war sie zunächst nach draußen gegangen und hatte mit dem gutmütigen Hofhund Bruno mit einem Ball gespielt. Der vierjährige Berner Sennenhund hatte allerdings schon nach kurzer Zeit keine Lust mehr zu spielen und sich einfach hingelegt, um zu schlafen.

Daraufhin war Ina einem kleinen Feldweg, der vom Hof wegführte, gefolgt. Dieser Weg verlief bergauf durch Wiesen, die mit den verschiedensten Wildblumen übersät waren. Dann hatte sie die vielen verschiedenen Schmetterlinge entdeckt, die dort herumflatterten. Sie war schon immer von Schmetterlingen fasziniert und kannte sogar die Namen von manchen dieser Falter. Doch viele dieser bunten Insekten, die hier zu sehen waren, gab es bei ihr zuhause nicht, und sie waren ihr völlig unbekannt.

Deshalb hatte Ina ihr Handy genommen und die Schmetterlinge fotografiert, damit sie einen Abgleich machen konnte, um die Namen der Falter zu erfahren.

Als sie sogar auf einen seltenen Segelfalter gestoßen war, hatte sie nichts mehr halten können. Sie hatte suchend die große, mit Wildblumen bewachsene Wiese durchquert und war immer wieder auf andere Schmetterlingsarten gestoßen.

Da war sie auf die Idee gekommen, später, wenn sie wieder nachhause kommen würde, aus dem Schmetterlingsfotos ein Album zu erstellen.

Das Fotografieren dieser Falter war für sie mit einem Mal wie eine Sucht geworden.

Nun aber war sie erst mal auf den Hof zurückgekehrt, um etwas zu trinken. Danach wollte sie mit einer Flasche Wasser im Rucksack wieder zur Wiese gehen, um nach

Schmetterlingen zu suchen, die sie bisher noch nicht abgelichtet hatte.

Sie hatte nun den Stall erreicht, den sie umrunden
musste, um zum Haupthaus, in dem die Ferienwohnung
war, zu gelangen.

Dann entdeckte sie auf der dunklen, hölzernen Wand des
Stalles etwas, auf das sie nicht gefasst war. Dort saß ein
großer Nachtfalter, der sich farblich so gut getarnt hatte,
dass sie ihn beinahe übersehen hätte. Diesen Schmetterling hatte sie bisher nur von Fotos gekannt. Es war der
berühmte Totenkopfschwärmer, der da etwa in Augen-
höhe direkt vor ihr an der Wand saß. Die beachtliche
Größe dieses Falters beeindruckte sie.

Ina nahm ihr Handy, um ein Foto des imposanten
Nachtfalters zu schießen. Dieses Foto sollte das Highlight
ihrer Sammlung mit Schmetterlingsbildern werden.

In dem Moment, in dem sie das Handy auf den Totenkopfschwärmer richtete, flog der Falter aufgeschreckt davon. Ina war erschrocken einen Schritt zurückgesprungen,
denn das Tier hatte fast die Größe eines kleinen Vogels.

Sie sah, wie der Falter ein paar Meter weiter auf der Holzwand landete und kurz verharrte, um dann wieder weiter-
zufliegen und in einem breiten Spalt, der zwischen dem
Stall und der daneben liegenden Scheune lag, zu verschwinden.

Ina wollte unbedingt ein Foto dieses riesigen Schmetterlings haben, und deshalb folgte sie ihm.

Dann stand sie vor dem etwa sechzig Zentimeter breiten
Spalt, der als schmaler Durchgang zwischen dem Stall
und der Scheune hindurchführte. Sie versuchte, etwas zu

erkennen, aber das Dach der Scheune über ihr reichte bis an den Stall heran und ließ kein Licht nach unten einfallen. Normalerweise hätte sie so einen engen und dunklen Gang niemals betreten, aber die Hoffnung darauf, den Totenkopfschwärmer fotografieren zu können, ließ sie Schritt für Schritt durch den Spalt gehen. Dabei suchten ihre Augen beide Seiten des Ganges nach dem Nachtfalter ab.

Zu ihrem Bedauern war das Tier nirgendwo zu sehen.

Ina wollte wieder zurückgehen, als sie Stimmen hörte. Diese Stimmen kamen von rechts aus der Scheune, deren Wand aus alten Brettern bestand, die teilweise sehr löchrig waren.

Das sechzehnjährige Mädchen war neugierig und wollte wissen, wer dort in der Scheune war. Schließlich entdeckte sie in der Holzwand ein großes Astloch, welches ihr einen Einblick in die Scheune gewährte. Um besser sehen zu können, schob sie sich ihre langen, blonden Haare hinter die Ohren.

Sie sah, dass der Bauer und die Magd Alinka das Gebäude durch das zum Hof ausgerichtete, weit offenstehenden Scheunentor betraten. Die beiden schleppten Harken und Forken in die Scheune und stellten diese Geräte an einer Wand ab.

„Da sind wir ja heute sehr schnell mit der Arbeit fertig geworden", hörte Ina den Bauern sagen.

„Ja", sagte die Magd. „Es war auch sehr stressig. Ich würde mich jetzt gerne entstressen, Bauer."

„Jetzt?", kam es verwundert aus dem Mund des Bauern.

„Ja, Bauer, jetzt. Es ist niemand auf dem Hof. Deine Frau ist in die Stadt gefahren, um einzukaufen und Hennes ist zusammen mit Dirk draußen auf der Südweide. Niemand wird uns hier stören. Ich will jetzt von dir entstresst werden, Bauer. Ich brauche das jetzt."

Während Ina überlegte, was die Magd mit „entstressen" wohl meinen könnte, sah sie, wie der Bauer zum Scheunentor ging und kurz hinausblickte. Dann schob er das Tor bis auf einem schmalen Spalt zu, legte von innen einen Riegel davor und sagte: „Dann werde ich dich mal entstressen."

Die Magd ging zu einem offenen Anhänger, dessen Ladeklappen alle nach unten hingen. Vor dem Ende des Hängers, welches sich genau in der Höhe des Astloches befand, durch das Ina das Geschehen in der Scheune verfolgte, blieb Alinka stehen. Die Magd hob einen leeren Sack vom Boden auf und legte diesen auf die Ladefläche.

Ina machte große Augen, als sie sah, dass die Magd sich nun vor ihren Augen auszog. Als sie nackt war, legte sie sich mit dem Rücken auf den Sack und schob ihren Körper so weit nach hinten, dass ihr Po nah am Rand der Ladefläche lag.

„Komm, Bauer", hörte Ina sie sagen. „Entstresse mich."

Das sechzehnjährige Mädchen spürte, wie ihr vor Aufregung das Herz bis zum Hals schlug.

Sie konnte genau auf das Geschlechtsteil der Magd sehen, und das war nicht, wie bei ihr selbst, mit schwarzen Löckchen überzogen, sondern glattrasiert.

Das, was nun passierte, erschreckte Ina sehr, denn der Bauer trat vor Alinka, beugte sich nach vorne und versenkte sein Gesicht zwischen den Beinen der Magd.

„Oh, ja, Bauer", stöhnte sie auf. „Genau da. Das entstresst mich."

Ina wollte nicht glauben, was sie da sah. Herr Moosfaller betrog seine Frau mit der Magd des Hofes. Der Bauer und die Bäuerin hatten immer den Eindruck eines glückliches Ehepaares bei ihr hinterlassen und jetzt so etwas.

Wenn das seine Frau wüsste, dachte Ina.

Als es plötzlich so aussah, als würde die Magd genau in ihre Richtung gucken, zog Ina ihren Kopf zur Seite weg.

Hoffentlich hat sie mich nicht gesehen, schoss es ihr durch den Kopf.

Sie lauschte, doch das einzige, was sie hörte, war Alinkas leises Stöhnen.

Obwohl sie nun davon überzeugt war, dass die Magd sie nicht gesehen hat, wagte sie es nicht mehr, einen Blick durch das Astloch zu werfen, weil sie Angst davor hatte, doch noch entdeckt zu werden.

Ina schlich sich leise davon.

Als sie den schmalen Gang, der zwischen dem Stall und der Scheune hindurchführte, wieder verlassen hatte, lehnte sie sich draußen an der Rückwand des Stalles an.

Sie schloss die Augen und sah die gerade erlebte Szene vor sich; sah, wie der Bauer sein Gesicht im Schoß der Magd, die lustvoll aufgestöhnt hatte, vergraben hatte und sah die Bewegungen des Kopfes des Bauern, die eindeutig erkennen ließen, was er da tat.

Ina war verwirrt. Sie fühlte sich innerlich aufgewühlt.

Eigentlich hatte sie den Bauern für einen liebenswerten und netten Mann gehalten, doch jetzt, wo sie wusste, dass er seine Frau betrog, mochte sie ihn nicht mehr.

Das Gleiche traf auf die Magd zu. Ina hatte Alinka gemocht, doch jetzt verspürte sie Abneigung gegen sie.

Die arme Frau Moosfaller, ging es ihr durch den Kopf.

Ein Ton aus ihrem Handy holte sie aus ihren Gedanken.

Sie blickte auf ihr Mobiltelefon und las die WhatsApp ihrer Mutter.

>Hallo, mein Schatz, alles gut bei dir?<

>Ja, alles gut.<

>Was machst du?<

Ina zögerte einen Moment mit der Antwort.

Dann schrieb sie,

>Ich gehe über eine Wiese, die direkt neben dem Hof liegt und fotografiere die vielen Schmetterlinge.<

>Schmetterlinge?<

>Ja, Schmetterlinge.<

>Willst du nicht doch noch zu uns ins Freibad kommen? Es ist sehr schön hier. Vom Hof aus bist du zu Fuß in zwanzig Minuten hier.<

>Nein, hab keinen Bock.<

>Dann bis später, mein Schatz.<

>Bis später.<

In Gedanken immer noch bei dem, was sie gerade erlebt hatte, machte Ina sich auf den Weg zur Ferienwohnung.

Als sie vor dem Eingang stand, schaute sie auf das Tor der Scheune. Es war ein komisches Gefühl, zu wissen, was darin gerade passierte.

Schließlich ging sie ins Haus, um sich in die Ferienwohnung zu begeben.

Sie nahm eine Flasche Cola aus dem Kühlschrank und trank ein paar kräftige Schlücke daraus. Dann stellte sie die Flasche wieder zurück und begab sich auf den Balkon, um es sich dort auf einen Stuhl gemütlich zu machen.

Sie konnte an nichts anderes mehr denken, als an das, was sie gerade in der Scheune gesehen hatte.

Ina dachte wieder daran, dass der Bauer seine Frau betrog.

Er hat so eine nette Frau, dachte sie. *Warum macht er das?*

Erneut riss ihr Handy sie aus ihren Gedanken.

Es war wieder ihre Mutter.

>Hallo Schatz, willst du nicht doch noch kommen? Die haben hier im Schwimmbad leckere Currywurst mit Pommes. Die isst du doch so gerne.<

>Hab keinen Hunger, bleibe hier.<, schrieb Ina zurück.

In diesem Moment musste sie sich aber eingestehen, dass sie doch einen gewissen Hunger verspürte.

Ihre Familie hatte sich gestern Abend von einem Italiener Pizza kommen lassen. Sie hatten nicht alles aufgegessen, und eine halbe Pizza lag noch im Kühlschrank, und genau die würde sie jetzt essen.

Etwas später hatte sie es sich auf dem Balkon so richtig gemütlich gemacht.

Sie hatte die Lehne ihres Stuhles nach hinten verstellt und ihre Füße auf einen anderen Stuhl hochgelegt. Neben ihr auf dem Tisch stand der Teller mit den gestern übrig gebliebenen Pizzastücken. Als sie eines davon in die Hand nahm und ein Stückchen davon abbiss, stellte sie fest, dass es ihr kalt noch besser schmeckte, als gestern Abend, als es noch heiß war.

Während sie die Pizza genoss, schaute sie auf ihr Handy und sah sich noch einmal die Fotos mit den Schmetterlingen an. Am besten gefiel ihr der Segelfalter, weil er so schöne Schwänze an seinen Flügeln hatte.

Nun dachte sie wieder an den Totenkopfschwärmer, den sie leider nicht hatte fotografieren können und an das, was sie in der Scheune gesehen hatte.

Dann war sie gedanklich wieder bei Frau Moosfaller, der Bäuerin, die immer so nett war.

Die arme Frau, ging es ihr durch den Kopf. *Wenn sie wüsste, dass ihr Mann sie betrügt...*

Bei diesen Gedanken verspürte sie plötzlich einen innerlichen Hass gegen den Bauern; gegen diesen untreuen Bauern und diese unmoralische Magd, die sich mit ihm eingelassen hatte.

Arme Frau Moosfaller.

*   *   *

Das Angebot

Die geräumige Stube im Eichtannhof leerte sich langsam. Nachdem alle gemeinsam zu Mittag gegessen hatten, saßen nur noch das Bauernehepaar und das Altbauernpaar an ihren Plätzen.

Der Tisch war schon abgeräumt, das Geschirr gespült und alles wirkte wieder ordentlich.

Dirk, der Sohn des Hofes, der Knecht und die Magd waren schon gegangen, und schließlich standen auch Heinrich und Maria auf, um den Raum zu verlassen.

„Bis später", verabschiedete sich der Altbauer, der sich nun wieder, zusammen mit seiner Frau, auf den Weg zum Leibgedinghaus machte.

Kaum hatten die beiden die Stube verlassen, klingelte das Telefon.

Die Bäuerin wandte sich zu dem Telefon, welches direkt hinter ihr auf einem Tischchen stand, um.

„Moosfaller?", meldete sie sich.

Sie lauschte in den Hörer.

Dann sagte sie: „Einen kleinen Moment bitte."

Sie reichte ihrem Mann den Hörer und meinte: „Da möchte dich jemand sprechen, Thomas. Eine Dame."

„Ja? Moosfaller?, meldete sich nun auch der Bauer.

Scheinbar hatte die Frau am Telefon viel zu erzählen, denn Thomas hörte nur zu und sagte kein Wort.

Gabriele erkannte am ernsten Gesichtsausdruck und am Stirnrunzeln ihres Mannes, dass die Dame am Telefon offensichtlich etwas erzählte, was ihm nicht passte.

„Ich brauche mir das gar nicht erst zu überlegen", sagte er schließlich. „Meine Antwort ist nein, kein Interesse."

Die Frau am anderen Ende der Leitung schien aber nicht aufzugeben, denn sie redete weiter.

„Nein", wiederholte Thomas sich, „auch dann nicht, und selbst, wenn Sie das Doppelte drauflegen, meine Antwort bleibt ein Nein."

Mit den Worten: „Einen schönen Tag noch", beendete er das Gespräch.

„Was wollte die denn?", fragte seine Frau ihn.

„Das war eine Frau Kramer. Sie arbeitet für irgendeine Immobilienfirma und wollte unseren Hof kaufen."

„Was? Sie wollte den Hof kaufen?"

„Ja, zunächst hatte ich gedacht, sie wollte eine unserer Wohnungen anmieten, weil sie so vom Eichtannhof geschwärmt hatte, doch dann sagte sie, dass sie für ein Unternehmen arbeitet, welches den Hof kaufen will. Sie sagte, Sie würden uns eine Million für den Hof bezahlen und dass ich mir davon, zusammen mit meiner Frau, ein wunderschönes und sorgenfreies Leben im Wohlstand machen könne. Natürlich habe ich nein dazu gesagt. Dann hatte sie gesagt, dass ihr Unternehmen sogar anderthalb Millionen dafür bieten würde." Er machte eine abfällige Handbewegung. „Die spinnen doch."

„Anderthalb Millionen?", meinte Gabriele. „Das ist eine stattliche Summe."

„Ja, aber was nutzt viel Geld, wenn man damit nicht glücklich sein kann. Der Hof ist meine Heimat, mein Zuhause, hier bin ich geboren, und hier fühle ich mich wohl. Woanders würde ich vor die Hunde gehen."

„Du hast Recht, mein Schatz", sagte die Bäuerin. „Auch, wenn ich nicht hier geboren wurde, auch ich möchte nicht woanders wohnen. Uns geht es gut, und wir haben alles, was wir brauchen. Viel Geld macht noch lange nicht glücklich."

Sie erhob sich.

„Ich werde jetzt erst mal einen Kaffee für uns zwei kochen."

Dann ging sie in die Küche.

Während sie Wasser in die Kaffeemaschine füllte, gingen ihr andere Sachen durch den Kopf.

Geld macht nicht glücklich, dachte sie, *aber es gibt andere, wunderschöne Dinge, die glücklich machen, wenn auch nur für einen Moment.*

Sie dachte an Peter, den Mann, der sie in eine Welt geführt hatte, die aus Glücksgefühlen pur bestanden hatte. Diese innige Begegnung mit ihm hatte ihr Angst gemacht. Sie war auch mit ihrem Thomas glücklich und wollte dieses Glück um nichts auf der Welt aufs Spiel setzen.

Deshalb war sie heute Vormittag auch in die Stadt gefahren. Sie hatte Angst davor gehabt, dass Peter, wenn seine Frau ihren Mittagsschlaf machen würde, zu ihr hätte kommen können. Ihr lagen immer noch seine Worte „Ich liebe dich", in den Ohren. Er war ein sehr liebenswürdiger Mensch, der es im Leben nicht leicht hatte. Peter tat ihr leid. Doch es war nicht nur Mitleid, was sie für ihn empfand. Sie verspürte ihm gegenüber auch ein Gefühl der Zuneigung, eine Emotion, die ihr Angst machte. Gabriele wusste einfach nicht, wie sie sich gegenüber ihm verhalten sollte. Sie wollte ihn einfach nicht mehr sehen, weil sie sich vor einer Begegnung mit ihm fürchtete.

Die Bäuerin hatte, während sie heute in der Stadt war, immer wieder auf ihr Handy geschaut, denn sie konnte mittels einer App auf das Livebild der kleinen Kamera zugreifen, die neben ihrer Haustür angebracht war. Diese Kamera hatte Thomas installiert, weil in Nachbarhöfen eingebrochen worden war, als die Bewohner unterwegs waren. Das Objektiv der Kamera war so ausgerichtet, dass man den Bereich zwischen dem Stall und dem Leibgedinghaus einsehen konnte. Die Hofseite, auf der die Scheune und die kleine Kapelle standen, konnte man jedoch nicht sehen.

Gabriele hatte gewusst, dass das Ehepaar Schmitz heute Morgen mit dem Auto weggefahren war. Das hatte sie durch ihre Fenster beobachtet. Wann genau sie wieder zurückgekommen waren, wusste sie nicht, aber sie hatte auf ihrem Handy gesehen, dass das Auto kurz nach zwölf Uhr wieder auf dem Hof gestanden hatte. Wenige Minuten später hatte sie durch die Kamera verfolgen können, wie Peter mit seinem Fotoapparat vor der Tür herumlief. Sie hatte gesehen, wie er sich zunächst umschaute und dann bei ihr angeklingelt hatte. Gabriele hatte die Möglichkeit, sich über die Handy App mit jedem, der vor der Tür stand, durch ein eingebautes Mikrofon zu unterhalten, doch sie hatte nichts gesagt. Nachdem Peter noch einmal auf den Klingelknopf gedrückt hatte, war er, mir der Kamera in der Hand, in Richtung Kapelle gegangen und so aus ihrem Blickfeld verschwunden.

Sie hatte ein ungutes Gefühl dabei verspürt, einen Menschen, den sie eigentlich sehr mochte, so von sich fernzuhalten. Allein die Gedanken daran, mit ihm zu reden, machten ihr Angst.

Die Bäuerin hatte auf ihrem Handy verfolgen können, dass Peter, etwa in einem Viertelstundentakt, immer wieder bei ihr angeschellt hatte.

Dann waren Hennes und ihr Sohn Dirk aufgetaucht und auf Peters Frage, wo die Bäuerin denn sei, hatten die beiden ihm erklärt, dass sie in die Stadt gefahren war, um einzukaufen.

Daraufhin war Peter verschwunden.

Gabriele wollte ihr Glück nicht gefährden und ihn deshalb nicht mehr sehen. Sie hatte genug Möglichkeiten, ihm aus dem Weg zu gehen.

Weil Peter und seine Frau am Samstagmorgen wieder nachhause fahren würden, war verabredet worden, dass sie am Freitagabend zu ihren Vermietern kommen sollten, um die Rechnung für die Ferienwohnung zu bezahlen. Auch dabei wollte Gabriele nicht anwesend sein.

Thomas wird ganz alleine die Bezahlung entgegen nehmen, dachte sie. *Entweder werde ich mit starken Kopfschmerzen im Bett liegen oder eine Freundin besuchen.*

Dass sie nicht da sein würde, stand für sie fest.

Ich kann ihm nicht mehr unter die Augen treten.

Sie schaute durch die offene Küchentür in den Wohnraum. Dort saß ihr Mann am Tisch und beschäftigte sich mit seinem Handy.

Jetzt kroch wieder ihr schlechtes Gewissen in ihr hoch, und sie bereute zum wiederholten Mal das, was sie getan hatte.

Gut, dass du nichts davon weißt, dachte sie und blickte Thomas an.

Sie konnte nicht ahnen, dass ihr Mann in dem Moment etwas Ähnliches dachte.

Auch er hatte ein schlechtes Gewissen.

Seit etwa vier Monaten hatte er regelmäßig Sex mit Alinka. Meist passierte das draußen auf irgendeiner Weide in einer der Heuhütten. Es ist aber auch schon im Wald, oder wie gestern, in der Scheune passiert.

Alles hatte damit begonnen, dass Alinka in der Gaststätte, in der sie sich als Bedienung etwas dazuverdiente, den Geburtstag eines Kollegen, der ebenfalls dort kellnerte, gefeiert hatte. Die ganze Belegschaft war auf dieser Feier gewesen, denn die Gaststätte hatte ihren Ruhetag. Alinka hatte immer wieder mit den anderen angestoßen, und der Alkoholkonsum hatte sie immer ausgelassener werden lassen.

In einer anderen Gaststätte, die direkt nebenan lag, hatte sich Thomas mit seinen Freunden zum Stammtisch einge-funden. Auch er hatte einige Gläser Bier getrunken, aber wie bei jedem Stammtisch, hatte er sich, nachdem der Stammtisch zu Ende war, zu seinem Auto begeben. Er musste ja nur ein Stück der Dorfstraße entlang fahren, um dann in das schmale Sträßchen abzubiegen, welches in Serpentinen hinauf zum Eichtannhof führte. Mit ein wenig Promille Alkohol im Blut Auto zu fahren, war hier Usus, denn selbst der Dorfpolizist, ebenfalls einer der Stammtischbrüder, tat das. Bisher war auch jeder immer heil zuhause angekommen.

Als Thomas an diesem Abend zu seinem Auto gegangen war, hatte er plötzlich eine Frau gehört, die laut ein Lied in polnischer Sprache gesungen hatte. Die Stimme der Frau hatte er sofort erkannt. Es war die Magd Alinka.

Sie war gerade aus der Gaststätte gekommen und Thomas hatte an ihrem wackeligen Gang sofort gesehen, dass sie offensichtlich betrunken war. Er hatte gewusst, dass sie eine Geburtstagsfeier besucht hatte.

„Alinka!", hatte er zu ihr rüber gerufen. „Soll ich dich mit dem Auto mitnehmen?"

Es war schon dunkel und die Magd blickte sich suchend um. Dann hatte sie ihn erkannt.

„Ach, hallo Bauer", hatte sie geantwortet. „Klar, ich komm´ mit."

Sie war auf ihn zugegangen.

Kaum hatte sie Thomas, der neben seinem Auto auf sie gewartet hatte, erreicht, hatte es angefangen zu regnen.

Um nicht nass zu werden, waren sie schnell in den Wagen gestiegen.

Sie waren losgefahren und in dem Moment, in dem sie in die schmale Straße, die zum Hof hinaufführte eingebogen waren, hatte der Himmel alle Pforten geöffnet. Es hatte geschüttet, wie aus Eimern.

Obwohl die Scheibenwischer des Autos ihr Bestes gegeben hatten, war durch die Scheiben kaum etwas zu erkennen gewesen. Thomas hatte nur noch ganz langsam fahren können.

Der Magd hatte diese Situation wohl gefallen, denn sie hatte im Auto herumgealbert und gelacht.

„Du bist ja sturzbetrunken", hatte Thomas festgestellt.

„So betrunken bin ich ja auch nicht", war es lallend aus ihrem Mund gekommen. „Ich bin noch fähig, alles zu machen, Bauer. Komm, ich zeig's dir."

Im gleichen Moment hatte sie ihm in den Schritt gegriffen und sofort unter dem Stoff der Hose sein bestes Stück in ihrer Hand gespürt.

„Alinka! Lass' das!", hatte er gesagt. „Du bist ja besoffen."

„Ja und?", hatte sie gegluckst.

Mit den Worten: „Was macht denn der kleine Mann da in der Hose?", hatte sie etwas zugedrückt.

„Der kleine Mann schläft", hatte Thomas gesagt, „Und jetzt lass' das sein, sonst baue ich noch einen Unfall."

„Der schläft?", hatte sie genuschelt.

Dann war alles sehr schnell gegangen.

Alinka hatte sich abgeschnallt, sich zu ihm hinüber gebeugt und ihren Kopf über seine Hose gesenkt.

Mit den Worten: „Wenn er schläft, muss ich ihn wach machen", hatte sie blitzschnell seinen Reißverschluss geöffnet und den kleinen Mann aus der Hose befreit.

„Hör' auf damit, Alinka! Ich muss mich bei diesem scheiß Wetter auf das Fahren konzentrieren."

Doch die Magd hatte nicht aufgehört.

Thomas hatte das Auto zum Stehen gebracht.

Er hatte Alinka von sich wegziehen wollen, doch er war dazu nicht mehr in der Lage. Nicht, weil er das nicht gekonnt hätte, sondern weil er es nicht gewollt hatte. Er war von dem, was die Magd da unten mit ihrem Mund und mit ihrer Zunge getrieben hatte, beeindruckt.

Alinka hatte kurz von ihm abgelassen und gemeint: „Jetzt ist der kleine Mann wach."

Dann hatte sie weitergemacht.

Thomas hatte das Gefühl gehabt, als wenn Alinka genau gewusst hatte, wo seine empfindlichste Stelle war und wie er es am liebsten hatte. Er war sehr schnell zum Höhepunkt gekommen und auch da war die Magd in seinen Augen eine Künstlerin, denn sie hatte bewusst langsam weitergemacht, so, dass sich sein Orgasmus, begleitet von einem unglaublich erregendem Gefühl, herrlich in die Länge gezogen hatte.

Erst, als es schließlich vorbei war, hatte er bewusst registriert, was da gerade passiert war.

Er hatte hinter dem Lenkrad gesessen und tief durchgeschnauft, während Alinka in aller Seelenruhe sein bestes Stück in der Hose verstaut und den Reißverschluss wieder zugemacht hatte.

„Na? Hat dir das gefallen, Bauer?", hatte Alinka leise gesagt, so leise, dass er es wegen des Regenschauers, der laut auf das Dach des Autos geprasselt war, kaum hatte hören können.

Thomas hatte nichts mehr gesagt, weil ihm einfach keine Worte zu dieser Situation eingefallen waren.

Er war weiter gefahren, und als sie den Hof erreicht hatten, war der Regen schon wieder abgeklungen.

Nachdem sie ausgestiegen waren, war Alinka mit unsicheren Schritten direkt zum Gesindehaus gegangen.

Auch sie hatte nichts mehr gesagt.

Seine Frau hatte schon im Bett gelegen und geschlafen, als der Bauer ihre Wohnung betreten hatte. Bei dem Gedanken, seine Frau betrogen zu haben, war ihm nicht wohl, und er hatte sich gefragt, warum es es zugelassen hatte.

Alinka war betrunken und nicht mehr der Herr ihrer Sinne gewesen, und er hatte es ausgenutzt und es geschehen lassen.

Als er am Morgen danach zusammen mit der Magd mit dem Traktor hinausgefahren war, um Heu aus einem der kleinen Schuppen zu holen, weil es in die Scheune auf dem Hof umgelagert werden sollte, hatte Alinka so getan, als wenn nichts gewesen wäre.

Zunächst hatte er gedacht, dass sie sich, weil sie gestern so betrunken war, an nichts mehr erinnern könne, doch dann, als sie in dem Heuschuppen standen, hatte sie gesagt: „Das hat dir gestern gut gefallen, Bauer, oder?"

Er hatte sie zunächst nur unsicher angeguckt.

„Ich, äh, …", hatte er gestottert.

Die Magd hatte kurz gelacht und gemeint: „Du hast auf der ganzen Fahrt hierher nicht ein Wort darüber verloren. Sei ehrlich, Bauer, es hat dir doch gefallen, dass ich dir einen geblasen habe, oder?"

Thomas hatte genickt und gesagt: „Ja, schon, aber du warst betrunken, und ich hätte es nicht zulassen dürfen."

„Weißt du was, Bauer, ich hätte dir auch einen geblasen, wenn ich nüchtern gewesen wäre."

„Ich hätte es nicht zulassen dürfen", hatte Thomas wiederholt. „Alinka, du musst wissen, dass ich meine Frau noch nie mit einer anderen betrogen habe."

„Du hast deine Frau doch nicht mit einer anderen betrogen. Wir haben doch nicht gebumst. Hätten wir zwei
Geschlechtsverkehr miteinander gehabt, wäre das etwas
anderes, aber so, so ist es kein Fremdgehen."

Er hatte sich eingestehen müssen, dass Alinka mit dem,
was sie gerade mit ihrem polnischen Akzent in der Stimme
erklärt hatte, gar nicht so falsch lag.

Dann war etwas passiert, worauf er nicht gefasst gewesen war.

„Komm´ mal mit, Bauer", hatte die Magd gesagt, ihn an die
Hand genommen und aus den Schuppen geführt.

Sie war mit ihm hinter das kleine, hölzerne Gebäude gegangen. Dort, unter der weiten Überdachung des Schuppens, stand ein massiver Holztisch und davor eine Bank.

Sie hatte ihn zur Bank geführt und gesagt: „Setzt´ dich,
hier kann uns niemand sehen."

Er hatte nicht gewusst, warum, aber er war ihrer Aufforderung gefolgt.

„Was machst du da?", war es überrascht über seine
Lippen gekommen, als er erkannt hatte, dass Alinka vor
seinen Augen damit begonnen hatte, ihre Hosen auszuziehen.

„Sei still und bleib´ einfach sitzen, Bauer", hatte sie
gesagt. „Ich werde deiner Frau nicht verraten, was gestern
passiert ist, aber dafür musst du jetzt auch etwas tun."

Ehe Thomas sich versehen hatte, hatte sie sich mit ent-
blößtem Unterleib direkt vor ihn auf den Tisch gesetzt, ihre
Beine gespreizt und gesagt: „Na, los, Bauer, ich möchte,
dass du es mir jetzt genauso machst, wie ich es dir

gestern gemacht habe. Ich habe im Moment viel Stress und möchte auf diese Weise von dir entstresst werden."

Er hatte sie ungläubig angesehen und etwas dazu sagen wollen, aber ihm hatten die Worte gefehlt.

Nachdem er von ihr ein zweites Mal aufgefordert worden war: „Na, mach´ schon, Bauer", hatte er es getan.

Das war jetzt etwa vier Monate her und seitdem passierte es regelmäßig.

Zwischen den beiden war es in der ganzen Zeit nur zweimal zum Geschlechtsverkehr gekommen, weil sie sich gegenseitig meist auf eine andere Art zu ihren Höhepunkten gebracht hatten.

Nun saß Thomas in der Stube und dachte daran, dass er Alinka auch gestern wieder „entstresst" hatte.

Auch, wenn es mir Spaß macht, dachte er, *ich muss damit aufhören.*

„Der Kaffee ist gleich fertig", wurde er von Gabrieles Stimme, die aus der Küche kam, aus seinen Gedanken gerissen.

*   *   *

Eine verhängnisvolle Begegnung

Freitag

Es war noch früh am Vormittag, noch keine Zehn Uhr.

Der Bauer des Eichtannhofes war zusammen mit seinem Sohn und dem Knecht auf den äußeren Weiden unterwegs, um Zäune umzusetzen.

Gabriele Moosfaller war alleine auf dem Hof zurückgeblieben, weil es hier für sie noch viel zu tun gab.

Sie war gerade mit der Reinigung der großen Ferienwohnung in der ersten Etage beschäftigt und mit der Arbeit auch fast schon fertig.

Die Magd Alinka hatte dringend in die Stadt gemusst, und ihr deshalb bei der Arbeit in der Wohnung nicht helfen können.

So hatte die Bäuerin alles alleine machen müssen.

Zunächst hatte sie, wie immer, alle Türen und Fenster weit geöffnet, damit ein kräftiger Durchzug herrschte. Dann hatte sie Raum für Raum fertig gemacht.

Jetzt war sie mit der abschließenden Arbeit beschäftigt. Sie saugte das Schlafzimmer aus.

Gabriele dachte daran, dass die vierköpfige Familie Becker, die nach zwei Wochen Aufenthalt heute Morgen abgereist war, alles ordentlich hinterlassen hatte. Solche Feriengäste liebte sie.

Die Bäuerin hatte auch schon andere Gäste erlebt, die die Wohnung so hinterlassen hatten, als wäre dort eine Bombe eingeschlagen. Diese Leute waren wohl der Ansicht gewesen, dass sie schließlich für die Endreinigung gezahlt hätten und deshalb nach ihrer Abreise Polster, Decken und Handtücher in der ganzen Wohnung verstreut liegen gelassen hatten, und noch schlimmer, sie hatten ihr benutztes Geschirr nicht in die Spülmaschine gestellt, sondern dort stehengelassen, wo sie es benutzt hatten und diversen Abfall einfach auf den Boden geworfen.

Gabriele hatte aber die Erfahrung gemacht, dass die allermeisten Gäste ordentlich waren, so wie die Familie Becker, die sogar die Betten abgezogen und die Bettwäsche ordentlich daneben gelegt hatte.

Sie dachte daran, dass die Beckers bereits zum dritten Mal bei ihnen den Urlaub verbracht hatten.

Bevor die Beckers heute Morgen abgefahren waren, hatten sie sich noch bei ihr verabschiedet und gesagt, dass sie nächstes Jahr auf jeden Fall wiederkommen wollten.

Frau Becker hatte ihr erzählt, dass ihre Tochter Ina hier ein neues Hobby für sich entdeckt hatte, das Fotografieren von Schmetterlingen.

Daraufhin hatte Ina sofort erklärt, dass es wunderschön sei, durch die Natur zu streifen und dabei immer wieder neue Falter zu finden. Sie hatte gesagt, dass, wenn man die Augen offen hielte, man den allerschönsten Dingen begegnen und sie auch erleben könnte.

Die Bäuerin wäre im Traum nicht darauf gekommen, dass Ina dabei an die Begegnung mit ihrem Mann gedacht hatte.

Nun waren die Beckers weg, und heute Nachmittag würden schon die nächsten Gäste in die Wohnung einziehen, eine Familie aus Zwickau.

Jetzt stand Gabriele mit dem Staubsauger in der Hand im Schlafzimmer. Sie musste nur noch eine kleine Fläche absaugen, dann war die Ferienwohnung fertig für die Gäste.

Plötzlich ging der Staubsauger aus.

„Nanu?", wunderte sie sich leise und schaute auf das Elektrogerät, um zu sehen, ob vielleicht der Einschaltknopf von alleine herausgesprungen war.

Aus dem Augenwinkel heraus bemerkte sie hinter sich eine Bewegung.

Sie drehte sich um.

Da stand Peter Schmitz, der Mann, dem sie eigentlich nicht mehr begegnen wollte. Er hatte offensichtlich den Stecker des Staubsaugers aus der Dose gezogen, denn er lächelte sie an und hielt dabei das Staubsaugerkabel in der Hand.

„Peter?", sagte sie. „Wie kommst du denn hier rein?"

„Die Tür steht sperrangelweit offen und da bin ich einfach mal eingetreten. Ich habe gehört, dass hier in der Wohnung jemand arbeitet und gehofft, dass du es bist."

Gabrieles Herz schlug beim Anblick des Mannes höher.

Sie hatte eigentlich geplant, ihm auszuweichen, doch nun stand er vor ihr.

„Ich habe im Moment keine Zeit, Peter", meinte sie. „Ich muss mit der Wohnung fertig werden, weil neue Gäste kommen."

Er ließ das Kabel auf den Boden fallen und trat an sie heran.

„Ich habe mich in dich verliebt, Gabriele", sagte er. „Ich möchte meine Frau verlassen und mit dir zusammen sein."

„Peter! Ich bin verheiratet!"

„Ich auch, und das kann man ändern."

Die Bäuerin wollte nicht glauben, was er da sagte.

„Hör zu, Gabriele", redete er weiter. „Das, was zwischen uns beiden passiert ist, ist das Schönste, was ich in meinem ganzen Leben erlebt habe. Wir hatten uns geliebt und ich hatte das erste Mal das Gefühl, leibhaftig im Paradies zu sein. Ich hatte mich dir hingegeben und gewusst, dass du die Frau bist, die mich glücklich macht. Ich habe mich in dich verliebt und auch deine Liebe gespürt. Du kannst mir nicht erzählen, dass du dabei nicht auch gespürt hast, dass wir zwei zusammengehören. Ich kann dir das schlecht erklären, aber es war, als hätte sich zwischen uns ein Feuer entfacht. Du musst das doch auch bemerkt haben."

Gabriele stand da und wusste im Moment nicht, was sie sagen sollte. Ja, sie hatte es auch gemerkt, und das hatte ihr Angst gemacht. Sie wusste, dass sich dieses von ihm angesprochene Feuer auf keinen Fall weiter ausbreiten durfte, weil sonst alles um sie herum kaputt gehen würde.

„Peter, bitte geh'", sagte sie. „Ich liebe meinen Mann, und das, was zwischen uns beiden passiert ist, hätte nie passieren dürfen. Es tut mir leid. Ich hätte mich nie darauf einlassen sollen."

„Aber Gabriele…"

„Bitte, Peter, geh' jetzt. Bleibe bei deiner Frau. Sie braucht dich."

Er trat ganz dich an sie heran und schaute ihr in die Augen.

„Aber ich liebe dich doch, Gabriele."

Als er das sagte, sah sie, dass ihm eine dicke Träne über die Wange herablief.

Sie schluckte.

„Peter, bitte, das zwischen uns, das geht nicht."

Sein Blick ging nach unten, und er atmete tief durch.

Auch, wenn er ihr mehr als leid tat, Gabriele überwand sich, zu sagen: „Peter, es tut mir leid, aber ich würde dich niemals lieben können, weil ich meinen Mann liebe. Für mich gibt es nur ihn und sonst keinen."

Er blickte sie wieder an, und sein Gesichtsausdruck spiegelte Verzweiflung wider.

Dann nickte er und sagte leise: „Darf ich dich denn zum Abschied noch einmal in den Arm nehmen?"

Als Gabriele nicht reagierte, sagte er: „Bitte, ein letztes Mal."

Sie legte das Staubsaugerrohr, welches sie immer noch in der Hand hatte, auf den Boden, lächelte ihn müde an und machte mit den Händen eine zögerliche, aber einladende Bewegung.

Die Bäuerin ließ es zu, dass er sie umarmte und festhielt.

Als er seinen Griff wieder gelockert hatte, trat er einen halben Schritt zurück, sah in ihre Augen und sagte: „Bitte, bevor ich gehe, ich möchte noch einen Abschiedskuss."

Gabriele ließ ihn gewähren, und als sich ihre Lippen berührten, war es auch bei ihr wieder da, dieses Gefühl, sich ihm hingeben zu wollen.

Dieses Mal war sie es, die ihre Zunge zuerst ins Spiel brachte. Es war genauso wie beim ersten Mal, und sie hatte das Gefühl, als wäre es dieses Mal noch inniger.

Es kam, was kommen musste.

Wenig später lagen die beiden nackt im frisch gemachten Bett und gaben sich einander hin.

Genau wie bei ihren ersten Zusammensein, ließen sie sich einfach gehen.

Sie fühlte sich wie im siebten Himmel, als er über ihr lag und sie ihn spürte, und als sie wenig später auf ihm saß, war es, als hätte sich ihr Verstand ausgeschaltet.

Peter lag unter ihr, hatte seine Hände auf ihre Taille gelegt und schaute sie an. Sie blickte in seine Augen, die vor Glück zu strahlen schienen, und das war der Moment, in dem Gabriele endgültig die Welt um sich herum vergaß.

Es gab für sie nur noch Gefühle, intensive, herrliche Gefühle.

Plötzlich, von jetzt auf gleich, wurde sie mit einem Schlag aus der Welt der Glückseligkeit herausgerissen.

„Ihr Schweine! Du Hexe! Du Hure!", ertönte eine Stimme, die sie nur allzu gut kannte.

Es war die Altbäuerin Maria, die offensichtlich durch die offenstehende Tür in die Wohnung gekommen war.

Das, was zwischen Peter und Gabriele gerade passiert war, war so spontan geschehen, dass keiner von den beiden auch nur einen Gedanken daran verschwendet hatte, die Tür zu verschließen.

Gabriele blickte Maria, die, nur zwei Meter vom Bett entfernt, im Schlafzimmer stand, entsetzt an.

„Ich hatte dich damals doch richtig eingeschätzt!", schrie die Altbäuerin sie an. „Mein Sohn ist an eine Schlampe geraten."

Maria schlug die Hände vor ihr Gesicht.

Dann sagte sie: „Oh Gott, mein armer Thomas", drehte sich um und verließ den Raum.

„Maria!", rief Gabriele ihr hinterher. „Maria, ich..."

Mehr brachte sie nicht heraus, denn die Altbäuerin hatte die Ferienwohnung bereits mit schnellen Schritten verlassen.

Gabriele schaute Peter an, doch dieser blickte genauso entsetzt aus den Augen, wie sie es beim Anblick von Maria getan hatte.

Dann sprang sie auf, verließ das Bett und zog sich in Windeseile wieder an.

Mit Tränen in den Augen sah sie Peter an.

„Du hast alles kaputt gemach!", fauchte sie ihn plötzlich an. „Du hast alles kaputt gemacht!"

Auf sein stammelndes: „Aber Gabriele, du wolltest es doch auch", ging sie gar nicht erst ein.

Sie verließ die Wohnung und begab sich sofort zum Leibgedinghaus.

„Maria!", rief sie, nachdem sie die Tür geöffnet hatte und eingetreten war. „Maria?"

Gabriele betrat die Wohnstube.

Dort saß die Altbäuerin mit auf dem Tisch abgestützten Armen. Sie hatte das Gesicht in ihren Händen vergraben und weinte.

„Maria", sprach Gabriele sie an. „Bitte, Maria, es war nicht so, wie es aussah."

Die Altbäuerin nahm die Hände von ihrem Gesicht und sah ihre Schwiegertochter mit hasserfülltem Blick an.

„Es war nicht so, wie es aussah?", kam es mit wütendem Unterton aus ihren Mund.

Dann erhob sie sich von ihrem Stuhl.

„Es war nicht so, wie es aussah?!", wiederholte sie. „Du bist auf ihm herumgeritten, als wolltest du ein Wildpferd zureiten! Von wegen, es war nicht so, wie es aussah!"

Maria machte ein paar Schritte auf sie zu.

Dann schaute sie Gabriele mit tiefster Abscheu an und deutete mit ihrem Zeigefinger zur Tür.

„Raus!", schrie sie. „Verlass´ mein Haus und trete mir nie wieder unter die Augen! Du ekelst mich an!"

„Aber Maria…"

„Raus! Sofort!"

Als Gabriele das Leibgedinghaus verließ, hatte sie das Gefühl, als würden ihr ihre Beine jeden Moment den Dienst versagen. Nachdem sie mit ein paar wackeligen Schritten den Hof betreten hatte, blieb sie stehen.

Dann fiel sie auf die Knie, schlug ihre Hände vor die Augen und begann, bitterlich zu weinen.

„Warum habe ich das gemacht?", schluchzte sie. „Warum haben ich das nur getan?"

Sie hatte nicht gemerkt, dass Peter, der nun auch draußen auf dem Hof war, neben sie getreten war.

„Es tut mir leid", sagte er und legte seine Hand auf ihre Schulter.

Sie schaute ihn mit Tränen gefüllten Augen an, und Peter blickte in ein vom Weinen gerötetes Gesicht.

Mit einer schnellen Bewegung schlug sie seine Hand von ihrer Schulter.

„Du bist das alles Schuld!", schrie sie ihn an. „Du hast mein Leben kaputt gemacht! Hau ab! Ich will dich nie wieder sehen!"

Der Mann vor ihr schaute sie an, als könne er plötzlich die Welt nicht mehr verstehen. Für einen Moment stand er, mit offenem Mund und einem ungläubigen Blick, wie versteinert da, um sich dann wortlos umzuwenden und davonzugehen.

Gabriele hatte sich von ihm abgewandt.

Sie bekam nicht mit, dass Peter mit hängenden Schultern und gesenktem Kopf den Hof über die Zufahrt mit langsamen Schritten verließ.

Die Bäuerin kniete immer noch auf dem Boden und schlug erneut die Hände vor ihr Gesicht.

Ein Weinkrampf ließ ihren zusammengesackten Körper erzittern.

*　　*　　*

„Der Teufel ist unter uns."

Thomas Moosfaller, der Bauer des Eichtannhofes, lenkte den Traktor in die Richtung der Scheune.

„Wir sind gut in der Zeit", stellte sein Sohn Dirk, der neben seinem Vater auf dem Kotflügelsitz saß, fest.

„Ja", bestätigte der Knecht Hennes, der hinten auf dem Anhänger stand und sich an der Kante der hohen Ladeklappe festhielt. „Bis zum Mittagessen dauert es noch eine Stunde."

Die Männer kamen von einer Weide zurück, die oberhalb des Hofes, fast auf der Bergkuppe lag.

Die drei hatten heute viel geschafft.

Zunächst hatten sie auf zwei der äußeren Weiden die Zäune umgesetzt, damit die Kühe auf Areale mit frischem, saftigen Bewuchs gelangen konnten. Die Flächen, auf denen die Rinder vorher gestanden hatten, waren von den Tieren bereits total abgegrast wurden.

Danach waren der Bauer und seine beiden Begleiter hinauf auf die am höchsten gelegene Weide gefahren.

Dort hatten sie eine alte Abzäunung entfernt, da auf diesem Abschnitt bereits Heu gemacht wurde und er dieses Jahr nicht mehr beweidet werden sollte.

Die Holzpfähle, die sie dort entfernt hatten, lagen nun alle auf dem Anhänger.

Die alten, teilweise morsch wirkenden Pfähle waren für Abzäunungen nicht mehr zu gebrauchen. Sie sollten in der Scheune trocknen, um später als Brennholz zu dienen.

Der Bauer lenkte den Traktor so, dass das Heck des Anhängers vor dem weit geöffneten Scheunentor stand.

Dann bugsierte er das Gespann rückwärts in die Scheune hinein.

Als Moosfaller den Traktor stoppte, stieg Hennes vom Hänger und öffnete die Ladeklappen.

Die drei Männer zogen sich Handschuhe an und begannen damit, die alten Holzpfähle abzuladen und in einer Ecke der Scheune, in der schon Altholz lag, zu stapeln.

Sie waren mit der Arbeit noch nicht ganz fertig, als der Bauernsohn sagte: „Ich gehe schon mal rein, weil ich ganz doll pinkeln muss. Die restlichen drei Pfähle schafft ihr alleine."

Dirk zog seine Handschuhe aus, legte sie auf die Ladefläche des Anhängers ab und verließ die Scheune.

Nachdem der Knecht den letzten Pfahl vom Hänger genommen hatte, kuppelte der Bauer den Wagen ab.

„Da haben wir heute richtig viel geschafft, Bauer", sagte Hennes. „Geplant war ja, dass wir die alten Pfähle erst heute Mittag oben von der Weide holen, und jetzt liegen sie schon in der Scheune."

„Wir sind eben ein gutes Team", meinte Thomas.

„Wenn heute Nachmittag nichts mehr anliegt, Bauer, kann ich dann für heute freimachen?"

Moosfaller nickte.

„Klar, Hennes. Hast du denn etwas vor?"

„Noch nicht, aber wenn ich frei habe, werde ich den Karl vom Tennhof anrufen und ihn fragen, ob er Lust hat, sich mit mir unten im Krug auf ein paar Bierchen zu treffen."

Der Bauer grinste.

Er wusste ganz genau, dass, wenn Hennes sich mit seinem Freund Karl in der Wirtschaft trat, sein Knecht heute

Abend sternhagelvoll zurück zum Hof kommen würde. Thomas wusste aber auch ganz genau, dass Hennes morgen früh, wie immer, wenn er sich einen gezwitschert hatte, ausgeschlafen seine Arbeit antreten würde.

Moosfaller, der nun den Anhänger vom Traktor abgekoppelt hatte, meinte zu seinem Knecht: „Dann mache dir mal einen schönen Nachmittag, Hennes. Du kannst ja schon mal reingehen. Ich werde noch den Trecker rüber in den Stall fahren."

Mit den Worten: „Bis gleich, Bauer. Wir sehen uns beim Essen", verließ Hennes die Scheune.

Thomas setze sich auf den Traktor und fuhr diesen in den Stall. Nachdem er das Gefährt dort abgestellt hatte, verließ er das Gebäude, um zum Haupthaus zu gehen.

Er hielt für einen Augenblick inne.

Hatte er da nicht von irgendwo her eine Stimme gehört?

Thomas lauschte.

Dann hörte er die Stimme, die er sehr gut kannte, ganz deutlich. Es war die Stimme seiner Mutter, die deutlich aus der Hofkapelle kam.

Der Bauer wusste, dass seine Mutter, die sehr gläubig war, mindestens einmal am Tag in die Kapelle ging, um zu beten. Dass sie aber um diese Zeit dort betete, war außergewöhnlich.

Er lauschte und stellte fest, dass die Stimme seiner Mutter irgendwie weinerlich wirkte.

Thomas ging zur Kapelle, um nach seiner Mutter zu sehen. Er wollte sie fragen, ob alles in Ordnung sei.

205

Nachdem er die Kapellentür geöffnet hatte, sah er, dass die Altbäuerin vor der Statur der Heiligen Maria kniete. Sie hatte die Hände gefaltet und betete.

Ihre Stimme klang verzweifelt, als sie sagte: „Heilige Maria, Mutter Gottes, halte das Böse von uns fern. Befreie uns von dem Übel. Bitte, Maria, sorge dafür, dass die verabscheuungswürdigen Niederträchtigkeiten für immer von uns genommen werden."

Als die Kapellentür hinter Thomas ins Schloss fiel, zuckte die Altbäuerin zusammen.

Sie wandte sich um und erblickte ihren Sohn.

Dann sagte sie: Oh Gott, Thomas, der Teufel ist unter uns."

*　　*　　*

Gerber macht Druck

Die Schwägerin des Bauern vom Eichtannhof, Bettina Moosfaller, hatte einen Anruf von Manfred Gerber bekommen, der ihr mitgeteilt hatte, dass er wieder im Freiburg im Hotel sei und sie dringend sprechen müsse. Er hatte gesagt, dass die Sache wichtig sei und er am Telefon nicht darüber reden könne.

Für Bettina ging es um viel Geld und es ging um ihre Zukunft. Deshalb hatte sie sich sofort auf den Weg zum Hotel gemacht.

Nun stand sie im Aufzug des Hotels und fuhr hinauf in die vierte Etage, in der das Zimmer von Gerber lag.

Sie dachte daran, dass sie bereits alles vorbereitet hatte.

Sie hatte das E 605 in ein dunkles, undurchsichtiges Parfümfläschchen umgefüllt, damit niemand die blaue Farbe des Giftes erkennen konnte. Das Fläschchen hatte sie bereits in ihre Handtasche gesteckt, denn da war es sicher.

Ihr Mann Bernie würde niemals auch nur einen Blick in ihre Handtasche werfen, weil, wie er immer gesagt hatte, dass ihn der ganze Krimskrams, der sich darin befände, nicht interessieren würde.

Am morgigen Samstag sollte es soweit sein. Morgen wollte sie den Bauern töten.

Bettina hatte schon mehrere Möglichkeiten durchdacht, wie sie ihrem Schwager das Gift unauffällig verabreichen könne.

Es wird sich schon irgendwie der richtige Moment er-geben, dachte sie. *Morgen wirst du sterben, Thomas, und bald schon fällt der Eichtannhof in unseren Besitz.*

Dann dachte sie an Markus Grosejahn, den unehelichen Sohn des Altbauern. Er hatte Heinrich bei seinem Besuch eine Visitenkarte hinterlassen. Bettina hatte die Karte sofort mit ihrem Handy abfotografiert.

Demnach wohnte er in Ravenstein, einem kleinen Ort in der Nähe von Würzburg.

Sie hatte gestern bereits mit Markus telefoniert, sich als Frau seines Halbbruders Bernhard vorgestellt und ihm gesagt, dass die Familie sich schon darauf freue, ihn mal kennenzulernen. Bettina hatte ihm gesagt, dass sie oft in Würzburg, der Stadt in dessen Nähe Markus zuhause war, sei. Sie hatte gesagt, dass er sie anrufen solle, wenn er wieder in Ravenstein sei, denn dann würde sie ihn mal spontan besuchen. Bernies Halbbruder hatte sofort zugesagt und ihr versprochen, sich bei ihr zu melden, wenn er denn mal zuhause wäre.

Bettina hatte sofort nachgeschaut, wie lange sie von Freiburg nach Ravenstein mit dem Auto unterwegs sein würde. Es waren an die zweieinhalb Stunden, doch das würde sie in Kauf nehmen.

Ihn würde sie ebenfalls mit einer Dosis E 605 vergiften, damit auch der letzte, der Anspruch auf den Hof erheben könnte, aus dem Weg geräumt wäre.

Bettina wurde aus ihren Gedanken gerissen, als sich die Tür des Aufzuges öffnete.

Während sie durch den Flur in die Richtung von Gerbers Hotelzimmer schritt, dachte sie an ihre letzte Begegnung mit ihm.

Er hatte sie erniedrigt, und sie hatte sich von ihm erniedrigen lassen.

Bettina mochte diesen Mann nicht, denn er hatte sie benutzt, um mal kurz seine Gelüste zu befriedigen. Normalerweise hätte sie nach so einer Demütigung mit jedem anderen sofort den Kontakt abgebrochen, aber bei Gerber war es anders. Ohne ihn würde sie niemals an die Millionen kommen.

Im Prinzip war es Bettina sowieso egal, ob ein Mann, so, wie Gerber es getan hatte, nach seinen Höhepunkt einfach von ihr abließ oder nicht. Bettina hatte ein Geheimnis, von dem niemand etwas wusste. Sie war frigide und hatte noch nie im Leben einen Orgasmus verspürt. Nicht einmal ihr eigener Mann hatte gemerkt, dass sie ihm ihre Gefühle immer nur vorspielte. Als sie noch jung war, hatte sie es ihrer Frauenärztin erzählt, und diese hatte sie zu anderen Ärzten geschickt, um der Sache auf den Grund zu gehen. Eine Lösung für ihr Problem hatte es aber nicht gegeben. So hatte sie gelernt, mit ihrer Gefühlslosigkeit umzugehen; hatte gelernt, den Männern einen Orgasmus vorzuspielen. In dieser Beziehung war sie eine gute Schauspielerin geworden.

Es gab aber einen Mann in ihrem Leben, der, warum auch immer, ihren vorgetäuschten Orgasmus bemerkt hatte. Dieser Mann war der damalige Chef von Bernie. Mit ihm war sie ein paarmal ins Bett gestiegen, um ihn zu überreden, dass Bernie in der Firma befördert wurde. Sie hatte schon immer viel investiert, um finanziell besser dazustehen. Ihr Mann hatte damals den besser bezahlten Posten auch bekommen. Bernies Chef, ein verheirateter Mann, hatte ihr bei ihrem letzten Zusammensein, welches auch in einem Hotelbett stattgefunden hatte, gesagt, dass sie im Bett wirklich gut sei und dass sie die vorgespielten Orgasmen nicht nötig hätte. Sie hatte ihm sofort widersprochen und gesagt, dass ihre Gefühle echt waren. Daraufhin hatte er nur gelächelt und gemeint: „Ich bin ein Mensch, der es spürt, wenn ihm jemand etwas vormacht. Wenn mir jemand eine Lüge auftischt, dann merke ich es sofort, doch meistens sage ich nichts dazu, sondern gehe müde lächelnd darüber hinweg. Diese Gabe, Unwahrheiten zu bemerken, hat mir in meinem Leben schon oft weitergeholfen. Sie hat mich aber auch erkennen lassen, dass es nur ganz wenige Menschen gibt, die ohne Lügen auskommen. Die meisten Leute lügen, indem sie sich irgendwelche Geschichten ausdenken, die nicht der Wahrheit entsprechen."

Bernies Chef hatte sie damals tief beeindruckt, denn er hatte ihr bewiesen, dass er über diese außergewöhnliche Gabe verfügte. Bettina hatte ihm in der Vergangenheit, während eines Smalltalks bei einem Firmenfest, zwei Anekdoten aus ihrer Kinderzeit erzählt. Es waren lustige Gegebenheiten, die sie erfunden hatte, um etwas Heiterkeit in die Gesprächsrunde zu bringen. Bernies Chef hatte ihr im Nachhinein gesagt, dass er sofort gewusst hatte, dass diese Geschichten ihrer Fantasie entsprungen waren, auch, wenn sie sehr real geklungen hatten.

Nun verwarf Bettina all diese Gedanken und konzentrierte sich auf den bevorstehenden Besuch bei Gerber.

Als sie vor der Tür seines Hotelzimmers stand, atmete sie einmal tief durch und klopfte an.

„Herein", hörte sie Gerbers Stimme.

Sie öffnete die Tür und betrat den Raum.

Manfred Gerber saß vor seinem Laptop, welcher auf einem kleinen Tischchen stand.

Er war damit beschäftigt, etwas in den Rechner einzutippen.

„Setz´ dich", sagte er, ohne seinen Blick vom Computer zu nehmen. „Ich bin gleich fertig."

Bettina nahm auf einem Stuhl Platz. Sie ärgerte sich über das Benehmen des Mannes.

Er hat nicht einmal gegrüßt, dachte sie.

Sie schaute Gerber an.

Mit Mode kannte sie sich gut aus, und deshalb hatte sie sofort erkannt, dass der Mann vor ihr einen äußerst teuren, maßgeschneiderten Anzug trug. Auch Gerbers Schuhe stachen ihr sofort in die Augen, denn sie wusste, dass man für diese Schuhe schon einige hundert Euro hinlegen musste.

Er besitzt teure Klamotten und fährt ein Nobelauto der Oberklasse, ging es ihr durch den Kopf. *Bald werde ich mir auch alles leisten können, wonach mir der Sinn steht.*

In dem Moment hatte sie die Abneigung gegen Gerber schon wieder vergessen. Er war finanziell schon dort, wo sie noch hinwollte.

Sie dachte daran, dass Manfred Gerber ihr Sprungbrett nach ganz oben war. Er war in ihren Augen ein arrogantes

Arschloch, aber ein Arschloch, auf das sie angewiesen war. Ohne ihn würde sie ewig nur zur Mittelklasse gehören und den Sprung in die Oberklasse nicht schaffen.

Gerber klappte seinen Laptop zu und wandte sich zu ihr um.

„Schön, dass du da bist", sagte er. „Ich muss etwas Wichtiges mit dir besprechen, weil sich etwas geändert hat."

„Willst du den Hof etwa nicht mehr?", fragte sie ihn unsicher.

„Doch, ich will den Hof noch, aber da ich ein ehrlicher Geschäftsmann bin, möchte ich dir nichts vormachen. Aus den vier Millionen, die ich dir zunächst geboten hatte, wird nichts."

Sie blickte ihn fragend an.

„Also", sprach Gerber weiter. „Ich sagte ja, dass ich für den Quadratmeter Bauland 200 Euro bieten würde. Dabei bleibt es auch, doch von dem Areal, die zwei Hektar, die wir für die Hotelanlage brauchen, ist etwas mehr als die Hälfte kein Bauland, sondern landwirtschaftliche Nutzfläche. Der Quadratmeterpreis für Landwirtschaftsfläche beträgt in dieser Gegend gerade mal um die zwei Euro. Das kannst du gerne im Internet überprüfen. Mein Auftraggeber überprüft meine Transaktionen, und wenn er sehen würde, dass ich das Land zu hochpreisig einkaufe, würde ich auf der Stelle meinen Job verlieren, denn das Geschäft ist knallhart."

„Aber", entgegnete Bettina unsicher, „du hattest mir doch vier Millionen versprochen. Ein ehrenwerter Geschäftsmann bricht seine Versprechen nicht."

„Versprochen hatte ich überhaupt nichts. Ich hatte lediglich gesagt, wie viel dir der Verkauf des Eichtannhofes einbringen könnte."

„Und wie viel würde ich nach deiner neuen Berechnung bekommen?", wollte Bettina von ihm wissen.

„Nun, ich denke, es könnten so an die zwei Millionen sein."

„Zwei Millionen", murmelte Bettina. „Das ist ja nur noch die Hälfte."

Gerber nickte.

„Ja", sagte er, „das ist nur noch die Hälfte, aber auch mit zwei Millionen hat man ausgesorgt und kann für den Rest seiner Tage in Luxus leben."

Bettina dachte daran, dass er Recht hatte.

Dennoch sagte sie: „Kannst du mir denn garantieren, dass ich zwei Millionen bekomme?"

„Ehrlich gesagt, nein, das kann ich nicht. Letztendlich entscheidet mein Auftraggeber über die Summe. Ich kann dir aber versprechen, dass die Summe siebenstellig ausfallen wird, also im Millionenbereich bleibt."

„Und woher weiß ich, dass du dein Versprechen hältst?", wollte sie von ihm wissen.

„Auch, wenn ich ein berechnender Geschäftsmann bin", antwortete Gerber, „so bin ich auch ein Ehrenmann, der ein Versprechen, welches er gegeben hat, einhält."

Der Mann vor Bettina erhob sich von seinem Stuhl.

„Da ist aber noch etwas", sagte er. „Mein Auftraggeber will das neue Hotelprojekt möglichst zeitnah beginnen. Deshalb setzt er mich unter Druck, endlich einen Kauf zu tätigen. Ich muss dir ganz ehrlich sagen, dass es noch weitere Grundstücksangebote gibt, und wenn es zwischen uns nicht bald zu einem Abschluss kommt, dann kann es sein, dass man mich zwingt, ein anderes Grundstück zu erwerben, auch, wenn es eine schlechtere Lage hat."

Diese Aussage machte Bettina unsicher.

„Ich werde den Eichtannhof bald bekommen", sagte sie. „Morgen werde ich den ersten Schritt dazu einleiten."

„Das hört sich doch gut an. Dann werde ich meinen Auftraggeber erst einmal vertrösten und ihn darum bitten, noch etwas Geduld zu haben. Ich möchte das Geschäft mit dir machen, und du willst es ja auch mit mir machen, oder?"

„Ja", sagte Bettina. „Unbedingt."

„Dass ich meinen Auftraggeber um Geduld bitten werde, tue ich für dich", erklärte Gerber ihr. „Deshalb möchte ich, dass du jetzt auch etwas für mich tust."

Er will mich wieder ficken, waren Bettinas erste Gedanken.

Als hätte er ihre Gedanken lesen können, sagte er: „Du denkst jetzt bestimmt, dass ich dich wieder besteigen will, aber dem ist nicht so. Du kannst angezogen bleiben."

Er grinste, trat dicht an die vor ihm sitzende Frau heran und öffnete seine Hose.

„Los", forderte er sie auf. „Blas´ mir einen."

Der Blick auf sein freigelegtes Geschlechtsteil widerte sie für einen Moment an.

„Na, mach´ schon", sagte Gerber, ergriff ihren Kopf und zog diesen vor seine geöffnete Hose. „Wenn du Millionärin werden willst, dann musst du dafür auch etwas tun."

Bettina blickte ihn an und sah seine auffordernde Kopfbewegung.

Sie dachte daran, was für ein dreckiges Arschloch dieser
Mann vor ihr doch war.

Ich hasse dich!, ging es ihr durch den Kopf. *Aber auf
meine Millionen werde ich nicht verzichten.*

Als Gerber auf sie herabblickte und sah, dass sie seinen
Anweisungen folgte, lag ein triumphierendes Grinsen auf
seinen Lippen.

*   *   *

Eine dunkle Wolke

Es war Essenszeit. Die ersten drei Bewohner des Eich-tannhofes saßen schon in der Stube am gedeckten Tisch und warteten darauf, dass auch die noch fehlenden Leute kommen.

Dirk, der vierundzwanzigjährige Sohn des Bauernehe-paars kratzte sich an seinen rothaarigen Schopf.

„Man", sagte er. „Wo bleiben denn die anderen? Ich habe Hunger."

„Ich auch", meinte Hennes und schaute Alinka, die neben ihm saß, an.

„Was gibt es denn heute zu essen?", wollte er von der Magd wissen.

„Ich habe Bigos gemacht", antwortete sie.

„Bigos?", fragte Dirk. „Was ist das denn?"

„Das ist ein Gericht aus meiner Heimat", erklärte die aus Polen stammende Magd ihm. „Es besteht aus Sauerkraut und Fleisch. Ich habe das Bigos so zubereitet, wie es schon meine Mutter zubereitet hat, mit einer ganz spe-ziellen Gewürzmischung. Es wird dir bestimmt gut schme-cken, Dirk."

„Ich hoffe", meinte Hennes, „dass es so gut schmeckt, wie es riecht."

In dem Augenblick, in dem die Magd etwas dazu sagen wollte, betrat der Bauer die Stube.

„Oh", sagte er angesichts dessen, dass noch nicht alle am Tisch saßen. „Wo sind denn die anderen?"

Genau in diesem Moment trat sein Vater in den Raum.

Thomas wunderte sich darüber, dass er ohne seine Mutter erschienen war.

„Wo bleibt denn Mama?", wollte er vom Altbauern wissen.

„Deine Mutter hat mich darum gebeten, sie zu entschuldigen, Thomas. Sie kommt heute nicht zum Essen, weil sie sich nicht gut fühlt?"

„Was hat sie denn?", wollte der Bauer sofort wissen.

„Sie hat Kopfschmerzen", antwortete sein Vater.

„Hoffentlich", sagte Thomas, „wird sie nicht krank. Sie war schon so komisch, als sie in der Kapelle war und hatte gesagt, dass der Teufel unter uns sei."

„Der Teufel?", wunderte sich Heinrich.

„Ja, das hatte sie gesagt."

„Und was hatte sie damit gemeint?"

„Das hatte ich sie auch gefragt", sagte Thomas. „Daraufhin sagte sie, dass das Böse schließlich überall sei."

Heinrich blickte für einen Moment sehr nachdenklich drein. Dann sagte er: „Als Maria vorhin zu mir ins Leibgedinghaus kam, habe ich sie gefragt, wo sie war, und sie hat mir gesagt, dass sie in der Kapelle beten war. Ich habe sofort gemerkt, dass sie sich merkwürdig verhalten hatte, so, als ob ihr etwas im Magen liegen würde. Deshalb habe ich mich auch sofort bei ihr erkundigt, was los sei. Sie hat geantwortet, dass sie Kopfschmerzen habe. Ich denke aber, dass der Grund für ihr Verhalten ein anderer ist, denn Maria hatte noch nie Kopfschmerzen. Es muss etwas geben, über das sie nicht reden will."

„Hast du sie denn nicht gefragt, warum sie so komisch war?"

„Natürlich, Thomas. Ich hatte deiner Mutter sofort gesagt, dass sie diese Geschichte mit den Kopfschmerzen jemand anderen erzählen kann und ich ihr das nicht abnehme. Daraufhin hatte sie gemeint, dass ich alleine zum Essen gehen solle, weil sie die Stube heute nicht betreten könne. Ich hatte sie sofort aufgefordert, mir endlich zu sagen, was los ist. Daraufhin hatte sie mir zu verstehen gegeben, dass sie noch darüber nachdenken müsse, mir es aber heute Nachmittag erzählen würde."

Thomas nickte und setzte sich. Er schaute beiläufig auf den leeren Platz neben ihm.

„Nanu?", kam es verwundert aus seinem Mund. „Gabriele ist ja auch noch nicht da."

Alinka schaute ihn mit großen Augen an.

Dann sagte sie: „Hast du denn nicht mit ihr gesprochen, Bauer? Sie hatte mir gesagt, dass sie sich nicht wohl-fühlen würde und mich darum gebeten, heute Mittag alleine zu kochen. Sie wollte sich etwas hinlegen."

Thomas runzelte die Stirn.

Er dachte daran, dass er gerade aus ihrer Wohnung gekommen war. Er war im Bad, im Wohnraum und auch kurz auf dem Balkon gewesen, doch das Schlafzimmer hatte er nicht betreten. Sollte Gabriele sich tatsächlich ins Bett gelegt haben, und er hatte nichts davon bemerkt? Ihm ging durch den Kopf, dass sie ihn hätte hören müssen.

„Das ist doch sehr merkwürdig, Thomas", wurde er von dem Altbauern aus seinen Gedanken gerissen. „Deine Mutter kommt nicht zum Essen, weil sie angeblich Kopfschmerzen hat, und deine Frau ist ebenfalls nicht da, weil sie sich nicht wohlfühlt."

„Das ist wirklich komisch", sagte Thomas, dessen Stirnrunzeln noch nicht verschwunden war. „Wieso habe ich das Gefühl, als würde plötzlich eine dunkle Wolke über uns schweben?"

Er stand auf.

„Fangt schon mal mit dem Essen an", sagte er. „Ich sehe mal nach Gabriele."

Der Bauer verließ den Raum und als er wenig später sein Schlafzimmer betrat, saß seine Frau, mit dem Rücken zu ihm, auf dem Bett.

Als er neben sie trat, blickte sie mit Tränen in den Augen zu ihm hinauf.

„Was hast du, Schatz?", fragte er. „Was ist los? Bist du krank?"

Gabriele antwortete nicht. Ihr Blick ging unsicher nach unten.

Eigentlich war sie davon überzeugt gewesen, dass die Begegnung mit Thomas mit dem größten Gewitter, oder vielleicht sogar mit dem Ende ihrer Ehe, ausgehen würde.

Doch Thomas hatte sie nach ihrem Wohlergehen gefragt.

Das konnte nur bedeuten, dass er noch nicht mit seiner Mutter gesprochen hat.

Sie atmete tief durch.

„Ich fühle mich nicht gut", sagte sie leise und überlegte, ob sie es ihm gestehen sollte, ehe er es von seiner Mutter hören würde.

Thomas setzte sich neben sie und legte seinen Arm über ihre Schulter.

219

„Sag´ mir bitte, was los ist, Schatz", forderte er sie auf. „Bist du vielleicht krank und warst deswegen beim Arzt? Hat der Arzt dir etwas Schlimmes gesagt?"

Sie schüttelte den Kopf.

„Nein", sagte sie und schloss die Augen.

Gabriele wollte ihm die Wahrheit sagen, aber ihr fehlte der Mut dazu.

„Ich habe mich mit einem Mal schwach und müde gefühlt", log sie. „Jetzt geht es mir aber langsam wieder besser."

„Das ist schon merkwürdig", sagte Thomas. „Maria geht es auch nicht gut. Sie hat sich beim Essen entschuldigen lassen."

Sie hat also noch nicht mit ihm gesprochen, dachte die Bäuerin.

„Wenn es dir wieder besser geht", meinte ihr Mann, „dann können wir jetzt ja essen gehen. Alinka hat etwas Leckeres gekocht. Ich weiß zwar nicht was, aber es riecht verdammt gut."

„Ja", sagte sie. „Gehe du schon mal vor, Schatz. Ich muss noch einmal kurz ins Bad. Dann komme ich auch."

Als der Bauer wenig später wieder am Tisch in der Stube Platz nahm, schaute Hennes, der seinen Teller schon halb geleert hatte, ihn fragend an.

„Was ist denn mit deiner Frau?" fragte der Knecht ihn neugierig. „ Kommt sie nicht?"

„Doch", antwortete Thomas. „Sie kommt gleich."

„Dann geht es ihr also wieder gut", stellte Hennes fest und strich sich mit den Händen über seine buschigen Koteletten.

„Ja", antwortete der Bauer, während Alinka ihm auf einem großen Topf, der auf dem Tisch stand, Essen auf den Teller schöpfte.

Thomas bedankte sich kurz bei ihr und begann zu essen.

„Das ist verdammt lecker, Alinka", sagte er und nickte anerkennend. „Was ist das?"

„Das ist Bigos, ein Gericht aus meiner Heimat."

„Dieses Bigos solltest du mal öfter machen", sagte der Bauer zu ihr.

„Das habe ich auch gerade zu Alinka gesagt", meinte Dirk, der Sohn des Hauses.

Nun betrat Gabriele die Stube.

„Geht es dir wieder gut?", fragte der Altbauer sie, während sie sich an ihren Platz setze.

„Ja", antwortete sie. „Mir geht's gut."

Alinka, die noch stand, nahm den Teller der Bäuerin und füllte ihn.

Mit den Worten: „Guten Appetit", stellte sie den Teller vor Gabriele auf den Tisch.

„Danke", sagte diese leise.

In dem Moment, in dem sie ihre Gabel in die Hand nahm, betrat jemand die Stube und sagte: „Oh, Entschuldigung."

Gabriele verhielt in der Bewegung, als sie die Stimme von Peter Schmitz erkannte.

„Ich wusste nicht, dass Sie essen", sagte der Mann, der gerade in den Raum gekommen war. „Die Tür stand auf, und da dachte ich, ich könnte Bescheid sagen, dass meine Frau in der Ferienwohnung aus Versehen eine Tasse kaputtgemacht hat. Wir werden selbstverständlich dafür aufkommen."

„Tassen kann man ersetzten", meinte der Bauer zu ihm und deutete auf Gabriele. „Das können Sie alles mit meiner Frau besprechen, wenn Sie heute Abend zu uns kommen, um die Rechnung zu bezahlen."

Die Bäuerin blickte Peter an. Ihre Blickte trafen sich kurz, dann schaute sie wieder auf ihren Teller.

Niemand im Raum konnte auch nur ahnen, was dieser kurze Blickkontakt in diesem Moment in Gabrieles Kopf ausgelöst hatte. Die Anwesenheit des Mannes, dem sie sich hingegeben hatte, sorgte dafür, dass ihre Gedanken haltlos durch ihren Geist schwirrten. Sie saß da und wusste nicht, wie sie sich verhalten sollte.

Wie aus weiter Ferne hörte sie die Stimme ihres Mannes: „Aber ich denke, dass wir den Verlust einer Tasse ver-kraften können, oder was sagst du dazu, Schatz?"

Gabriele nickte nur kurz.

Mit den Worten: „Entschuldigen Sie noch mal die Störung. Bis heute Abend", verließ der Feriengast den Raum.

Als der Bauer erkannte, dass seine Frau teilnahmslos auf ihren Teller starrte, sprach er sie an: „Was ist los, Schatz? Ich dachte, es geht dir wieder besser?"

Gabriele schüttelte den Kopf.

„Tut mir leid", sagte sie. „Ich kann jetzt nichts essen. Es ist, als ob ich mir eine Grippe eingefangen habe", log sie und stand auf.

„Sei mir bitte nicht böse, mein Schatz", meinte sie zu Thomas, „aber ich muss mich etwas hinlegen. Es wird bestimmt schon nachher wieder besser. Esst ihr ganz in Ruhe weiter. Ich lasse euch jetzt alleine."

Der Bauer erhob sich von seinem Platz und wollte sie begleiten, aber sie hielt ihn zurück.

„Bleib hier, mein Schatz", sagte sie. „Ich habe nichts Schlimmes. Ich lege mich jetzt hin, und dann wird es wieder gut."

Thomas blickte seiner Frau hinterher, bis sie den Raum verlassen hatte.

Dann sagte er: „Es ist irgendwie komisch, wenn gleich zwei von uns beim Essen fehlen."

„Ja", bestätigte der Altbauer seine Aussage. Deine Mutter und deine Frau sind gleichzeitig krank. So etwas hatten wir noch nie."

„Ich hoffe", sagte Thomas, „dass hier in unserer Familie kein Grippevirus kursiert. Hoffentlich werden wir nicht auch noch krank."

* * *

Eine unverzeihliche Sünde

Als der Altbauer nach dem Essen ins Leibgedinghaus zurückkehrte, saß seine Frau im Schlafzimmer auf der Bettkante.

„Was machst du hier?", wollte er von ihr wissen. „Wieso sitzt du auf dem Bett?"

„Ich wollte mich eigentlich, in der Hoffnung, etwas schlafen zu können, hinlegen, doch ich habe es nicht getan. Nachdem, was passiert ist, hätte ich sowieso nicht schlafen können."

Heinrich trat an das Bett heran und setze sich neben seine Frau.

„Dann erzähle mir doch endlich mal, was passiert ist", forderte er sie auf.

„Ach Heinrich", sagte sie leise. „Ich habe heute etwas ganz Schlimmes erlebt, und ich weiß nicht, wie ich es unserem Sohn beibringen soll, denn für ihn wird eine Welt untergehen."

Der Altbauer sah sie fragend an.

„Jetzt sag´ mir doch endlich, was passiert ist, Maria."

„Deine Schwiegertochter hat unseren Thomas betrogen."

„Wie bitte?"

„Sie hatte heute die Ferienwohnung für die nächsten Gäste fertig gemacht und ich bin in die Wohnung gegangen, um sie zu fragen, ob ich ihr für die neuen Gäste einen Strauß Blumen aus meinem Garten bringen soll. Als ich in die Wohnung gekommen war, hatte ich sie mit einem anderen Mann im Bett erwischt."

„Was?!"

„Ja, ich war zutiefst geschockt."

„Unglaublich. Was für ein Mann war das denn?"

Maria ging auf seine Frage nicht ein. Sie begann zu weinen und schluchzte: „Ich habe Gabriele richtig gerne gehabt, habe sie geliebt, und jetzt hat sie ihr wahres Gesicht gezeigt. Der Teufel muss von ihr Besitz ergriffen haben."

Der Altbauer nahm sie in den Arm und sagte: „Wenn sie es wirklich getan hat, dann ist sie keine Träne wert."

„Sie hat es getan, Heinrich. Ich habe es mit eigenen Augen gesehen."

„Du hast mir noch nicht gesagt, wer der Mann war."

„Es war einer der Feriengäste, der Mann mit der dünnen Frau."

„Und du bist dir sicher, dass die beiden, ...na, du weißt schon."

„Ja, ganz sicher. Die beiden haben im Bett gelegen und es wild miteinander getrieben."

„Mein Gott", sagte Heinrich. „Das hätte ich ihr niemals zugetraut."

„Man kann eben allen nur vor den Kopf gucken. Ich hatte schon damals, als die beiden geheiratet haben, so ein komisches Gefühl gehabt. Da hatte ich mich schon gefragt, warum so eine hübsche Frau einen zehn Jahre älteren Mann nimmt. Das konnte ja nicht gut gehen."

„Hat Gabriele denn gemerkt, dass du sie dabei beobachtet hast?"

„Ob sie das gemerkt hat? Ich habe ja fast direkt vor dem Bett gestanden. Natürlich hat sie mich gesehen. Ich habe sie wütend angeschrien und dann den Raum verlassen. Danach ist sie zu mir ins Leibgedinghaus gekommen und

hat behauptet, dass es nicht das war, wonach es ausgesehen hatte. Daraufhin habe ich sie aus dem Haus
geschmissen und ihr gesagt, dass sie mir nicht mehr unter die Augen kommen solle."

„Aber wenn sie doch gesagt hat, dass es nicht das war,
wonach es ausgesehen hat, warum hast du ihr das nicht
geglaubt? Vielleicht war da ja wirklich nichts."

„Heinrich, die beiden waren nackt. Der Mann hat auf dem
Bett gelegen und sie hat auf ihm gesessen und ist wild auf
ihm herumgeritten. Dabei hat sie hemmungslos gestöhnt.
Es war definitiv das, wonach es ausgesehen hat."

„Oh man, das hätte ich ihr wirklich nicht zugetraut."

„Ich auch nicht, Heinrich."

Die Altbäuerin schüttelte den Kopf.

„Noch nie im Leben wurde ich von einem Menschen so
enttäuscht. Sie war für mich wie eine eigene Tochter und
ich hatte immer das Gefühl, dass sie es mit Thomas
ehrlich meint. Und nun so etwas. Wie kann sie mir das nur
antun? Und vor allem, wie kann sie es unserem Thomas
nur antun. Das, was sie getan hat, ist eine unverzeihliche
Sünde. Ich hasse sie."

Maria weinte erneut.

„Wie soll ich es nur unserem Sohn beibringen?",
schluchzte sie. „Für ihn wird eine Welt zusammenbrechen."

Dann erhob sie sich von der Bettkante, wischte sich die
Tränen aus den Augen und sagte: „Ich werde jetzt rüber
gehen und es Thomas sagen. Dann habe ich es hinter
mir."

In ihrer Stimme klang Entschlossenheit.

Ihr Mann erfasste ihre Hand und hielt sie zurück.

„Warte einen Moment", sagte er zu ihr. „Ich muss dir etwas sagen."

Er deutete ihr mit einer kurzen Kopfbewegung an, dass sie sich wieder neben ihn auf das Bett setzten solle.

Nachdem seine Frau wieder Platz genommen hatte, meinte er zu ihr: „Es gibt da etwas, zu dem ich bisher immer geschwiegen habe, weil ich dich schonen wollte. Jetzt ist es aber an der Zeit, es dir zu sagen."

Der Altbauer verzog den Mund.

„Ich weiß gar nicht, wie ich es dir jetzt beibringen soll, Maria. Etwas ähnliches steht aber auch in der Bibel." Er überlegte kurz und wirkte dabei hochkonzentriert. Dann sagte er: „Im Johannes Evangelium 8, Vers 7."

„Johannes 8, Vers 7", wiederholte Maria. „Da heißt es, wer von euch ohne Sünde ist, der werfe den ersten Stein auf die Frau."

Die Altbäuerin schaute ihren Mann verwundert an.

„Was willst du mir damit sagen, Heinrich?"

„Ich möchte dir damit sagen, dass unser Thomas auch nicht besser ist, als seine Frau."

„Wie bitte? Gabriele betrügt ihn und du sagst, er sei auch nicht besser?"

„Ich habe es dir gegenüber bisher verschwiegen, Maria, weil ich dich damit nicht belasten wollte, aber du sollst wissen, dass Thomas seine Frau ebenfalls betrügt."

Der Altbauer erntete ungläubige Blicke von seiner Frau.

Sie atmete tief durch.

Dann sagte sie: „Erkläre mir das mal näher, Heinrich."

„Thomas hat ein Verhältnis mit Alinka", sagte er nach kurzem Zögern.

„Mit Alinka?"

„Ja, mit Alinka. Als ich vor zwei Wochen an unserer Heuhütte oben neben dem Jagdsitz vorbeigekommen bin, hat der Traktor davor gestanden. Ich dachte, Thomas wäre in der Hütte und bin hineingegangen, doch er war nicht da. Als ich in der Hütte stand, konnte ich aber durch die Spalten der Holzwand Bewegungen sehen. Jemand war hinter der Hütte. Ich bin an die Wand herangetreten und habe durch einen Spalt geguckt. Da habe ich Thomas mit Alinka gesehen."

„Und was haben die beiden hinter der Hütte gemacht?", wollte Maria von ihm wissen.

„Sie hatten Sex miteinander. Dein Sohn ist genauso untreu wie seine Frau."

„Vielleicht hast du dich ja auch verguckt, Heinrich."

„Nein, ganz bestimmt nicht. Außerdem habe ich die zwei noch einmal dabei erwischt, wie sie es miteinander getrieben haben. Als ich vorgestern auf den Scheunenboden gestiegen bin, um mir von da oben eine der Sägen, die dort an der Wand hängen, zu holen, habe ich gehört, dass unser Sohn und Alinka unter mir ebenfalls die Scheune betreten haben. Als Thomas von innen das Tor zugeschoben und verriegelt hat, ahnte ich bereits, was nun kommen würde. Die beiden haben sich direkt entkleidet, und ehe ich mich bemerkbar machen konnte, waren sie schon zugange. Ich wollte meinem Sohn die Peinlichkeiten ersparen, habe mich da oben auf dem Boden still verhalten und gewartet, bis die zwei die

Scheune wieder verlassen haben. Dann erst bin ich wieder hinuntergestiegen."

Die Altbäuerin sah ihren Mann ungläubig an.

Dann sagte sie leise: „Dein Sohn tritt in deine Fußstapfen. Du hast mich damals mit der Magd betrogen, und nun betrügt Thomas seine Frau ebenfalls mit der Magd. Warum macht ihr so etwas? Ihr versündigt euch vor Gott und habt noch nicht einmal ein schlechtes Gewissen."

Sie vergrub das Gesicht für einen Augenblick in ihren Handflächen.

Schließlich nahm sie die Hände wieder herunter und sagte: „Und Gabriele ist auch nicht besser."

Maria erhob sich, faltete die Hände und blickte nach oben.

„Oh Herr", sagte sie. „Warum bestrafst du mich mit solch ungläubigen Sündern um mich herum? Ich habe meinem Sohn die zehn Gebote gelehrt, und er verstößt, scheinbar ohne ein schlechtes Gewissen zu haben, gegen das sechste Gebot."

Sie schaute wieder zu ihrem Mann.

„Wie soll es denn jetzt weitergehen, Heinrich?"

Der Altbauer holte tief Luft.

„Tja, wie soll des weitergehen", wiederholte er ihre letzten Worte. „Gegen das Gebot, du sollst nicht ehebrechen, hatte ich damals auch verstoßen, aber du hattest mir verziehen, Maria. Wenn Thomas und Gabriele von dem sündigen Verhalten ihres Partners erfahren, besteht die Gefahr, dass ihre Ehe entzwei bricht. Wenn wir unser Wissen darüber aber für uns behalten, wird alles so bleiben wie es ist."

Seine Frau schüttelte den Kopf.

„Nein, Heinrich, nachdem ich Gabriele mit diesem Feriengast im Bett gesehen habe, wird es nie mehr so sein, wie es einmal war. Ich bin mir ganz sicher, dass ich dieses Erlebnis niemals vergessen kann. Ich sehe es noch ganz genau vor mir und werde immer daran denken müssen, wenn ich mit meiner Schwiegertochter zusammen sein werde. Ich glaube, wenn ich mit dieser Sünderin vor dem Herrn zusammen am Esstisch sitzen würde, würde ich keinen Bissen herunter bekommen."

„Aber was willst du denn machen, Maria? Solange Thomas, der ja selbst ein Sünder ist, nicht von Gabrieles Seitensprung weiß, bleibt alles wie es ist. Auch, wenn die beiden sich gegenseitig betrogen haben, ich weiß ganz genau, dass sie sich lieben. Du darfst das nicht kaputt machen."

„Ach Heinrich, das sagt sich so leicht. Ich weiß nicht, was ich machen soll, denn es fällt mir schwer, mit diesem Wissen zu leben."

*   *   *

Morden ist nicht schwer

Samstag

Bettina Moosfaller hatte ihr Ziel, den kleinen Ort Ravenstein fast erreicht.

Da sie die Visitenkarte von Markus Grosejahn mit ihrem Handy abfotografiert hatte, war sie im Besitz seiner Telefonnummer.

Sie hatte den Halbbruder ihres Mannes am gestrigen Freitagabend noch angerufen, und er hatte ihr mitgeteilt, dass er wieder zuhause sei und dass er Samstag zwar noch viel zu erledigen hätte, aber sollte sie zufällig in der Nähe sein, er sich über einen Besuch von ihr freuen würde. Samstagabend müsse er allerdings schon wieder beruflich weg.

Sie hatte sofort zugesagt und sich mit Markus für den heutigen Vormittag verabredet. Sie hatte vorgeschlagen, ihn bei sich zuhause zu besuchen, und er war damit einverstanden.

Bettina war heute Morgen schon um sieben Uhr losgefahren.

Niemand wusste, dass sie auf dem Weg zu Markus Grosejahn war, um ihn zu töten. Sie bewunderte ihre eigene Kaltblütigkeit, denn sie war nicht einmal aufgeregt, obwohl sie jemanden ermorden wollte.

Ihrem Mann Bernhard hatte sie gesagt, dass sie ihre Oma besuchen würde. Sie hatte ihn sogar gefragt, ob er mitkommen wolle, doch Bernie hatte „Nein" gesagt. Bettina wusste, dass er ihre Oma nicht gerne besuchte, weil er keine Lust darauf hatte, sich immer wieder die alten Geschichten der betagten Dame anzuhören.

Als sie daran dachte, dass sie wegen des hohen Verkehrsaufkommens mittlerweile schon fast drei Stunden unterwegs war, tauchte vor ihr das Ortsschild mit dem Namen Ravenstein auf.

„Geschafft", sagte sie leise zu sich selbst.

Als ihr Navi wenig später mitteilte: „Sie haben Ihr Ziel erreicht", fuhr sie langsam an dem Haus, in dem Grosejahn wohnte, vorbei. Sie fuhr etwa fünfzig Meter weiter und stellte dann ihr Auto ab.

Bettina verließ den Wagen und schaute sich um. Hier war weit und breit kein Mensch unterwegs und der Ort wirkte wie ausgestorben.

Dann murmelte sie: „Auf geht's", und machte sich auf den Weg zu Markus´ Zuhause.

Schließlich stand sie vor der Tür des Einfamilienhauses, in dem Grosejahn wohnte.

Bettina atmete noch einmal tief durch. Dann drückte sie auf den Klingelknopf.

Sie wusste nicht einmal, wie Markus aussah, denn die beiden waren sich noch nie begegnet.

Als er ihr schließlich die Tür öffnete, blickte sie in ein Gesicht, dessen Merkmale ihr sehr vertraut vorkamen. Der Mann vor ihr hatte die gleichen Haare wie ihr Gatte. Sie waren voll und grau. Auch die etwas zu breit geratene Nase ähnelte der von Bernie. Ihr Schwager Thomas hatte die gleichen Besonderheiten. Nur im Körperbau unterschied sich ihr Gegenüber von den Moosfallerbrüdern erheblich, denn der Mann vor ihr war außergewöhnlich klein und schmächtig.

Erst jetzt nahm sie wahr, dass er mehr als leger gekleidet war. Er trug eine graue, an den Knien ausgebeulte Jogginghose und ein weißes T-Shirt.

„Hallo", grüßte sie ihn. „Ich bin Bettina, deine, nun, wie soll ich sagen, Halbschwägerin."

Der Mann vor ihr lachte und sagte: „Ich bin Markus."

Dann machte er einen Schritt nach hinten und wies mir der offenen Handfläche in den Flur.

„Komm´ rein", forderte er sie auf. „Ich freue mich, dich kennenzulernen."

Während seine Besucherin an ihm vorbei schritt, musterte er die Frau, die nicht nur durch eine außergewöhnliche Frisur und feuerrote Haare ins Auge stach, sondern auch durch eine Bluse, die aussah, als sei ein ganzer Urwald darauf zu sehen. Das in Grüntönen gehaltene Kleidungsstück war mit großen und kleinen Blättern bedruckt, zwischen denen einige Äste zu sehen waren.

Grosejahn dachte daran, dass man schon Mut haben musste, um in einem so auffälligen Outfit durch die Gegend zu laufen.

Er führte seine Besucherin in den großen Wohnraum.

„Setzt´ dich, Bettina", forderte er sie auf. „Kann ich dir irgendetwas zu trinken anbieten? Kaffee, Tee, Wasser oder etwas anderes?"

Bettina nahm auf dem Sofa Platz und sagte: „Einen ganz normalen Kaffee, wenn es keine Umstände macht."

„Es macht keine Umstände. Wie trinkst du ihn? Milch? Zucker?

Sie schüttelte den Kopf.

„Schwarz, einfach schwarz", antwortete sie.

Grosejahn ging zu einem großen, antik wirkenden Buffetschrank, der an der gegenüberliegenden Wand stand.
Darauf stand eine überdimensional wirkende Kaffeemaschine.

„Kaffee kommt sofort", sagte er und tippe auf eine Taste
an dem Kaffeeautomat.

„Das ist aber ein tolles Gerät", meinte Bettina. „Das Teil
war doch bestimmt nicht billig."

„Ich weiß gar nicht mehr, was ich für die Maschine bezahlt
hatte", sagte Markus, als er zu ihr kam und sich neben sie
auf das Sofa setzte. „Ich habe diese Maschine schon sehr
lange, doch ich benutze sie kaum, weil ich meistens nicht
zuhause bin."

Seine Besucherin blickte sich um.

Ihr gefiel die Einrichtung, die aus offensichtlich hoch-
wertigen Möbelstücken bestand. Am meisten beeindruckte
sie aber der schneeweiße Hochglanzfußboden.

Sie deutete nach unten.

„Ist das etwa Marmor?", wollte sie von ihm wissen.

„Ja", antwortete er. „Das ist echter Carrara Marmor. Der
Boden war aber schon da, als ich das Haus gekauft hatte.
Der Vorbesitzer hatte hier viel Geld reingesteckt. Die
Treppen und auch die obere Etage, sind ebenfalls mit
Marmor ausgelegt."

„Junge, Junge", staunte Bettina. „Das muss teuer gewesen sein."

Sie schaute ihn fragend an und sagte: „Ich würde gerne mehr über dich wissen, Markus. Hast du auch eine Familie oder lebst du etwa ganz alleine in diesem großen Haus?"
Er lachte kurz auf.
„Für eine Familie habe ich leider keine Zeit, Bettina. Ich bin ständig unterwegs und wäre deshalb kein guter Ehemann und erst recht kein guter Vater. Ich könnte mir so ein Leben auch gar nicht vorstellen, mit Kindern und so."
„Hast du nicht einmal eine Freundin?", wollte seine Besucherin von ihm wissen.
„Nein. Vor vielen Jahren, noch bevor ich mit meinem jetzigen Job angefangen hatte, da war ich mit einer Frau zusammen, drei Jahre lang, doch dann hatte sie mich verlassen, weil sie einen anderen Mann kennengelernt hatte. Seitdem bin ich eingefleischter Junggeselle."
„Da scheinst du ja ein einsames Leben zu führen, Markus. Ich könnte mir nicht vorstellen, ohne Partner zu leben. Auch wenn ich keine Kinder habe, aber ohne einen Mann zu leben, das könnte ich nicht."
Sie wog ihren Kopf nachdenklich hin und her.
Dann sagte sie: „Wir zwei sind ja mehr oder weniger verwandt, Markus, und ich denke, da können wir offen über alles reden. Ich sagte ja gerade, dass ich ohne einen Mann nicht leben könnte, doch was deinen Halbbruder Bernie angeht, und das sage ich dir jetzt ganz im Vertrauen, da läuft zwischen uns im Bett leider nicht mehr viel, weil Bernie keinen mehr hochbekommt."
Grosejahn sah sie mit großen Augen an. Er wirkte unsicher.

Bettina merkte sofort, dass ihn ihre Aussage wohl peinlich war.

„War ich jetzt zu direkt, Markus?", fragte sie ihn. „Eigentlich hatte ich das Gefühl, dass du ein Mensch bist, mit dem ich offen über alles reden kann, und wenn ich ehrlich bin, dann hatte ich gehofft, dass ich in dir endlich mal einen Menschen gefunden habe, bei dem ich meine Probleme ausschütten kann. Schließlich gehörst du ja jetzt zur Familie, und da sollte man über alles reden können und sich auch solche Dinge anvertrauen, über die man sonst nicht spricht."

In diesem Moment ertönte von der Kaffeemaschine ein sanfter Piepton.

„Oh, der Kaffee ist fertig", sagte Grosejahn, stand auf und ging zum Buffetschrank.

Markus war etwas erleichtert, dass dieses Gespräch unterbrochen wurde, denn das, was Bettina ihm gerade erzählt hatte, machte ihn unsicher. Auch, wenn sie seit kurzer Zeit zu seiner Verwandtschaft zählte, für ihn war sie noch eine fremde Frau, die er gerade mal ein paar Minuten kannte.

Während er die Tasse nahm, um sie seiner Besucherin zu bringen, dachte er daran, dass man sich innerhalb der Familie vielleicht über so intime Dinge unterhält und dass es vielleicht ganz normal sei. Er selbst hatte bisher, außer seiner verstorbenen Mutter, leider noch keine Verwandten gehabt.

Markus stellte das Getränk vor Bettina auf den Tisch ab.

„Bitte", sagte er.

Sie bedankte sich kurz und meinte: „Sei mir bitte nicht böse, dass ich so offen mit dir rede. Ich denke, du bist es nicht gewohnt, mit einer anderen Person vertrauliche Gespräche zu führen. Denke bitte nicht, dass ich dir etwas vor jammern will, weil der Halbbruder nicht mehr in der Lage ist, seinen ehelichen Verpflichtungen nachzukommen. Eigentlich wollte ich dir damit nur sagen, dass es mir, was ein bestimmtes Vergnügen angeht, nicht besser geht als dir."

Sie schaute kurz auf ihre Tasse.

„Trinkst du nichts?", wollte sie von ihm wissen.

„Ich habe vorhin erst Kaffee getrunken", antwortete er und verzog den Mund. „Wenn ich zu viel davon trinke, bekomme ich immer Magenschmerzen."

„Ach so", dann würde ich an deiner Stelle auch keinen Kaffee mehr trinken. Hast du denn kein anderes Getränk im Haus? Ich meine, wir zwei haben uns gerade kennengelernt, und ich würde gerne mit dir darauf anstoßen."

Grosejahn lachte kurz auf.

„Ich trinke keinen Alkohol, wenn du das meinst, aber ich kann mir etwas anderes zum Trinken holen."

Er stand auf, verließ den Raum. Es dauerte eine Zeit, bis er mit einer Getränkedose in der Hand zurückkam.

Bettina erkannte sofort, dass es ein Energydrink war.

„Das ist wahrscheinlich nicht stilgerecht", sagte er, „aber ich finde, man kann auch mit einer Dose und einer Kaffeetasse anstoßen."

Markus öffnete die Getränkedose und hielt sie vor Bettinas Kaffeetasse.

„Eine außergewöhnliche, aber gute Idee", sagte sie und hob ihre Tasse an. „Prost."

Nachdem die beiden lächelnd angestoßen und sich zu geprostet hatten, setzte sich Grosejahn, ohne einen Schluck getrunken zu haben, wieder neben seine Besucherin.

„Ich habe eine Idee, Markus", meinte sie. „Wenn wir schon auf so lustige Art und Weise anstoßen, dann könnten wir ja auch auf die gleiche Weise auf Brüderschaft anstoßen. Was hältst du davon?"

„Brüderschaft?", kam es verwundert aus Markus´ Mund.

„Ja, genau."

„Und was macht man da? Ich habe zwar schon mal davon gehört, aber ehrlich gesagt, ich weiß nicht was genau das ist."

„Dann werde ich es dir einmal erklären. Wir trinken gemeinsam und verschlingen dabei unsere Arme. Ich werde dir gleich zeigen, wie es geht. Danach besiegelt man die Brüderschaft mit einem Kuss."

„Mit einem Kuss?"

„Ja, das gehört dazu."

Sie nahm ihre Tasse zur Hand und zuckte unmerklich so, dass etwas Kaffee auf den Tisch tropfte.

„Ups", sagte sie. „Jetzt habe ich gekleckert. Hast du ein Küchentuch oder einen Lappen, damit ich es wegwischen kann?"

Grosejahn erhob sich.

„Ich hole schnell die Rolle mit den Küchentüchern", sagte er und verließ den Raum.

Während er durch den Flur in die Richtung der Küche ging, dachte er daran, dass Bettina ihn gleich küssen wollte.

Dieses Brüderschaftstrinken ist nur ein Vorwand, damit sie mich küssen kann, ging es ihm durch den Kopf. *Sie will bestimmt mehr von mir, als nur einen Kuss. Bettina hat mir nicht umsonst erzählt, dass ihr Mann nicht mehr kann. Sie hatte ja gesagt, dass, was ein bestimmtes Vergnügen angeht, wir zwei das gleiche Problem haben. Wenn sie wirklich will, dass wir dieses Problem gleich gemeinsam lösen, dann werde ich bereit sein.*

In diesem Moment verspürte er eine Art Euphorie.

Markus konnte nicht ahnen, dass seine Besucherin im gleichen Moment, in dem er den Raum verlassen hatte, ein paar kräftige Schlücke seines Energydrinks trank. Dann nahm sie ein Fläschchen mit einer blauen Flüssigkeit aus ihrer Tasche und entleerte dieses in die Getränkedose.

Als er mit den Küchentüchern wieder zurück kam, stand Bettina auf und nahm die Rolle entgegen.

Sie wischte den verschütteten Kaffee vom Tisch und sagte: „Weiß du was, Markus? Wir ändern das Ritual der Brüderschaft etwas ab. Wir werden dabei nicht unsere Arme verschränken, denn ich habe Angst, dabei wieder etwas zu verschütten. Wir werden einfach so im Stehen anstoßen. Dann trinkt jeder von uns einen ganz kräftigen Schluck, und dann küssen wir uns."

Er nickte, nahm seine Getränkedose vom Tisch und stieß mit Bettina an.

Dann führte er den Energydrink zum Mund und nahm einem kräftigen Schluck.

„Uaah!", kam es plötzlich gurgelnd aus seinem Mund.

„Was ist das? Das ist ja total bitter."

Er schaute angewidert auf die Getränkedose und stellte sie dann auf dem Tisch ab.

Markus faste sich an den Hals und sagte: „Das Zeug muss schlecht sein, und ich habe davon auch noch einen Schluck getrunken."

„Ich wusste gar nicht", meinte Bettina zu ihm, „dass Energydrinks schlecht werden können."

Sie schaute ihn abwartend an.

Nun passierte das, worauf sie gewartet hatte.

Der Mann vor ihr verzog den Mund. Im gleichen Moment presste er beide Hände zunächst auf seine Brust und dann auf seinen Bauch.

„Was ist das?", kam es keuchend über seine Lippen.

Mit schmerzverzerrtem Gesicht sackte er plötzlich in die Knie. Dann fiel er röchelnd zur Seite.

Bettina schaute Markus, der gekrümmt vor ihr auf dem Boden lag an, ohne eine Mine zu verziehen.

Sein zuckender Körper schien von schmerzhaften Krämpfen befallen zu sein.

Sein Röcheln wurde immer lauter und es war, als würde er kaum noch Luft bekommen.

Die Frau vor ihm blickte eiskalt zu ihm hinab.

Das ging schneller, als ich erwartet hatte, dachte sie.

Es dauerte aber dennoch eine Weile, bis die letzten Zuckungen abgeebbt waren und das erbärmliche Röcheln verstummt war.

Der erste ist erledigt, ging es Bettina durch den Kopf. *Es war doch ganz einfach.*

Während sie sich den toten Mann vor ihren Füßen anschaute, dachte sie daran, dass jemand aus der Nachbarschaft sie gesehen haben könnte, als Markus sie ins Haus gelassen hatte.

Sie überlegte kurz.

„Ich werde es wie ein Unfall aussehen lassen", sagte sie leise zu sich selbst.

Dann hatte sie auch schon eine Idee.

Zunächst ging sie in die Küche, um ihre Tassen zu entleeren, zu spülen und wieder in den Schrank zu räumen. Den Inhalt der Getränkedosen schüttete sie in die Spüle und säuberte diese, nachdem sie viel Wasser hinterher gespült hatte. Die Getränkedose steckte sie in ihre Handtasche. Sie würde die Dose in den Pfandautomat irgendeines Supermarktes entsorgen. Dann wäre das Beweismittel für immer verschwunden.

Dann begab sie sich in das Wohnzimmer, ergriff die Füße des toten Mannes und zog den schlaffen Körper in den Flur. Obwohl der Tote ein Leichtgewicht war, fiel ihr diese Aktion schwerer, als sie es sich vorgestellt hatte.

Nun kam aber das Schwierigste in ihrem Plan. Sie musste den Toten, mit den Füßen zuerst, die Treppe hinaufziehen, so, dass der Kopf auf der untersten Stufe lag. Es sollte so aussehen, als wäre er die Treppe hinabgestürzt und hätte sich dabei den Schädel auf den Marmorstufen eingeschlagen.

Nachdem sie den toten Körper mit viel Kraftaufwand in die richtige Position gebracht hatte, war sie erschöpft. Sie atmete tief durch.

„Man", murmelte sie, „war das schwer."

Sie betrachtete ihr Werk.

Eigentlich lag er genauso da, wie sie es sich vorgestellt hatte, mit der Stirn auf der Kante der untersten Stufe. Doch sie wollte etwas mehr Dramatik in die Szene bringen. Deshalb nahm sie den rechten Arm von ihm und winkelte ihn unnatürlich ab.

Nun fehlte aber immer noch etwas. Er sollte so aussehen, als hätte er sich beim Sturz den Schädel eingeschlagen. Also musste sie diesbezüglich nachhelfen.

Bettina wunderte sich über ihre eigene Kaltblütigkeit, als sie seinen Haarschopf erfasste, den Kopf damit nach oben zog und den Schädel dann mit all ihrer Kraft und mit voller Wucht auf die Kante der Marmorstufe knallte.

Die Wunde, die sie dem Toten zugefügt hatte, konnte sie nicht sehen, aber das Blut, welches daraus floss und den weißen Marmor verfärbte.

Sie war sich der Sache sicher, dass die Wucht, mit der sie die Tat ausgeführt hatte, so groß war, dass nun ein Schädelbruch vorlag.

Auch wenn das Herz des Mannes vor ihr nicht mehr schlug, floss Blut aus der Wunde. Bettina dachte daran, dass es daran liegen könnte, dass er mit dem Kopf nach unten lag und sein Körper deshalb auslief.

Sie trat ein paar Schritte zurück und schaute sich die Szenerie an.

„Perfekt", sagte sie zu sich selbst.

Bettina dachte daran, dass der Altbauer von einem Brief von Grosejahns verstorbener Mutter erzählt hatte, von einem Brief, aus dem hervorging, dass er Heinrichs Sohn sei.

Dieser Brief ist das einzige, das auf eine Verbindung zum Eichtannhof hinweist, dachte sie. *Ich muss diesen Brief finden.*

Sie hatte vorhin im Wohnzimmer auf einem Schrank Papiere liegen gesehen.

Vielleicht liegt ja auch dieser Brief dort, vermutete sie.

Bettina begab sich in den Wohnraum und sah sich die dort liegenden Papiere an.

„Hmm", brummelte sie. „Versicherungsverträge, Rechnungen, oh, ein Flugticket."

Dieses Ticket schaute sie sich genauer an. Sie staunte, als sie sah, dass ein Ticket für einen Flug, der heute Abend um 22.30 Uhr vom Flughafen Frankfurt starten sollte, in ihrer Hand hielt. Es war ein Flug über Dubai nach Sydney in Australien.

„Deshalb hatte er gesagt, dass er heute Abend noch weg müsse", sagte sie leise zu sich selbst.

Sie legte die Flugtickets wieder weg und sah sich die anderen Papiere an. Der Brief, von dem der Altbauer erzählt hatte, war nicht dabei.

Ich muss diesen Brief finden, dachte sie. *Es darf hier nichts mehr geben, was auf eine Verwandtschaft mit unserer Familie hindeuten könnte.*

Ihr Blick fiel auf die Schubladen, des Schrankes.

Vielleicht ist er da drin.

Sie zog die oberste Schublade auf, und da lag er, der handgeschriebene Brief. Bettina las ihn kurz durch und dann war sie sich sicher, das in der Hand zu haben, wonach sie gesucht hatte.

Es war der Brief, in dem Grosejahns verstorbene Mutter erklärte, dass Heinrich Moosfaller der Vater von Markus ist.

Bettina faltete das Schreiben zusammen und steckte es in ihre Tasche.

Jetzt gibt es hier nichts mehr, was auf den Eichtannhof hinweisen könnte.

Sie war sich aber bewusst, dass es doch noch etwas gab, das auf einen Zusammenhang zwischen Markus Grosejahn und der Familie Moosfaller hinweist. Es war Grosejahns Visitenkarte, die im Besitz des Altbauern war. Doch darum würde sie sich später kümmern.

Schließlich ging sie zur Tür und verließ das Haus.

Beim Hinausgehen sagte sie laut: „Bis morgen. Ich warte auf ihren Anruf."

Damit wollte sie, für den Fall, dass sie doch jemand beobachtete, den Schein erwecken, als würde der Bewohner des Hauses noch leben.

Morden ist doch gar nicht so schwer, dachte sie, während sie zu ihrem Auto ging. *Als nächster ist Thomas dran.*

* * *

Alinkas Überraschung

Gabriele Moosfaller stand in ihrer Küche. Sie hatte sich vor dem Fenster postiert und blickte durch die Gardine hindurch auf den Hof hinaus.

Dort stand das Auto des Ehepaares Schmitz. Heute endete der Aufenthalt des Paares auf dem Eichtannhof.

Der Gedanke daran, dass der Mann, mit dem Gabriele in eine andere, unglaublich aufregende Welt eingetaucht war, den Hof nun verlassen würde, bescherte ihr ein merkwürdiges Gefühl in der Magengegend.

Die Bäuerin hatte beobachtet, wie Peter das wenige Urlaubsgepäck, welches das Ehepaar Schmitz dabei hatte, in den gelben Porsche geladen hatte. Nun war er wieder ins Haus gegangen.

Gestern, als er und seine Frau die Wohnung bezahlt hatten, war Gabriele nicht anwesend gewesen. Die Bäuerin hatte sich von ihrem Mann entschuldigen lassen.

Sie hatte einfach Angst davor gehabt, Peter unter die Augen zu treten.

Diese ganze Situation, alles was passiert war, war für sie unwirklich. Immer wieder hatte sie das Gefühl, das alles nur geträumt zu haben.

Diese Geschichte lag ihr tief im Magen.

Hinzu kam, dass sie gestern Abend, als sie die Ziegen in den Stall sperren wollte, auf Maria getroffen war. Sie hatte plötzlich vor ihr gestanden.

„Hallo Maria", war es unsicher aus ihrem Mund gekommen.

Die Altbäuerin hatte sie zunächst nur schweigend, mit bitterbösem Blick, angestarrt.

Dann aber hatte sie gesagt: „Ich gehe jetzt in die Kapelle, beten", und war an ihrer Schwiegertochter vorbeigegangen."

Gabriele hatte die Eiseskälte, die in Marias Stimme gelegen hatte, fast körperlich gespürt.

„Maria", hatte sie gesagt, „Das, was da passiert ist,..."

Weiter war sie nicht gekommen, denn die Altbäuerin hatte ihr durch ein lautes „Schweig!", zu verstehen gegeben, dass sie nichts davon hatte hören wollen.

Ohne sich noch einmal umzudrehen, war sie zur Kapelle gegangen und darin verschwunden.

Maria hatte das, was sie gesehen hatte, ganz offensichtlich noch nicht ihrem Sohn erzählt, und Gabriele fragte sich, wann sie es tun würde. Vielleicht wusste Maria nicht, auf welche Weise sie Thomas sagen sollte, dass seine Frau ihn betrogen hatte. Schließlich stand das Glück ihres Sohnes auf dem Spiel.

Es fiel Gabriele schwer, sich auf irgendetwas zu konzentrieren, denn sie hatte, seitdem sie von ihrer Schwiegermutter beim Sex mit Peter erwischt worden war, das Gefühl, ihre Gedanken nicht mehr richtig ordnen zu können.

Nun stand sie in der Küche hinter dem Fenster und schaute hinaus.

Als Peter vorhin sein Gepäck in das Auto verstaut hatte, war sein Blick immer wieder zu ihrem Fenster hinüber gegangen, doch er hatte sie hinter der Gardine nicht sehen können.

In diesem Moment traten Peter Schmitz und seine Frau vor die Tür. Die beiden gingen auf ihr Auto zu.

Gabriele sah, wie die zwei die Wagentüren öffneten. Während Frau Schmitz in das Auto stieg, blieb ihr Mann vor der offenen Fahrzeugtür stehen und blickte zu dem Fenster, hinter dem die Bäuerin stand, hinüber.

Er schien zu zögern und wirkte unsicher.

Gabriele schluckte.

Wenn er jetzt noch einmal zurückkommt, um sich zu verabschieden, dachte sie, *dann werde ich ihm nicht aufmachen.*

Das, was sie in diesem Augenblick fühlte, machte ihr Angst. Sie verspürte eine innerliche Sehnsucht danach, noch einmal von dem Mann, der dort am Auto stand und zu ihr herüberschaute, in den Arm genommen zu werden.

Sie atmete tief durch und schloss für einen Moment die Augen. Als sie diese wieder öffnete, rann eine Träne über ihre Wange hinab.

Was ist nur mit mir los?

Gabriele hatte das Gefühl, als würde ein seelisches Verlangen nach Peter von ihr Besitz ergreifen. Ihre Gedanken wurden immer wirrer.

Was geschieht hier gerade?

Sie schluckte erneut.

Jetzt sah sie, wie sich Peters Kopf sich langsam senkte und er nach unten auf den Boden schaute. Selbst von ihrem Standpunkt aus erkannte sie in seinem Blick eine Spur von Verzweiflung und Traurigkeit.

Dann stieg Peter in das Auto, schloss die Tür und startete den Motor.

247

Als der gelbe Sportwagen, auf dessen Tür der große, grüne Buchstabe „S" ins Auge stach, langsam anrollte, verspürte Gabriele das Verlangen, ihm hinterher zu laufen. *Geh´ nicht, Peter!*, schoss es durch ihre Gedanken. *Lass´ mich nicht allein!*

Das war der Moment, in dem ihr endgültig bewusst wurde, dass sie sich in Peter verliebt hatte.

Sie blickte dem davonfahrenden Porsche hinterher. Dabei kullerten dicke Tränen über ihre Wangen hinab.

Als das Fahrzeug aus ihrem Blickfeld verschwunden war, begab sie sich zu einem Stuhl und ließ sich darauf fallen.

Sie dachte an Peter und daran, wie er ihr gesagt hatte, dass er sie lieben würde. Nun hatte sie die Gewissheit, dass diese Liebe nicht einseitig war.

Gabriele konnte keinen klaren Gedanken mehr fassen. Sie verspürte ein noch nie gekanntes Unbehagen. Vor ihrem geistigen Auge sah sie Peter, sah, wie er direkt vor ihr stand, sie in den Arm nahm und sie küsste. Dann aber kam ihr Thomas in den Sinn. Nun sah sie ihn vor sich.

Ihre Gedanken wurden immer wirrer.

„Thomas", kam es leise über ihre Lippen. „Ich liebe dich doch."

In diesem Moment wurde ihr gewahr, dass sie nicht nur Thomas, sondern auch Peter liebte.

Ich verstehe das nicht.

Sie versuchte zu begreifen, was hier gerade passierte und fragte sich, ob es wirklich sein konnte, dass sie zwei Männer gleichzeitig liebte.

Der Rufton ihres Handy riss sie aus ihren Gedanken. Sie schaute auf das Display. Es war ihre ehemalige Schulkameradin Carmen Menser, die sie anrief.

„Hallo Carmen", sagte sie. „Lange nichts mehr voneinander gehört."

„Ich hoffe, es geht dir gut", sagte die Anruferin. „Das Jahr ist wieder vorbei. Es ist Zeit, unser nächstes Klassentreffen zu planen."

Auch wenn der Bäuerin im Moment nicht der Sinn danach stand, die Planung für ihr jährliches Klassentreffen, welches sie immer zusammen mit Carmen und Ulrike, einer weiteren ehemaligen Mitschülerin, organisierte, könnte ihr etwas Ablenkung von ihrer Situation bringen.

„Danke, Carmen, mir geht´s gut, und wie geht's unserer Seelenklemptnerin?"

„Auch gut, Gabriele, aber beruflich artet es langsam bei mir in Stress aus. Mein Kollege, Dr. Palau, ist in den Ruhestand gegangen, und da ich noch keinen Nachfolger für ihn gefunden habe, manage ich die Praxis ganz alleine. Die vielen Termine wachsen mir langsam über den Kopf. Da ist dein Leben als Bäuerin wesentlich entspannter."

„Na ja", sagte Gabriele. Ich habe auch immer einen langen Tag, aber Stress kenne ich deswegen trotzdem nicht."

Sie dachte daran, dass ihre Freundin Carmen damals Psychologie studiert und ihren Doktor in diesem Fach gemacht hatte. Carmen war direkt nach ihrer Promotion in die psychiatrische Praxis von Dr. Palau eingestiegen.

„War denn Dr. Palau schon im Rentenalter?", wollte Gabriele von ihr wissen. „Er sah doch noch gar nicht so alt aus."

„Dr. Palau hat sich optisch ganz gut gehalten", entgegnete Carmen, „aber er ist im letzten Mai schon siebzig geworden."

„Ich hätte ihn für wesentlich jünger eingeschätzt", meinte Gabriele und noch während sie das sagte, dachte sie daran, dass sie mit ihrer ehemaligen Klassenkameradin über ihre momentan total verwirbelte Gedankenwelt reden könnte. Als Psychiaterin müsste Carmen schließlich wissen, warum Peter Schmitz so eine Wirkung auf sie hatte und ob es überhaupt möglich war, dass man zwei Menschen gleichzeitig liebte.

„Wenn ich dich schon mal am Telefon habe, Carmen, darf ich dich mal um eine berufliche Auskunft bitten?", fragte sie.

„Hast du denn irgendwelche Probleme, Gabriele? Ich helfe dir selbstverständlich gerne."

„Nein", log die Bäuerin. „ich nicht, aber eine Freundin von meinen Landfrauen. Sie hat mir anvertraut, dass sie neben ihrem Mann noch einen heimlichen Geliebten hat."

Carmen lachte kurz auf.

„Es gibt viele Frauen, die einen heimlichen Geliebten haben", erklärte sie. „Das einzige Problem, das diese Frauen haben ist, dass sie sich nicht dabei erwischen lassen dürfen."

„Meine Freundin", sagte Gabriele, „behauptet aber, dass sie für beide Männer echte Liebe empfinden würde. Man kann doch nicht zwei Männer gleichzeitig lieben, oder?"

„Doch, man kann. So etwas kommt häufiger vor, als du glaubst. In der Psychologie bezeichnet man es als Polyamorie. Ich hatte schon einige polyamoröse Patientinnen in meiner Praxis. In unserer heutigen Gesellschaft stellt Polyamorie die Betroffenen oft vor große Probleme, denn Liebe passiert einfach. Liebe ist wissenschaftlich ausgedrückt ein Gefühlszustand der Zuneigung, auf den man oft keinen Einfluss hat."

„Was würdest du meiner Freundin wegen dieser Polyamorie denn raten?"

„Was sollte ich ihr raten? Wenn sie so mit ihrem Leben klar kommt, muss sie nichts ändern, aber wenn sie darunter leidet, dann kann es zu psychischen Problemen kommen. Dann würde ich ihr anraten, sich professionelle Hilfe zu suchen. Leidet sie denn darunter?"

„Keine Ahnung, das hat sie nicht gesagt."

„Themenwechsel, Gabriele. Ich versuche seit gestern unsere Dritte im Bunde anzurufen, doch ich kann sie nicht erreichen. Wann hast du das letzte Mal Kontakt zu Ulrike gehabt?"

„Ich habe letzten Monat noch mit ihr telefoniert. Ulrike hatte mir erzählt, dass sie eine Kreuzfahrt durch Südamerika gebucht hat. Dort wird sie jetzt wohl unterwegs sein. Ich denke, dass man sie deshalb momentan nicht erreichen kann."

„Ach so", sagte Carmen. „Du telefonierst ja öfters mit ihr. Kannst du mich anrufen, wenn Ulrike wieder zurück ist, damit wir mit unserer Planung anfangen können?"

„Das werde ich machen."

Nachdem die beiden Schulfreundinnen noch etwas über ihre Familien geplaudert hatten, verabschiedeten sie sich voneinander.

Nach dem Gespräch saß Gabriel da und starrte auf ihr Handy.

„Ich bin polyamorös", sagte sie leise zu sich selbst.

Dann dachte sie daran, dass es für sie kein Problem darstellen würde, weil Peter aus ihrem Leben verschwunden war.

Ein Motorengeräusch holte sie aus ihren Gedanken.

Kommt Peter wieder zurück?

Sie stand auf und ging zum Fenster.

Es war aber nicht das Auto, welches gerade den Hof verlassen hatte, sondern ihr eigenes, welches dort gerade vorfuhr.

Thomas und Hennes kamen von einem Besuch auf einem Nachbarhof zurück. Dort hatten sie sich mit ein paar anderen Bauern getroffen, um über die Jagd auf Wildschweine, welche über Nacht eine halbe Weide regelrecht umgepflügt hatten, zu reden.

Die beiden Männer stiegen aus dem Auto und kamen auf die Haustür zu.

Gabriele atmete tief durch und wischte sich die Tränen von den Wangen.

„Lass´ dir nichts anmerken", sagte sie zu sich selbst.

Sie ging mit schnellen Schritten ins Badezimmer.

Kaum hatte sie dir Tür hinter sich verschlossen, hörte sie die Stimme ihres Mannes: „Wir sind wieder da, Schatz."

Als sie ihm nicht sofort antwortete, hörte sie ihn erneut: „Schatz, wo bist du?"

„Ich bin auf der Toilette!", antwortete sie durch die verschlossene Tür.

„Ach so", sagte Thomas.

Er konnte nicht ahnen, dass seine Frau gerade dabei war, die letzten Spuren ihrer Tränen aus dem Gesicht zu entfernen. Erst als Gabriele einen kontrollierenden Blick in den Spiegel warf und sich sicher war, dass man ihr von ihren Gefühlsausbrüchen nichts mehr ansah, drückte sie die Toilettenspülung.

Dann verließ sie das Bad und ging in die Stube.

Thomas und Hennes hatten bereits am Tisch Platz genommen.

„Hallo ihr beiden", begrüßte Gabriele die Männer und wunderte sich selbst darüber, mit welch fester Stimme sie das tat. Alle Unsicherheit schien mit einem Schlag von ihr gewichen zu sein. „Soll ich euch einen Kaffee kochen?"

„Nein", antwortete Thomas. „Wir hatten für heute schon genug Kaffee. Für Montag kannst du uns viel Kaffee für unterwegs kochen, denn wir werden mit alle Mann auf die Wildschweinjagd gehen."

„Ja", sagte Hennes. „Wir werden diese Biester aus den Wald treiben und sie zur Strecke bringen."

„Ist denn nicht noch Schonzeit?", wollte Gabriele wissen und setzte sich zu den beiden Männern an den Tisch.

„Die Schonzeit für Schwarzwild ist schon vorbei", antwortete ihr Mann. „Es sind schon Männer unterwegs, die mit Flatterbändern und Hinweisschildern das Gebiet, auf dem wir jagen werden, absperren. Es gibt auch genug Leute, die am Montag Sicherheitsposten beziehen werden, damit niemand unbefugt in das Jagdgebiet eindringen kann. Ich werde morgen mal überprüfen, ob ich noch ausreichend Kaliber 9,3 Munition habe, ansonsten sage ich dem Hans vom Meyerhof Bescheid, denn der hat genug davon und kann mir Munition mitbringen."

Es war eine Selbstverständlichkeit, dass fast alle Bauern aus der Umgebung einen Jagdschein besaßen und gut ausgebildete Jäger waren.

Nun meldete sich Hennes zu Wort: „Und werde zu denen gehören, die die Schwarzkittel aus ihren Verstecken scheuchen."

In seiner Stimme klang Euphorie mit.

Gabriele wusste, dass ihr Knecht schon bei vielen Jagden als Treiber fungiert und ihm diese Tätigkeit großen Spaß bereitet hatte.

Auch, wenn ihr das Gespräch über die anstehende Wildschweinjagd etwas Ablenkung verschaffte, dieses merkwürdige Gefühl in ihrer Magengegend wollte einfach nicht weichen.

Sie schaute zu Thomas, und ihre Blicke trafen sich.

Er lächelte sie an, und sie erwiderte das Lächeln.

Hoffentlich merkt er nichts, ging es ihr durch den Kopf.

Gabriele hatte Angst davor, dass ihr Mann die Unsicherheit, die sie innerlich begleitete, spüren könnte.

Zu ihrer Beruhigung schien Thomas davon aber nichts zu bemerken.

„Ein lautes „Hallo" riss sie aus ihren Gedanken.

Es war die Magd Alinka, die in diesem Moment den Raum betrat.

Alinka war nicht alleine. Sie wurde von einer fremden Frau begleitet. Die Frau hatte ihre blonden Haare zu einem

Zopf zusammengebunden. Ihre leicht geröteten Wangen ließen etwas Nervosität erkennen. In ihren Händen trug sie zwei große Reisetaschen.

Bevor jemand etwas sagen konnte, stellte Alinka den Anwesenden, die in der Stube am Tisch saßen, die fremde Frau vor: „Das ist meine Freundin Ewa. Wir sind in Polen im selben Dorf aufgewachsen."

Während Hennes und Gabriele schwiegen, sagte Thomas: „Hallo Ewa."

Diese grüßte mit einem schüchternen „Hallo" zurück.

Nun ergriff Alinka wieder das Wort.

„Ewa", sagte sie, „stelle dich den Leuten doch einmal vor, damit sie mehr über dich erfahren."

„Ja, das mache ich", meinte Ewa mit dem gleichen, polnischen Akzent, den auch Alinka an den Tag legte. „Mein Name ist Ewa Kalinski. Ich bin 47 Jahre alt und arbeite schon seit vielen Jahren in Deutschland. Ich bin fleißig und kann alle Arbeiten machen. Ab April arbeite ich immer als Erntehelferin auf den Spargelfeldern am Niederrhein und im Herbst auf den Obstplantagen im Alten Land, oben in Norddeutschland. Zwischendurch mache ich Urlaubsvertretungen für Hauswirtschafterinnen. Ich arbeite immer zuverlässig und kann auch gut kochen."

Das Bauernpaar und Hennes sahen die Frau, deren Aussage wie eine Bewerbung klang, fragend an.

Bevor jemand von ihnen etwas sagen konnte, meinte Alinka: „Ewa wird mich vertreten. Sie ist absolut ehrlich und zuverlässig. Ich hoffe, ihr seid damit einverstanden."

„Du hast uns ja gar nicht gesagt, dass du Urlaub machen willst", kam es verwundert aus dem Mund des Bauern.

Die Magd holte tief Luft.

Dann sagte sie: „Ich werde auch keinen Urlaub machen."
Sie zögerte und schaute für einen kurzen Moment unsicher nach unten. „Ewa soll mich vertreten, ...für immer."

„Was?!" sagte Gabriele ungläubig. „Du willst uns verlassen? Das kommt aber sehr plötzlich. Warum hast du uns davon nie etwas erzählt?"

„Es hat sich auch plötzlich ergeben", antwortete Alinka. „Ich habe schon seit vielen Jahren eine Fernbeziehung, von der niemand etwas weiß. Er heißt Bolek und wohnt in Polen. Bolek und ich, wir kennen uns schon ewig. Wir lieben uns, aber wir waren wegen der Arbeit immer getrennt. Gestern Nachmittag hat Bolek mich überrascht. Er hat mich angerufen und gesagt, dass er in Simonswald sei und sich mit mir treffen wolle. Ich wollte es erst gar nicht glauben. Natürlich bin ich sofort runter in den Ort gegangen, und Bolek war wirklich da. Wir sind uns in die Arme gefallen, und das war einer der glücklichsten Momente meines Lebens. Bolek hat mir einen Heiratsantrag gemacht und ich habe ja gesagt. Ich war gestern den ganzen Abend mit ihm zusammen. Er hat in Polen überraschend von seinem Onkel eine Firma geerbt. Diese Firma bringt ihm viel Geld im Monat ein. Bolek hat ebenfalls das große Haus seines Onkels übernommen. Er ist gestern extra in den Schwarzwald gekommen, um mich zu holen und in das neue Zuhause in Polen zu bringen. Ich bin der glücklichste Mensch der Welt." Sie schaute die Anwesenden nacheinander an. „Ihr ward immer sehr gut zu mir, und deshalb wollte ich euch nicht einfach so im Stich lassen. Aus diesem Grund habe ich gestern sofort

Ewa angerufen und ihr vorgeschlagen, meine Arbeit auf dem Hof hier zu übernehmen. Sie hat sofort zugesagt, denn sie wollte schon immer eine feste Arbeitsstelle. Ewa ist wirklich sehr fleißig und zuverlässig, und ich bitte euch darum, ihr diese Arbeit hier zu geben."

„Das kommt alles etwas überraschend", sagte Thomas.

Alinka zuckte kurz mit den Schultern und meinte: „Für mich kam es genauso überraschend, aber Bolek und ich, wir lieben uns. Seit gestern weiß ich erst, wie sehr ich ihn liebe." Sie schaute dem Bauer in die Augen. „Ich fühle mich bei Bolek so geborgen und kann bei ihm alles um mich herum vergessen. Er entstresst mich, wie es vorher noch kein anderer Mann getan hat."

Thomas schluckte. Er war der einzige im Raum, der diese Aussage zu deuten wusste.

„Das alles kommt mehr als überraschend", ergriff nun Gabriele das Wort.

Sie schaute die Frau, die Alinkas Stelle übernehmen sollte, prüfend an.

Ewa Kalinski bemerkte ihren skeptischen Blick und sagte: „Frau Moosfaller, ich bin wirklich fleißig und werde alles machen, was Sie mir sagen. Bitte geben Sie mir eine Chance. Ich werde Sie nicht enttäuschen."

„Haben Sie denn auch Papiere dabei?", fragte die Bäuerin. „Wir müssen Sie ja schließlich versichern."

Die Frau aus Polen griff in eine ihrer Reisetaschen, nahm eine Mappe heraus und trat an den Tisch heran. Dann legte sie die Mappe vor der Bäuerin auf die Tischplatte.

„Hier ist alles drin", sagte sie.

Gabriele blätterte die Mappe auf und überflog die darin enthaltenen Papiere.

Während sie das tat, legte Ewa auch ihren Pass auf den Tisch.

„Wenn Sie noch etwas brauchen, Frau Moosfaller, dann sagen Sie es. Ich werde es dann besorgen."

Nachdem Gabriele die Papiere in der Mappe durchgesehen hatte, blickte sie Thomas an und sagte: „Das sind alles Beurteilungen ihrer bisherigen Arbeitgeber. Da ist nichts Negatives bei, im Gegenteil, bessere Zeugnisse kann man nicht ausstellen."

Sie ergriff den Pass und schaute hinein. „Der Ausweis ist auch noch zwei Jahre gültig." Erneut sah sie ihren Mann an. „Wenn Alinkas Entschluss, uns zu verlassen, nicht mehr zu ändern ist, würde ich sagen, wir geben Frau Kalinski eine Chance."

Thomas nickte.

„Also, Frau Kalinski", sagte die Bäuerin. „Wir werden Sie als Magd einstellen, aber zunächst einmal für eine Probezeit von drei Monaten. Wenn Sie uns in dieser Zeit beweisen, dass Sie wirklich so gut arbeiten, wie es in diesen Zeugnissen steht, dann bekommen Sie den Job."

„Danke", kam es freudestrahlend aus dem Mund der angehenden Magd. „Ich werde Sie nicht enttäuschen, Frau Moosfaller, ganz bestimmt nicht. Und bitte, sagen Sie nicht immer Frau Kalinski zu mir. Ich bin Ewa."

Gabriele lächelte und meinte: „Na gut, Ewa, wir werden es mit Ihnen versuchen, auch wenn ich mich erst einmal daran gewöhnen muss, dass Alinka nicht mehr da ist."

Sie gab der Frau ihre Mappe zurück.

Dann sagte sie: „Ihren Pass behalte ich noch, weil ich den Vertrag zwischen uns fertig machen und Sie krankenversichern muss."

Gabriele wandte sich an Alinka. „Zeigst du ihr bitte ihre Unterkunft im Gesindehaus. Ich denke, du musst ja auch noch deine Sachen packen, um dort Platz für Ewa zu schaffen."

Alinka lächelte.

„Meine Sachen habe ich schon gepackt, Bäuerin. Ewa braucht nur noch einzuziehen. Ich wusste, dass Sie meine Freundin einstellen."

Gabriele schaute sie mit großen Augen an.

Sie wollte etwas sagen, doch Alinka war schneller.

„Ich habe sehr gerne für Sie gearbeitet", sagte sie. „Sie waren immer gut zu mir und haben mich fair bezahlt. Da Sie nicht so schnell eine neue Magd hätten finden können, hatten Sie eigentlich keine andere Wahl, als Ewa einzustellen. Bitte behandeln Sie sie genauso fair wie sie mich behandelt haben. Wenn ich Ewa ihre Unterkunft gezeigt habe, werde ich sie auf den Hof herumführen und ihr alles erklären. Ich habe ihr auch schon eine Liste gemacht, auf der alles drauf steht, was sie machen muss, also alle Arbeiten, die ich immer erledigt habe. Übrigens, das Bigos, welches Ewa kocht, schmeckt genauso gut wie meins. Natürlich werde ich meine Freundin Ewa heute den ganzen Tag noch begleiten. Ich habe Ewa erzählt, dass heute Nachmittag Ihr Schwager Bernhard mit seiner Frau Bettina zum Kaffee kommen. Ewa möchte für Sie zum Kaffee etwas ganz Besonderes machen, eine Pani Walewska. Alles, was man dazu braucht, haben wir hier."

„Was ist denn eine Pani Walewska?", wollte Gabriele von ihr wissen.

„Das ist eine polnische Torte. Lassen Sie sich einfach überraschen."

„Das hört sich doch gut an", ergriff nun Thomas das Wort. „Dann zeige unserer neuen Magd mal alles, Alinka."

Ewa ergriff ihre Reisetaschen und verließ zusammen mit Alinka den Raum.

„Das war aber mehr als eine Überraschung", sagte Hennes, der den beiden Frauen hinterherschaute. „An meine neue Mitbewohnerin im Gesindehaus muss ich mich erst einmal gewöhnen."

Er rieb sich an seiner geröteten Nase und schaute für einen Moment nachdenklich nach unten.

Dann meinte er: „Ich werde Alinka vermissen, denn ohne sie wird alles anders." Er atmete tief durch. „Aber auf diese Pani Walewska, diese polnischen Torte, die Ewa backen will, freue ich mich trotzdem."

*   *   *

260

Thomas, heute wirst du sterben

Nachdem Bettina Moosfaller Markus Grosejahn vergiftet, und einen Unfall vorgetäuscht hatte, wusste sie, wie einfach es doch war, jemanden mit E 605 zu töten.

Ihr Schwager Thomas sollte der nächste sein.

Sie und ihr Mann Bernhard saßen im Auto und waren auf dem Weg zum Eichtannhof. Ihr üblicher Wochenendbesuch stand an.

Bernhard saß neben ihr am Steuer. Bernie, wie seine Frau ihn immer nannte, war ein gutmütiger Mensch, der mit sich und der Welt zufrieden war. Er liebte Bettina und wäre niemals darauf gekommen, dass eine Mörderin in ihr steckte. Im Gegenteil, er war davon überzeugt, dass seine Frau ein herzensguter Mensch war, der sich liebevoll um die Familie kümmerte.

Schließlich war es Bettina, die darauf bestand an den Wochenenden seine Eltern und seinen Bruder auf dem Eichtannhof zu besuchen.

Während er das Auto in die schmale Straße einlenkte, die in Serpentinen zum Hof hoch führte, dachte seine Beifahrerin darüber nach, wie sie endgültig alle Spuren zu ihrem ersten Mordopfer Markus Grosejahn verwischen könnte. In Markus Wohnung gab es keine Hinweise mehr auf eine Verbindung zum Eichtannhof. Markus hatte aber angekündigt, wieder auf den Hof zu kommen, um alle kennenzulernen. Nun aber würde er nicht mehr kommen. Bettina war sich der Sache sicher, dass Heinrich ihn irgendwann anrufen würde, um ihn zu fragen, wann er denn erscheine. Heinrich war der einzige, der dank der

Visitenkarte die Daten von Markus hatte. Also musste die Visitenkarte verschwinden. Bettina hatte auch schon einen Plan. Sie würde unter einem Vorwand in das Leibgeding-haus gehen und die Karte an sich nehmen, und sie wusste auch schon, wie.

Die Altbäuerin kochte immer Marmelade aus den Früchten ihres Bauerngartens und aus Beeren, die sie überall gesammelt hatte. Die Vorratskammer im Eichtannhof war gefüllt mit ihren selbstgemachten Marmeladen, und alle liebten diese Brotaufstriche. Es gab allerdings eine Marmelade, die nur Maria aß, weil sie sonst niemand mochte. Es war eine Quittenmarmelade, die Maria extra lange kochte, damit sie einen bitteren Geschmack bekam. Es war eine ihrer Lieblingsmarmeladen.

Genau diese Marmelade sollte der Grund dafür sein, dass Bettina ins Leibgedinghaus gehen würde.

Das wollte sie gleich als aller erstes erledigen.

Bernhard, der neben ihr saß und das Auto lenkte, riss sie aus ihren Gedanken.

„Hoffentlich hat meine Mutter an die Fotos gedacht", sagte er.

„Was für Fotos?", wunderte sich Bettina.

„Ach", meinte Bernhard, „ich habe es dir ja gar nicht gesagt. Gestern habe ich meine Mutter angerufen und sie darum gebeten, die alten Fotoalben aus meiner Kindheit herauszulegen. Ein Kollege von mir hat Bilder aus seiner Kindheit zur Arbeit mitgebracht, und auf einem Foto ist er als Schornsteinfeger verkleidet zu sehen, mit einem Zylinderhut auf dem Kopf und einer kleinen Leiter über die Schulter. Original das gleiche Foto gibt es auch von mir.

Damals war ein Fotograf unterwegs gewesen, der die Kinder vor der Schule angesprochen hatte, ob diese sich als Schornsteinfeger ablichten lassen wollen. Auch mich hatte er fotografiert, und meine Eltern hatten das Foto gekauft. Dieses Foto möchte ich heute mitnehmen, um es meinem Kollegen auf der Arbeit zu zeigen."

„Ach so", sagte seine Frau.

Bettina ging nicht weiter darauf ein, denn sie hatte etwas anderes im Kopf.

Sie warf einen Blick in den Fußraum des Autos. Dort stand ihre Handtasche, die Tasche, in der sich das Parfüm-fläschchen mit dem E 605 befand, dem Gift, mit dem sie ihren Schwager Thomas heute töten würde.

Auch dafür hatte sie schon einen Plan.

Der Wochenendbesuch auf dem Eichtannhof begann grundsätzlich damit, dass man mit der Familie zusammen saß und Kaffee trank. Normalerweise brachte Bettina immer Kuchen mit, den sie kurz vor ihrer Abfahrt bei einem Bäcker in Freiburg kaufte. Heute Vormittag hatte ihre Schwägerin Gabriele sie angerufen und ihr mitgeteilt, dass sie keinen Kuchen mitbringen solle, weil es auf dem Hof eine neue Magd gäbe, die eine Torte backen würde.

Bettinas Mann und sein Bruder tranken jedes Mal nach dem Kaffee zusammen noch ein paar Flaschen Bier und den einen oder anderen Schnaps. Deshalb saß bei der abendlichen Rückfahrt auch immer Bettina hinter dem Lenkrad ihres Autos.

Bernie und Thomas hatten die Angewohnheit, ihr Bier grundsätzlich direkt aus der Flasche zu trinken. Das wollte Bettina ausnutzen, um ihren Schwager zu vergiften.

Auch, wenn der Himmel heute etwas bedeckt war, es herrschten sommerliche Temperaturen. Bei einem solchen Wetter saßen sie alle immer draußen an dem großen Tisch vor der Tür des Bauernhauses. Bettina wollte auch heute, wie sie es schon einige Mal gemacht hatte, das Bier für die beiden Brüder aus dem Haus zu holen. Bei dieser Gelegenheit würde sie das E 605 in die Flasche ihres Schwagers schütten. Durch das dunkle Glas der Bierflasche würde man das blau gefärbte Gift nicht erkennen können. Sie hatte geplant, den beiden Männern, unmittelbar bevor sie ihrem Schwager das vergiftete Bier geben würde, einen hochprozentigen Schnaps anzubieten. Sie hoffte, dass das Nachbrennen des Schnapses im Hals die Bitterkeit des darauf folgenden Bieres abschwächen würde.

Bettina hatte gesehen, wie Grosejahn auf das Gift reagiert hatte. Er hatte sich an seine Brust und dann an seinen Bauch gefasst. Danach hatte es so ausgesehen, als hätte er Atemnot. Deshalb hatte sie sich vorgenommen, sofort zu reagieren, wenn die Wirkung des Giftes bei Thomas einsetzen würde. Sie wollte sich, ehe die anderen überhaupt richtig registrieren konnten, was da gerade passiert, auf ihren Schwager stürzen und so tun, als wolle sie ihm helfen. Bettina wollte die Hände ihres Schwagers ergreifen und diese auf seine Brust drücken. Es sollte so aussehen, als fasse er sich selbst an die Brust. Wenn dann die Atemnot eintreten würde, sähe es für die an-deren so aus wie ein Herzanfall.

Niemand würde darauf kommen, dass er vergiftet wurde.

Während sie über ihren Plan nachdachte, fuhr das Auto auf den Hof.

An dem Tisch vor dem Bauernhaus saßen bereits einige Leute. Bettina erkannte ihre Schwägerin, deren Sohn Dirk, das Altbauernpaar, die Magd Alinka und eine Frau, die sie nicht kannte.

Als ihr Mann und sie schließlich aus dem Wagen stiegen, wurde sie zunächst von dem Hofhund Bruno freudig begrüßt. Diese Begrüßung war aber sehr kurz, denn der zottelige Berner Sennenhund, legte sich schnell wieder hin und schloss die Augen. Das Tier war dafür bekannt, dass es den größten Teil des Tages schlafend verbrachte.

Bernhard und Bettina begaben sich zum Tisch.

Dort wurde ihnen als allererstes die neue Magd Ewa vorgestellt. Gabriele sagte auch, dass Thomas und Hennes, die noch nicht anwesend waren, jeden Moment kommen müssten.

Bettina wandte sich sofort an die Altbäuerin: „Bevor ich es vergesse, Maria, ich wollte doch immer schon mal deine Quittenmarmelade probieren. Das vergesse ich doch jedes Mal. Heute möchte ich es endlich machen, denn auch, wenn die anderen sagen, dass sie sie nicht mögen, ich kann mir nicht vorstellen, dass eine Marmelade, die du gemacht hast, nicht schmecken soll."

Maria lachte.

„Du kannst sie gerne probieren", sagte sie. „Ich muss sie aber aus unserem Haus holen."

„Bleib´ sitzen, Maria", meinte Bettina sofort zu ihr. „Ich gehe eben selbst rüber ins Leibgedinghaus. Wo steht die Marmelade denn?"

„Oben im Küchenschrank", antwortete die Altbäuerin, „hinter der Glastür."

Bettina marschierte sofort los.

Maria blickte ihr hinterher und sagte: „Auch dir wird die Marmelade nicht schmecken, Mädchen."

In der Stube des Leibgedinghauses angekommen, musste Bettina nach dem, was sie eigentlich wollte, nicht lange suchen. Die Visitenkarte des toten Markus lag auf der Fensterbank. Sie nahm sie an sich. Dann holte sie sich einen Teelöffel aus der Schublade und probierte Marias Quittenmarmelade.

Als sie wenig später das Haus wieder verließ und die anderen schon vom Weiten sahen, dass sie ihr Gesicht verzog, erntete sie Gelächter.

„Ich wusste doch gleich, dass dir die Marmelade nicht schmeckt", empfing die Altbäuerin sie.

„Boh, Maria, wie kann man so etwas Bitteres nur essen?"

Mit den Gedanken daran, nun alle Spuren, die auf Markus Grosejahn hindeuten könnten, beseitigt zu haben, setzte Bettina sich an den Tisch, der bereits gedeckt war. Es fehlte nur noch die angekündigte Torte.

In diesem Moment meldete sich Gabrieles Handy. Am Klingelton erkannte sie, dass es Thomas war, der sie anrief.

„Hallo Schatz", sprach sie in ihr Mobiltelefon. „Wir warten schon auf euch."

Die Bäuerin lauschte.

„Na gut", sagte sie schließlich. „Bis nachher."

Dann wandte sie sich an die anderen: „Thomas und Hennes kommen etwas später. Das Anbringen des Elektrozauns gegen die Wildschweine dauert doch etwas länger, als sie gedacht haben. Thomas hat gesagt, wir sollen mit dem Kaffeetrinken nicht auf sie warten, aber wir sollen für jeden von ihnen ein Stück Torte übrig lassen."

„Na dann", sagte Alinka und stand auf, „lasst uns mal den Kaffee und die Torte rausholen."

Auch die neue Magd Ewa erhob sich, um ihr mitzuhelfen.

Als Gabriele ebenfalls aufstehen wollte, sagte Ewa: „Bitte bleiben Sie sitzen, Bäuerin. Alinka und ich machen das schon."

„Na gut", meinte Gabriele, die es eigentlich gewohnt war, immer mit anzupacken. „Dann lasse ich mich mal von euch verwöhnen."

Nach einigen Minuten kam Ewa mit der bereits geschnittenen Torte aus dem Haus und stellte sie auf den Tisch.

„Das ist Pani Walewska, eine Spezialität aus meiner Heimat", verkündete die neue Magd.

Der Altbauer betrachtete die Torte und schob verwundert seine Augenbrauen nach oben.

„Da fehlen ja schon vier Stücke", stellte er fest.

„Ja, das ist richtig", erklärte Ewa mit ihrem polnischen Akzent. „Es sind noch acht Stücke Torte, für jeden hier am Tisch eins. Vier Stücke habe ich abgeschnitten und wieder in den Kühlschrank gestellt. Die sind für den Bauern und Hennes. Wenn die zwei gleich vom Arbeiten nachhause kommen, haben sie bestimmt großen Hunger. Sie haben sich jeder zwei Stücke verdient."

„So, wie ich die beiden Männer kenne", sagte Alinka, „werden sie von den Tortenstücken nichts übrig lassen, denn sie haben immer einen gesegneten Appetit."

Wenig später hatten alle von der polnischen Torte gekostet. Die Begeisterung in der Runde war groß, und es wurde nicht mit Lob an Ewa gespart.

Jetzt, wo alle zusammensaßen, wurde die neue Magd von den anderen regelrecht ausgefragt. Sie wollten alles über sie wissen.

Ewa erzählte allen, woher sie stammte und wo überall sie schon in Deutschland gearbeitet hatte. Sie wirkte während ihrer Erzählung etwas scheu und ein wenig zurückhaltend. Ihre schüchterne, aber äußerst ehrlich wirkende Art kam bei den Anwesenden sehr positiv an.

Es gab, mit einer Ausnahme, niemanden am Tisch, der keine Sympathie für sie empfand. Diese Ausnahme war Bettina. Auch, wenn die Schwägerin des Bauern für die Torte schwärmte und die Erzählung der neuen Magd mit vorgetäuschter Neugier verfolgt hatte, so ließ sie das Menschliche, welches hinter Ewas Geschichte stand, kalt. In Bettinas Augen war die fremde Frau aus Polen irgendeine wertlose, billige Arbeitskraft, an die sie keine Gedanken verschwenden wollte.

Was interessiert mich, woher dieses polnische Flittchen kommt, dachte sie. *Sie wohnt im Gesindehaus, weil sie schließlich zum Gesinde gehört.*

Bei diesem Gedanken musste sie grinsen.

Wenn ich den Hof verkauft habe, wird sie sich eine neue Stelle suchen müssen.

Bettina schaute sich in der Runde um.

Dann wird niemand von denen noch hier sitzen können,
weil es den Eichtannhof dann nicht mehr geben wird.
Sie dachte daran, dass sie heute Thomas töten würde.
Dann würde durch den Vertrag, den Heinrich mit seinen
Söhnen abgeschlossen hatte, der Hof ihrem Mann gehören, ihrem Mann und ihr, weil es ja keinen Ehevertrag
gab.
Sie wurde aus ihren Gedanken gerissen, als der Bauer mit
dem Traktor auf den Hof gefahren kam. Auf dem kleinen
Anhänger, der an dem Fahrzeug angekuppelt war, saß
der Knecht Hesses.
Sie stellten den Trecker vor der Scheune ab. Dann kamen
die zwei Männer sofort zu dem Tisch herüber, an dem die
anderen zusammensaßen.
Nach einer kurzen Begrüßung brachte Ewa den beiden
die Torte. Nachdem Thomas und Hennes sie probiert
hatten, waren sie von dieser polnischen Spezialität genauso begeistern, wie die anderen vor ihnen.
Bei dem Tagesgespräch in der Runde ging es schließlich
vor allem um die anstehende Wildschweinjagd.
Als die Altbäuerin sich erhob und Anstalten machte, den
Tisch zu verlassen, fragte ihr Mann sie: „Wohin gehst du,
Maria?"
„Ich gehe rein, weil ich in der Vorratskammer etwas
Ordnung machen will", antwortete sie. „Du weißt doch,
dass ich morgen wieder Marmelade machen will. Dafür
muss ich in der Kammer etwas umräumen, damit ich ein
freies Regal für die Marmeladengläser habe."
„Ach so", sagte Heinrich.

Die anderen am Tisch waren so in Gespräche vertieft, dass sie gar nicht wahrnahmen, dass Maria ins Haus ging. Während die meisten über die Jagd redeten, tauschten Alinka und Ewa alte Erinnerungen aus ihrer polnischen Heimat aus.

Gabriele stellte das gebrauchte Geschirr auf ein Tablett, um es schon einmal in die Küche zu bringen. Als die beiden Mägde aufstehen wollten, um ihr zu helfen, sagte sie: „Jetzt bleibt ihr mal sitzen. Das bisschen Ge-schirr räume ich alleine weg."

Dann machte sich die Bäuerin mit dem Tablett auf den Weg ins Haus. Vom Flur aus führte die erste Tür direkt in die Küche. Dort angekommen, stellte sie die gebrauchten Teller und Tassen in die Spüle.

Als sie Schritte hinter sich vernahm, drehte sie sich um.

Maria hatte den Raum durch einen weiteren Zugang, der aus der Wohnstube in die Küche führte, betreten. Sie ging mit einer Tasse in der Hand auf Gabriele zu.

Die Altbäuerin sah ihre Schwiegertochter mit einem ernsten Blick an.

Bevor diese etwas sagen konnte, meinte Maria: „Ich wollte mir nur einen Kaffee holen."

Gabriele wies auf die laufende Kaffeemaschine und sagte: „Tut mir leid, aber aber den letzten Kaffee habe vorhin ich den Männern raus gebracht. Ich habe aber bereits neuen Kaffee aufgesetzt. Die Maschine läuft, aber sie brauch noch eine Minute."

Maria stellte ihre Tasse auf der Arbeitsplatte ab.

Dann meinte sie: „Sag mir kurz Bescheid, wenn der Kaffee fertig ist. Ich bin nebenan in der Kammer."

Sie wandte sich um und verließ den Raum.

Die Bäuerin schaute ihr hinterher.

In der Stimme ihrer Schwiegermutter fehlte die Wärme, die sie sonst immer bei jeder Unterhaltung mit ihr verspürt hatte.

Die beiden Frauen hatten immer ein sehr gutes Verhältnis zueinander gehabt, doch seitdem Maria ihre Schwiegertochter mit einem anderen Mann im Bett erwischt hatte, war die liebevolle Herzlichkeit seitens der Altbäuerin verschwunden.

Gabriele fragte sich immer noch, warum Maria es ihrem Sohn gegenüber bis jetzt noch verschwiegen hatte. Sie war sich der Sache sicher, dass ihre Schwiegermutter es irgendwann einmal offen auf den Tisch legen würde.

Diese prekäre Situation schwebte wie eine dunkle Wolke über Gabrieles Haupt.

Die Bäuerin hatte mittlerweile das gebrauchte Geschirr in die Spüle geräumt. In den Moment, in dem sie das Tablett nahm, um damit wieder hinaus auf den Hof zu gehen, sah sie, dass der neu aufgesetzte Kaffee fertig war.

Sie ergriff die Kanne und füllte die Tasse, die Maria auf der Arbeitsplatte abgestellt hatte, damit auf.

Dann rief sie in die Stube, in der auch der Zugang zur Abstellkammer lag und in der ihre Schwiegermutter hantierte: „Maria, der Kaffee ist fertig! Ich habe ihn schon in deine Tasse geschüttet."

Als sie keine Antwort bekam, zuckte sie kurz mit den Schultern.

Sie wird sich ihre Tasse schon holen, dachte sie und machte sie sich auf den Weg nach draußen.

Kaum saß sie wieder bei den anderen am Tisch, fragte Thomas sie: „Ist noch Kaffee da?"

„Ja, Schatz", antwortete sie. „Ich habe ihn gerade frisch gekocht. Soll ich dir Kaffee holen?"

Ihr Mann schüttelte den Kopf.

„Nein, Schatz", sagte er und lächelte. „Ich hole mir den Kaffee selbst. Bleib´ du mal bei unseren Gästen."

Er nahm seine leere Tasse vom Tisch und ging damit ins Haus.

Seine Schwägerin Bettina blickte ihm hinterher.

Thomas, heute wirst du sterben, ging es ihr bei seinem Anblick durch den Kopf

Es war das erste Mal, dass sie bei diesem Gedanken einen Hauch von innerlicher Aufregung verspürte.

Kaum hatte Thomas den Flur betreten, da klingelte das Handy in seiner Hosentasche.

Er nahm das Gespräch entgegen. Als sich ein befreundeter Bauer aus der Nachbarschaft am Telefon meldete, wusste er sofort, was der Mann von ihm wollte. Er hatte ihn bereits vor einem Monat um einige Unterlagen für Landwirtschaftsmaschinen, die man sich gemeinsam anschaffen wollte, gebeten, doch Thomas war noch nicht dazu gekommen, sie herauszusuchen. Als er hörte, dass sein Nachbar diese Unterlagen jetzt am Wochenende gerne durchsehen wollte, sagte er: „Ich werde die Papiere sofort für dich bereitlegen. Wenn du möchtest, kannst du zu mir rüber kommen und dir die Unterlagen abholen."

Damit war der Mann am Telefon einverstanden. Er kündigte an, dass er am späten Nachmittag vorbeikommen wolle.

So machte sich Thomas zunächst, mit seiner leeren Tasse in der Hand, auf den Weg in sein Arbeitszimmer. Er wollte die Sachen, die sein Nachbar brauchte, heraussuchen und abholbereit auf seinen Schreibtisch legen.

Kaum hatte er den Korridor verlassen, betrat seine Schwägerin Bettina den Raum. Ihre schwache Blase hatte sich bemerkbar gemacht und sie ging direkt durch zur Toilette. Als sie wenig später das Örtchen wieder verließ, begab sie sich in die Küche, weil sie glaubte, Thomas sei dort. Doch von ihrem Schwager war nichts zu sehen. Das einzige, was sie erblickte, war die mit Kaffee gefüllte Tasse, die auf der Arbeitsplatte stand.

In diesem Moment hatte sie eine Idee. Sie lauschte und hörte Geräusche aus dem Arbeitszimmer des Bauern.

Er hat sich seinen Kaffee schon eingeschüttet, dachte sie und wollte diese Situation ausnutzen.

Mit einem schnellen Griff in ihre Handtasche zog sie das Fläschchen mit dem E 605 heraus und kippte das Gift in die Tasse.

Dann schlich sie sich über den Flur wieder nach draußen auf den Hof.

Sie konnte nicht ahnen, dass die Altbäuerin direkt hinter ihr die Küche betrat, die Tasse mit dem vergifteten Kaffee an sich nahm und damit in die Stube verschwand.

Wenig später erschien auch Thomas in der Küche, um sich Kaffee zu holen. Dass seine Mutter im Nebenraum am Tisch saß, um eine kleine Pause bei ihren Auf-räumarbeiten einzulegen, bemerkte er nicht. Er füllte seine Tasse und begab sich damit nach draußen zu den an-deren.

Als Bettina sah, dass ihr Schwager die Tasse vor sich auf den Tisch stellte, spürte sie, wie sich ihr Herzschlag langsam erhöhte.

Wenn er gleich auf das Gift reagieren wird, dachte sie, *muss ich sofort handeln.*

Es dauerte noch etwas, bis Thomas zur Tasse griff und daraus trank.

Bettinas Anspannung wuchs, doch als sich beim Bauern keine Reaktion zeigte, verstand sie die Welt nicht mehr.

Sie war verwirrt und fragte sich, ob das Gift durch das Umfüllen in ihr Parfümfläschchen seine Wirkung verloren haben könnte.

Nachdem Thomas erneut ein paar kräftige Schlücke Kaffee getrunken hatte und weiterhin nichts passierte, dachte Bettina daran, dass es auch Menschen geben könnte, die gegen E 605 immun sind.

Warum auch immer er nicht darauf reagiert, ging es ihr durch den Kopf, *mein Plan ist erst einmal gescheitert.*

Sie atmete tief durch.

Dann wirst du eben bald einen tödlichen Unfall haben, mein lieber Schwager.

Bettina wunderte sich selbst über ihre ruhige Art, mit der sie den misslungenen Mordversuch abtat und bereits wieder darüber nachdachte, wie sie Thomas in die Scheune nach oben auf den Heuboden locken könnte. *Von da oben kann man, wenn man unvorsichtig ist, in die Tiefe stürzen, und wenn der Sturz nicht sofort tödlich ist, dann kann man nachhelfen und es wie ein Unfall aussehen lassen.*

Trotzdem fragte sie sich immer wieder, warum das Gift bei Markus Grosejahn sofort gewirkt hat und bei Thomas nicht. Auf diese Frage fand sie keine Antwort.

Sie wurde aus ihren Überlegungen gerissen, als ihr Mann sie fragte: „Hast du irgendetwas? Du guckst so ernst."

Bettina schüttelte kurz den Kopf.

„Nein, Bernie. Was sollte ich auch haben?"

„Das weiß ich auch nicht", sagte Bernhard, „aber seitdem du gerade von der Toilette zurückgekommen bist, hast du geguckt, als ob du über irgendetwas Ernstes nachdenken würdest."

Sie lachte kurz auf und meinte: „Das hast du dir nur eingebildet." Dann wechselte sie schnell das Thema. „Hat Maria eigentlich schon die Alben mit den alten Fotos gezeigt?"

„Gut, dass du mich daran erinnerst. Daran habe ich im Moment nicht mehr gedacht."

Da Maria am Tisch nicht anwesend war, wandte er sich an den Altbauern, der ihm schräg gegenüber saß: „Weißt du, ob Mama mir die alten Fotoalben herausgelegt hat?"

Heinrich zuckte mit den Schultern.

Dann sagte er: „Deine Mutter hatte erwähnt, dass sie die alten Fotos für dich raus legen soll, aber ich kann dir nicht sagen, ob sie es bereits gemacht hat. Da musst du sie gleich selbst fragen."

„Wo ist Mama eigentlich hingegangen?" wollte Bernhard wissen.

„Sie wollte in die Speisekammer gehen, um Platz für neue Marmeladengläser zu schaffen."

„Apropos Speisekammer", meldete sich nun Dirk, der Enkel des Altbauern. „Genau dahin werde ich jetzt gehen, um mir ein kaltes Getränk zu holen. Soll ich jemandem etwas mitbringen? Der Kühlschrank in der Kammer ist gut gefüllt."

Da die meisten am Tisch noch beim Kaffeetrinken waren, war die Antwort auf diese Frage ein allgemeines Kopf-schütteln.

Dirk stand auf und ging ins Haus.

Bereits kurze Zeit später trat er mit einem verzweifelten Gesichtsausdruck wieder aus der Tür.

„Oma!", kam es laut aus seinem Mund „Mit Oma ist etwas Schlimmes passiert! Ich glaub', sie ist tot."

Zunächst empfing er nur ungläubige Blicke, doch dann sprangen alle auf und hetzten ins Haus, allen voran Thomas und Bernhard.

Das, was sie in der Stube vorfanden, ließ alle fassungslos werden.

Maria saß nach vorne gebeugt am Tisch. Ihre Arme lagen quer über ihren Beinen und die Brust, sowie der Kopf, auf der Tischplatte. Aus ihrem Mund war Speichel auf den Tisch gelaufen.

Der Anblick ihres erschlafften Körpers versetzte die An-wesenden in einen Schock.

Bernhard trat als erster an sie heran.

Er blickte in die toten, halb offenen Augen der Altbäuerin.

„Mama", kam es leise über seine Lippen. „Oh Gott", stotterte er, „sie ist tot."

Nun trat auch Heinrich an die Tote heran. Er wog seinen Kopf ungläubig hin und her. Dabei liefen dicke Tränen über seine Wangen. Mit zitternden Händen streichelte er sanft über den Kopf seiner Frau.

„Maria", sagte er und seine Lippen bebten. „Maria, du kannst mich doch nicht alleine lassen."

Er wandte sich um und blickte mit Tränen gefüllten Augen und vor Verzweiflung verzerrtem Gesicht seine beiden Söhne an, so, als wolle er sie um Hilfe anflehen.

Thomas trat vor und nahm seinen weinenden Vater in den Arm. Auch er konnte die Tränen nicht mehr zurückhalten.

Nun legte Bernhard ebenfalls seine Arme um die beiden.

„Ich verstehe das nicht", sagte er leise. „Mama war vorhin doch noch so gut drauf." Er holte tief Luft und atmete stoßweise wieder aus. „Und jetzt ist sie tot."

Alle anderen im Raum schwiegen. In ihren Gesichtern konnte man Entsetzen ablesen. Niemand wollte diese Situation wahrhaben.

Gabriele und ihr Sohn Dirk waren genauso fassungslos wie Hennes und die beiden Mägde. Der Tod von Maria entsetzte sie.

Es war nicht nur der Schock, der sie alle durch den plötzlichen Tod der Altbäuerin ergriffen hatte, es war auch das Leid von Heinrich, der wie ein Häufchen Elend, umarmt von seinen beiden Söhnen, neben seiner toten Frau stand und bitterlich weinte.

Thomas und Bernhard, die ihre geliebte Mutter verloren hatten, weinten ebenfalls.

Auch Bettinas Gesicht spiegelte Betroffenheit wider, doch diese Betroffenheit war gespielt. Sie hatte gesehen, dass eine fast volle Tasse Kaffee neben der Toten auf dem Tisch stand, und ihr war sofort bewusst geworden, dass es die Tasse mit dem E 605 sein musste. In dem Moment wusste sie, dass Thomas beim Trinken seines Kaffees nicht reagiert hatte, weil darin kein Gift war. Irgendwie mussten die Tassen vertauscht worden sein. Tatsache war, dass die Altbäuerin durch das Gift getötet wurde.

In ihren Gedanken stelle sich Bettina vor, wie es vorhin hier in der Stube abgelaufen sein musste. Maria hatte sich hingesetzt und Kaffee getrunken. Dann hatte sie die Tasse weggestellt, weil der Kaffee bitter geschmeckt hatte. In diesem Moment war es zu den ersten Bauchkrämpfen gekommen. Dann hatte sie beide Arme gegen ihren Bauch gedrückt. Das erklärte auch die jetzige Stellung der Arme, die quer auf ihren Schenkeln lagen. Das Gift musste schnell gewirkt haben, denn Maria hatte weder um Hilfe rufen, noch aufstehen können. Ihr Körper war einfach nach vorne auf den Tisch gefallen und in dieser Stellung liegen geblieben.

Bettina fand es an der Zeit zu reagieren.

Sie trat an die tote Frau heran und blickte sie an.

„Maria", sagte sie, „warum tust du uns das an?"

Dabei verzog sie das Gesicht und es sah so aus, als würde sie jeden Moment weinen.

Sie schaute zu den anderen.

„Wir können sie doch hier nicht so sitzenlassen", meinte sie. „Wir müssen sie irgendwo hinlegen."

Als niemand reagierte, fasste sie ihren Mann an die Schulter.

„Bernie", sagte sie, „hast du gehört, was ich gesagt habe? Es wäre unmoralisch, wenn wir deine Mutter so, wie sie da

hängt, liegen lassen. Wir müssen sie anständig aufge-
bahren."

Bettina deutete auf das alte, verschlissene Sofa.

„Thomas, Bernie, bitte", forderte sie die zwei auf, „legt
eure Mutter auf das Sofa."

Die beiden Brüder blickten sie mit verheulten Gesichtern
an, und es machte den Eindruck, als hätten sie nicht
registriert, was Bettina gesagt hatte.

Jetzt trat auch Gabriele an ihre verstorbene Schwiegermutter heran. Sie blickte in das Gesicht der Toten und sah
die halboffenen, leblosen Augen.

Dieser Anblick bewegte sie dazu, mit der Hand sanft über
die Augen ihrer Schwiegermutter zu streichen, um diese
zu schließen.

„Bettina hat Recht", sagte sie, „Wir müssen Maria auf das
Sofa legen.

Da Thomas und Bernhard immer noch nicht reagierten
und weiterhin ihren schluchzenden Vater in ihren Armen
hielten, handelte nun der Knecht Hennes.

„Alinka, Ewa", sagte er zu den beiden Mägden, „helft mir
mal mit. Wir legen Maria auf das Sofa."

Die drei begaben sich zum Tisch.

Hennes zog vorsichtig den Stuhl, auf dem die Tote saß,
etwas nach hinten. Dann hob er behutsam ihren Oberkörper von der Tischplatte. Er fasste der Altbäuerin unter
die Arme und forderte die beiden Mägde auf, ihre Beine zu
nehmen. Gemeinsam trugen sie die Verstorbene zum Sofa und legten sie mit viel Bedacht darauf ab.

Ewa legte Marias Hände auf den Bauch und faltete sie.

„Alinka", sagte sie, „holst du bitte eine Kerze, die wir für sie anzünden können. Das gehört sich so."

Die Angesprochene ging wortlos in die Kammer und kam wenig später mit einem Teller, auf dem eine bereits brennende Kerze stand, zurück. Dann ergriff sie einen der Stühle, zog ihn neben das Sofa und stellte die Kerze darauf ab.

Ewa hatte in der Zeit ein Tuch aus der Küche geholt, mit dem sie den Speichel im Mundbereich der Toten abtupfte.

„Wir müssen jetzt einen Doktor rufen", meinte sie.

Da niemand im Raum auf diese Aufforderung reagierte, weil der Schock über den plötzlichen Tod von Maria noch zu groß war, sagte Alinka: „Das werde ich machen."

Sie verließ den Raum und begab sich in den Flur.

Dann hörte man, wie sie dort telefonierte.

Währenddessen begab sich Ewa zu dem Platz, an der sie die Verstorbene vorgefunden hatten und putzte deren Speichel, der eine kleine Pfütze auf der Tischplatte gebildet hatte, weg. Dann nahm sie die Kaffeetasse, aus der die Altbäuerin getrunken hatte und ging damit in die Küche, um den Inhalt in die Spüle zu schütten.

Bettina hatte es mit Wohlwollen beobachtet. Die neue Magd hatte den Kaffee entsorgt und somit alle Beweise vernichtet.

Jetzt dachte Bettina daran, dass sie den Mord an ihrem Schwager aufschieben musste. Nach dem Tod seiner Mutter würde sich Thomas garantiert nicht von ihr auf den Heuboden locken lassen, weil er jetzt andere Dinge im Kopf hatte.

Da im Raum immer noch Schweigen herrschte, ergriff Bettina das Wort.

„Ich verstehe das nicht", sagte sie und versuchte, ihrer Stimme einen traurigen Klang zu geben. „Maria war doch noch so gut drauf, und jetzt, jetzt ist die tot."

Sie machte eine kurze Sprechpause.

„Ich vermute", sprach sie weiter, „dass ihr Herz plötzlich versagt hat. Eine andere Erklärung kann es dafür eigentlich nicht geben."

„Du glaubst", meinte Gabriele zu ihr, „dass Maria durch einen Herzschlag gestorben ist?"

„Ich nehme es an", antwortete ihre Schwägerin. „Als Maria vorhin da saß, lagen ihre Arme quer über ihre Beine. Sie wird sich mit den Händen an die Brust gefasst haben, als sie die ersten Symptome gespürt hatte, und als ihr Herz dann aufgehört hatte zu schlagen, sind ihre Hände einfach nach unten gefallen und so liegengeblieben. Hätte sie ganz normal dagesessen, dann hätten ihre Hände auf der Tischplatte gelegen oder sie hätten seitlich herabgehangen."

Gabriele überlegte kurz.

Dann sagte sie: „Du könntest Recht haben."

Nach und nach setzten sich alle im Raum an den großen Tisch, um gemeinsam auf den Arzt zu warten, den Alinka angerufen hatte.

Sie saßen da und schwiegen.

Erneut war es Bettina, die das Schweigen brach.

Sie fasste sich plötzlich mit beiden Händen an den Bauch, sprang auf und sagte: „Oh Gott, mir wird schlecht."

Dann sprang sie auf und verließ die Stube. Sie eilte in die Toilette und schloss hastig die Tür hinter sich.

In der Hoffnung, dass die anderen sie hören konnten, gab sie laute Würgegeräusche von sich. Alle sollten denken, dass sie sich übergab. Während sie das tat, nahm sie ihre Tasche, die sie mit auf die Toilette genommen hatte, zur Hand. Sie wollte nach dem leeren Parfümfläschchen, in dem das Gift war, sehen. In dem Moment, in dem sie die Tasche öffnete, nahm sie den ekeligen Geruch wahr, der vom E 605 ausging. Es roch nach einer Mischung aus Verwesung und Knoblauch. Jetzt sah sie, dass der Deckel des Fläschchens abgefallen war. Sie hatte ihn in der Eile wohl nicht richtig festgedreht. Nachdem sie den Verschluss wieder auf die kleine Flasche geschraubt hatte, wollte der Gestank, der aus ihrer Tasche kam, immer noch nicht verschwinden. Ganz offensichtlich war ein Tröpfchen des übel riechenden Giftes in ihrer Handtasche ausgelaufen.

Bettina schloss den Reißverschluss ihrer Handtasche mit dem Gedanken daran, dass diese unbedingt verschwinden müsse, weil der Giftgestank sie verraten könnte.

Als sie nach einiger Zeit wieder zurück zu den anderen kam, sagte sie: „Mir geht es nicht gut. Mir ist schlecht. Seid mir bitte nicht böse, aber ich möchte nachhause. Ich muss mich etwas hinlegen. Das ist alles gerade etwas zu viel für mich."

„Du kannst dich auch bei uns hinlegen", meinte Gabriele zu ihr.

„Ich weiß", sagte Bettina, „aber ich möchte nachhause, denn da habe ich auch Medikamente."

Sie schaute ihren Mann an.

„Komm, Bernie, lass´ uns heimfahren."

Bernhard schüttelte den Kopf.

Er deutete auf die aufgebahrte Maria.

„Ich bleibe hier. Meine Mutter ist tot, und ich werde bei meiner Familie bleiben. Wenn du es hier nicht mehr aushältst, dann fahre alleine nachhause."

„Entschuldige, Bernie", sagte Bettina, „aber das alles hier macht mich fertig. Ich komme irgendwie nicht klar damit, dass Maria tot ist. Du weißt, wie sehr ich meine Schwiegermama geliebt habe, und jetzt liegt sie da. Ich kann diesen schrecklichen Anblick nicht ertragen. Sei mir nicht böse, aber ich muss hier raus. Das ist wirklich zu viel für mich. Ich fahre jetzt heim."

Sie schaute die anderen im Raum an.

Dann sagte sie: „Bitte, seid mir nicht böse, aber dieser Schicksalsschlag mach mich fertig. Ich kann den Anblick der toten Maria einfach nicht ertragen."

Sie trat an ihren Mann heran und gab ihm einen Kuss.

„Du kannst mich ja nachher mal anrufen, Bernie."

Dann verließ sie wortlos den Raum.

Niemand blickte ihr hinterher, denn alle waren mit ihren Gedanken woanders.

Heinrich saß, immer noch bitterlich weinend, am Tisch. Thomas und Bernhard hatten links und rechts von ihm Platz genommen und versuchten, ihren Vater, der nicht begriff, was hier gerade passiert war, zu trösten.

Nach einer Weile erhob Alinka sich.

„Komm", sagte sie leise zu Ewa, „wir gehen nach draußen und räumen schon mal den Tisch ab."

Dann verließen die beiden Mägde den Raum.

Auch Hennes stand auf. Er folgte den beiden Frauen.

Als er auf den Hof hinaustrat, waren Ewa und Alinka schweigend damit beschäftigt, das Geschirr und Besteck, welches auf dem Tisch lag, auf ein großes Tablett zu stellen.

Alinka blickte den Knecht an.

„Der Tod der Altbäuerin hat dich sehr mitgenommen", sagte sie zu Hennes. „Dein Gesichtsausdruck sagt alles."

„Ja, Alinka, es hat mich mitgenommen. Ich hatte Maria ins Herz geschlossen. Als ich meine Stellung als Knecht auf dem Eichtannhof angetreten hatte, da war ich gerade mal zwanzig Jahre alt. Das ist jetzt über vierzig Jahre her. Da war Maria noch die Bäuerin. Sie war immer fast wie eine Mutter zu mir, und ich hatte oft das Gefühl, zur Familie zu gehören. Ich kann es einfach nicht glauben, dass sie tot ist. Heute Morgen beim Frühstück hat sie mit mir noch über die alten Zeiten geredet."

„Ich kann verstehen", meinte Alinka, „dass es dich traurig macht."

Ewa hatte mittlerweile das letzte Besteck auf das überfüllt wirkende Tablett gelegt.

Sie wollte dieses gerade anheben, als Hennes sagte: „Lass´ das schwere Tablett mal stehen. Ich trage es rein."

Er trat an den Tisch heran, nahm das voll beladene Tablett und ging damit in die Küche.

Die beiden Mägde folgten ihm.

Hennes stellte das Tablett mit dem Geschirr auf der Arbeitsplatte neben der Spüle ab.

Sein Blick fiel auf die leere Kaffeetasse, aus der die Altbäuerin getrunken hatte.

Der Knecht ergriff die Tasse und hob sie an.

„Daraus hat sie ihren letzten Kaffee getrunken", kam es leise aus seinem Mund. Seine Stimme klang sehr traurig.

Dann stutzte er und schnupperte. Er führte die Tasse an seine Nase und roch daran. Diesen Geruch hatte er bereits unbewusst wahrgenommen, als er, zusammen mit den beiden Mägden, die verstorbene Altbäuerin auf das Sofa gelegt hatte.

Den Geruch, der unter anderen eine leichte Knoblauchnote hatte, kannte er irgendwo her, und plötzlich wusste er, wo er diesen unangenehmen Duft hin stecken sollte.

„E 605!", kam es über seine Lippen.

„Was sagst du da?", fragte Alina.

„Die Tasse riecht nach E 605. Mit diesem Zeug haben wir früher, als es noch nicht verboten war, hier auf dem Hof die Ratten getötet."

Er schaute Alina an.

Dann sagte er: „Oh Gott, Maria wurde vergiftet."

„Was?!", kam es lang gezogen aus Alinas Mund. „Wer sollte denn so etwas tun?"

Nun meldete sich Ewa zu Wort: „Ich kenne die Verhältnisse hier auf dem Hof ja nicht, aber könnte es sein, dass die Altbäuerin schwer krank war und einen Grund dafür hatte, sich selbst zu töten?"

„Nein!", erwiderte Hennes. „Außerdem würde sich niemand mit E 605 umbringen wollen, weil es ein äußerst qualvoller Tod ist."

Er nahm die Tasse und ging damit nach nebenan in die Stube zu den anderen.

„Es ist etwas ganz Schlimmes passiert", sagte er laut. „Ich weiß jetzt gar nicht, wie ich es euch klarmachen soll, aber Maria wurde vergiftet."

Alle im Raum blickten ihn ungläubig an.

Hennes trat an den Tisch heran und stellte die Tasse vor Heinrich ab.

„Rieche mal an dieser Tasse", forderte der Knecht ihn auf. „Daraus hat Maria ihren Kaffee getrunken."

Der Altbauer, der ihn mir Tränen gefüllten Augen ansah, als würde er die Welt nicht mehr verstehen, ergriff die Tasse und roch daran.

Sein Kiefer klappte nach unten und er schüttelte langsam den Kopf.

„E 605", sagte er leise, stellte die Tasse auf den Tisch und vergrub das Gesicht in seinen Händen.

Sein Sohn Bernhard nahm die Tasse und roch ebenfalls daran.

„Oh Gott", sagte er. „Wenn das wirklich E 605 ist, wie kam es in die Tasse, und überhaupt, woher soll es gekommen sein? Außer ein paar Pflanzenschutzmitteln im Schuppen gibt es bei uns keine Gifte."

Dirk, der Sohn des Bauern, kratzte sich nachdenklich an seinen roten Haaren. Er wirkte unsicher. Dann ergriff er die Tasse und schnupperte daran.

„Das riecht eher wie Knoblauch", stellte er fest.

„Nein, mein Junge", sagte Hennes. „Dieser Geruch ist unverkennbar. Es ist definitiv das Gift E 605. Da Maria es
niemals freiwillig genommen hätte, muss es ihr jemand in
den Kaffee getan haben." Der Knecht schaute sich im
Raum um. „Hier ist aber niemand, der so etwas tun würde.
Alle haben Maria geliebt und keiner hätte einen Grund, so
etwas zu tun. Es ist einfach unfassbar."
In diesem Moment nahm der Altbauer die Hände von
seinem Gesicht. Sein Blick verfinsterte sich.
Dann sagte er: „Es gibt eine Person hier im Raum, die
einen Grund dafür gehabt hätte, Maria für immer zum
Schweigen zu bringen."
Er schaute Gabriele an.
„Du Mörderin", zischte Heinrich. „Du hast sie getötet, weil
du Angst davor hattest, dass sie deinem Mann etwas von
deiner Untreue erzählen könnte."
Die Bäuerin schüttelte ungläubig den Kopf.
„Nein, Heinrich", beteuerte sie, „ich war das nicht. Ich
habe Maria geliebt. Wie kannst du so etwas von mir
denken?"
Thomas sah seine Frau an, als würde er die Welt nicht
mehr verstehen.
„Was meint mein Vater?", wollte er von ihr wissen. „Was
hat das mit der Untreue auf sich? Sag mir, dass das nicht
stimmt."
Bevor sich Gabriele dazu äußern konnte, ranzte Heinrich
seinen Sohn ungehalten an: „Sei still, Thomas! Du nimmst
es mit der Treue genauso wenig ernst, wie deine Frau. Ihr
habt doch alle keine Moral mehr!"

Der Altbauer erhob sich und ging mit wütendem Gesichtsausdruck auf Gabriele, die zwei Plätze weiter saß, zu.

„Du Mörderin!", fauchte er.

Die Bäuerin sprang ängstlich auf und machte ein paar Schritte zurück, als Heinrich aufgebracht auf sie zu kam.

„Ich habe Maria nicht umgebracht", sagte sie.

Dann ging alles sehr schnell.

Bevor jemand reagieren konnte hatte der wutentbrannte Altbauer mit beiden Händen Gabrieles Hals ergriffen.

„Ich bring´ dich um!", schrie er sie an und drückte zu. „Du hast meine Maria auf dem Gewissen!"

Gabriele wollte etwas sagen, aber es erklang nur ein Röcheln aus ihrem Mund.

Jetzt waren auch die beiden Söhne des Altbauern aufgesprungen.

„Papa! Hör´ auf damit!", schrien sie fast zeitgleich.

Sie packten ihren Vater und lösten seinen Würgegriff vom Hals der Bäuerin.

Diese trat röchelnd ein paar Schritte beiseite und fasste sich an den Hals.

Als Heinrich erneut versuchte, auf seine Schwiegertochter los zugehen, hielten Bernhard und Thomas ihn zurück.

„Papa", sagte Thomas, „egal, was passiert ist, Gabriele ist keine Mörderin."

In diesem Moment betrat ein Mann mit einer Tasche in der Hand den Raum.

„Die Tür stand auf", sagte er, „und da auf mein Hallo niemand geantwortet hat, bin ich einfach mal reingekommen."

288

Die Magd Alinka erkannte den Mann zuerst.

„Hallo Doktor Peters", begrüßte sie ihn. Das ging aber schnell."

Dr. Peters war ein älterer, grauhaariger Herr mit einem buschigen Schnauzbart.

Sein Blick ging sofort zu dem Sofa, auf dem die verstorbene Altbäuerin aufgebahrt war.

„Maria Moosfaller", sagte er. „Ich kenne sie schon, seitdem ich hier praktiziere. Ihnen allen mein herzliches Beileid."

Noch während der herbeigerufene Arzt zur Toten schritt, sagte Heinrich: „Sie wurde ermordet, einfach vergiftet."

Der Doktor sah den Altbauer ungläubig an.

„Ja, Herr Doktor", bestätigte Hennes diese Aussage. „Wie es aussieht hat ihr jemand E 605 in den Kaffee getan."

Dann erzählte der Knecht Dr. Peters, wie sie die Altbäuerin aufgefunden hatten. Er beschrieb den starken Speichelfluss, der aus ihrem Mund gekommen war und den eindeutigen Geruch an der Kaffeetasse.

Daraufhin schaute sich der Arzt, der das alles zunächst nicht so richtig glauben wollte, die Tote gründlich an.

„Es könnte sich tatsächlich um eine Vergiftung handeln", sagte er schließlich. „In diesem Fall bin ich verpflichtet, die Polizei zu verständigen. Die Verstorbene muss in die Gerichtsmedizin."

Dr. Peters griff nach seinem Handy und führte ein paar Telefonate.

Schließlich sagte er: „Wir müssen jetzt auf die Polizei warten."

Dann wandte er sich an Bernhard und Thomas: „Wenn sie wirklich vergiftet wurde, und es sieht ehrlich gesagt danach aus, wer sollte das denn gewesen sein?"

Die beiden Angesprochenen hoben ratlos ihre Schultern.

„Von uns war es auf jeden Fall niemand", sagte Thomas. „Meine Mutter war überall beliebt. Alle mochten sie. Ich kann das alles nicht verstehen."

„Das stimmt nicht ganz", meldete sich nun Hennes zu Wort. „Die Ruth Jenner vom Korbachhof hasst Maria, weil sie ihr damals das Grundstück im oberen Tal der Haslach nicht verkaufen wollte. Deshalb hatten die Jenners damals ihren Hof nicht weiter ausbauen können. Ich war seinerzeit selbst dabei, als die Ruth zu Maria gesagt hatte, dass es Folgen für sie haben wird. Das liegt allerdings schon mehr als zehn Jahre zurück. Die beiden Frauen sind sich aber bis heute aus dem Weg gegangen und haben kein einziges Wort mehr miteinander gesprochen. Aber auch, wenn Ruth sie gehasst hat, sie hätte sie deshalb niemals ermordet."

„Wer aber soll es gewesen sein?", sagte nun Alinka. „Außer uns war niemand hier."

„Das stimmt zwar", meinte nun die neue Magd Ewa, „aber es hätte sich ja jemand ins Haus schleichen können."

Alinka schüttelte den Kopf.

„Nein, Ewa. Wir saßen alle draußen vor der Tür und hätten gesehen, wenn jemand in das Haus gegangen wäre."

„Als du mich heute hier herumgeführt hast, um mir alles zu zeigen, Alinka", sagte Ewa, „da hast du mir auch die

290

Waschküche gezeigt, und von dort aus führt eine Tür hinter das Haus."

Hennes schüttelte den Kopf.

„Es gibt niemanden", meinte er, „der einen Grund dafür gehabt hätte, Maria zu ermorden."

Dr. Peters, der vor Thomas und Bernhard stand, blickte die beiden an und sagte: „Hat sich ihre Mutter in der letzten Zeit vielleicht komisch benommen? Hatte sie eventuell Sorgen oder Probleme, mit denen sie nicht klar kam? Man kann einen Suizid schließlich auch nicht ausschließen."

Jetzt ergriff der Altbauer das Wort: „Maria hatte keine Probleme." Er deutete auf Gabriele. „Diese untreue Hexe da hat sie umgebracht."

Seine Schwiegertochter schüttelte den Kopf.

„Wie kannst du nur so etwas von mir denken, Heinrich?" Sie blickte kurz nach unten und atmete tief durch. „Egal, was passiert ist, ich habe Maria geliebt und ich hätte ihr niemals etwas getan."

„Anschuldigungen hin, Anschuldigungen her", sagte Dr. Peters. „Das Beste ist, wir setzen uns jetzt alle hin und warten auf die Polizei. Dann wird sich alles weitere zeigen."

*   *   *

Bettinas neue Hinterhältigkeit

Bernhard Moosfaller öffnete die Tür seiner Freiburger Wohnung. Es war bereits 21 Uhr.

Als er das Wohnzimmer betrat, saß seine Frau vor dem Fernseher.

Sie blickte ihn verwundert an.

„Ich habe dich gar nicht kommen gehört, Bernie", sagte sie. „Wie bist du denn nachhause gekommen? Eigentlich habe ich gedacht, dass du mich anrufst, damit ich dich vom Eichtannhof abholen komme."

„Mein Bruder hat mich gefahren."

Bernhard ging zum Sofa und ließ sich neben seiner Frau darauf fallen.

„Es ist etwas Schreckliches passiert", kam es heiser aus seinem Mund.

„Das weiß ich doch, Bernie. Maria ist tot."

Er schaute sie an.

Dann sagte er: „Maria wurde vergiftet."

Bettina schluckte.

Scheiße!, schoss es durch ihren Kopf. *Sie haben es bemerkt.*

Sie versuchte, ihre Unsicherheit zu verbergen.

„Was sagst du da? Vergiftet?"

Dass die Empörung in ihrer Stimme nur gespielt war, nahm ihr Mann nicht wahr.

„Ja, Bettina. Niemand hatte es zunächst glauben wollen, als Hennes gemeint hatte, dass Marias Kaffeetasse eindeutig nach E 605 riechen würde. Als Dr. Peters ebenfalls der Meinung war, dass alles auf eine Vergiftung hindeute, hatte er die Polizei verständigt.

Du glaubst gar nicht, was da los war, Bettina. Mein Vater hatte behauptet, dass Gabriele meine Mutter vergiftet hat. Er war aufgesprungen und wütend auf sie losgegangen. Ehe wir uns versehen hatten, hatte er sie an den Hals gefasst und gewürgt. Mein Bruder und ich sind dann dazwischen gegangen."

„Wie kam Heinrich denn darauf, dass Gabriele Maria vergiftet hat?", hakte Bettina sofort nach.

„Da muss wohl etwas passiert sein, von dem wir nichts wussten. Mein Vater hatte gesagt, Gabriele hat seine Frau zum Schweigen gebracht, damit sie Thomas nichts von ihrer Untreue erzählen könne."

„Was?", kam es überrascht aus Bettinas Mund. „Meine liebe Schwägerin geht fremd? Das musst du mir mal näher erzählen."

„Dazu kann ich dir nichts sagen, denn darüber wurde nicht geredet. Nach dem, was mein Vater gesagt hatte, nimmt es mein Bruder mit der Treue wohl auch nicht so genau."

„Was?!"

„Ich weiß nicht, was da los war, und angesichts der Situation wollte ich Thomas auch nicht darauf ansprechen. Meine Mutter ist tot, und da hatte ich etwas anderes im Kopf."

„Ist denn die Polizei noch gekommen?", wollte Bettina wissen.

„Ja, zwei Kripobeamte aus Emmendingen. Sie hatten wohl Wochenenddienst.."

„Und? „Was haben sie gesagt?"

„Da Dr. Peters den Kripobeamten von seiner Vermutung auf eine Vergiftung erzählt hatte, waren alle Anwesenden von den Polizisten befragt worden. Die Beamten hatten veranlasst, dass meine Mutter in die Rechtsmedizin gebracht wurde.

Gabriele hatte erzählt, dass sie die Tasse meiner Mutter mit Kaffee gefüllt hatte und nach draußen gegangen war, bevor Mama ihren Kaffee geholt hatte. Kaum hatte sie das gesagt, hatte einer der beiden Kripoleute sofort gemeint, sie solle nicht mehr weiterreden, weil jede Person im Raum in einem Einzelgespräch verhört werden müsse.

Darauf hin war einer nach dem anderen in der Küche hinter verschlossenen Türen angehört worden."

„Und was ist dabei herausgekommen?", fragte Bettina.

„Letztendlich gar nichts. Durch die Gespräche waren die beiden Polizisten davon überzeugt, dass keiner von den Anwesenden tatverdächtig sei. Es seien aber, laut den Kripobeamten, noch viele Fragen offen. Woher stammt dieses Gift, dessen Verkauf schon seit vielen Jahren verboten ist? Hatte die Verstorbene vielleicht doch einen Grund dafür, sich selbst zu töten, ohne dass die Angehörigen diesen Grund kannten? Hatte vielleicht doch ein Unbekannter die offene Hintertür benutzt, um heimlich durch die Waschküche das Haus zu betreten und meine Mutter zu vergiften? Deshalb wurde auch die Tasse als Beweisstück mitgenommen. Sollten darauf, außer den Fingerabdrücken der Anwesenden, noch andere Abdrücke sein, könnte es darauf hindeuten, dass sich tatsächlich ein Fremder durch die Hintertür eingeschlichen hatte.

Die Kripoleute hatten mit uns alle Möglichkeiten durchgesprochen. Die beiden waren übrigens sehr einfühlsam und nett.

Auch ihr Umgang mit meinem Vater war äußerst gefühlsvoll, obwohl er immer wieder behauptet hatte, dass Gabriele die Mörderin sei."

„Hast du den Polizisten denn gesagt, dass ich auch auf dem Hof war? Ich meine, dann müssten sie mich doch auch noch verhören."

„Ja, ich habe gesagt, dass du so fertig warst und dass du nachhause wolltest, weil es dir nicht gut ging. Ich habe den Kripobeamten aber auch gesagt, dass du die ganze Zeit über nur draußen gesessen und das Haus nicht betreten hattest. Daraufhin warst du für sie uninteressant."

„Aber ich war doch zwischendurch mal im Haus, weil ich auf die Toilette musste."

„Oh", sagte Bernhard. „Davon hatte ich aber gar nichts mitbekommen."

„Typisch, wenn du dich mit deinem Bruder unterhältst, bekommst du nie etwas mit."

„Das ist jetzt ja auch egal", meinte Bernie. „Du hast Mama schließlich nicht getötet."

„Mein armer Schatz", sagte Bettina und in ihrer Stimme klang tiefstes Bedauern. „Das mit deiner Mama ist ein großer Verlust für dich. Mir geht ihr Tod ebenfalls sehr nah, denn ich habe Maria geliebt. Sie war immer wie eine Mutter für mich. Du hattest einen schweren Tag. Solltest du noch Hunger haben, ich hatte mir vorhin eine Pizza bestellt und sie nur halb aufgegessen. Der Rest steht im Kühlschrank."

Bernhard schüttelte den Kopf.

„Nein, danke Schatz, mir ist der Appetit für heute vergangen. Ich werde jetzt unter die Dusche gehen und danach lege ich mich ins Bett, auch wenn ich das Gefühl habe, dass ich heute Nacht kein Auge zubekommen werde. Es ist einfach zu viel passiert."

„Ich kann dich sehr gut verstehen, Bernie. Wenn ich noch irgendetwas für dich tun kann, dann sag´ es mir."

„Mit einem kurzen „Nein", verschwand Bernhard im Badezimmer.

Auch, wenn Bettinas Blick jetzt wieder auf den Fernsehapparat gerichtet war, bekam sie von dem, was dort gerade gezeigt wurde, nichts mit.

In ihren Gedanken war sie woanders.

Sie wissen, dass es E 605 war, dachte sie, *aber sie würden niemals darauf kommen, dass ich es war.*

Bettina überlegte kurz.

Dass wir jetzt einen Trauerfall in der Familie haben, ist doch ein Grund dafür, in den nächsten Tagen öfter zum Eichtannhof zu fahren. Ich werde einen dieser Besuche ausnutzen, um Thomas zu beseitigen. Er muss endlich sterben, damit ich an mein Ziel komme.

Sie dachte daran, dass Heinrich behauptet hatte, Gabriele hätte seine Frau vergiftet, damit diese nichts von ihrer Untreue erzählen könne.

Bettina fragte sich, was da wohl vorgefallen sein könnte.

Sie hatte Gabriele gegenüber immer die liebe Schwägerin gespielt, doch in Wirklichkeit hatte sie die Bäuerin noch nie gemocht.

Gabriele und Thomas besaßen den Eichtannhof und Bernie hatte damals auf alles verzichtet, obwohl ihm die Hälfte des Hofes zugestanden hätte.

Das wird sich bald ändern, dachte sie. *Du wirst dich noch umgucken, Gabriele. Du wirst zunächst deinen Mann verlieren und dann auch noch alles andere in deinem Leben.*

Bettina dachte erneut an das, was ihr Mann ihr gerade erzählt hatte, daran, dass Heinrich der Polizei gesagt hatte, dass Gabriele seine Frau zum Schweigen gebracht hatte, damit sie Thomas nicht erzählen konnte, dass sie ihn, wie auch immer, betrogen hatte.

Solche Geschichten sind sehr gut, ging es Bettina durch den Kopf, *genial, um von mir abzulenken und Gabriele ins schlechte Licht zu rücken.*

In diesem Moment hatte sie eine Idee.

Ich werde jetzt mal etwas Öl ins Feuer gießen.

Es gab eine Frau, die bekannt dafür war zu tratschen. Diese Frau hieß Mechthild. Sie war die Wirtin der Dorfgaststätte, in der auch Thomas regelmäßig ein- und ausging. Wenn jemand wollte, dass sich eine Neuigkeit schnell im Simonswälder Tal verbreitete, dann musste er es nur Mechthild erzählen, und schon ging es herum wie ein Lauffeuer.

Bettina lauschte.

Den Geräuschen, die sie jetzt aus dem Badezimmer hörte, entnahm sie, dass ihr Mann gerade unter der Dusche stand.

Bernie wird nichts davon mitbekommen, wenn ich jetzt ein Telefongespräch führen werde.

Sie nahm ihr Telefon und stellte es auf anonym um, damit der Anruf nicht zurück verfolgt werden konnte.

Dann suchte sie die Telefonnummer der Dorfgaststätte heraus und rief dort an.

Als sich die Wirtin persönlich meldete, flüsterte Bettina leise: „Bist du es Mechthild?"

„Ja, natürlich. Wer ist da und warum sprichst du so leise? Ich kann dich kaum verstehen, weil ich gerade hinter der Theke stehe, und viele Leute um mich herum laut quatschen."

„Hör´ zu, Mechthild", redete Bettina im Flüsterton weiter, damit ihre Stimme nicht erkannt werden konnte. „Es ist etwas Schlimmes passiert. Maria Moosfaller ist tot. Maria hatte ihre Schwiegertochter Gabriele beim Fremdgehen erwischt und wollte es ihrem Sohn erzählen. Damit Maria das nicht tun konnte, hat Gabriele sie vergiftet. Die Polizei war auch schon auf dem Hof und hat die Tote in die Rechtsmedizin bringen lassen. Das Schlimme ist, dass Gabriele Maria ermordet hat und die Polizei es noch nicht beweisen kann."

„Jetzt hörst du mir mal zu", sagte die Wirtin. „Ich weiß nicht, wer du bist, aber du erzählst eine Menge Mist. Ich kenne die Familie Moosfaller sehr gut. In dieser Familie geht es immer vorbildlich zu. Da ist einer für den anderen da. Also, warum erzählst du mir so einen Mist?"

„Das ist kein Mist", flüsterte Bettina. „Rufe den Thomas doch mal an, dann wirst du es sehen."

Dann beendete sie das Gespräch und lehnte sich, bösartig lächelnd, in ihr Sofa zurück.

Die Saat ist ausgesät, dachte sie. *Wenn Mechthild erfährt, dass Maria wirklich tot ist, wird sie im ganzen Simonswälder Tal dafür sorgen, dass Gabriele zur Mörderin abgestempelt wird.*

Bettina konnte nicht ahnen, dass die Wirtin, die sie gerade angerufen hatte, noch immer mit dem Telefon in der Hand in ihrer Gaststätte stand und über den Anruf nachdachte.

Dieser Anruf hatte bei Mechthild gesessen.

Obwohl sie immer noch glaubte, dass sie da jemand verarschen wollte, wählte sie nun die Telefonnummer des Eichtannhofes. Sie wollte Gewissheit haben.

Es dauerte eine ganze Weile, bis jemand das Gespräch entgegen nahm.

„Ja, bitte?", hörte sie eine Männerstimme.

Die Wirtin erkannte die Stimme sofort. Es war Thomas, der Bauer persönlich.

„Hallo Thomas, hier ist Mechthild."

„Hallo Mechthild", war die kurze und zaghafte Antwort.

„Was ist los, Thomas? Du fragst gar nicht, warum ich dich anrufe."

„Ach, Mechthild", sagte der Bauer teilnahmslos und schwieg wieder.

„Ist alles bei euch in Ordnung?", wollte die Wirtin von ihm wissen.

„Nein", antwortete Thomas. „Meine Mutter ist heute gestorben."

Die Wirtin schluckte und stutzte für einen Moment.

Dann sagte sie: „Mein herzliches Beileid, Thomas. Es tut mir wirklich sehr leid. War sie denn krank?"

Als ihr Gesprächspartner am Telefon schwieg und nicht darauf antwortete, sagte sie: „Thomas? Bist du noch da?"

„Entschuldige, Mechthild, aber mir geht es gerade nicht so gut, nach all dem, was passiert ist."

„Was ist denn passiert?", hakte die Wirtin sofort nach.

Sie hörte, dass der Bauer am anderen Ende der Leitung schwer durchatmete.

„Wir hatten die Polizei im Haus, Mechthild. Meine Mutter wurde vergiftet. Ich kann jetzt auch nicht mehr darüber reden."

Mit diesen Worte brach er das Gespräch ab.

Die Wirtin stand da und blickte ungläubig auf das Telefon.

„Oh mein Gott", sagte sie leise. „Dann hatte diese flüsternde Anruferin doch Recht. Gabriele ist wirklich eine Mörderin."

Einer der Gäste, die hinter der Theke standen, hatte die Wirtin beim Telefonieren beobachtet.

„Was ist denn los?", wollte er von ihr wissen. „Du bist ja mit einem Schlag kreidebleich geworden."

Die Angesprochene schüttelte den Kopf.

„Es ist etwas Unglaubliches passiert", sagte sie.

In diesem Moment schwiegen alle Gäste an der Theke und schauten die Wirtin fragend an.

„Ich bekam gerade einen merkwürdigen Anruf. Da hat eine Frauenstimme behauptet, dass die Gabriele Moosfaller vom Eichtannhof ihre Schwiegermutter vergiftet habe."

„Was?!", warf sofort einer der Gäste ungläubig ein. „Die Gabriele soll Maria vergiftet haben? Wer erzählt denn so einen Müll?"

„Ja", sagte ein anderer Mann an der Theke. „Das ist wirklich unglaublich, Mechthild. Gabriele liebt Maria. Was für einen Grund sollte sie haben, sie zu vergiften?"

„Angeblich", antwortete die Wirtin, „ist Gabriele fremdgegangen und Maria hat davon gewusst. Damit Maria es nicht dem Thomas erzählen konnte, hat ihre Schwiegertochter sie vergiftet."

Ein Raunen ging durch die Gäste.

„Unglaublich", murmelte einer.

„Hört zu", sagte Mechthild. „Ich habe gerade mit Thomas telefoniert. Maria ist wirklich tot. Sie wurde tatsächlich vergiftet. Die Polizei war auf dem Eichtannhof und hat die tote Maria in die Rechtsmedizin bringen lassen. Ich weiß nicht, wer mich da gerade angerufen hat, denn ich konnte die Stimme nicht erkennen, weil die Anruferin nur geflüstert hat, aber es steht fest, dass diese geheimnisvolle Anruferin die Wahrheit gesagt hat."

Nun wurde das Raunen der Gäste, die an der Theke standen, lauter.

*   *   *

Erneuter Polizeibesuch

Sonntag
Am Frühstückstisch in der Wohnstube des Eichtannhofes herrschte Schweigen.
Zu tief saß der Schock über den schrecklichen Vorfall des Vortags.
Diese Stille im Raum wurde nur durch die alte Standuhr, deren großes Pendel laut tickend langsam hin- und herschwang, unterbrochen.
Da Alinka sich gestern von allen verabschiedet hatte und abgereist war, hatte die neue Magd Ewa heute zum ersten Mal den Tisch gedeckt.
Ewa hatte sich sehr viel Mühe gegeben und sogar einen kleinen Strauß Wildblumen auf den Tisch gestellt, doch niemand der Anwesenden nahm das bewusst wahr.
Die Stimmung im Raum war mehr als schlecht, und nachdem der Altbauer heute Morgen wütend den Frühstückstisch verlassen hatte, herrschte im Raum eine Eiseskälte.
Als Heinrich heute früh die Stube betreten und sich am großen Tisch niedergelassen hatte, saßen sein Sohn Thomas und sein Enkel Dirk bereits auf ihren Plätzen.
Auch der Knecht Hennes hatte schon Platz genommen.
In dem Moment, in dem Gabriele in den Raum gekommen war und sich hingesetzt hatte, war Heinrich aufgesprungen.
„Mit der Mörderin meiner Frau setzte ich mich nicht an einen Tisch!", hatte er mit wütender Stimme gesagt.
Mit den Worten: „Die Magd soll mir ein Frühstück rüber ins Leibgedinghaus bringen", hatte er die Stube verlassen.

Nun saßen alle schweigend am Tisch, und es war, als würde eine bedrohliche Gewitterwolke über ihnen schweben, eine Wolke, die man fast körperlich fühlen konnte.

Während Hennes, Ewa und Dirk zaghaft aßen, war dem Bauernehepaar der Appetit vergangen. Sie brachten keinen Bissen herunter.

Thomas schaute zu dem Platz, an dem eigentlich seine Mutter immer gesessen hatte. Dieser Platz war leer, und als er daran dachte, dass der Platz nun für immer leer bleiben würde, lief ihm eine Träne über seine Wange hinab.

Er konnte das alles noch nicht fassen.

Seine Gedanken kreisten, und er dachte zum wiederholten Mal an die Worte seines Vaters, als dieser behauptet hatte, dass Gabriele untreu sei. Diese Gedanken waren ihm schon heute Nacht immer wieder durch den Kopf gegangen. Er hatte seine Frau darauf ansprechen wollen, doch irgendwie hatte ihm der Mut dazu gefehlt. Gabriele selbst hatte dazu bisher geschwiegen.

Thomas dachte ebenfalls daran, dass sein Vater auch ihm Untreue vorgeworfen hatte, und er war sich sicher, dass dieser ihn beobachtet haben musste, als er mit Alinka Sex hatte. Wie sonst sollte sein Vater darauf kommen?

Seine Frau hatte diese Worte seines Vaters natürlich auch mitbekommen. Der Altbauer hatte ja deutlich genug gesagt, dass sie es beide mit der Treue nicht so eng sehen würden.

Egal, was passiert war, Thomas liebte Gabriele, und die Angst davor, dass jetzt alles kaputt gehen könnte, lag ihm wie ein tonnenschwerer Stein im Magen.

Thomas wusste, dass der Moment kommen würde, in dem er und Gabriele darüber reden müssten. Dieser Moment war vorprogrammiert, denn er war unausweichlich, um diese bedrückende Situation aus dem Weg zu schaffen. Im gleichen Augenblick frage er sich, ob man so eine Situation überhaupt einfach so vergessen könnte.

Ganz egal, was kommen würde, Thomas hatte Angst vor diesem Moment.

Seine Frau saß neben ihm, und er hatte sie heute Morgen noch nicht ein einziges Mal angeschaut. Als sie vorhin die Stube betreten hatte, war sein Vater sofort aufgesprungen und hatte schimpfend den Raum verlassen. Die Situation war eskaliert.

Gabriele hatte dann wortlos neben ihrem Mann Platz genommen.

Thomas hatte den Blickkontakt zu ihr gemieden, weil er schlicht und einfach Angst davor hatte, ihr in die Augen zu schauen.

Er konnte nicht ahnen, dass seine Frau in diesem Moment fast die gleichen Gedanken hatte.

Auch sie hatte Angst, dass alles kaputt gehen könnte.

Gabriele liebte Thomas und schämte sich für das, was sie getan hatte. Sie musste mit ihrem Mann darüber reden, doch wie sollte sie ihm erklären, warum sie fremdgegangen war? Schließlich konnte sie ihm nicht sagen, dass sie sich plötzlich auch in einen anderen Mann verliebt hatte. Gabriele wusste nicht, wie Thomas darauf reagieren würde, wenn sie ihm ihre Untreue gestehen würde. Vielleicht würde er ihr ja einen einmaligen Seitensprung verzeihen, zumal Heinrich ja gesagt hatte, dass auch Thomas nicht treu sei, doch wenn sie einräumen würde, dass sie sich in einen anderen Mann verliebt hatte, das würde er ihr nie-mals verzeihen können.

Gabriele wurde aus ihren Gedanken gerissen, als sie spürte, dass Thomas mit seiner Hand die ihre zunächst sanft berührte und dann ergriff.

Sie schluckte, wandte sich ihm zu und schaute ihn an.

Ihre Blicke trafen sich.

Die Augen ihres Mannes spiegelten die gleichen Gefühle wider, die auch Gabriele verspürte.

Es war Unsicherheit, es war Angst und es war Verzweiflung.

Gabriele schluckte erneut.

„Schatz", kam es unsicher über ihre Lippen. „Ich…"

Mehr konnte sie nicht sagen, denn plötzlich betraten Leute den Raum.

Es waren die beiden Polizeibeamten, die bereits gestern hier ermittelt hatten. Sie waren aber nicht alleine. Neben einem uniformierten Polizisten, der einen Schäferhund an der Leine mitführte, hatten noch vier weitere Personen die Stube betreten. Es waren drei Frauen und ein Mann. Diese trugen die typische, weiße Kleidung der Spurensicherung.

„Die Haustür war auf", sagte einer der Kripobeamten. „Aber wir wären so oder so reingekommen." Er hielt einen Schreiben in der Hand. „Wir haben einen Durchsuchungsbeschluss."

Während alle am Tisch die Ermittler nur ungläubig anblickten, erhob sich der Knecht Hennes.

„Aber Sie waren doch schon gestern hier", sagte er. „Da haben Sie uns alle doch schon befragt."

„Ja, das stimmt", erklärte der Polizist, der den Beschluss in der Hand hielt. „Es haben sich aber Dinge ergeben, die eindeutig auf ein Tötungsdelikt hinweisen. Bei der Obduktion der Verstorbenen stießen die Gerichtsmediziner auf Parathion. Frau Moosfaller wurde definitiv vergiftet. Offen ist nur, ob es Suizid war oder ob da jemand nachgeholfen hat."

„Parathion?", wiederholte Hennes. „Was ist das?"

„Ein tödliches Gift", antwortete der Kripobeamte. „Man nennt es auch E 605. Früher, als es noch nicht verboten war, hatte man es im Volksmund als Schwiegermuttergift bezeichnet."

Der Knecht nickte.

„Ich habe es gestern sofort gerochen", sagte er. „Dieser Geruch ist unverkennbar. Wir hatten früher E 605 gegen die Ratten auf dem Hof eingesetzt. Diese Viecher waren allerdings schlau, und nachdem die erste Ratte daran verreckt war, hatten die anderen das Gift nicht mehr angerührt."

Der Polizist wandte sich an den Beamten, der den Hund mit sich führte.

„Du kannst loslegen", wies er ihn an.

Während der Hundeführer seinem Tier Anweisungen gab, erklärte der Kripobeamte allen, was es mit diesem Hund auf sich hatte.

„Dieser Hund", sagte er, „ist ursprünglich als Suchhund für Giftköder ausgebildet worden, für diese Giftköder, die so manche Idioten für Hunde auslegen, weil sie anscheinend etwas gegen die Vierbeiner haben. Dieser spezielle Schäferhund, den mein Kollege hat, kann mittlerweile Gifte aller Art erschnüffeln. Seiner feinen Nase entgeht nichts."

Nachdem der Spürhund einmal schnuppernd den Tisch umrundet hatte, blieb er vor dem Bauern stehen und bellte kurz.

„Warum bellt er mich an?", wollte Thomas sofort wissen.

„Würden Sie mal bitte aufstehen und ein paar Schritte zur Seite treten", forderte der Hundeführer ihn auf.

Nachdem Thomas dieser Anweisung gefolgt war, schnüffelte der Hund zunächst an dem Stuhl, auf dem er gerade gesessen hatte. Dann stellte der Schäferhund seine Vorderpfoten auf den Tisch. Nach einem kurzen Schnuppern über die Tischplatte bellte er erneut.

Der uniformierte Polizist nahm nun das Geschirr, welches vor dem Platz des Bauern stand, vom Tisch und stellte es auf den Boden. Der Hund schnüffelte daran, aber zeigte keine Reaktion. Stattdessen stellte sich das Tier wieder mit den Pfoten auf die Tischkante und bellte.

„Eigentlich dürfte der Hund nichts mehr riechen", sagte nun Ewa. „Ich habe die Tischplatte doch ganz gründlich gereinigt. Da kann nichts mehr sein."

„Stand denn gestern Gift auf dem Tisch?", wollte der Hundeführer von ihr wissen.

„Nein", antwortete die Magd, „aber genau hier an diesem Platz hatte die tote Altbäuerin gesessen. Aus ihrem Mund war Speichel auf den Tisch geflossen. Ich habe den Tisch gestern gründlich abgewaschen und heute vor dem Frühstück noch ein zweites Mal."

„Das erklärt alles", sagte der Polizist. „Irgendwelche Spuren vom Gift bleiben immer zurück, und der empfindlichen Hundenase entgeht das nicht."

Er griff in seine Tasche, zog ein Leckerchen heraus und reichte es seinem Hund, der es sofort schluckte.

Dann führte der Beamte den Schäferhund durch die Wohnstube. Nachdem das Tier hier und auch in der Vorratskammer nebenan nicht angeschlagen hatte, verschwanden Herrchen und Hund in der Küche.

Zwei der weiß gekleideten Frauen der Spurensicherung begleiteten ihn.

Alle anderen blieben in der Wohnstube.

Als sie hörten, dass der Hund wieder bellte, blickten sie sich verwundert an.

Dann vernahmen sie die Stimme des Hundeführers: „Würden Sie bitte alle mal zu mir kommen?"

Sie folgten der Anweisung, standen auf und betraten die Küche.

Sie sahen, dass der Suchhund offensichtlich wieder fündig geworden war. Er stand mit den Vorderpfoten auf dem Rand der Spüle und bellte.

„In der Spüle muss Gift gewesen sein", erklärte der uniformierte Beamte.

Sein Kollege von der Kripo, der immer noch den Durchsuchungsbeschluss in der Hand hielt und nun damit herumwedelte, schaute die Anwesenden an.

„Können Sie mir dafür eine Erklärung geben?", wollte er von ihnen wissen.

„Ich habe eine Erklärung", meldete sich die Magd Ewa zu Wort. „Gestern habe ich die Kaffeetasse der Altbäuerin darin geleert. Das wird der Hund noch riechen, obwohl ich auch hier alles sauber gemacht habe."

„Ich sagte ja, dass meinem Hund nichts entgeht", meinte der Polizist, dessen Hund zur Belohnung wieder ein Leckerchen aus seiner Tasche bekam.

„Dann werde ich mit dem Hund jetzt auch noch den Rest der Wohnung absuchen", sagte er.

„Und wenn wir hier nicht fündig werden", meinte sein Kollege von der Kripo, „dann werden die oberen Etagen abgesucht."

„Das geht nicht", warf die Bäuerin sofort ein. „Dort wohnen unsere Feriengäste. Die haben damit nichts zu tun."

Der Beamte hielt das Schreiben in seiner Hand hoch.

Dann sagte er: „Dieser Beschluss berechtigt uns zur Durchsuchung aller Gebäude auf dem Hof. Tut mir leid, aber es muss sein. Frau Moosfaller, Sie können ja gleich mitkommen und ihren Gästen erzählen, warum die Wohnungen abgesucht werden. Ich sage extra abgesucht und nicht durchsucht, denn wir gehen nur einmal mit dem Hund durch die Räume. Sollte er nicht anschlagen, war es das auch schon."

Begleitet von zwei Mitarbeiterinnen der Spurensicherung machte sich der Hundeführer daran, mit seinem Tier den Rest der Wohnung abzusuchen.

Die Bewohner des Hofes hatten sich wieder in die Wohnstube begeben und an den Tisch gesetzt.

„Es ist schon komisch", sagte Hennes und fuhr mit seiner Hand über seine kurz geschorenen Haare. „Obwohl ich mir sicher bin, dass bei uns kein Gift zu finden ist, habe ich so ein merkwürdiges Gefühl in der Magengegend."

Dirk, der Sohn des Bauernpaares, nickte.

„Ja, Hennes", meinte er, „Das alles ist mehr als merkwürdig. Meine Oma hätte doch niemals Selbstmord gemacht. Sie war immer eine glückliche und zufriedene Frau, und in unserer Familie gibt es auch niemanden, der sie vergiftet hätte."

Der Knecht nickte.

„Ganz genau so", sagte er, „sehe ich es auch."

*   *   *

Bedrückende Geständnisse

Es war bereits Mittagszeit und die Bewohner des Eichtannhofes waren gerade mit dem Essen fertig geworden.

Heinrich, der Altbauer, hatte sich das Essen wieder ins Leibgedinghaus bringen lassen, weil er mit Gabriele, die er für Marias Mörderin hielt, nicht an einem Tisch sitzen wollte.

Ewa, die neue Magd räumte den Tisch ab. Sie begab sich mit dem Geschirr in die Küche, um es dort zu spülen.

Dirk hatte den Tisch bereits verlassen, weil er noch etwas erledigen wollte.

Nun erhob sich auch Hennes.

„Man", sagte er, „diese Durchsuchung liegt mir immer noch im Magen. Ich hatte schon gedacht, dass die Polizisten überhaupt nicht mehr gehen wollten."

Damit spielte er darauf an, dass sich die Hausdurchsuchung über den ganzen Vormittag erstreckt hatte. Die Ermittler waren, ohne fündig geworden zu sein, erst vor knapp einer Stunde gegangen.

„Ich gehe jetzt rüber in meine Wohnung", sagte der Knecht. „Dann haue ich mich mal für eine Stunde auf's Ohr."

Nachdem er den Raum verlassen hatte, saß das Bauernpaar alleine am Tisch.

Zunächst schwiegen sie.

Dann sagte Thomas: „Wir müssen reden."

Seine Frau nickte.

„Ja", kam es leise und unsicher aus ihrem Mund. „Das müssen wir."

In diesem Moment betrat ihr Sohn Dirk die Stube, öffnete einen der alten Schränke, nahm etwas heraus und ging wieder.

Thomas wollte gerade etwas sagen, als die Magd, die geräuschvoll nebenan in der Küche hantierte, ein polnisches Lied anstimmte. Auch, wenn Ewa eine wunderschöne, klare Stimme hatte, fühlte sich das Bauernpaar dadurch gestört.

„Lass´ uns in die Kapelle gehen", sagte Thomas. „Da sind wir ungestört."

Seine Frau nickte.

Wenig später überquerten sie schweigend den Hof.

Beide hatten das gleiche, beklemmende Gefühl. Es war, als ob sie eine tonnenschwere Last mit sich herumschleppen würden, eine alles erdrückende Last, die ihnen tief im Magen lag.

Schließlich betraten sie die Hofkapelle.

Nachdem Thomas die Tür des kleinen Gotteshauses hinter sich geschlossen hatte, atmete er tief durch.

Dann wandte er sich seiner Frau zu.

Die beiden standen sich gegenüber und blickten sich immer noch wortlos an.

Gabrieles Augen, die verzweifelt und ängstlich dreinblickten, wurden mit einem Schlag feucht, und eine Träne rann über ihre rechte Wange hinab,

„Schatz", kam es unsicher aus ihrem Mund. „Ich liebe dich doch."

Thomas schluckte.

„Ich liebe dich auch."

Auch in seiner Stimme lag Unsicherheit.

Er ergriff ihre Hände.

Dann schaute er für einen Moment nach unten. Als er wieder zu ihr aufblickte, sagte er leise: „Wie es aussieht, haben wir beide großen Mist gemacht."

Er schluckte erneut.

„Ich", stammelte er, „ich habe etwas mit Alinka gehabt." Er holte kurz Luft. „Jetzt ist es raus."

„Mit Alinka?", flüsterte sie und sah ihn ungläubig an.

Thomas nickte.

„Ja, aber es war nichts Ernstes. Ich weiß auch nicht, warum ich mich darauf eingelassen hatte. Es ist einfach passiert."

Nun schluckte Gabriele.

„Bei mir", kam es unsicher aus ihrem Mund, „bei mir ist es genauso." Ihr Lippen zitterten. „Es ist einfach passiert."

Er blickte sie fragend an.

Als seine Frau nichts mehr sagte, nahm er sie einfach in den Arm.

Sie umschlang ihn und presste sich fest gegen seinen Körper.

Gabriele fing bitterlich an zu weinen.

„Ich", schluchzte sie, „ich hatte Sex mit unserem Feriengast Peter Schmitz. Das hätte niemals passieren dürfen. Ich weiß auch nicht, warum ich mich darauf eingelassen hatte, aber ich kann es nicht mehr rückgängig machen. Ich schäme mich dafür, Schatz." Jetzt klammerte sie sich noch fester an ihren Mann. „Ich liebe dich und niemand anderen."

Die beiden standen da und hielten sich in den Armen.

Jetzt, wo sie sich ihre Fehltritte eingestanden hatten, hätten sie eigentlich Erleichterung verspüren müssen, doch dem war nicht so.

Gabriele sah Alinka vor ihrem geistigen Auge, die Magd, der sie so etwas niemals zugetraut hätte.

Ausgerechnet Alinka, ging es ihr kurz durch den Kopf, und irgendwie verstand sie die Welt nicht mehr.

Thomas erging es nicht anders. Auch ihm erschien in seinen Gedanken der Mann, mit dem seine Frau Sex hatte. Gabriele hatte ihm immer alles über ihre Feriengäste erzählt, und deshalb wusste er auch über das Ehepaar Schmitz Bescheid.

Peter und Sybille Schmitz, dachte er an das, was Gabriele ihm über sie beiden berichtet hatte. *Er ist 40 Jahre alt und sie 38, und sie ist Alkoholikerin.*

Bei dem Gedanken daran, dass der Mann, mit dem Gabriele ihn betrogen hatte, 15 Jahre jünger war als er selbst, schluckte er. In diesem Moment wurde ihm bewusst, dass zwischen ihm und Alinka ja der gleiche Altersunterschied herrschte. Trotzdem machte ihm die Vorstellung, dass seine Frau Sex mit einem wesentlich jüngeren Mann hatte, zu schaffen.

„Ich weiß wirklich nicht, wieso das passiert ist", wurde er von Gabriele, die ihn noch immer umklammerte, aus seinen Gedanken gerissen. „Ich wollte ihm die kleine Ferienwohnung zeigen und dann…"

„Sag´ nichts mehr", unterbrach er sie. „Es ist passiert, und ich will nicht wissen, wie es passiert ist."

Gabriele löste sich von ihm und trat einen Schritt zurück.

Sie wirkte mit einem Mal wieder gefasst.

„Und wie soll es jetzt mit uns weitergehen?", sagte sie leise. „Das, was wir uns angetan haben, werden wir niemals vergessen können."

„Ich weiß es nicht", antwortete er, „aber ich weiß, dass ich dich liebe. Bitte Schatz, verzeih` mir das mit Alinka. Ich möchte dich nicht verlieren."

Thomas schaute sie an und in seinem Blick lag etwas Flehendes.

„Ich möchte dich doch auch nicht verlieren", sagte Gabriele. „Die Frage ist, ob du mir auch verzeihen kannst?"

Er trat an sie heran und nahm sie wieder in den Arm.

„Wir zwei gehören doch zusammen", sagte er. „Das darf niemals kaputtgehen. Ich liebe dich."

Die beiden klammerten sich fest aneinander und es war, als wollten sie sich gegenseitig in sich hineinziehen.

* * *

Eine verwirrte Gedankenwelt

Dienstag

Gabriele Moosfaller saß auf der Bank vor dem Haus und trank Kaffee.

Sie war gerade von der Weide zurückgekehrt, auf die sie die Kühe nach dem morgendlichen Melken gebracht hatte.

Die Bäuerin ließ ihren Blick gedankenlos über den Hof streifen.

Sie war alleine, denn Ewa, die neue Magd, war nach Waldkirch gefahren, um dort Einkäufe zu erledigen, und die drei Männer im Haus, Thomas, ihr Sohn Dirk und der Knecht Hennes waren einmal wieder auf einer der großen Wiesen, um Heu einzuholen.

Auch, wenn der Betrieb auf dem Hof normal weiterlief, seit dem Wochenende war alles anders.

Gabriele stellte ihre halb geleerte Kaffeetasse vor sich auf den Tisch, lehnte sich zurück und schob mit den Händen ihre schulterlangen, schwarzen Haare hinter die Ohren.

Sie dachte daran, dass gestern das Beerdigungsinstitut angerufen hatte, um ihnen mitzuteilen, dass ihre verstorbene Schwiegermutter von der Pathologie freigegeben worden war. Der Beerdigungstermin war auch schon festgelegt worden. Das Begräbnis der Altbäuerin sollte bereits in drei Tagen, am kommenden Freitag, stattfinden.

Gabriele war erleichtert darüber, dass sich das Bestattungsinstitut um alle nötigen Formalitäten kümmerte.

So blieb der Familie viel Arbeit erspart.

Nun lenkte die Bäuerin ihre Gedanken in andere Bahnen, denn ihr lag etwas, was ihr gestern passiert war, tief im Magen.

Gestern war sie nach Gutach gefahren, um im dortigen Supermarkt ein paar Einkäufe zu tätigen.

Im Geschäft war sie auf zwei Frauen aus Simonswald gestoßen, die sie gut kannte. Normalerweise plauderte sie immer mit den beiden, doch gestern hatten sie nicht einmal zurück gegrüßt, als Gabriele „Hallo" zu ihnen gesagt hatte. Die Frauen hatten so getan, als sei Gabriele überhaupt nicht da. Natürlich hatte sie die zwei sofort angesprochen und sie gefragt, was los sei, doch die beiden hatten sich abgewandt und waren wortlos weitergegangen.

Gabriele hatte daran gedacht, dass die Frauen vielleicht nicht wussten, was sie angesichts des Todes von Maria zu ihr sagen sollten und sie deshalb nicht mit ihr geredet hatten.

Nachdem aber auch die Verkäuferin an der Supermarktkasse, eine Frau, die sie ebenfalls gut kannte, sie nur ganz kurz mit ernstem Gesicht bedient hatte, war sie schließlich grübelnd mit ihren Einkäufen zum Auto gegangen.

Als sie schließlich im Auto saß, fragte sie sich immer wieder, warum die Frauen sich ihr gegenüber so abweisend benommen hatten. Mitgefühl ihr gegenüber wegen dem Tod ihrer Schwiegermutter sah anders aus.

Es war, als wollten ihre Bekannten plötzlich nichts mehr mit ihr zu tun haben, doch warum? Gabriele hatte sich ihnen gegenüber nichts zu Schulden kommen lassen. Da war sie sich ganz sicher.

Diese Sachen hatte ihr keine Ruhe gegeben, und sie hatte es zuhause sofort ihrem Mann erzählt. Doch er hatte auch keine Erklärung dafür.

Die Bäuerin konnte nicht ahnen, dass sich die von Bettina verbreitete Lüge, Gabriele hätte ihre Schwiegermutter vergiftet, wie ein Lauffeuer verbreitet hatte.

Nun dachte sie an Thomas. Auch, wenn sie und er versuchten, alles genauso weiterlaufen zu lassen, wie es vorher war, ihr Zusammenleben verlief irgendwie anders. Natürlich lag ihr die Affäre ihres Mannes mit Alinka noch im Magen, doch da ihr bewusst war, dass auch sie selbst Thomas betrogen hatte, fiel es ihr etwas leichter, ihm seinen Fehltritt zu verzeihen.

Was sie merkwürdigerweise viel mehr belastete, war die Angst davor, dass Thomas ihr nicht verzeihen könnte.

Sie hatte sich auf Sex mit einem Mann eingelassen, der fünf Jahre jünger war als sie. Immer wieder fragte sie sich, wie es dazu überhaupt hatte kommen können. Schließlich liebte sie Thomas und war immer glücklich mit ihm. Dann aber war Peter gekommen, und es war einfach passiert.

Noch einmal ging ihr alles, was geschehen war, durch den Kopf.

Natürlich war ihr bewusst, dass auch sie es provoziert hatte. Sie hatte anfangs Spaß daran gefunden, ihm Einblicke in ihren Ausschnitt zu gewähren, weil er ihr irgendwie leidgetan hatte. Peter hatte es wegen seiner Frau nicht leicht im Leben und als seine ersten, verstohlenen Blicke in ihr locker aufstehendes T-Shirt gefallen waren, hatte sie ihm einfach ein paar schöne Momente im Leben gönnen wollen.

Eigentlich hätte es auch dabei bleiben sollen, doch diese Situation hatte Gabriele in eine vorher nicht gekannte, prickelnde Aufregung versetzt. Sie hatte selbst nicht gewusst, was plötzlich in sie gefahren war, als sie sich schließlich in der Ferienwohnung nähergekommen waren. Sie hatte es geschehen lassen und sich ihm einfach hingegeben.

Jetzt, im Nachhinein, war ihr bewusst, dass sie es niemals hätte tun dürfen.

Doch hätte ich es nicht getan, ging es ihr durch den Kopf, *dann hätte ich diese unglaublich schönen Stunden nie erlebt.*

Trotz des schlechten Gewissens, welches sie deshalb Thomas gegenüber hatte, dachte sie daran, dass sie das, was zwischen ihr und ihrem Feriengast geschehen war, nicht mehr missen wollte. Sie hatte zusammen mit Peter in der Ferienwohnung die schönsten und aufregendsten Momente erlebt, Momente, die sie in eine herrliche, fremde Welt geführt hatten. Dieses wunderschöne Zusammensein mit Peter würde sie nie vergessen.

Als sie daran dachte, huschte ein kurzes Lächeln über ihr Gesicht.

Dann aber wurde ihr bewusst, dass sie es nie wieder erleben würde.

Eigentlich schade, dachte sie und atmete tief durch.

Trotzdem war ihr bewusst geworden, dass sie für Peter Schmitz mehr empfand, als sie es durfte. Bei dem Gedanken an ihn verspürte sie die Sehnsucht, mit ihm zusammen zu sein.

Sie schloss für einen Moment die Augen.

Ich bin in ihn verliebt.

Erneut fragte sie sich, wie so etwas hatte passieren können. Thomas war doch immer ihre große Liebe, und er war es auch jetzt noch. Er war ihr Ein und Alles. Ein Leben ohne ihren Mann wäre für sie undenkbar.

„Ich liebe dich, Thomas", kam es leise über ihre Lippen, und als sie wieder an Peter dachte, flüsterte sie: „Und dich liebe ich auch."

Gabriele wusste, dass Peter Vergangenheit war und ihr war bewusst, dass sie diese Affäre für immer abhaken musste.

Das Klingeln des Handys riss sie aus ihren Gedanken.

Sie schaute auf das Display.

Unbekannte Nummer.

Dann nahm sie das Gespräch entgegen.

„Moosfaller", meldete sie sich.

„Hallo Gabriele. Kannst du reden?"

Die Bäuerin wurde mit einem Schlag blass. Diese Stimme erkannte sie sofort. Es war die Stimme von Peter, dem Mann, an den sie gerade noch sehnsüchtig gedacht hatte.

„Peter", stammelte sie.

„Kannst du reden?", fragte er erneut.

Obwohl sie alleine war, blickte sie sich suchend um, so, als hätte sie Angst, dass doch jemand in der Nähe sein könnte.

„Ja", antwortete sie. „Was willst du?"

„Ich wollte dir nur sagen, dass ich jetzt frei bin. Ich werde mich von meiner Frau nun endgültig trennen. Sie ist wieder rückfällig geworden und hat sich dermaßen abgeschossen, dass sie nun mit einer Alkoholvergiftung in der Klinik liegt. Ich kann das einfach nicht mehr ertragen. In einer Beziehung gibt man sich gegenseitig Liebe und Halt, und das hatte ich auch meiner Frau gegeben. Und was habe ich von ihr zurück bekommen? Nur Kummer und Sorgen. Seitdem ich dich kenne, ist mir meine Frau auch egal geworden. Mit dir habe ich erlebt, wie unglaublich schön es ist, von einem anderen Menschen Liebe zu bekommen. Ich möchte mit dir zusammen sein, Gabriele. Ich liebe dich."

Die Bäuerin wollte nicht glauben, was sie da hörte.

„Aber Peter", sagte sie, und in ihrer Stimme klang Verzweiflung. „Du darfst mich nicht lieben."

„Warum nicht? Das, was zwischen uns beiden passiert ist, ist etwas ganz Besonderes. Ich möchte mit dir irgendwo hingehen und etwas Neues anfangen."

Gabriele schluckte.

„Was sagst du denn da, Peter? Ich liebe meinen Mann und würde ihn niemals verlassen. Ja, das zwischen uns ist passiert, und es war, ...es war wunderschön, aber es hätte niemals passieren dürfen."

„Als wir zwei zusammen waren", entgegnete Peter, „hatte ich deutlich gespürt, dass du mich liebst, denn sonst hättest du dich mir nicht so hingegeben. Ich hatte es doch in deinen Augen gesehen. Sie hatten vor Glück gestrahlt. Sei ehrlich, du hast es doch auch gespürt, dieses unsagbar schöne Gefühl. Du willst es doch bestimmt wieder erleben, und ich habe genau gemerkt, dass du dich tief im Inneren danach sehnst, aus deinem tristen Dasein auf dem Bauernhof auszubrechen. Ich möchte mit dir ein neues Leben anfangen, ganz egal wo. Mir geht es finanziell sehr gut, und ich kann dir alles bieten, was du dir wünschst. Ich liebe dich und ich..."

„Stopp, Peter!", unterbrach Gabriele ihn. „Hast du mir nicht zugehört? Ich liebe meinen Mann, und das mit uns beiden war nichts anderes als ein schöner Moment, den wir beide schnellstes wieder vergessen müssen."

„Hör´ zu, Gabriele, ich muss mit dir auf jeden Fall darüber reden. Der Akku meines Handys macht jeden Moment schlapp. Ich bin bereits auf dem Weg zu dir und mache gerade eine kurze Pinkelpause auf einer Autobahnraststätte, bin aber schon wieder unterwegs zu meinem Wagen. Während der Autofahrt telefoniere ich aber grundsätzlich nicht. Wir reden über alles, wenn ich bei dir bin. Dann..."

Mit einem Schlag war die Verbindung unterbrochen.

Die Bäuerin starrte ungläubig auf ihr Handy.

„Das darf doch nicht wahr sein", sagte sie leise zu sich selbst. „Der Mann ist verrückt."

Sie wählte sofort die Nummer an, mit der sie gerade angerufen wurde, doch es war nur eine Stimme zu hören, die sagte, dass der gewünschte Teilnehmen momentan nicht erreichbar sei.

„Scheiße!"

Die Verwirrung, die Gabriele verspürte, hätte nicht größer sein können.

„Oh, mein Gott", kam es leise über ihre Lippen. „Peter spinnt."

Sie dachte daran, dass er bereits auf dem Weg zum Eichtannhof war.

Wenn er kommt, wenn Thomas wieder da ist, dachte sie, *dann wird etwas Schreckliches passieren.*

Auch, wenn Thomas sie nicht nach Einzelheiten über ihren Seitensprung gefragt hatte, weil er keine Details darüber wissen wollte, wenn er dem Mann begegnen würde, der Sex mit seiner Frau hatte, würde er ihm gegenüber garantiert aggressiv reagieren. Die Bäuerin kannte ihren Mann ganz genau. Wenn es um sie ging, konnte er sehr eifersüchtig werden.

Es lag schon einige Jahre zurück, als sie eine große Feier besucht hatten, bei der auch getanzt wurde. Da war Thomas spontan auf einen Mann losgegangen und hatte ihm einen Faustschlag versetzt, nur weil dieser angeblich zu eng mit Gabriele getanzt hatte. Thomas war damals regelrecht ausgerastet.

Wie würde Thomas reagieren, wenn Peter plötzlich hier auftauchen würde? Würde er dann vielleicht sogar zum Äußersten greifen und sein Gewehr aus dem Waffenschrank holen, um damit auf Peter zu schießen?

Gabriele wusste, dass ihr Mann unberechenbar werden konnte, wenn er in Rage geriet.

„Scheiße!", fluchte sie noch einmal laut.

Sie atmete einmal tief durch.

Erneut versuchte sie, Peter Schmitz auf seinem Handy anzurufen, doch er war, wie erwartet, nicht erreichbar.

Er ist schon unterwegs, ging es ihr durch den Kopf.

Gabriele dachte daran, dass Peter aus Hannover kam. Sie nahm ihr Handy und gab die Route nach Hannover ein.

„Hmm", murmelte sie. „Bei der momentanen Verkehrslage braucht er bis hierher sieben Stunden."

Er hat gerade gesagt, dass er an einer Raststätte eine Pinkelpause eingelegt hat, überlegte sie. *Er muss also schon eine ganze Weile unterwegs sein.*

Sie versuchte, sich zu konzentrieren.

Wenn er noch auf der Autobahn ist, dann könnte er noch ein paar Stunden unterwegs sein. Es kommt darauf an, wo genau er jetzt ist. Sollte er aber schon fast die Ausfahrt kurz vor Freiburg erreicht haben, dann könnte er bereits in einer halben Stunde hier erscheinen.

Gabriele war verzweifelt.

Ihr ging durch den Kopf, was passieren könnte, wenn Peter jetzt hier auftauchen und vor ihr stehen würde. Sie hatte regelrecht Angst davor, mit ihm alleine zu sein. Der Gedanke an Peter ließ ihr Herz höher schlagen. Sie empfand etwas für diesen Mann, das sie nicht empfinden durfte, und davor fürchtete sie sich.

Ihre Gedanken waren wirr.

Sie saß vor ihrem Haus und starrte ins Leere.

Gabriele griff nach ihrer Kaffeetasse, die vor ihr auf dem Tisch stand. Als sie einen Schluck daraus trank, musste sie feststellen, dass der Kaffee bereits fast kalt war.

Ein Motorengeräusch ließ sie aufhören.

Es war eindeutig ein Traktor, der sich dem Hof näherte.

Die Männer kommen schon zurück, dachte sie.

Tatsächlich wurden die Motorgeräusche immer lauter, und bald schon bog der Traktor, an dem einen mit Heu gefüllter Anhänger angekoppelt war, um die Ecke. Das Gespann blieb schließlich vor der Scheune stehen.

Hennes, der Knecht, hatte die Fahrt stehend auf der Deichsel verbracht. Nun sprang er hinunter und ging zum Scheunentor, um es zu öffnen.

Gabrieles Sohn Dirk, der auf dem Radkastensitz des Traktors saß, stand nun auf und stieg vom Traktor.

Er betrachtete den mit Heu gefüllten Anhänger, strich sich kurz mit beiden Händen über seinen roten Haarschopf und meinte laut: „Obwohl der Wagen so voll ist, haben wir unterwegs so gut wie kein Heu verloren."

Mittlerweile hatte Hennes das Scheunentor weit geöffnet. Der Bauer, der hinter dem Lenkrad des Treckers saß, blickte zu seiner Frau, die vor dem Haus saß, hinüber und winkte ihr kurz zu. Dann legte er den Rückwärtsgang ein und steuerte das Gespann mit viel Geschick in die Scheune.

Gabriele hatte ihrem Mann zurück gewunken.

Sie saß da und beobachtete, wie Hennes und Dirk in die Scheune gingen. Die Bäuerin war sich sicher, dass die drei Männer nun vorerst nicht mehr aus dem Gebäude kommen würden, weil sie das geerntete Heu nach oben auf den Boden schaffen mussten.

Ihre Gedanken kreisten.

Sie wusste, dass Thomas, Dirk und Hennes, wenn das Heu auf den Boden verstaut ist, noch einmal zur Weide hinausfahren würden, denn es sollte heute mindestens zwei Fuhren Heu eingeholt werden.

Sie hoffte, dass Peter erst kommen würde, wenn die drei wieder weg waren. Doch was würde passieren, wenn der gelbe Porsche in dem Moment auf den Hof fahren würde, wenn Thomas noch da wäre?

Gabriele spürte, wie bei diesen Gedanken das Blut in ihren Schläfen vor Aufregung hämmerte.

Sie atmete tief durch.

Jetzt dachte sie daran, dass Thomas auf das heikle Thema, welches ihr Zusammenleben verändert hatte, nicht mehr eingegangen war. Er wollte nicht wissen, was genau zwischen seiner Frau und diesem Feriengast vorgefallen war, und auch Gabriele wollte sich nicht vorstellen, was genau zwischen Alinka und ihrem Mann passiert war.

Das Bauernpaar versuchte, wieder in den normalen Alltag zurück zu kommen, in der Hoffnung, dass mit der Zeit Gras über diese Affären wachsen würde. Gabriele ging durch den Kopf, dass auch die Tatsache, dass Maria vergiftet worden war, alle dermaßen beschäftigte, dass das eheliche Fehlverhalten der beiden etwas in den Hintergrund getreten war.

Trotzdem war sich Gabriele der Sache bewusst, dass diese Untreue eine tiefe Wunde in ihre Ehe gerissen hatte, eine Wunde, die vielleicht nach und nach verheilen, aber dennoch für alle Zeit eine bleibende Narbe hinterlassen würde.

Warum nur macht man sich selbst alles kaputt?, dachte sie. *Wir lieben uns und waren doch immer so glücklich. Warum haben wir das gemacht?*

Erneut dachte sie an das, was zwischen ihr und Peter passiert war. Auch, wenn es niemals hätte passieren dürfen, es war passiert, und das Schlimme war, dass sie sich zu Peter hingezogen fühlte.

Gabriele wusste auch, warum. Sie hatte sich in ihn verliebt. Eine Erklärung für diese Liebe zu ihm fand sie nicht. *Liebe passiert einfach*, dachte sie. *Dagegen ist offensichtlich niemand immun.*

Ihr war bewusst, dass sie zwei Männer liebte. Trotzdem würde sie ihr bisheriges Leben nicht ändern und bei ihrem Mann bleiben. So groß die Verlockung auch war, mit einem anderen Geliebten ein neues Leben anzufangen, so sehr wusste sie auch, dass sie selbst daran kaputt gehen würde. Ihre Familie war immer das Wichtigste, das sie im Leben hatte, und das würde sie niemals aufgeben.

Alleine der Gedanke daran, dass ihre eigene Familie sie hassen würde, wenn sie alle Zelte auf dem Hof abbrechen würde, um mit einem anderen Mann zusammen zu sein, verursachte bei ihr Magenschmerzen.

Genau das würde sie Peter sagen, wenn er nachher kommt. Sie würde ihm klarmachen, dass er sie vergessen müsse.

Dennoch hatte sie große Angst vor dieser Begegnung mit ihm.

Werde ich stark sein können, wenn er vor mir steht, wenn er mich anblickt und mir sagt, dass er mich liebt?

Ihre Angst vor das Wiedersehen mit ihm wurde immer größer.

Sie dachte daran, dass sie vielleicht einfach in die Stadt fahren sollte, damit sie nicht zuhause wäre, wenn Peter käme. Damit würde sie eine Begegnung mit ihm vermeiden.

So schön Liebe auch ist, ging es ihr durch den Kopf, *es ist eine Strafe, zwei Männer zu lieben.*

Ihr wurde bewusst, dass sie jetzt den Hof nicht einfach verlassen konnte, um Peter nicht zu begegnen. Er würde mit Sicherheit hier auf sie warten, und das würde bedeuten, dass die beiden Männer, die sie liebte, aufeinandertreffen würde.

Das durfte nicht passieren!

*   *   *

Heikle Gedanken

Es war schon später Nachmittag geworden.

Gabriele Moosfaller verließ gerade die kleine Hofkapelle.

Sie hatte frische Blumen auf den Altar des kleinen Gotteshauses gestellt.

Das hatte normalerweise immer die Altbäuerin getan. Nach ihrem Tod hatte Gabriele auf Wunsch ihres Mannes diese Aufgabe übernommen.

Die Bäuerin blickte zur Zufahrt des Hofes.

Obwohl Peter Schmitz sein Besuch auf dem Eichtannhof angekündigt hatte, war er noch nicht da.

Gabriele dachte daran, dass er wohl doch erst später zuhause losgefahren sein musste.

Ihr Mann, ihr Sohn und der Knecht waren jetzt bereits zum dritten Mal hinaus zu den Weiden gefahren, um auch noch das restliche, geerntete Heu zu holen.

Einerseits war die Bäuerin froh, dass Peter noch nicht erschienen war, denn wäre er schon früher gekommen, dann wäre die Wahrscheinlichkeit, dass er auf Thomas hätte treffen können, sehr groß gewesen.

Hoffentlich kommt er jetzt, dachte sie. *Dann würde ich ihm klarmachen, dass es zwischen uns nicht funktionieren würde, weil ich ohne meine Familie nicht leben kann. Ich würde ihm sagen, dass er sofort wieder verschwinden müsste, weil mein Mann von der Affäre wisse und ihn, wenn er auf ihn träfe, vor Eifersucht verprügeln würde.*

Gabriele hatte sich die Worte, die sie Peter sagen wollte, schon genau zurechtgelegt.

Sie überquerte den Hof und begab sich zum Haupthaus. Bevor sie die Tür erreichte, vernahm sie ein Motorgeräusch, welches sich dem Hof näherte.

Es war aber ein Geräusch, welches sie eigentlich jetzt noch nicht hören wollte, denn es war offensichtlich der Traktor, mit dem die Männer von der Weide zurückkehrten.

„Oh man", sagte sie leise zu sich selbst. „Was wird passieren, wenn Peter gleich hier auftauchen wird?"

In dem Moment verspürte sie es wieder, dieses schreckliche Gefühl im Bauch.

Gabriele betrat das Haus.

Im Flur kam ihr Ewa entgegen.

Die Magd kam mit einem Korb voll zusammengefalteter Wäsche aus er Waschküche.

„Die Bettwäsche ist gebügelt", erklärte sie der Bäuerin mit ihrem polnischen Akzent in der Stimme. „Ich werde sie jetzt in den Schrank räumen."

Gabriele war froh, dass Ewa da war, denn im Moment fiel es ihr schwer, sich um die anstehenden Arbeiten zu kümmern.

Am gestrigen Montag waren gleich zwei Ferienwohnungen neu belegt worden. Die Familien, welche die Wohnungen gestern Morgen verlassen hatten, hatten einen Berg Wäsche hinterlassen.

Die Bäuerin dachte daran, dass Ewa ein Glücksgriff war, denn sie war sehr fleißig und zuverlässig. Alinka hatte für einen guten Ersatz gesorgt.

Alinka!, ging es Gabriele abfällig durch den Kopf. *Du falsches Luder!*

330

Während Ewa die Wäsche in den großen Schrank im Treppenhaus räumte, sagte sie: „Eigentlich wollte ich mich ja beeilen, weil ich noch einmal nach Waldkirch fahren wollte. Ich wollte mich dort mit einer Freundin treffen. Wir wollten zusammen Essen gehen. Meine Freundin hat mich aber vorhin angerufen und gesagt, dass es später wird, weil sie auf der A5 bereits seit mehr als einer Stunde in einem Stau steht. Sie ruft mich an, wenn sie von der Autobahn runter kommt. Dann werde ich losfahren, aber wie meine Freundin sagt, kann das noch etwas dauern."

Peter steht im Stau, schoss es Gabriele durch den Kopf. *Deshalb ist er noch nicht da.*

„Wo auf der A5 ist dieser Stau denn?", wollte die Bäuerin von ihrer Magd wissen.

Ewa zuckte mit den Schultern.

„Keine Ahnung. Das haben sie vorhin auch im Radio gesagt. Da haben sie von dem Stau berichtet, aber ich habe nicht so genau hingehört."

Gabriele schaute auf die Uhr.

Kurz nach Fünf. Wenn ich Glück habe, sagen sie es nach den Nachrichten.

Sie ging in die Küche. schaltete das Radio an und hatte Glück.

Der Wetterbericht war gerade zu Ende und die Radio-sprecherin sagte: „Und hier die Verkehrshinweise. Auf der A5, Karlsruhe in Richtung Freiburg, hat sich nach einem Verkehrsunfall zwischen dem Kreuz Offenbach und der Anschlussstelle Lahr ein zwölf Kilometer langer Stau gebildet. Bitte folgen Sie ab dem Kreuz Offenbach den ausgeschilderten Umleitungshinweisen."

Gabriele schaltete das Radio wieder aus.

Kein Wunder, dass Peter noch nicht da ist. Er steht im Stau.

Nun wurde ihr bewusst, dass er nachher auf jeden Fall auf Thomas treffen würde.

Sie schaute aus dem Küchenfenster und sah, wie der Traktor gerade wieder vor das Scheunentor fuhr. Dieses Mal war der Anhänger nur halb gefüllt.

Hennes öffnete das Tor und Thomas bugsierte das Gespann rückwärts in die Scheune.

Die Bäuerin wusste, dass Thomas ihren Sohn unterwegs abgesetzt hatte, weil dieser die Kühe von der Weide holen musste.

Kaum hatte Gabriele an Dirk gedacht, kam er auch schon mit den Kühen um die Ecke. Die Tiere kannten ihren Weg ganz genau und liefen direkt in den Stall. Das zweite Melken der Kühe hatte Dirk seit Sonntag übernommen, um seine Mutter, der er angemerkt hatte, dass es ihr nicht so gut ging, zu entlasten.

„Du bist ein Schatz, Dirk", sagte die Bäuerin leise zu sich selbst, als sie sah, wie ihr Sohn mit den Rindviechern in den Stall verschwand.

Auch ihrem Sohn gegenüber hatte sie ein schlechtes Gewissen. Als Heinrich sie lautstark des Fremdgehens bezichtigt hatte, waren alle Bewohner des Eichtannhofes im Raum. Dirk hatte alles mitbekommen, auch, dass der Altbauer ebenfalls auf die Untreue seines Vaters hingewiesen hatte.

Gabriele dachte daran, was in Dirks Kopf deswegen nun vorgehen würde. Er hatte bisher dazu geschwiegen, und sie war davon überzeugt, dass er sich einfach nicht traute, seine Eltern danach zu fragen.

Der Bäuerin war aber bewusst, dass sie und Thomas irgendwann mit Dirk, und auch mit ihrer in Freiburg lebenden Tochter Sabrina, darüber reden mussten.

Dann aber ging ihr wieder der bevorstehende Besuch von Peter durch den Kopf.

Sie musste sich unbedingt etwas einfallen lassen.

Noch stand Peter im Stau und es könnte noch eine ganze Weile dauern, bis er den Hof erreichen würde. Ihr kam die Idee, die Kühe heute nach dem Melken selbst zurück auf die Weide zu bringen. Die Weide lag direkt an der Zufahrt, die zum Eichtannhof hinaufführte. Sollte der Stau auf der A5 sich dann aufgelöst haben und Peter kommen, würde sie ihn sehen und abfangen. Doch was wäre, wenn der Stau noch länger dauern würde? Sie würde ihrem Mann einfach sagen, dass sie, nachdem sie das Milchvieh auf die Weide gebracht hat, noch einmal runter zum Stammerhof gehen würde, weil sie mit der Bäuerin dort noch etwas wegen ihres anstehendem Landfrauentreffens zu bereden hätte. Alles, was mit den regelmäßig stattfindenden Landfrauentreffen zu tun hatte, hatte Thomas noch nie interessiert. Deshalb würde er ihr diesbezüglich auch keine weiteren Fragen stellen.

Nun betrat Ewa die Küche.

Sie nahm ein Glas aus dem Schrank und füllte es mit Wasser.

„Ich werde mir, bis meine Freundin mich anruft, noch etwas den Fernseher anmachen", sagte sie und verschwand mit dem Glas in der Hand nach nebenan in die Wohnstube.

Die Bäuerin blickte, in Gedanken versunken, wieder aus dem Küchenfenster.

Sie vernahm nur ganz nebenbei, dass nebenan in der Stube nun die Nachrichten im TV liefen.

Obwohl sie einen Plan dafür hatte, wie sie Peter unterwegs abfangen würde, wollte die Last, die ihr deswegen auf den Schultern lag, nicht weichen.

Die Stimme der Magd holte sie aus ihren Gedanken: „Sie berichten sogar in den Lokalnachrichten von dem Stau auf der A5."

Die Bäuerin ging sofort zu Ewa in die Stube, denn das wollte sie sich unbedingt ansehen.

Sie blickte auf den Bildschirm des großen Fernsehers und sah die Aufnahmen, die offensichtlich von einem Hubschrauber aus gefilmt wurden. Es war ein Stau zu erkennen, dessen Ende nicht abzusehen war.

Obwohl Gabriele wusste, dass es auf Grund der Höhe, aus der die Aufnahmen gemacht wurden, nicht möglich war, einzelne Pkws deutlich zu erkennen, suchten ihre Augen unbewusst nach Peters gelben Porsche.

„Nach einem schweren Verkehrsunfall auf der A5", kommentierte der Nachrichtensprecher die gerade gezeigten Szenen, „hat sich in Fahrtrichtung Freiburg ein mehr als zwölf Kilometer langer Stau gebildet. Die Schuld an diesen Unfall trägt ein Lkw-Fahrer, der ungebremst auf ein Stauende aufgefahren war. Der 40tonner hatte einen am Ende des Staus stehenden Pkw gegen den davor stehenden Lastwagen geschoben. Der Fahrer des Pkws und auch der Unfallfahrer konnten nur noch tot geborgen werden."

Nun änderte sich das TV-Bild und es erschienen Aufnahmen des Unfalls. Es sah so aus, als sei der Unfallfahrer direkt auf den Lkw vor sich gekracht, denn das Führerhaus war total eingedrückt. Dann aber sah man auf den Fernsehbildern zwischen den beiden Lastwagen die zerquetschten Reste eines Pkws, von dem nicht mehr viel zu erkennen war. Das einzige, was Gabriele von dem total zerstörten Auto noch erkannte, war die gelbe Fahrertür, auf der ein großes, grünes „S" zu sehen war.

Sie merkte noch, wie ihre Knie schwach und vor ihren Augen alles schwarz wurde. Dann schwanden ihr die Sinne.

Ewa, deren Blick auf den Fernseher gerichtet war, hatte nicht bemerkt, dass die Bäuerin hinter ihr zusammengesackt war.

Erst, als sie sich mit den Worten: „Ist das nicht schrecklich", zu Gabriele umdrehte, sah sie diese auf dem Boden liegen.

Sie war in Sekundenschnelle bei ihr.

„Frau Moosfaller", sprach sie die Bäuerin an, doch es gab keine Reaktion.

Die Magd wusste, dass die Männer wieder zurück auf dem Hof waren. Deshalb rannte sie sofort hinaus und rief laut nach dem Bauern.

„Kommt schnell!", hallte es über den Hof. „Die Bäuerin ist zusammengebrochen!"

Sekunden später hastete Thomas, gefolgt von Hennes, aus der Scheune.

„Schnell!", rief Ewa noch einmal. „Sie liegt in der Stube!"
Als Thomas seine auf den Boden liegende Frau erreichte, schob er seine Hand unter ihren Kopf und hob ihn leicht an.
Gabrieles Augen flackerten und sie schien wieder zu sich zu kommen.
„Schatz, was ist passiert?", fragte der Bauer sie.
Zunächst reagierte sie nicht auf ihn.
Ihr Blick schien nach oben ins Leere zu gehen.
„Schatz?", wiederholte Thomas. „Was ist passiert?"
Jetzt schaute sie ihn an.
„Ich", stammelte sie, „ich weiß nicht..."
Dann sah sie zum Fernseher, in dem immer noch die Nachrichten liefen.
In dem Moment wusste sie, was der Auslöser ihres Zusammenbruchs gewesen war. Sie schloss die Augen und sah in ihren Gedanken noch einmal die Szenen des Unfalls.
Nun schossen ihr die Worte des Nachrichtensprechers durch den Kopf: *„Der Fahrer des Pkws und auch der Unfallfahrer konnten nur noch tot geborgen werden."*
„Oh, mein Gott", kam es flüsternd über ihre Lippen. „Oh, mein Gott."
Tränen liefen aus ihren Augen.
„Schatz?", hörte sie die Stimme ihres Mannes wie aus weiter Ferne. „Schatz, was hast du? Sprich mit mir."
Als Thomas sah, dass Gabriele mit einem Mal bitterlich weinte, wirkte er verzweifelt. Er setzte sich neben sie auf den Boden, hob ihren Oberkörper an und nahm sie in den Arm.

336

„Ich weiß nicht, was passiert ist", sagte er, „aber jetzt ist alles wieder gut, mein Schatz."

Gabriele sagte nichts.

Auch Hennes war nun in die Stube gekommen.

„Soll ich den Doktor anrufen?", fragte er Thomas.

Bevor dieser etwas sagen konnte, schüttelte Gabriele leicht den Kopf und meinte: „Nein, keinen Arzt. Es ist alles wieder gut, Ich hatte nur einen kurzen Schwächeanfall."

„Aber Schatz", sagte Thomas. „Du hattest noch nie einen Schwächeanfall. Ich halte es für besser, den Doktor zu verständigen."

„Nein", wiederholte die Bäuerin. „Es war in den letzten Tagen alles etwas zu viel für mich. Es geht mir jetzt aber schon wieder besser."

Den wahren Auslöser für ihren Zusammenbruch konnte sie Thomas nicht sagen.

Er half ihr beim Aufstehen und führte sie zu einem Stuhl.

„Setz´ dich erst einmal hin", sagte er und wandte sich dann an die Magd: „Ewa, bringst du meiner Frau bitte ein Glas Wasser?"

Jetzt betrat auch Dirk den Raum.

„Mama, was ist passiert?", wollte er sofort wissen.

„Es war nur ein kurzer Schwächeanfall", antwortete sie ihm und schaffte es sogar, ihn dabei anzulächeln. „Es ist alles wieder gut."

*   *   *

337

Ein böser Plan

Bettina Moosfaller saß zuhause vor dem Fernseher, doch die Sendung die dort gerade gezeigt wurde, interessierte sie nicht. Genau genommen nahm sie das, was momentan im TV lief, nicht wahr, weil ihr etwas anderes durch den Kopf ging.

Sie war alleine zuhause, denn ihr Mann Bernhard war gemeinsam mit ein paar Arbeitskollegen zum Kegeln gegangen.

Die Sekretärin von Manfred Gerber, den Mann, der das Grundstück für einen Hotelbau kaufen wollte, hatte sie angerufen und gefragt, wann sie denn endlich einen Vertrag abschließen könnten.

Bettina hatte ihr gesagt, sie könne Gerber ausrichten, dass es nicht mehr lange dauern und sie sich dann melden würde.

Daraufhin hatte die Sekretärin gesagt, dass es eilen würde, weil ihr Chef auch andere Angebote hätte und sich entscheiden müsse.

Gerber, dieses arrogante, herrschsüchtige Arschloch, ging es Bettina durch den Kopf.

Sie dachte daran, dass sie sich ihm gegenüber sogar prostituiert hatte, um mit ihm ins Geschäft zu kommen.

Wenn alles klappt, werde ich reich sein, und dann werde ich die Macht haben zu bestimmen, was ich möchte.

Sie hatte schon immer davon geträumt, ein großes Haus zu besitzen, ein Haus mit eigenen Angestellten, denen sie Befehle geben und die sie, wenn nötig, auch mal schikanieren könnte.

Ja, bald werde ich diese Macht haben!
Bettina hatte zunächst geplant, ihren Schwager Thomas während eines Besuchs auf dem Eichtannhof irgendwie zu töten und es dann wie einen Unfall aussehen zu lassen. Dieses Vorhaben wäre allerdings mit dem großen Risiko, dass etwas schiefgehen könnte, behaftet gewesen. Deshalb hatte sie nun einen anderen Plan.

Sie hatte Maria vergiftet. Diese Vergiftung war aufgeflogen, und die Kripo hatte deswegen auch ermittelt. Da die Polizei aber im Dunklen tappte und zum Tatzeitpunkt viele Leute, von denen keiner einen Grund dafür gehabt hätte, Maria zu töten, vor Ort waren, waren die Ermittlungen bis jetzt aber im Sande verlaufen.

Deshalb hatte Bettina geplant, Thomas ebenfalls zu vergiften, und sie wusste auch schon, wann.

Am kommenden Freitag, auf Marias Beerdigung, würde sie zuschlagen.

Bettina rechnete damit, dass mindestens 50 Leute zur Bestattung kommen würden. Die Familie hatte für die Trauerfeier den großen Saal in der Dorfgaststätte angemietet.

Während dieser Feier wollte sie einen passenden Moment finden, ihrem Schwager das Gift, welches sie in ein kleines, für Parfümproben vorgesehenes Glasröhrchen füllen würde, heimlich in sein Getränk schütten. Unmittelbar danach würde sie zur Toilette gehen, um alle Beweise verschwinden zu lassen.

Die Entsorgung des Glasröhrchens hatte sie zuhause schon ausprobiert. Sie hatte diese kleinen Röhrchen in Toilettenpapier eingewickelt, ins Klo geworfen und abgezogen, und schon waren sie für immer verschwunden.

Die Polizei würde nach der Tat alle Anwesenden befragen, besonders die, die schon bei der Vergiftung von Maria anwesend waren. Doch auch dieses Mal würden sie mangels Beweisen im Dunklen tappen.

Bettina dachte noch einmal daran zurück, wie sie Markus Grosejahn getötet hatte. Es war so einfach gewesen, und so etwas wie Mitgefühl hatte sie nicht verspürt.

Vor ihrem geistigen Auge sah sie noch einmal, wie sie den Körper von Markus auf die Treppe gelegt hatte, um es wie einen Unfall aussehen zu lassen.

Als sie nach dieser Tat wieder zurück nachhause gefahren war, hatte sie während der Fahrt sogar etwas Stolz verspürt, weil sie es so genial angestellt hatte.

Sie lächelte und schaute auf die Uhr.

„Es ist Zeit, wieder etwas Öl ins Feuer zu gießen", sagte sie leise zu sich selbst.

Sie hatte geplant, Gabriele noch mehr in den Fokus als Giftmörderin zu bringen. Wenn Thomas am Freitag tot sein würde, sollte der Verdacht sofort auf seine Frau fallen.

Bettina nahm ihr Handy, stellte es auf anonym ein und wählte die Nummer der Dorfgaststätte. Ihr Plan war, der Wirtin etwas Gesprächsstoff zu liefern, der Gabriele noch mehr ins schlechte Licht rücken sollte.

Als die Wirtin das Gespräch entgegen nahm, verhielt sich Bettina genauso, wie beim letzten Mal. Sie flüsterte.

„Mechthild, bist du es?"

„Ja", antwortete die Wirtin, der diese Flüsterstimme sofort bekannt vorkam.

„Es gibt wieder Neuigkeiten vom Eichtannhof."

Als Bettina eine kurze Sprechpause machte, um sich den nächsten Satz zurechtzulegen, fragte Mechthild sofort: „Was für Neuigkeiten?"

„Der Thomas Moosfaller will sich von seiner Frau scheiden lassen, weil sie es immer wieder mit fremden Kerlen treibt", flüsterte Bettina. „Ich wollte es zunächst auch nicht glauben, aber Gabriele fährt regelmäßig in die Stadt um sich von irgendwelchen Typen durchficken zu lassen. Jetzt hat Thomas die Nase voll und will es beenden. Gabriele will sich allerdings nicht scheiden lassen, weil sie dann mit leeren Händen dastehen würde und ihr Leben auf dem Eichtannhof aufgeben müsste. Thomas will aber nicht, dass jemand davon erfährt, weil er sich schämt."

„Ich weiß nicht, wer du bist", sagte Mechthild, „aber dass Gabriele so etwas tut, kann ich wirklich nicht glauben."

„Bei meinem letzten Anruf", flüsterte Bettina, „hattest du mir auch nicht geglaubt, dass sie Maria vergiftet hat. Ich lüge niemals."

Dann brach sie das Gespräch abrupt ab.

Bettina saß zuhause auf ihrem Sofa und grinste hämisch, während die Wirtin ungläubig in der Gaststätte hinter ihrer Theke stand und einfach nicht glauben wollte, was ihr diese mysteriöse Anruferin im Flüsterton berichtet hatte.

Genau wie beim letzten Anruf von Gabriele, hatten die Leute, die vor der Theke standen, an die Reaktion der Wirtin bemerkt, dass sie eine schlimme Nachricht be-kommen haben musste.

„Was ist los, Mechthild?", fragte einer der Gäste sofort.

Die Wirtin zögerte mit ihrer Antwort, als sie die neugierigen Blicke der nun schweigenden Leute vor der Theke sah.

„Es gibt wieder schlechte Nachrichten vom Eichtannhof", sagte sie schließlich, „aber bevor ich es euch erzähle, müsst ihr mir versprechen, den Thomas nicht darauf anzusprechen, weil er nicht will, dass jemand davon erfährt."

„Hat man die Gabriele endlich des Mordes an Maria überführt?", wollte einer der Gäste wissen.

Mechthild schüttelte den Kopf.

„Nein", sagte sie. „Es ist etwas anderes. Ich sage es aber nur, wenn ihr mit jetzt versprecht, es für euch zu behalten. Thomas will nicht, dass es jemand erfährt."

Ihre Gäste nickten.

„Na gut, Leute, dann werde ich euch jetzt einmal die Wahrheit über Gabriele Moosfaller erzählen."

Während die Wirtin der Dorfgaststätte ihren Gästen alles berichtete, was die unbekannte Anruferin ihr zugetragen hatte, saß Bettina Moosfaller, in deren Gesicht immer noch das bösartige und hinterhältige Lächeln zu sehen war, in ihrem Wohnzimmer und wirkte sehr zufrieden.

Wenn Thomas am Freitag vergiftet zusammensackt, dachte sie, *werden alle glauben, dass Gabriele ihn umgebracht hat, um einer Scheidung zuvorzukommen.*

Ihr Plan stand.

Sie hatte bereits alles vorbereitet. Im Badezimmer lag ihre kleine Schminktasche. Ihr Mann Bernie würde niemals auf die Idee kommen, in dieses Täschchen hineinzuschauen, weil ihn der Inhalt nicht interessierte.

Bettina hatte ein kleines Glasröhrchen mit E 605 befüllt, es in die kleine Tasche gelegt und unter den ganzen Schminkutensilien versteckt.

Am Freitag würde sie das Röhrchen in ihre Handtasche stecken und es mit zur Beerdigung nehmen.

Alles war bestens vorbereitet.

Ich glaube, ich könnte mich daran gewöhnen, Leute mit Gift um die Ecke zu bringen. Es macht mir irgendwie Spaß.

Der Gedanke daran, dass ihr Schwager Thomas der nächste sein würde, sorgte für ein erneutes, zufriedenes Lächeln in ihrem Gesicht.

*   *   *

Ein schwarzer Tag

Freitag

Der Trauerzug hatte nach der Messe die Kirche verlassen und zog langsam über den Friedhof, der unmittelbar an das Gotteshaus angrenzte.

Das monotone Läuten der Totenglocke begleitete den Tross der schwarzgekleideten Menschen, die der verstorbenen Maria Moosfaller die letzte Ehre erweisen wollten.

Der Himmel war heute bedeckt, und es zogen dunkle, bedrohlich wirkende Wolken auf, die baldigen Regen ankündigten.

Das düstere Wetter unterstrich die finstere Atmosphäre, die in diesem Moment die trauernden Menschen, die mit versteinert wirkenden Gesichtern bedächtig hinter dem Wagen mit dem Sarg herschritten, überschattete.

Der Wagen wurde von sechs, mit schwarzen Anzügen bekleideten Sargträgern flankiert. Davor lief der Pastor, der mit wohl überlegten Schritten einen Fuß vor den anderen setzte und das mäßige Tempo der Gefolgschaft vorgab.

Heinrich Moosfaller war der erste, der langsam hinter dem Sarg seiner Frau herging. Sein verbittert wirkendes Gesicht war blass, fast weiß.

Ihm folgten seine beiden Söhne, begleitet von ihren Frauen und den beiden Enkelkindern Dirk und Sabrina.

Hinter ihnen begleiteten der Knecht Hennes, die Magd Ewa und Maria Moosfallers beste Freundin Martha Wurle, unter deren dicken Brillengläsern Tränen über ihre Wangen kullerten, den langen Trauerzug, der aus einer beachtlichen großen Menschenmenge bestand.

Die Altbäuerin Maria Moosfaller war zu ihren Lebzeiten im Simonswälder Tal sehr beliebt gewesen, und alle Trauernden, die sie nun auf ihrem letzten Weg begleiteten, waren über ihren Tod sehr bestürzt.

Die Tatsache, dass Maria vergiftet worden war, hatte alle schwer erschüttert, und es gab nahezu niemanden im Tal, der nicht von dem Gerücht gehört hatte, dass ihre Schwiegertochter Gabriele sie ermordet haben sollte.

Auch die von Bettina Moosfaller verbreitete Lüge, dass der Bauer vom Eichtannhof sich von seiner Frau scheiden lassen wollte, weil diese es regelmäßig mit anderen Männern treiben würde, hatte sich wie ein Lauffeuer verbreitet.

Die einzigen, die von diesen böswillig verbreiteten Gerüchten nichts wussten, waren Thomas und seine Familie. Niemand hatte es gewagt, jemanden vom Eichtannhof darauf anzusprechen.

Bald war das ausgehobene, von zahlreichen Kränzen umgebene Grab erreicht.

Während die sechs Männer, die neben dem Wagen hergeschritten waren, den Sarg behutsam auf die Bretter stellten, welche quer über dem Erdloch lagen, versammelte sich die Trauergemeinde rundherum.

Der Pastor wartete, bis alle einen Platz gefunden hatten. Dann begann er mit seiner Trauerrede, in der er vom Leben der Altbäuerin erzählte. Immer wieder hob er hervor, dass Maria Moosfaller eine äußerst tiefgläubige

Frau gewesen sei, die jetzt an der Seite des geliebten Herrn ihren verdienten Platz gefunden hat.

Schließlich beendete der Pastor seine Rede mit den Worten: „Erde zu Erde, Asche zu Asche, Staub zu Staub." Er segnete den Sarg mit Weihwasser und trat ein paar Schritte zurück.

Jetzt ergriffen die sechs Männer mit den schwarzen Anzügen die über dem Grab hängenden Seile, entfernten die Bretter und ließen den Sarg langsam und behutsam hinab in das ausgehobene Erdloch.

In diesem Moment konnte niemand mehr seine Tränen zurückhalten.

Thomas und Bernhard traten an ihren Vater heran und legten ihre Arme um ihn.

Als die Beine des bitterlich weinenden Altbauern plötzlich ihren Dienst versagten und er zusammensackte, konnten seine Söhne gerade noch seinen Sturz auf den Boden verhindern.

Heinrich hatte seinen Körper aber wieder schnell im Griff. Nun war er es, der seine beiden Jungen fest umklammerte.

Schließlich traten die drei gemeinsam an das Grab von Maria heran.

Sie blickten hinunter auf den Sarg.

Der Altbauer schloss die Augen und betete leise.

Seine Söhne standen zu beiden Seiten neben ihren Vater und hatte wieder die Arme um ihn gelegt.

Nun hob Heinrich den Kopf, schaute mit Tränen gefüllten Augen zum Himmel und sagte: „Maria, wir werden uns bald wiedersehen."

Dann beförderten er, Bernhard und Thomas, nacheinander ein paar Schippen Sand und ein paar der Blumen, die neben dem Grab lagen, hinab auf den hölzernen Sarg. Dabei hatten alle drei das Gefühl, als sei das alles nur ein Traum.

Schließlich traten sie beiseite, damit auch die anderen sich von Maria ein letztes Mal verabschieden konnten.

Bettina und Gabriele traten als nächste an das Grab heran, gefolgt von Dirk und seiner Schwester Sabrina.

Als die trauernden Gäste an Maria Moosfallers Familie herantraten, um ihnen ihr Beileid auszusprechen, geschah etwas, auf das niemand gefasst war.

Martha Wurle, die beste Freundin der Verstorbenen, hatte, angefangen von Heinrich und seinen Söhnen alle kurz umarmt.

Als sie vor Gabriele stand und diese ihr die Hand reichen wollte, schaute Martha die Bäuerin nur an und sagte leise: „Der Herrgott wird dafür sorgen, dass du in der Hölle schmorst." In diesem Moment wirkten ihre Augen trotz der dicken Brillengläser wie winzige Schlitze. „Du, ...du Mörderin."

Dann ging sie wortlos weiter.

Diese Worte schlugen bei Gabriele ein wie ein Blitz aus heiterem Himmel. Auf so etwas war sie nicht gefasst gewesen, und sie wusste in diesem Moment auch nicht, wie sie darauf reagieren sollte. Genauer gesagt wäre eine angemessene Reaktion auch gar nicht möglich gewesen, denn sie waren auf Marias Beerdigung, und der Sarg ihrer Schwiegermutter war gerade eben erst in die Tiefe gelassen worden.

Thomas, der neben ihr stand, hatte das mitbekommen. Auch er fand für Marthas Verhalten keine Worte.

Es sollte aber noch schlimmer kommen.

Die Trauergemeinde schritt an den Familienangehörigen der Verstorbenen vorbei, um jedem ihr tiefes Beileid auszusprechen. Gabriele allerdings wurde missachtet. Niemand reichte ihr die Hand. Die Leute schauten sie beim Vorbeigehen nicht einmal an und wenn, dann war es nur ein kurzer, böser Blick.

Gabriele verstand die Welt nicht mehr.

Ihr Mann, der das alles mitbekam, reagierte schließlich.

„Was ist los mit euch?", fragte er. „Warum tut ihr das?"

Er bekam keine Antwort.

Die Trauergäste sprachen weiterhin allen Familienmitgliedern ihr Beileid aus und schenkten Gabriele keine Beachtung.

Jetzt ergriff Bettina das Wort: „Was habt ihr denn alle? Was hat meine Schwägerin euch denn getan?"

Sie wirkte empört.

Innerlich allerdings triumphierte sie. Dass das Gerücht, welches sie in die Welt gesetzt hatte, so eine Wirkung zeigt, hätte sie nicht gedacht.

Besser kann es gar nicht laufen, ging es ihr durch den Kopf. *Und wenn Thomas nachher tot zusammenbrechen wird, wird man sie für die Schuldige halten.*

Offensichtlich waren sich alle Friedhofsbesucher einig, Gabriele zu missachten und über der Grund dieser Missachtung zu schweigen.

Nach den Beileidsbekundungen machte sich die schwarz gekleidete Menschenmenge auf den Weg zur Trauerfeier.

Auch die Familie der Verstorbenen ging nun über den Friedhof in die Richtung der Dorfgaststätte.

„Ich verstehe das alles nicht", sagte Bettina. „Ich werde jetzt zu ihnen gehen und sie fragen, was das soll."

Bevor jemand etwas sagen konnte, beschleunigte sie ihre Schritte, um zügig zu den anderen Trauergästen zu gehen.

Als Bettina die ersten erreicht hatte, sprach sie diese sofort an: „Sagt mir bitte, was passiert ist. Es muss doch einen Grund dafür geben, dass ihr Gabriele so missachtet."

„Weißt du es wirklich nicht?", fragte eine Frau aus einer Gruppe älterer Damen sie.

„Nein", log Bettina. „Was ist denn passiert?"

„Deine Schwägerin hat Maria vergiftet. Nur, man kann es ihr nicht beweisen."

„Was?!", entgegnete Bettina mit vorgespielter Empörung.

„Ja", sagte nun eine andere Frau. „Und außerdem betrügt sie ihren Mann nach Strich und Faden."

„Wer erzählt denn so einen Müll?", wollte Bettina wissen, obwohl niemand die Antwort so gut kannte wie sie selbst.

Dann ging sie zügig weiter, um die nächsten Beerdigungsgäste einzuholen.

Bettina spielte das empörte Mitglied der Familie Moosfaller sehr gut.

Sie mischte sich mitten in die Menschengruppe und sagte Laut: „Was hat meine Schwägerin euch getan?"

Als sie zunächst nur unsichere Blicke erntete, fragte sie: „Warum behandelt ihr Gabriele so?"

Nun war es ein etwas älterer Herr, der ihr antwortete: „Wir wollen mit einer Mörderin nichts zu tun haben."

Bettina marschierte nun noch weiter nach vorne, um hier ebenfalls die Leute anzusprechen, denn so konnte sie sich sicher sein, dass das Gerücht, welches sie selbst verbreitet hatte, bei den meisten Anwesenden der Gesprächsstoff des Tages bleiben würde.

Das sollte ihr Ziel, Gabriele als Mörderin in den Fokus zu stellen, wenn Thomas nachher mit Vergiftungserscheinungen tot zusammenbrechen würde, festigen.

Sie wollte gerade etwas sagen, als sie eine Entdeckung machte, die sie zusammenzucken ließ.

Vorne am Friedhofsausgang standen drei Männer, begleitet von zwei uniformierten Polizisten.

Die Männer blickten suchend in ihre Richtung.

Scheiße!, schoss es ihr durch den Kopf.

Sie dachte daran, dass die Polizei Gabriele noch einmal befragen wollte, weil das Gerücht, das sie verbreitet hatte, bis zu den Gesetzeshütern vorgedrungen sein könnte.

Als sie aber merkte, dass die Blicke der Polizisten eindeutig auf sie selbst fixiert waren, wurde ihr mulmig.

Sie wollen mich befragen, weil ich bei Marias Tod auch anwesend war, dachte sie, *aber sie können mir nichts beweisen.*

In diesem Moment dachte sie daran, dass sie ein Röhrchen mit Gift in ihrer Handtasche hatte. Sie war davon überzeugt, dass die Polizisten keinen Grund dafür hätten, in ihre Tasche zu sehen. Schließlich war sie auf einer Beerdigung, und da gab es keinen Anlass, nach Gift zu suchen.

Trotzdem wurde ihr bei dem Gedanken an das E 605 in ihrer Tasche mulmig.

Deshalb handelte sie sehr schnell und ließ ihre Handtasche beim Vorbeigehen auf eines der Gräber fallen. Die Tasche landete direkt hinter einer kleinen Buchsbaumhecke.

Als sie die am Friedhofsausgang wartenden Männer erreichte, hielt ihr ein zivil gekleideter Mann einen Dienstausweis unter die Nasen.

„Sind Sie Bettina Moosfaller?", fragte er sie.

Die Angesprochene nickte unsicher.

„Ja, die bin ich. Was möchten Sie von mir."

„Würden Sie uns bitte zu unserem Auto begleiten?", sagte der Mann, der sich nun als Kriminalbeamter mit seinem Namen vorstellte, zu ihr.

Bettina wurde unsicher.

„Hören Sie mal zu", sagte sie empört. „Ich kann jetzt nicht mit Ihnen kommen, weil meine geliebte Schwiegermutter gerade beerdigt wurde und ich jetzt auf die Trauerfeier gehe."

Der Kripobeamte schaute sie durchdringend an.

„Dann spreche ich es jetzt einmal ganz offiziell aus", sagte er. „Hiermit nehme ich Sie vorläufig fest, weil gegen Sie der dringende Tatverdacht besteht, Maria Moosfaller, sowie Markus Grosejahn getötet zu haben."

Auch, wenn Bettina für einen Augenblick geschockt war, so war sie sich der Sache sicher, dass man ihr nichts beweisen konnte.

„Was erzählen Sie denn da für einen Müll!", sagte sie. „Ich bin doch keine Mörderin."

Mittlerweile hatten die Polizisten die Aufmerksamkeit der kompletten Trauergemeinde auf sich gezogen.

Auch das, was Bettina soeben gesagt hatte, hatten sie mitgehört.

Ein älterer Herr blieb stehen und meinte zu den Polizisten: „Da haben Sie genau die Falsche erwischt. Bettinas Schwägerin Gabriele ist die Mörderin."

Ohne darauf zu reagieren, forderte einer der drei Kripobeamten den Mann auf weiterzugehen.

Nun trat eine der vorbeilaufenden Frauen an Bettina heran und sagte: „Gut, dass ich dich noch eingeholt habe. Du hast gerade deine Handtasche auf einem Grab verloren."

Die Frau hielt ihr die Tasche hin.

„Sie hat sie nicht verloren", mischte sich nun eine andere Frau ein. „Sie hat sie absichtlich fallen gelassen. Das habe ich genau gesehen."

Nach dieser Aussage ergriff einer der Kripobeamten die Tasche.

„So, so", sagte er und schaute Bettina an. „Dann wollen wir doch mal sehen, warum Sie die Tasche so plötzlich loswerden wollten."

Als er die Handtasche öffnete, versuchte Bettina, danach zu greifen.

„Sie dürfen nicht einfach so meine Tasche durchsuchen", meinte sie empört. „Dazu brauchen sie einen Durchsuchungsbeschluss."

„Ich brauche überhaupt nichts", entgegnete der Polizist. „In dem Fall geht es um Morddelikte, und da sehe ich bei den Ermittlungen Gefahr im Vollzug."

Dann griff der Kripobeamte in seine Jackentasche, holte ein paar dünne Handschuhe dort heraus und zog sie an.

Er schaute in die Tasche. „Dann wollen wir doch mal sehen, was Sie da zu verbergen haben."

Während er vorsichtig den Inhalt der Handtasche begutachtete, wiesen die beiden uniformierten Polizisten die stehengebliebenen Laute zum Weitergehen an.

Der Beamte, der die Tasche durchsuchte, bemerkte sofort, dass die rothaarige Frau vor ihm immer nervöser wurde. Er hatte viel Berufserfahrung, und das Verhalten der Frau sagte ihm, dass mit dem Inhalt der Handtasche etwas nicht in Ordnung sein musste. Das Gesicht der Frau spiegelte eindeutig Angst wider.

Schließlich entdeckte er das kleine Röhrchen, welches eine blaue Flüssigkeit enthielt.

Der Polizist wusste, dass die Mordopfer mit E 605 vergiftet worden waren, und er wusste, dass E 605 blau war.

„Was haben wir denn da?", sagte er und nahm das Röhrchen aus der Tasche.

Bettina starrte ihn an.

„Was ist das?", stotterte sie. „Wie kommt das in meine Tasche? Das muss mir jemand heimlich dort reingesteckt haben."

Der Kripobeamte legte das Röhrchen wieder zurück in die Tasche.

Dann fasste er Bettinas Arm und sagte: „Begleiten Sie uns jetzt zu unserem Auto oder muss ich Sie vor allen Leuten mit Handschellen abführen?"

Nun ging die Angesprochene freiwillig mit.

Als sie wenig später hinten im Auto saß, setzte sich der Mann von der Kripo neben sie.

Seine Kollegen standen vor dem Auto und forderten zusammen mit den beiden uniformierten Polizisten die Leute zum Weitergehen auf.

„Dann erzählen Sie mal", forderte der Kripobeamte Bettina auf.

„Was soll ich denn erzählen? Es gibt nichts zu erzählen, und ich weiß auch nicht, wie das Gift in meine Handtasche gekommen ist."

Der Mann neben ihr grinste.

„So, so, junge Frau, ich habe nicht erwähnt, dass in dem Röhrchen Gift ist. Mit dieser Aussage haben sie sich quasi schon verraten."

„Ich sage jetzt nichts mehr", entgegnete Bettina. „Ich möchte einen Anwalt."

„Kein Problem. Wenn wir nachher auf der Wache sind, können sie einen Anwalt kommen lassen. Ich kann Ihnen aber jetzt schon sagen, dass er Ihnen nicht viel helfen wird, denn es gibt erdrückende Indizien, die Sie eindeutig als Täterin festsetzen. Kennen Sie einen Markus Grosejahn?"

Bettina überlegte kurz. Niemand konnte wissen, dass sie bei Markus war.

Deshalb antwortete sie: „Nein, den kenne ich nicht."

Der Polizist grinste erneut.

„Ihre Lügen helfen Ihnen auch nicht weiter. Sie haben Markus Grosejahn in Ravenstein besucht und ihn dort getötet. Man hat Sie dabei beobachtet, wie sie aus seinem Haus kamen. In so einem kleinen Ort fällt den Nachbarn eine Frau mit so einer auffälligen Frisur, wie Sie sie tragen, eben sofort auf."

Es gibt genug andere, rothaarige Frauen", entgegnete Bettina.

Der Mann neben ihr zog sein Handy aus der Tasche und tippte darauf herum.

Dann zeigte er ihr ein Video und sagte: „In Ravenstein gibt es tatsächlich auch Videokameras mit Bewegungsmelder, und das hier hat eine dieser Kameras aufgezeichnet."

Auf dem Video, welches auf dem Handy lief, sah man, wie Bettina in ihr Auto stieg und damit wegfuhr.

„Auch, wenn diese Aufzeichnung verbotenerweise von der Kamera einer Privatperson aufgenommen wurde, weil es um Mord geht, wird der Richter es als Beweismittel anerkennen. Darauf sind eindeutig Sie, Ihr Auto und auch das Kennzeichen zu sehen. Sie können sich so oder so nicht mehr raus reden. Kurz nachdem Sie die Wohnung von Markus Grosejahn verlassen hatten, war dessen Putzfrau gekommen und hatte ihn tot aufgefunden. Der herbeigerufene Arzt, hatte sofort die Polizei verständigt, weil er eine Vergiftung festgestellt hatte. Unsere Leute von der KTU hatten sich den Tatort angeschaut und angesichts der unnatürlichen Lage des Toten war ihnen klar, dass da jemand einen Treppensturz vortäuschen wollte. Sie, Frau Moosfaller, hatten den Toten auf die Treppe gelegt und um es nach einen Sturz aussehen zu lassen, den Kopf des Toten auf die Stufe geschlagen. Dazu hatten sie ihn an den Haaren gepackt und dabei DNA-Spuren daran hinterlassen. Nun, wir hatten ihr Autokennzeichen, und eine Halterfeststellung ergab, dass der Wagen auf einen Bernhard Moosfaller zugelassen ist. Natürlich wurde der Name sofort mit dem der kürzlich vergifteten Maria Moosfaller abgeglichen. Die Frau wurde, genau wie Markus Grosejahn, mit E 605 getötet. Wir hatten Ihre Adresse und der Staatsanwalt hatte sofort ein Durch-suchungsbeschluss für ihre Wohnung in Freiburg aus-gestellt. Da niemand zuhause war, mussten wir die Tür öffnen lassen. Die Kollegen vor Ort haben gute Arbeit geleistet. Nicht nur, dass Spuren von E 605 gefunden wurden, auch ein DNA-Abgleich mit Haaren, die man Ihrer Bürste im Bad entnahm, war identisch mit den DNA-Spuren am Kopf des ermordeten Grosejahns. Dass Sie heute hier auf der Beerdigung Ihrer Schwiegermutter sind, haben wir übrigens von einer Ihrer Nachbarinnen er-fahren. Sie sehen also, Frau Moosfaller, die Beweislage ist eindeutig. Deshalb würde ich Ihnen anraten, ein Ge-ständnis abzulegen, denn das macht alles einfacher, für Sie und auch für uns."

„Ich sage nichts mehr", entgegnete Bettina. „Ich möchte erst mit einem Anwalt sprechen."

Jetzt sah sie, dass ihr Mann Bernhard und ihr Schwager Thomas vor dem Auto standen. Sie unterhielten sich auf-geregt mit den Polizisten.

Alle anderen Leute vom Eichtannhof standen auch um sie herum.

Bettina sah, wie Bernie mit einem Mal die Hände vor sein Gesicht schlug. Als er diese wieder herunter nahm, schaute er sie fassungslos durch das Autofenster an.

In diesem Moment war sich Bettina sicher, dass die Polizisten ihm gesagt hatten, dass man sie als Mörderin verhaftet hatte.

Plötzlich trat Bernhard an das Auto heran, riss die Fahrzeugtür auf und schaute sie durchdringen an.

„Stimmt das, was sie sagen?", fragte er sie. „Hast du meine Mutter vergiftet?"

Sie schaute ihn nur schweigend an.

„Also doch", kam es ungläubig über seine Lippen. „Warum nur? Warum hast du das getan?"

Nun ließ Bettina ihren Gedanken freien Lauf.

„Warum ich das getan habe? Ganz einfach, weil du mir nicht das Leben geboten hast, was ich verdient hätte! Du hättest ein Anrecht auf den Hof gehabt, doch in deiner gütmütigen Bescheidenheit hast du einfach darauf verzichtet. Der Hof ist Millionen wert, und deshalb könnten wir reich sein. Wir könnten in einem tollen Haus leben und uns so richtig etwas gönnen, aber du, du gibst dich mit einem bescheidenen Leben in einer Mietwohnung zufrieden. Ich habe ein besseres Leben verdient als das, was du mir bietest. Es gibt einen Mann, der mir Millionen für den Hof geboten hat, einen Mann, der weiß wie man zu Geld kommt. Dich kann man ja nicht als Mann, sondern nur als Memme bezeichnen, weil du nichts auf die Reihe bekommst und immer viel zu bescheiden bist. Dir fehlt ja der Mut zu jeglichem Handeln, und deshalb habe ich die Sache in die Hand genommen. Überhaupt, ich hätte mir von Anfang an einen anderen Mann nehmen sollen, einen Mann, der mir das bieten kann, was mir zusteht. Du kannst es auf jeden Fall nicht! Im Grunde genommen

357

warst du für mich immer nur ein Mittel zum Zweck, ein Mittel, das aber nicht gewirkt hat. Du und deine Moosfallerfamilie, ihr seid doch alle nur einfache Bauern, denen nicht einmal bewusst ist, was sie alles aus ihrem Leben hätten machen können. Ihr gehört einfach nicht in meine Welt, und damit ihr Bescheid wisst, ich mochte euch Bauern noch nie, weder Thomas noch Gabriele, meine ach so liebe Schwägerin. Ja, und ich war es, die die bösen Gerüchte über Gabriele in die Welt gesetzt hat." Sie blickte Bernhard mit heruntergezogenen Augenbrauen an. „Damit du es weißt, ich habe dich noch nie geliebt. Ich hasse dich!"

Sie griff nach der Autotür und zog sie mit einem lauten Knall zu.

Bernhard stand da und konnte nicht verstehen, was hier gerade geschah.

Sein Bruder trat an ihn heran und nahm ihn in den Arm.

„Tut mir leid", sagte Thomas leise. „Das hätte ich ihr niemals zugetraut."

Bernhard weinte.

„Sie hat Mama getötet", kam es ungläubig über seine Lippen. „Sie hat Mama getötet."

Nun flossen bei Thomas auch die Tränen.

Neben ihnen standen die übrigen Mitglieder der Familie Moosfaller, die genauso fassungslos wirkten.

Sie alle sahen ungläubig zu, wie nun auch die anderen Polizisten in das Auto stiegen, um schließlich davonzufahren.

Das alles war den Friedhofsbesuchern, die nun eine große Menschentraube um die Familie Moosfaller herum bildeten, nicht entgangen. Auch in ihren Augen stand Fassungslosigkeit.

Schließlich war es Martha Wurle, die beste Freundin der verstorbenen Maria, die aus der Menschenmenge hervortrat und zu Gabriele ging.

„Ich muss mich bei dir entschuldigen, Gabriele", sagte sie und nahm die Bäuerin in den Arm. „Ich habe dir Unrecht getan."

Nun traten immer mehr Trauergäste, die Gabriele am Grab ignoriert hatten, an sie heran und gaben ihr die Hand.

Schließlich war es Heinrich Moosfaller, der, trotz der für ihn schwierigen Situation, versuchte, wieder etwas Struktur in den geplanten Tagesablauf zu bringen.

„Hört zu. Leute", sagte er. „Es ist für uns alle heute ein schwarzer Tag, aber bitte, geht jetzt alle in die Gaststätte, damit die Trauerfeier für meine geliebte Maria so verläuft, wie Maria es sich gewünscht hätte."

Die Anwesenden folgten den Worten des Altbauern und gingen in die Richtung der Dorfgaststätte.

Gabriele stand noch immer da, und es sah so aus, als hätte sie das, was gerade passiert ist, überhaupt nicht verstanden.

Heinrich trat an sie heran.

Er fasste sie mit beiden Händen an den Schultern und schaute ihr mit glasigem Blick in die Augen.

„Maria wurde mir genommen", sagte er. „Ich weiß nicht, wie ich damit klarkommen soll, aber damit, dass ich dich so niederträchtig behandelt habe, komme ich auch nicht klar. Du hast mit Marias Tod nichts zu tun, und es tut mir

359

leid, dass ich dich beschuldigt habe. Maria war mein ein und alles, und ich kann mir nicht vorstellen, wie es ohne sie weitergehen soll. Deshalb solltest du alles, was ich zu dir gesagt habe, nicht so ernst nehmen. Ich habe das alles nicht so gemeint."

„Ach, Heinrich", sagte sie leise. „Ich habe Maria auch sehr geliebt, und deshalb verstehe ich das alles nicht."

Sie schaute ihre beiden Kinder Sabrina und Dirk, die neben ihr standen, kurz an. Dann sagte sie mit einem Blick auf Thomas und Bernhard: „Kommt, lasst uns in die Gaststätte gehen. Ich glaube, wir werden da schon erwartet."

*   *   *

Alles ist anders

Sonntag

Eigentlich war der Tag auf dem Eichtannhof so verlaufen, wie jeder andere auch. Dennoch war seit der Beerdigung der Altbäuerin alles anders.

Die anstehenden Arbeiten wurden wie immer erledigt, doch allen war zu Mute, als schwebe eine düstere Wolke über dem Hof.

Selbst die Feriengäste hatten gefragt, warum der Knecht Hennes, der sonst immer so lustig war und oft irgendwelche Späße gemacht hatte, mit einem Schlag so ernst sei.

Es war spät geworden und die einzigen, die nach dem Abendessen noch in der Wohnstube saßen, waren der Bauer und die Bäuerin.

Gabriele und Thomas hatten nebeneinander auf dem Sofa Platz genommen und schauten sich im TV schweigend die Nachrichten an.

Seitdem sie sich gegenseitig ihre Untreue gestanden hatten, war ihr Verhältnis zueinander getrübt.

Thomas liebte seine Frau und Gabriele liebte ihn, aber irgendwie hatte die Beziehung einen Knacks bekommen. Selbst ihre Unterhaltungen waren anders als sonst.

Gabriele hatte ihre Hand in die seine gelegt, und er hielt sie fest. Es gab beiden das Gefühl, zusammen zu sein.

Thomas drückte zwischendurch ihre Hand etwas fester. Damit wollte er ihr zeigen, dass er für sie da war. Sie tat das Gleiche, aber dennoch war es nicht so wie früher.

Beide hofften, dass mit der Zeit wieder alles genauso werden würde, wie es einmal gewesen war und dass die Gedanken an das, was sie sich gegenseitig angetan hatten, irgendwann einmal in Vergessenheit geraten würden.

„Wir müssen noch einmal darüber reden", sagte Thomas mit einem Mal.

„Was?", wunderte Gabriele sich. „Ich dachte, wir wollten es abhaken."

„Ja", meinte Thomas, „und deshalb wollte ich dir sagen dass mir noch etwas tief im Magen liegt."

Er holte tief Luft.

Dann sagte er: „Das mit Alinka hätte ich sowieso für immer beendet, und da sie jetzt nach Polen zurückgekehrt ist, wird sie mit Sicherheit nie mehr hier auftauchen. Doch was ist mit diesem Schmitz? Ich werde nicht zulassen, dass er hier noch einmal Urlaub macht, denn dann würde ich meine Beherrschung verlieren. Es könnte aber sein, dass er hier noch einmal heimlich auftaucht, um sich wieder an dich ran zu machen. Wie würdest du reagieren, wenn er plötzlich wieder vor dir stehen würde? Ich meine, er sieht gut aus, ist 15 Jahre jünger als ich und offensichtlich hatte es dir mit ihm Spaß gemacht, denn sonst hättest du es nicht getan."

Gabriele schüttelte den Kopf.

„Mach´ die keine Sorgen, Schatz", sagte sie. „Er kann nicht mehr kommen, weil er tot ist."

Thomas runzelte die Stirn und sah sie ungläubig an.

Bevor er etwas sagen konnte, meinte Gabriele: „Erinnerst du dich an den schweren Verkehrsunfall auf der A5 am letzten Dienstag?"

Thomas nickte.

„Ja", meinte er. „Ich erinnere mich. Es hatte zwei Tote gegeben."

„Und einer davon war er", sagte Gabriele. „Sie hatten Bilder von dem Unfall im Fernsehen gezeigt. Ich hatte sein total zerquetschtes Auto sofort wieder erkannt."

Sie blickte traurig nach unten und meinte leise: „Besser gesagt, das, was davon übrig geblieben war, die gelbe Tür mit dem Grünen S darauf."

Der Blick ihres Mannes verfinsterte sich.

Dann sagte er: „Das war die Strafe für das, was er getan hat, ...eine Strafe von ganz oben."

Nun saßen sie beide wieder schweigend da.

Es war, als würde jeder für sich alles noch einmal durch den Kopf gehen lassen.

Das Klingeln von Thomas´ Handy riss sie aus ihren Gedanken.

Er schaute auf sein Mobiltelefon und meinte: „Das ist mein Bruder."

„Der arme Kerl", bemerkte Gabriele leise.

„Hallo Bernhard", sagte Thomas und stellte den Lautsprecher des Telefons an, damit seine Frau mithören konnte.

„Hallo Thomas", begrüßte sein Bruder ihn. „Ich sitze gerade im Auto und bin auf dem Heimweg. Es ist sehr spät geworden, aber ich hatte dir ja gesagt, dass ich heute noch einmal versuchen würde, mit Bettina zu sprechen.

Deshalb bin ich extra in die Justizvollzugsanstalt gefahren, in der sie in Untersuchungshaft sitzt, aber es war sinnlos. Sie wollte nicht mit mir reden. Dort bin ich zufällig auf die Kripobeamten gestoßen, die sie vor dem Friedhof festgenommen hatten. Sie haben mich sofort erkannt, weil ich ja schon ein paar Mal wegen Bettina bei ihnen auf der Wache war. Die Polizisten sagten mir, dass meine Frau nun doch, auf Anraten ihres Anwalts, ein umfassendes Geständnis abgelegt hat. Ich hatte ja gedacht, dass sie nur unsere Mutter vergiftet hat, aber es ist noch viel schlimmer. Sie hat auch unseren Halbbruder Markus, den wir nie kennen gelernt haben, vergiftet. Sie hat ausgesagt, dass der Mord an unsere Mutter nur ein Versehen war, denn eigentlich wollte sie dich töten."

„Was?", kam es ungläubig aus Thomas´ Mund.

„Ja, sie wollte dich töten, und da es beim ersten Mal nicht geklappt hatte, hatte sie geplant, dich während der Trauerfeier zu vergiften. Das Gift dafür hatte sie bei der Beerdigung schon in ihrer Handtasche."

„Aber warum wollte sie mich töten, Bernhard? Ich habe ihr doch überhaupt nichts getan."

„Solltest du sterben, Thomas, dann erbe ich den Eichtannhof. Wir hatten uns früher einmal schon darüber unterhalten, und ich hatte dir ja versprochen, den Hof im Falle deines Todes an Gabriele zu überschreiben, damit sie ihn weiterführen könnte. Ich stehe auch heute noch zu meinem Versprechen. Bettina hatte sich bei einem Anwalt genau erkundigt und wusste, dass, sobald der Hof mein Eigentum wäre, ihr die Hälfte davon gehören würde. Sie hätte dann darauf bestanden, von mir ausgezahlt zu werden. Die Möglichkeit, auf mein Erbe zu verzichten, hätte dazu ge-führt, dass der Hof unter den Hammer gekommen wäre. Niemals hätte ich gedacht, dass Bettina so eiskalt und berechnend sein könnte. Sie hat den Polizisten erzählt, dass ihr jemand für den Hof ein paar Millionen Euro geboten hätte."

„Das ist ja unglaublich", meinte Thomas. „Ich kann und will das einfach nicht verstehen."

„Ich fasse es auch nicht. Die Frau, die da im Gefängnis sitzt, ist nicht meine Bettina. Wie um alles in der Welt konnte sie das nur tun? Alles Scheiße! Ach Thomas, was soll ich denn jetzt nur machen?"

Thomas hörte an der Stimme seines Bruders, dass dieser den Tränen nah war.

„Wo bist du denn jetzt, Bernhard?"

„Ich bin gerade vom Gefängnis losgefahren. Hab´s ja nicht weit bis nachhause. Es ist ja nur knapp einen Kilometer von uns entfernt. Wenn ich zuhause bin, werde ich erst mal meinen Arbeitskollegen anrufen. Er soll dem Chef sagen, dass ich morgen noch nicht arbeiten komme. Ich könnte mich eh nicht konzentrieren."

„Wenn du möchtest", schlug Thomas seinem Bruder vor, „kannst du zu uns kommen. Du könntest hier schlafen. Dann wärst du nicht so alleine."

„Nein, ich war die letzten Tage schon alleine zuhause und möchte es auch heute sein. Das, was ich jetzt um mich herum brauche, sind meine eigenen vier Wände. Weißt du, mir waren immer wieder Bettinas letzten Worte, die sie mir aus dem Polizeiwagen zugerufen hatte, durch den Kopf gegangen. Sie hatte gesagt, dass sie mich nur benutzt hatte und mich nicht lieben, sondern hassen würde. Glaub´ mir, Thomas, ich habe sie geliebt und deshalb haben mich diese Worte schwer getroffen. Jetzt aber, nachdem ich genau weiß, was sie getan hat und was sie noch tun wollte, ist meine Liebe zu ihr mit einem Schlag erloschen, so wie eine Kerze, die man einfach auspustet. Ich empfinde nichts mehr für sie."

„Das kann ich sehr gut verstehen, Bruderherz. Sie wollte mich ermorden und hat stattdessen Mama getötet. Bettina ist kein Mensch, sie ist eine Bestie. Trotzdem, Bernhard, mein Angebot, dass du für eine Weile zu uns kommen kannst, bleibt bestehen."

„Ich weiß, Thomas, aber ich möchte einfach nur zu mir nach Hause."

„Na gut, dann fahr´ schön vorsichtig. Wir können ja morgen wieder telefonieren."

Thomas verabschiedete sich von seinem Bruder und beendete das Gespräch.

Er schaute seine Frau an und sagte: „Das hätte ich niemals von ihr gedacht. Wie kann ein Mensch nur so niederträchtig sein?"

„Das frage ich mich auch", antwortete Gabriele. „Ich habe sie eigentlich immer gemocht, doch jetzt hasse ich sie."

Sie umschlang ihren neben sich sitzenden Mann und hielt sich an ihm fest.

„Sie wollte dich umbringen, Schatz", schluchzte sie mit einem Mal und begann zu weinen. „Oh Gott, wenn du nicht mehr wärst…, ich darf gar nicht daran denken. Ich liebe dich doch, Schatz. Ich brauche dich, und ich kann ohne dich nicht leben."

Nun erwiderte Thomas ihre Umarmung.

„Ich liebe dich auch", sagte er. „Ich brauche dich und liebe dich genauso. Wir beide gehören einfach zusammen, für immer und ewig, und nichts auf der Welt wird uns trennen können."

Er löste seine Umarmung und sah sie an. Sie schauten sich in die Augen, und in ihren Blicken lag etwas ganz Besonderes. Obwohl ihre Augen feucht waren, konnte man in diesem Augenblick Glück darin ablesen.

Es war, als hätten sie in diesem Moment alles, was geschehen war, vergessen.

„Ich liebe dich", wiederholte Thomas leise.

„Ich dich auch, mein Schatz", sagte Gabriele.

Dann küssten sie sich, zunächst ganz sanft und dann immer inniger.

In diesem Augenblick keimte ihn beiden das gleiche Bedürfnis auf. Sie wollten sich richtig spüren.

Als sie wenig später in ihrem Bett lagen, ließen sie ihren Gefühlen freien Lauf. Sie gaben sich einander hin wie schon lange nicht mehr. Es war fast wie ein Neuanfang, so, als hätten sie sich wieder frisch ineinander verliebt.

Das, was sie fühlten, war pures Glück, und es war Liebe, innige Liebe, die eigentlich schon immer da war, aber nun ganz neu aufgekeimt war.

Irgendwann lagen sie erschöpft in ihrem Bett und waren, immer noch aneinander gekuschelt, eingeschlafen, und es sah so aus, als spiegelten ihre Gesichter sogar im Schlaf noch ein glückliches Lächeln wider.

*   *   *

Ein neuer Tag

Montag

Die allmorgendlichen Arbeiten, die auf dem Eichtannhof anfielen, waren erledigt und die Hofbewohner hatten sich in der Stube am Frühstückstisch zusammengefunden.

Hennes und Ewa hatten sofort bemerkt, dass die düstere Stimmung, die bis gestern noch beim gemeinsamen Essen geherrscht hatte, heute Morgen verschwunden war.

Auch Dirk war die gute Laune seiner Eltern sofort aufgefallen.

Thomas und Gabriele, die schräg neben ihrem Mann saß, schauten sich immer wieder lächelnd an.

Der einzige, der noch am Tisch fehlte, war Heinrich.

Als Dirk gerade fragen wollte, wo sein Opa denn heute bliebe, betrat dieser die Stube.

Alle wussten, wie sehr ihn der Tod seiner Frau getroffen hatte. Er wirkte verbittert, und die vielen Falten in seinem Gesicht schienen tiefer geworden zu sein.

„Guten Morgen", begrüßte er die anderen.

Alle grüßten fast zeitgleich zurück.

Nachdem der Altbauer sich auf seinen Platz gesetzt hatte, räusperte er sich laut.

Dann blickte er das Bauernpaar an und sagte: „Ich habe viel nachgedacht, über mich, über euch und überhaupt über die ganze Situation. Dabei habe ich auch zurückgedacht und musste ich mir eingestehen, dass auch ich in meinem Leben nicht ohne Sünde war. Ich hatte damals großen Mist gemacht. Ich bin auch nur ein Mensch, und Menschen machen Fehler, manchmal ganz üble Fehler.

Ich hatte Maria schwer gekränkt, doch sie hatte mir verziehen, und so konnten wir weiterhin eine sehr glückliche Ehe führen. Nun, ihr beiden habt auch Mist gemacht. Ich kenne euch sehr genau und weiß, dass ihr euch liebt. Deshalb möchte ich euch den Rat geben, auch einander zu vergeben, denn bei einer richtige Liebe muss man dem anderen verzeihen können, auch wenn er einen schweren Fehler gemacht hat. Ihr zwei gehört einfach zusammen, und eine echte Liebe hält so etwas aus. Ihr seid füreinander geschaffen, und euch steht noch, genau wie es bei Maria und mir war, ein langes, glückliches Leben bevor. Das wollte ich euch unbedingt gesagt haben. Deshalb bitte ich euch darum, hört auf den Rat eines alten, weisen Mannes."

„Das hast du schön gesagt, Papa", kam es lächelnd über Lippen seines Sohnes. Er ergriff Gabrieles Hand und hielt sie fest. „Genau das haben wir schon getan."

Thomas schaute Gabriele lächelnd an, ihre Blicke trafen sich und sofort kam es zu einem spontanen Kuss.

*   *   *

Ebenfalls im BoD-Verlag erschienene Bücher von
Dieter Ebels

Der Brunnenmörder
Duisburg-Krimi

Dionisyus
Duisburg-Krimi

Mord am Magic Mountain
Duisburg-Krimi

Die Toten vom Wambachsee
Duisburg-Krimi

Ruhrmord
Duisburg-Krimi

Thingstätte
Duisburg-Krimi

Das Geheimnis des Billriffs
Inselkrimi Juist

Die Bestie von Juist
Inselkrimi Juist

Der schwarze Golk

Inselkrimi Wangerooge

Das dunkle Vermächtnis des Kaiserbergs
Duisburg-Krimi

Ghandoya
Das geheime Land
Jugend-Fantasy

Lola
...oder wie man eine aufblasbare Sexpuppe ermordet

Das Schwert des Damokles
Duisburg-Krimi

Rache
Duisburg-Krimi

Helene – Eine Kriegskindheit
Eine wahre Geschichte*

* Der Krieg, gesehen mit Kinderaugen. Dieser, bereits 2007 auf der Frankfurter Buchmesse neu vorgestellte Erfolgstitel gehört mittlerweile zu den absoluten Buch-Klassikern. Originalauszüge des Buches, welches in die Deutsche Nationalbibliothek aufgenommen wurde, sind sogar zu Lehrzwecken in Geschichtschulbüchern zu finden.